春陽文庫

探偵小説篇

暗黒公使《ダーク・ミニスター》

夢野久作

目次

暗黒公使《ダーク・ミニスター》

はしがき

「暗黒公使《ダーク・ミニスター》」なるものはどんな種類の人間でどんな仕事をするものかというような事実を、如実に説明した発表は、この秘録以外に余り聞かないようである。又そんな事実を自由に発表し得る立場に居る人物も、考えてみると余り居ないようである。

その意味に於てこの発表は、或《あるい》は空前のものかも知れない。

この外交秘録を発表するに当って、何よりも先にお断りしておきたいことは、筆者クローダ・サヤマ……すなわち私が、現在日本に居ない人間という事である。

私は去る一九二一年（大正十年）の春以来、応用化学の本場である仏蘭西《フランス》の巴里《パリー》ドーフィン街四十番地の古ぼけた裏屋敷の二階に下宿住居《ずまい》をして、忠実な男女二人の助手と三人で「化学分析応用……特に有機、毒物、酒類」という小さな広告を時々新聞に出している者であるが、その助手の一人で語学の達者なミキ・ミキオという青年が、この頃色んな探偵事件に引っぱり出され初めて、培《い》り麦みたように家《うち》の仕事をすっぽかすようになった。おかげで私はすっかり仕事が閑散になったので、その暇つぶしに、私が警視庁の第一捜査課長を辞職して、日本を去るに至った、その失敗の思い出話として、この事件を書いて見る気になったものである。

一つは日本でも……と云ったら叱られるかも知れないが、近来探偵小説が非常な流行を極めていると聞いたので、私のような老骨の経験談でも興味を感ずる人があるかも知れないと思って書かしてもらうので、決して商売の広告や、主義思想の宣伝でない事は前以《もっ》て十分にお断りして、この拙《まず》い一文を読んで下さる「探偵好き」の方々に、深甚の敬意を表しておきたいと思う。

それからもう一つ特にお断りしておきたい事は、この事件の起った当時の日本が、十年一と昔というその西暦一九二〇年……すなわち大正九年以前のそれで、云う迄《まで》もなく震災以前の事だから、現在の日本とは格段の相違があると思われる一事である。

現在の日本は西暦一九三〇年前後を一期《いちご》として、世界の最大強国となりつつ在る。世界大戦でも何でも持って来いという、極めて無作法な態度で、ドシドシ満洲国を承認して東洋モンロー主義を高唱しつつ、列国外交の大帳場たる国際聯盟の前にアグラを掻《か》いている。おまけに、自国の陸軍を常勝軍と誇称《こしよう》し、主力艦隊に無敵の名を冠《かむ》せ、世界中の憎まれっ児《こ》を以て自認しつつ平気でいる。

同時に国内に於ては、明治維新以来の西洋崇拝熱を次第に冷却させて、代りに鬱勃《うつぼつ》たる民族自主の意識を燃え上らせ初め、国産奨励から、産業合理化、唯物的資本制度の痛撃、腐敗政党の撲滅《ぼくめつ》、等々のスローガンを矢継早に絶叫し、精神文化を理想とする生命《いのち》がけの結社、団体を暗黙の裡《うち》に拡大強力化して、世界の脅威ともいうべきソビエットの唯物文化を鼻の先にあしらおうとしている。

一方に米国で催された国際オリンピック競技では、さしもに列国が歯を立て得なかった水上の強豪、米国の覇権を、名もない日本の小河童連《かつぱれん》の手でタタキ落させ、何の苦もなく世界の水上王国の栄冠を奪い取らせるなぞ、胸の空くような痛快な波紋を高々と、近代史上に蹴上げている。

こうした母国の意気組を、はるかに巴里の片隅から眺めていると、片足を棺桶《かんおけ》に突込んでいる私でさえ、真に血湧き肉躍るばかりである。日本の若い連中はもう、自分達が人類文化を指導しているつもりで、シャッポを阿弥陀にしていはしまいかと思われる位である。

しかし十年前《ぜん》……私が警視庁に奉職していた前後の日本はナカナカそんな暢気《のんき》な沙汰ではなかった。現在のように列国と大人並に交際《つきあ》って行くどころの騒ぎではない。赤ん坊扱いにされまいとして悲鳴をあげている時代であった。英米の高圧外交にかかって、ひねり殺されたくないばっかりに、必死的なストラグルを続けているという、見っともない、情ないジタバタ時代であった。

すなわち外交方面では、欧洲大戦が終熄《しゅうそく》に近づいて米国が世界の資本王となり得べき可能性が確立した時である。そうして、東洋の邪魔者日本に挑戦すべく、猛悪な排日案を挙国一致の一般投票で決議する一方、自国内に於ては資本主義社会に附きものの暗黒面組織《ダークサイドシステム》をぐんぐん拡大深刻化し初めた頃である。同時に人種的分裂と、物質の欠乏に悩む欧洲の地図の色が百色眼鏡《ひゃくいろめがね》のように変化し初め、露西亜《ロシア》と独逸《ドイツ》が赤くなり、又青くなり、伊太利《イタリー》に黒シャツ党が頭を上げ、西比利亜《シベリア》に白軍王国が出来かかり、満洲は緑林王《りょくりんおう》（馬賊王）張作霖《ちょうさくりん》が奉天《ほうてん》に拠《よ》って北方経営の根を拡げ、日本では日英同盟のお代りとなるべく締結された日仏協約が、更に一歩を進めて、英の新嘉坡《シンガポール》と、米の比律賓《ヒリッピン》に於ける海軍根拠地を同時に脅かすべく、仏領印度《インド》に関する秘密協商となって進行し初めていた。……と云えば、いい加減若い人達でも、その当時の眼まぐるしかった新聞記事の大活字を思い出すであろう。

従って相当記憶の悪い人でも、そんな記事と関聯して、そんな記事以上のセンセーションを捲き起した有名な「暗黒公使事件《ダーク・ミニスター》」の大々的報道を思い出してくれるであろう。そうしてその帝都空前の大事変の舞台となった、その当時の大東京の風景を思い出してくれるであろう。

その頃の東京も今の東京と比較したら全く隔世の感があるに違いない。震災をステップ・インするや否や一挙に二三十年分の推移を飛躍したというのだから……。

その頃の宮城前の馬場先一帯は大きな、草茫々《ぼうぼう》たる原っぱになっていて、昼間は兵隊が演習をしていた。夜は又半出来のビルデングや建築材料、板囲《いたがこい》なんぞの間を不良少年少女がうろうろする。時折りは追《お》い剝《は》ぎ、ブッタクリ、強姦、強盗、殺人犯人なぞいう物凄い連中が、時を得顔に出没している有様であった。そのほか無線電信のポールは市内に一本も無かったし、ラジオやトーキーなんぞは無論ありようがない。飛行機は年に一度ぐらい外国人に飛んで見せてもらっていた。また現在エロの大極楽園《パラダイス》になっているという新宿なんぞも純然たる町外れで、時たま自動車が走ると犬が吠え付くという情ない状態であったから、今の人達に話したら本当にしない人が出て来るかも知れないと思う。

だからその当時まで私が奉職していた警視庁の仕事ぶりなぞも、殆《ほと》んど明治時代と択《えら》ぶところがなかった。上《かみ》は総監から下《しも》は巡査刑事に至るまで一人残らず旧式の拷問応用の見込捜索ばかりを、飽きもせずに繰り返していたものである。もっとも明治四十一年に私が立案した方針で設置された鑑識課なるものが在るにはあったが、その機能を本式に使って、本格の推理的な探偵捜索を進め得るものは、自慢ではないがやっと私と、私が仕込んだ二三名の若い部下ぐらいのものであった。

ところが、そうした私の苦心努力の結果私が退職の二三年前に有名な外交文書の紛失事件と、評判の迷宮殺人事件を解決してから、やっとこの鑑識課の仕事が認められて来る段になると、今度は日本人の特徴として一も鑑識、二も鑑識と鑑識万能の時代になって来た。早い話が新聞社の連中でも「目下捜索中」と云った位ではなかなか承知しないが「目下鑑識課で調査中」と云えば「成る程左様《さよう》ですか」と敬意を表して引き退《さが》る状態で、刑事なんかは何の役にも立たないように考えられる時代が来た。

ところが又そうなると私の癖かも知れないが、すっかり鑑識課の仕事を馬鹿にしてしまって、ほんの参考程度の役にしか立たないものと見限《みき》りを附けるような頭の傾向になっていた。従ってこの「暗黒公使」事件でも、私は殆んど鑑識課の仕事を度外視しているように見えるかも知れない。同時に私の行動が如何《いか》にも旧式な、精力主義一方の探偵方針で働いているように見えるかも知れないが、これは止むを得ない……ただ賢明なる読者諸君の批判に訴えるより外に仕方がないと諦めている。

しかし強《し》いて云い訳をすれば出来ない事もない。

元来探偵事件の興味の中心が、その犯罪手段や探偵方針のハイカラかハイカラでないかに繋《かか》っているものでない事は、一八〇〇年時代の探偵記録や裁判聞書《ききがき》が、依然として現代の巴里尖端人《パリジャン》に喜ばれている事実に照しても一目瞭然で、私がこれから述べようとする「暗黒公使事件」の興味も、そん点にはかかわっていない……否、寧《むし》ろその不自由を極めた……世にも自烈度《じれった》い方法でもって、大資本を背景にした民族的大犯罪に喰い下って、盲目滅法《めくらめっぽう》に闘って行かなければならなかったところに、怪事件の怪事件たる価値や風味が、いよいよ深められ、高められて行く。そこに興味の中心が在りはしないかと考えている位である。

だから筆者は却《かえ》って旧幕時代の捕物帳に含まれているような、あの一種の懐古的な……もしくは探奇《たんき》的とも云うべき情景を読者の眼前に展開して、現在長足の進歩を遂げているであろう日本の探偵界と比較して頂きたいという、自分一個の楽しみから、この記録を公表する気になったものである。同時に最新式科学探偵機関の精鋭を極めた警察を有する仏国巴里の真中でこんな記録をものする私のこのカビの生えた頭までもが、一つの小さな反語的《アイロニカル》な存在ではあるまいかというような、一種の自己陶酔的微苦笑を感じている事実までも、序《ついで》に附記さして頂く所以《ゆえん》である。

上巻

大正九年（一九二〇）二月二十八日の午後零時半頃であった。

十六七ぐらいに見える異様な洋服の少年が一人、柏木《かしわぎ》の私の家《うち》の門口《かどぐち》に在る枳殻垣《からたちがき》の傍《そば》に立っていたが、私が門口を這入《はい》ろうとすると、帽子を脱《ぬ》いで丁寧にお辞儀をした。

何やら考え考え歩いて来た私は、その時にやっと気が付いて反射的に帽子を脱いだ。そうしてどこかのメッセンジャー・ボーイでも来たのかな……と思いながら立ち止まって、その少年の姿に気を付けてみると、心の底で些《すく》なからず驚いた。

私はこのような優れた姿の少年を今まで嘗《かつ》て見た事がなかった。同時に又、このような異様な服装を見た事も、未だ曾《かつ》てなかったのである。

何よりも先に眼に付くのはその容貌であった。

全体に丸顔の温柔《おとな》しい顔立ちで、青い程黒く縮れた髪を房々《ふさふさ》と左右に分けているが、その白い、細やかな皮膚を一層白く、美しく見せている。そうしてその大きく霑《うる》みを持った黒眼勝ちの眼と、鼻筋の間と、子供のように小さな紅い唇の切れ込みとのどこかに、大奈翁《ナポレオン》の肖像画に見るような一種利かぬ気な、注意深い性質が現われているようであるが、それが又却てこの少年の無邪気な表情を、一際異様に引き立てていて、日本人としては余りに綺麗に、西洋人としてはあまりに懐《なつか》しみの深い印象を与えている。

全体としては絵画や彫刻にも稀《まれ》な、端麗《たんれい》な少年と云って、決して誇張でないであろう。

これが私を「おや」と思わせた第一の印象であった。

しかし、単に容貌を見ただけで相手を評価するのが大間違いである事は、多年の経験で知り過ぎる位知っている私であった。だからこの少年の容貌の端麗さに驚かされた私の眼は、その次の瞬間に、本能的に少年の服装に移って行ったが、これも亦、際立って異様で、見事なものであった。

英国製らしい最上等の黒羅紗《らしゃ》に、青天鵞絨《ビロード》の折襟《おりえり》を付けた鉄釦《てつぼたん》の上衣を、エナメル皮に銀金具の帯皮で露西亜《ロシア》人のように締めて、緑色柔皮《グリーンレザー》の乗馬ズボンを股高《ももだか》に着けて、これもエナメル皮の華奢《きやしや》な銀拍車付きの長靴を穿《は》いている。右の手には美術家が冠《かむ》るような緑の広い空色羅紗の中折帽に、その頃はまだ流行《はや》らなかった黒皮革《かわ》の飾紐《リボン》を巻いたのを提げて、左手には水のようなゴム引き羽二重《はぶたえ》の雨外套《レインコート》とキッドの白手袋と、小さな新聞紙包を抱えながら、しなやかな不動の姿勢ともいうべき姿で立っている。

全体の仕立の好みからいうと米国風であるが、着こなしの感じからいえば中欧あたりの貴族の子弟のようにも思われる。伊太利《イタリー》辺の音楽師を見るような気持ちもするが、さてどこの人間かを判定しようとなると、チョット見当が付きにくい。

これが私が驚かされた第二の印象であった。

けれども、それよりももっと大きな眼を瞠《みは》らせられて、もっと深く感歎させられたのは、その服の仕立のいい事と、その持ち物の一切合財《いっさいがっさい》が、鋏《はさみ》と剃刀《かみそり》の痕《あと》の鮮かな頭髪に到るまで、一つ残らず卸《おろ》し立てである事であった。

恐らく日本中のどこの洋服屋でも、こんなに品よく、ピッタリと仕立上げる事は出来ないであろう。腋《わき》の下の縫い目などに十分のユトリと巧妙味《うまみ》を見せているところだの、上衣に並んだ十個の鉄釦と、ズボンのふくらみとの釣合いに五分の隙《すき》もないところなぞを見ただけでも、たしかに外国仕立で、しかもこの種類の服装を扱い慣れた専門家の手にかけたものと判断しなければならぬ。こうしてこそ初めて服装は肉体美を更に美化するものという事が出来よう……否……単に服装ばかりでなく、この少年の持物の全体を通じて何一つ上等でないものはない。そうして更に驚くべき事には、その服も帽子も、オリーブ色の雨外套も、染料の香気がまだプンプンしているらしい仕立卸しで、硝子《ガラス》のように光っているエナメル靴の踵《かかと》までも、たった今土を踏んだばかりのように一点の汚れも留めていない事であった。

私は少年の異様に白い顔と、この服装とをモウ一度見上げ見下した。これはどこかの洋服屋の飾窓《ショーウインド》の中に在る蠟人形がそのまま抜け出して来て、ここに立っているのではないか……とあられもない事まで疑った。けれどもその黒く霑《うる》んだ瞳と、心持ち微笑を含んだ唇が明かに私のこうした妄想を裏切っている事を認めない訳に行かなかった。

……不思議だ……わからない……。

私がここまでこの少年に就《つ》いて観察して来たのはほんの二三秒ばかりの間の事であった。こうして二十八の年から四十九歳の今日《こんにち》まで警視庁に奉職して、あらゆる難問題を解決して、鬼狭山《さやま》とまで謳《うた》われた私の眼力は、この少年の五尺二寸ばかりの身体《からだ》を眼の前に置きながら、遂に何等の捕えどころも発見し得なかった。僅《わず》かに発見し得たものは皆、驚きと感心の材料になるばかりであった。

……一体この少年は何者であろう。

……外国人か、日本人か、それとも混血児か。

……どこから来た者であろう。

……何しに来たものであろう。

……特に自分に対して何の用があって来たのであろう。

私は今一度ジット少年の顔を見た。

あとから考えるとこの時の私の眼は、嘸《さぞ》かし鋭い光りを放っていたであろうと思う。私は今まで、たった一眼見ただけで、その人間の職業や性格は愚な事、その経歴まで見破った例が少くないが、それだけに私の眼は鋭い光りを放っていた。嘗て或る脱獄囚が、立派な紳士の服装をしているのを、どこかの職工が金でも儲けたのか知らんと思って見ていたら、その男はいきなり私の傍へ来てパナマ帽を脱いで、

「何卒《どうぞ》宜しくお頼ん申しやす。私《わし》で御座いやす。貴方《あなた》のその鋼鉄のような眼で睨《にら》まれちゃ、逃げようにも逃げられません」

と云った位である。況《ま》してこの時は、たかが一介のビショビショ少年の正体を見破る事が出来なかったのみならず、あべこべに驚かされ、迷わされ、感心させらるるばかりで、手も足も出なくなった口惜しささえ感じていたのだから……そうして初対面の作法も何もかも忘れて睨み付けていたのだから必ずや容易ならぬ眼色《めいろ》をしていたに違いないと思う。

ところが少年は、そうした私の眼の光りに射られながらちっとも臆した色を見せなかった。ただ持ち前の無邪気な、落ち着いた眼付きで私を見上げていた。……のみならずその黒い大きな、二重瞼の眼はこんな事を云っているようであった。

「貴方が私を御覧になるのは只今が初めてでしょう。けれども私はずっと前から貴方のお顔を知っていたのですよ」

……と……。又その素直な恰好のいい鼻は、

「私がここにお伺いしましたのは大切な用事をお願い申上げたいからですよ」

という意味をほのめかしたようであった。そして又、その人懐《ひとなつ》こい可愛らしい締った唇は、軽い微笑を含んで無言の裡《うち》に云っていた。

「私は只今初めて貴方と言葉を交す機会を得たのを大変に嬉しく思います」

……と……。そうしてその身軽そうな均整《ととの》った身体つきは、

「貴方をどこまでも正しい、御親切な方と信じております。貴方を深く深く尊敬しております」

という心持ちを衷心《ちゅうしん》から表明しているかのように見えた。

正直なところを白状すると、私は、こんな風に落ち着いた少年の態度を見れば見るほど、心の底で狼狽させられたのであった。あとから思い出しても顔が赤くなるくらいイライラさせられたのであった。相手は自分をよく知っていて、すっかり信用して落ち着いているのに、こっちは少しも相手がわからないでいるばかりでなく、ただ無暗《むやみ》に驚い

て、感心して、疑って、躊躇《ちゅうちょ》しているのが、我身ながら恥かしくて腹立たしいような気がしたのであった。正直のところこんな心持ちを味わったのはこの時が初めてであった。

これだけがこの少年に対する私の最初の印象であった。

折から門内に高く聳《そび》ゆるユーカリ樹の上を行く白い雲が、春近い日光をサッと投げ落して、枳殻《からたち》の生垣と、その前に立った少年の肩とを眩《まぶ》しく照し出した。

少年と向い合ったまま黙って突立っていた私は、その時にやっと吾に帰った。

「何か御用ですか」

「ハイ」

と少年は即座に答えたが、その声調はハッキリした日本語のように思えた。そうしてポケットから名刺を一枚出して謹んだ態度で私に渡した。それは小型の極上象牙紙《アイボリイ》に新活字の四号で呉井《くれい》嬢次《じょうじ》と印刷したもので、裡面《りめん》を返してみると印刷かと思われる綺麗なスペンシリア字体でGeorge, Cray. と描いてある。所番地も何もない。

「ジョージ。クレイ」

と私は心の中で繰り返した。外国人か日本人か依然としてわからない。疑問はどこまでも疑問である。日光が名刺の表に反射して活字が緑色に見えて来た。同時に少年の唇に含まれた微笑が一層深くなった。

「こっちへお這入りなさい」

と云い棄て、私は青ペンキ塗《ぬり》の門の中へ這入った。

赤い芽を吹きかけているカナメの生垣の間に敷き詰めた房州石《ぼうしゅういし》の道を五間ばかり行くと、やはり青ペンキ塗の玄関になっている。その扉《ドア》を鍵で開いて内部に這入ると少年も続いて這入った。

この家《うち》は或る石油会社へ奉職する西洋人夫婦が、本国へ引き上げたあとを譲り受けて、自分でペンキを塗り換えたり何かして、手を入れて住み込んだもので、玄関の左の六坪ばかりの室《へや》を書斎兼応接間にして、その奥を台所に宛てている。私は少年をその書斎兼応接間に通じて瓦斯《ガス》ストーブに火を入れた。それから玄関の右手の寝室に這入って外套《がいとう》と帽子を脱いだ。寝室の奥は私の研究室、兼、仕事場になっていて、色々な機械や、有機化学なんどに関する書物が雑然と並んでいる。私の家にはこの四室しかないのである。

私はこの中《うち》で純然たる独身生活をやっている。洗濯や調理は勿論の事、屋根の修繕から芝生の手入れまで自分で遣《や》る。雇人は一人も居ない。何故そんなに面倒臭いことをするかと訊ねる者もあるが私は少しも面倒と思わない。却《かえ》って暢気《のんき》で、静かで、自分の性質に合っているとさえ思っている。

生れながらの孤児である私は、外国で長い事、この生活を続けて来た。日本に来て妻帯してからは暫《しばら》くの間止めていたが、一昨年その妻が、一人も子供を残さずに死んでから又昔の生活に帰った。だから私は日本中は勿論の事、外国にも血縁の者が居ない。居るかも知れないがまだ尋ねて来ないし、こっちから探した事もない。又友達から二度目の妻帯を勧められた事もあったが、私は一度も応じなかった。だから私は勢い孤独の生活を過さなければならなかった。

友達は皆私を変人とか仙人とか云ったが或《あるい》はそうかも知れぬ。又ある者は一種の疳癪《かんしやく》持ちと評したが、これはたしかに事実である。私が警視庁に在職中、あらゆる仕事を我流一点張りで押し通したために、社会の暗黒面に住む人間ばかりでなく、部下の警官連や、上官にまでも恐れられていたらしい事は、新聞の下馬評や何かにも屢々《しばしば》伝えられたところで、従って最近に至って、上官と大衝突をやって退職したのもこの疳癪が大原因を成している事は自分でもよく知っている。吾ながら損な性質だと考えている位である。

しかし私がこのような性質になったのは決して生れ付きではない。英国で両親を喪《うしな》ってから日本に来る迄の二十何年の間、あらん限りの苦労を重ねて……この世には悪人ばかりしか居ないものか……と思う程酷遇《ほどいじめ》られたために自然とこんな風に一徹《いってつ》な……自分の事はどこまでも、自分の流儀で勘定を合わせて行く……という一種の勧善懲悪的な思想の中に逃げ込んでしまった。そうしていつの間にか「嘘を云う心の変る社会人間」よりも「嘘を云わず、永久に心の変らぬ科学実験の機械」を相手に造化の秘奥を探る方が、はるかに安全で気楽だと思うようになったので、この意味から云えば警視庁の仕事は衣食のために止むを得ず、研究の隙《すき》を割《さ》いてやっているに過ぎなかった。

こんな風だから私は真実《ほんとう》の孤独の生活で友達といっても信頼する部下以外に、これという程の者もない。殊にこの間職を罷《や》めてからというものはこの「不正を憎む心」と「淋しさを楽しむ性質」が一層烈《はげ》しく募って来て、朝から晩まで顕微鏡や、ビーカーや、天秤《てんびん》を相手に明かし暮らすよりほかに楽しみがないようになった。そうして、これを妨げる者があると非常に腹が立つので、来客を好まぬは愚か、程近い幼稚園の唱歌までも折々は「うるさいなあ」と舌打ちをする位になった。これは一つは五十近い年のせいでもあろうが、もう一つには私の心の「淋しさ」が「一層深い淋しさ」を求めるからであろうと思う。だからこの草茫々たる荒地の中に立っている、見すぼらしい西洋館は、このような性格の主人に最も適当した住居《すまい》で、同時にその主人公の背の高い、青黒い、陰気な風采と、この上もなくしっくりしているに違いないと思う。

私は帽子と外套の塵《ちり》を払って、買って来た烏龍茶《ウーロン》の包みを取り上げる迄に、これだけの事を考えた。別段、今更に考え直す迄もない事であるが、現在世にも珍らしい少年が、滅多《めった》に人を迎え入れた事のない私の家《うち》に、何の苦もなく侵入して来て、応接間で私を待っている……という事実に対して、何となく心が動いたために、今更に自分の孤独な生活が自分の眼に……否、心に浮み出たのである。そうして気のせいか少年は、こうした私の生活や、性格や、事によると経歴までも知っているように思われてならなかった。

……が……しかし果して知っているであろうか。それともこっちの顔と名前だけを知っているのであろうか。そうして一体何の用事で来たのであろう。どこの者であろう。日本人か西洋人かすらまだハッキリわからないのだが……怪しくも亦、不思議な少年……。

……イヤ、これはいけない。こんなに想像ばかりしているようでは駄目だ。今日は頭がどうかしているらしい。いつもの自分にも似合わないトンチンカンな頭の使い方ばかりしている。事によると彼《か》の少年に眩惑されているせいかも知れないが……職務を離れるとこうも頭がだらしなくなるものか知らん。それにしても不思議な魅力を持った少年ではある……。

……イヤ……いけない。又少年の事を考えている。何にしても早く会ってみる事だ。そうして自分一流の的確な推理を働かしてみる事だ……。そうだ……。

こんな風に自問自答しているうちに私は応接間へ大胯《おおまた》で帰って来た。見ると少年は瓦《ガ》斯《ス》ストーブに最も遠い入口の処の椅子に片手をかけて立っていたが、私がずっと中に這入って窓際に据えた大机の前に来ると、私に正面して姿勢を正しながら静かに目礼をした。

「さあお掛けなさい」

と云いつつ私はデスクの前の古ぼけた肘掛椅子に腰をかけたが、少年は遠慮して容易に椅子に就かなかった。しなやかな不動の姿勢を取って、すこし含羞《はにか》みながら立っていた。

「私が狭山です。何の御用ですか」

と私はその顔を見上げながら、私一流の厳格な態度で訊ねた。

実をいうとこの時に私は、この少年に対して一種の不安と不愉快とを感じ始めていた。これは非常に得手勝手な話であるが、つまり私はこの少年のために、前に述べたような孤独な生活の安静を妨げられるような事になりはしまいかという虞《おそれ》を十分に感じ始めていたからで、さもなくともこの少年が、私に与えた驚きと疑いは、今まで実験の事で一ぱいになっていた私の頭を掻き乱すに十分……十二分であったからである。だから一刻も早くこのような妙な来客を逐《お》っ払ってしまいたい。そうして急いで彼《か》の「馬酔木《あしび》の毒素」の定量分析に取りかかりたいというのが、この時の私の何よりの願望であった。

けれども少年は平気であった。大抵の人間ならば、こうした私の態度を見ただけでも怖気《おじけ》が付くか、不快を感ずるかする筈なのに、この少年は恰《あたか》も、私がこんな態度を執《と》るのを予期していたかのように、相変らず唇の処に懐し気な微笑を含みながらポケットに手を突込んで一枚の古新聞紙を出した。それは余程古くから取ってあったものらしく、外側の一頁《ページ》はもうぼろぼろになっていたが、その折目を一枚一枚丁寧に拡げて行って、最後に頁の真中に赤丸を付けた処が出て来ると、そこを表面にして折り畳んで私の前に恭《うやうや》しく差し出した。受け取って見ると、それは大正七年……一昨年の十月十四日の曙《あけぼの》新聞の人事広告欄で、赤丸の下には次のような広告が出ていた。

◇助手　入用薬物研究物理化学初歩程度の知識要十七八乃至二十四五歳迄の男子月給二〇住込通勤随意履歴書身元保証不要毎日後五時本人来談に限る柏木一五一二狭山

これは一昨年の秋、私が妻を亡くして悲歎の余り、研究に没頭して凡《すべ》てを忘れようとした時に、東都日報と、曙新聞と、東洋日日に出した広告の一つで、これを見るとまざまざとその時の事を思い浮べる。この時分の私の頭は余程変になっていたものと見えて、随分杜撰《ずさん》な広告を出したもので、この広告のために私は、それから後《のち》一箇月ばかりの間というもの毎日毎日私の帰りを待ち受けている浮浪人や乞食同様の連中に悩まされ続けたものであった。実は柏木の狭山といえば多分、誰でも私の職務上の名声を知っている筈だから、滅多な者は寄り付くまいと思って履歴書、身元証明不要と出しておいたのであるが、案に相違して碌《ろく》なものはやって来なかったので、私は些《いささ》かならず自尊心を傷けられたものであった。その思い出の広告をこの少年は、今までどうして持っていたものであろう。

「この広告は私が出したものに違いありませんが、貴方はどうしてこれを持っていましたか」

「紐育《ニューヨーク》の中央郵便局で見付けました」

「……え……紐育の中央局で……」

「はい。私がそこのボーイになっておりますうちに受取人のない小包郵便を焼き棄てるのを手伝わされた事があります。私達はその小包を焼き棄てる前に一つ一つ開いて、危険なものだの貴重品だのが入っていないかどうかを係りの人に見てもらうのですが、その時に取棄てた包紙の中にこの新聞が混《まじ》っていたのです」

少年の言葉は益《ますます》出でて益異様である。しかしこのような余り人の知らない内情を知っているからには作り事ではないらしい。のみならずこの少年が純粋の日本人らしいという事は、故郷の新聞を懐かしがる行為と、その軽快な混り気のない発音で、もはや殆んど確定的であると考えた。同時にその簡潔を極めた要領を得つくした説明ぶりに、又もや感心させられてしまった。

「ははあ……そんなに日本が懐かしかったのですか」

「はい。そればかりではありません。私はずっと前から日本語を勉強しておりまして、日本文字のものならば印刷したものでも書いたものでも何でも構わずに集めておりました。その中でも日本の新聞は、日本の事を研究するに一番都合がよかったのです」

「ふむ。……ではその広告が眼に止まった理由は……」

「私は……貴下《あなた》に雇って頂きたいのです。……あなたは……まだ……助手を……お持ちに……ならないのでしょう……」

少年はこう言って急に口籠《くちご》もりながらじっと私の顔を見た。その黒い瞳《め》は熱誠にまばたき、その白い頬は見る見る真紅《まっか》に染まって来た。その一瞬間、私はこの少年の美しさで全神経を蔽《おお》われたような気がして眼を瞑《つむ》ったが、やがて又見開いて見ると、少年はいつの間にか伏目勝ちにうなだれていた。そうして片手を椅子にかけたまま、謹んで私の返事を待っているらしい。その頬も白くなって、唯、可憐な淋《さび》しい風情を示しているばかりである。

私は思い惑わざるを得なかった。何だか古い借銭の催促を受けているような気がして、今更にこの広告を出した時の乱れた、悲しい気持ちを思い出させられた。そうしてこの少年をここに連れ込んだ事を、深く後悔せずにはいられなかった。何故もっと早く、徹底的に厳格な態度を執って面会を断らなかったろうと思った。……けれども最《も》早《う》、ここまで来た以上は仕方がない。この少年は私が二年前に出した広告をいつまでも……私が息を引き取る間際までも有効だと一図《いちず》に信じて来ているらしい。だから迷惑ではあるが一応の責任は負わねばならぬ。そうして……今は助手の必要がなくなった。そんなに古い広告をいつまでも当てにしているものではない……という意味を、何とか相手が満足するように云って聞かして帰さねばならぬ。

私は稍《やや》態度を和《やわら》げて訊ねた。

「……あなたのお住居《すまい》は……」

少年は顔を上げた。依然として謹んだ態度で答えた。

「……私は家がないのです。両親も何もない一人ぽっちなのです。……ですから貴下に雇って頂いてお宅に住まわせて頂きたいと思って来たのです……」

そう云ううちに少年の両眼に涙が一ぱいに滲み出た。それにつれて顔の色が又さっと赧《あか》くなった。

何という率直な言葉であろう。何という真面目さであろう。この少年は二年前に出た新聞広告を、今以《もっ》て有効と思っているばかりでなく、その掲載事項の中にある履歴書、身元証明不要という文句までも裏表なしの真実と信じているらしい。そうして……是非雇って下さい……という熱心な希望を、どこまでも貫徹する決心でいるらしい。

私はほとほと持て余してしまった。そうして改めて、少年の異様な贅沢な身装《みなり》を見上げ見下していると、少年は暫く躊躇しているようであったが、やがて言葉を継ぎ足しながら低頭《うなだ》れた。

「……けれども……ただ……これだけは申上げる事が出来ます。私の本籍は紐育市民ですが、両親の顔をよく見覚えませぬ中《うち》から、軽業師《かるわざし》に売られました。それから活動役者や、その他の色々な芸人に売りまわされて、支那人になされたり、西班牙《スペイン》人として取扱われたり、そうかと思うと芝居の日本娘になって歌を唄わされたりしておりますうちに、いつの間にか自分がどこの人種だかわからなくなってしまいました。紐育の中央郵便局に居りましたのはその途中で逃げ出していた時分の事で、頭髪《かみ》を酸化水素で赤く縮らして、黒《くろ》ん坊《ぼ》香水《こうすい》を身体《からだ》に振りかけて、白人と黒人の混血児《あいのこ》に化けていたのです。けれども自分では日本人に違いないと思いましたから、それをたしかめるために日本に帰って来たのです。ですから私は履歴書も、身元証明も、保証人も何もありません。ただ私の身に附いた芸が、私の履歴や身元を証明してくれるだけです」

「フーム。成《な》る程《ほど》……」

と私はうなずいた。この少年の頭の良さに釣り込まれないように警戒しながら、なるたけ少年の困るような質問を探し出した。

「……それではこの広告の中に……薬物研究、物理、化学初歩程度の知識が必要……と書いてありますが君はどの程度まで研究しておりますか」

これは少年の経歴が話の通りならば、屹度《きっと》学校に入ってはいまい。入っていないとすれば物理化学や、薬物なぞいう高等な研究に対して組織立った知識は持っていない筈だ……と見当を付けたからである。少年は果して赤面した。そうして云い難《にく》そうに口籠《くちご》もった。

「……はい……僕の研究が本物かどうか知りませんけど、私はその広告を見てから急に思い立って薬物と、物理と、化学を勉強し初めました。物理は実験なしでも大抵わかりましたけれど化学は空《くう》ではなかなかわかりませんでしたので中学《ハイスクール》の校長さんにお願いして、自分で薬を買って実験さしてもらいました。初めはなかなか難かしかったんですけど、そのうちに周規律を暗記してしまいますと素敵に面白くなって、じきに有機化学の方へ入りました」

「……ウ――ム……」

と私は唸《うな》り出した。この少年の正則の勉強方法を否定出来なくなったので……。

「それはつまり僕に雇われたいから勉強したんですね」

「……ええ……初めはそうだったんですけど、後《あと》にはそればっかりでなくなりました」

「本当に面白くなったんですね」

「……はい……」

「有機の中《うち》では何が一番面白かったですか」

「毒物の研究が一番面白う御座いました」

「えッ……毒物？……」

「はい……」

私は眼を丸くしない訳に行かなかった。

「……どうして毒物が面白いのですか」

「最前お話ししました中央郵便局で破棄される郵便物の中に貴方のお書きになった『毒物研究』という書物があったんです」

「僕の……」

「はい……」

「……フ――ム……あれは私が道楽に秘密出版をしたもので、各大学の法医学部と、私の持っている参考書の著者に五百部だけ贈呈したものなんだが、それがどうして亜米利加《アメリカ》三界《さんがい》まで行ったんだろう」

「何故だか存じませんけど発送人の名前も何もなくて、宛名は中央郵便局留置27号私書函《かん》、エム・コール殿となっておりました」

「エム・コール……知らない人間だな」

「……きっと偽名だったろうと私は思うんです。その時にはもう27号の持主が変っていたんですから……」

「成る程……しかし、そんなものは焼き棄てるのが当然でしょう」

「いえ。米国ではそうでもないんです。一度中味を検《あらた》めて、貴重品は国庫の収入にして、そのほかの詰まらないものを局内で競売にして、下役の連中の慰労や何かの費用にしてしまうのです。ですから真実《ほんとう》に焼き棄てるのは危険物だの、まるきり役に立たないものだのばっかりです」

「……ではそれを買った訳ですね」

「はい。けれどもそれを読んでしまった後《あと》に、それが秘密にしてある事が判明《わか》りましたので焼き棄ててしまいました」

「秘密とは書物がですか」

「いいえ。競売にする事です。私は悪い習慣だと思いました」

「成る程。してその書物の中で何が一番面白いと思いましたか」

「みんな面白うございました。飲み物の中に入れると直ぐに溶けて、飲んだ人を一時間の後《のち》に殺す支那の丸薬や、モルヒネをきっかり三時間後に利かせるように包むカプセルや、遠乗りの時に相手の馬にそっと舐《な》めさせておいて、きっちり二十分後に暴れ出させて、相手を殺すか傷つけるかする何とかいう石楠花《しゃくなげ》に似た植物の毒の話や……名前をつい忘れましたけれども……」

「……ちょっと待ち給え……それは馬酔木の毒でしょう」

「そうです。やっと思い出しました。この頃アフリカから米国に輸入されております大変に安くてよく利く馬の皮膚の虫取り薬です。コンゴー・ポイゾンと私共は申します。真黒なネットリした液体です。百磅《ポンド》入りの鑵《かん》の上に貼った黄色い紙に、C・Pという頭文字《イニシアル》と、その植物の絵が印刷してあります」

「……ふ――む……それは初耳だ。そんな薬が出来たことは知らなかった……しかし、それは多分馬酔木の葉を煎じ詰めただけの粗悪品で動植物の駆虫用に製造したものと思うがね。私のはそれをもっともっと精製したもので、薄青い結晶になっている。それを錠剤にして馬に服《の》ませると、今云ったような恐ろしい中毒を起すが、反対に人間の重病患者に内服させると、人參《にんじん》と同じような効果をあらわすので、私は内職に製造して薬屋に売らせている。しかし材料が余計にないので、百姓が高価《たか》い事を云って困っているのだが……」

「亜弗利加《アフリカ》には馬酔木の大平原があるそうです」

「……ふ――む……君のお話の通りだと、原産地から直接にC・Pを取り寄せてもいい。精製するのは何でもないから……。いい事を聞かせて下すって有り難う」

「……私はその貴方の御本を読みましたから、いろんな事を考えるようになりました」

「……どんな事を……」

「すべての草や、木や、土や、生き物の中には、まだ沢山の秘密が隠れているだろうと……」

「……フーム……たとえば……」

「例えば何故人は毒薬を飲むと死ぬのだろう。その人の身体《からだ》を犯されると何故その人の生命《いのち》までいけなくなるのだろう。生命と身体とは別か一緒か……」

「ハハハハハハ。それは科学の問題ではない。哲学か、心霊学者の仕事だ。君は余りに空想に走り過ぎている」

「けれども若しこの事がハッキリとわかったら……毒薬も電気も何も使わずに、生命だけ取ってしまう工夫が出来たら、身体にちっとも傷が付きませんから、絶対に見つからない人殺しが出来ると思います」

「…………」

　私はこの少年の想像力の強いのに驚いた。到底頭の干涸《ひか》らびた私なぞの及ぶところでない。十六や七の少年とは無論思えぬ。しかしその想像し得た事柄は、如何《いか》にも好奇心の強い、少年時代に相応した事柄ではある。

「成る程。それは一応尤《もっと》もですね。しかし現代の科学はまだそこまで進歩していないのです。催眠術なぞいうものもありますが、あれは一種の神経作用を応用したもので、まだ根本的の説明が附いておりませぬ。この後、精神生理学というようなものでも発達したら、そんな理窟がわかるかも知れませぬが。とにかく僕の実験室には、そんな研究の材料も機械も何もありませんよ。……精神的に人を毒殺する……というような素晴らしい設備は……」

「はい。なくてもよろしゅうございます。私は今に自分で材料を揃えてやって見とうございます。そうしてその結果を貴方にお眼にかけとうございます」

少年はこう云いながら極《きま》り悪げにうつむいたが、この口調の中には動かす事の出来ない信念が籠もっていた。天国でも、星の世界でも眼の前に引き寄せようとする、希望と憧憬《あこがれ》に充ち満ちた少年らしい純情が響きあらわれていた。私はこの少年がどんな材料を集めて、どんな機械で、そうした不可能な実験をするかと思うと、微笑を禁ずる事が出来なかった。

しかし、それと同時に私は、この少年が、その姿や服装が異様に優れているのと同時に、その頭脳もまた尋常でない。少なくとも私の処に雇われたいために、想像も及ばぬ勉強をして来た物理、化学の研究が、正式の順序を踏んで来たものらしい事は否定出来なくなったのではたと当惑してしまった。何とかしてこの少年の希望を他所《ほか》へ転換出来ないものかと苦心しいしい、今度は別の方向から質問してみた。

「フーム。成る程……では、君が最後に従事しておられた仕事は何でしたか……」

こう訊ねると少年はきっと顔を上げた。何故かしらず、云い知れぬ気持の緊張に双頬《ほお》を白くしながら、キッパリと云った。

「……はい……丸の内で昨日《きのう》から興行を始めておりますバード・ストーンの曲馬団と一緒に参りました」

「えッ。あの曲馬団……」

と私は思わず大きな声を出した。そうして腹の底で……ウームと唸りながら眼を閉じた。

何を隠そう、そのバード・ストーン曲馬団こそは、私の辞職の直接の原因となっているもので、この曲馬団に関する私の意見と、警視総監……否、現内閣との意見が衝突さえしなければ、あんなに憤慨して辞職する必要はなかったものである。同時に、この少年がそのバード・ストーン曲馬団に属していた事が判明するとなれば、問題は最早《もはや》、区々たる呉井嬢次対、狭山九郎太の個人に関係した問題でなくなって来る。拡大も拡大……グーッと範囲を大きくして国家的、もしくは世界的の重大問題と変化して、私の頭の上から大盤石のように圧《お》しかかって来るのであった。

……ところで……話の途中ではあるがここで一応、誤解を避けておきたいのは、かくいう私が所謂《いわゆる》「政治問題」に対して絶対に無関心な人間……という事実である。これは苟《いやし》くも日本民族の血を享《う》けて日本に籍を置いている以上、不都合千万な奇怪事というべきで、殊に、警視庁の一課長の椅子に腰をかけている身分でありながら、その時その時の政界の事情に何等の興味を持たないでいるという事は、一見不思議に思われるかも知れないが、しかし、私の性格から見ると、これは決して矛盾した事実と思えなかった。すなわち一言にして尽くせば私は、自分の職務に忠実であればあるだけ、そんな政治問題から超越していなければならぬと固く信じていた者であった。一切の出来事に対してどこまでも冷たい、公平な眼を注いで行かねばならぬ。あらゆる世相に対して忘れても色眼鏡をかけてはならぬ……自分一個の興味や感情に囚《とら》われて批判したり研究したりして、職務上の正確な観察を誤ってはならぬ……と寝ても醒めても警戒していた私であった。だから単に職務という立場からいえば、私は不必要なくらい色々な方面に注意を払っていた……同様に国際問題や、内政の秘密等に関しても、直接に必要のない事まで気を付けて研究していたもので、こんな点に関しては、政党の鼻息を伺ってびくびくしている大官連中なぞよりもずっと呑気《のんき》な、自由な立場に居ると云ってよかった。

そんな私だから今日《こんにち》までの間に、職務上の意見で上官と衝突した事も一度や二度ではなかったが、しかしこの曲馬団に関する意見ほど真剣に主張した事は未だ曾てなかった。……それ程に重大な国際的の危機を含んで、この曲馬団は日本に渡来したものであった。

この曲馬団の先発隊の一行九名が、春陽丸《しゅんようまる》に乗って日本に到着して、警視庁を鼻の先に見た帝国ホテルに陣取って、丸の内仲通り十四号の空地で興行したいという願書を××大使の念入りな保証付きで差出したのは先々月……去年の十二月の末であった。その願書が警視庁に廻って来ると私は、すぐに私一流の専断でもって、腹心の刑事を使って当該曲馬団の内情を極力内偵させる一方に、自分自身でも特に念を入れて調査の歩を進めてみると、彼等は表面米国人を装うているが、実は色々の人種の顔付きを揃えていて小さな人種展覧会の観がある。……もっともこれは曲馬団なるものの性質上止むを得ないとしても、彼等が註文する喰物《くいもの》や酒の種類があまり上等でない。否《いな》、寧ろ下層社会の嗜好《しこう》に属するものが大部分である。……ところで、これも前同様、曲馬団の性質として深く咎《とが》むべきでないとしても、彼等が日本に来てから「無事到着」の電報を米本国に打った者が一人も居ない。同時に一本の手紙を出した形跡すら発見されないという事実ばかりは、私の注意を惹《ひ》かない訳に行かなかった。

この事実は一面から見ると彼等が米本国に家庭を持たない証拠である……彼等が一人残らず、一種の無頼漢《ぶらいかん》、もしくは国際ゴロの集団である事を証拠立て得る可能性のある事実と認められるのであるが、もし又、そうでないとすれば、彼等は何等かの理由で表面上、本国との信書の往復を禁ぜられているものと見なければならぬ。すなわちその信書の表記《うわがき》や内容に依って、何等かの秘密が漏洩《ろうえい》しそうな虞《おそ》れを抱いている一種の秘密団体とも見られる訳で、いずれにしても尋常一様の曲馬団とは思えない。……のみならず特に私の注意を高潮させたのは、彼等の中《うち》でも兄《あに》い株らしい、カヌヌ・スタチオと称する伊太利人が、今月の中頃に目下太平洋上を航行中の巨船オリノコ丸の乗客、バード・ストーン団長に宛《あ》てて打った無線電報が、奇怪にも曲馬団の交渉報告等に不必要な暗号電報で、しかも国際文書に髣髴《ほうふつ》とした非常な長文電報である事を確かめた一事であった。

これだけの事実を握ると私は俄然《がぜん》として一道の緊張味を感じない訳に行かなかった。そうして時を移さずこの旨《むね》を倶《ぐ》して新任総監高星《たかぼし》子爵に報告しないではいられなくなった。

「……総監閣下《かっか》。暗号電報の写しはこの通りであります。この電報の最後の署名になっております T・M・S の三字はどう見ても或る個人的の発信者の署名とは思われませぬ。私の考えに依りますと、これは何等かの三字の略号を有する団体のサインを、更に暗号化した代え文字と思われるのであります。

……ところで目下米国で最有力な秘密団体は、K・K・KとJ・I・Cとこの二つしかありませぬが、その二つの中でもK・K・Kの方は現在のところウィルソン大統領の懐《ふところ》刀《がたな》と呼ばれております例のハウス大佐の怪手腕によって、極力圧迫を加えられておりますので、真に国際的の活躍をしておりますのはJ・I・Cだけだと思われるのですが……。

……ところでこのJ・I・Cと申しますのは、まだその活躍ぶりを表面にあらわしておりませぬようで、国際的には余り有名でないのですが、ちょうど二年前の大正七年の十月頃に、私は或る機会からこのJ・I・C一味の日本内地に於ける活躍ぶりを発見しまして、その根を絶ってしまったことがあります。それ以来、私が道楽半分に研究したところに依りますと、このJ・I・C秘密結社と申しますのは実は、紐育《ニユーヨーク》ウオール街の金権者団体を背景とする新タマニー・ホール一派の手先でありまして、内密にハウス大佐の指揮に属し、国際的の平和攪乱《かくらん》を請負業と致しております、一種の無頼漢の団体に相違ないのでありますが、今度は又、東洋方面に何等の重要な使命を帯びて、捲土重来《けんどちようらい》したものと考え得べき理由があります。

……現に西比利亜《シベリア》の東部に隠然たる勢力を張っておりますセミヨノフ、ホルワット両将軍は、沿海州に於ける日本の利権を米国に引渡す黙契の下に、軍資金と武器の密輸入をしている……一方は満洲に於て日本政府の援助の下に勢威を張っている張作霖《ちようさくりん》が、このごろ急に排日傾向を帯びて来ました裏面には、満洲に潜入しているJ・I・Cの活躍が与《あずか》って力ある事を、意外にもペトログラドに於けるケレンスキー一派の諸新聞が、一斉にスッパ抜いているという風評を承《うけたま》わった位ですが……これは寧《むし》ろ外務省の機密局か、もしくは、特高課あたりの仕事かも知れませぬが……私は是非ともこの曲馬団の真相を探って見たいと思うのですが……彼奴等《きやつ》の態度があんまり人を喰っているようですから……」

功名手柄に逸《はや》っている新任総監は、こうした私の長広舌《ちょうこうぜつ》を、非常な熱心をもって傾聴した。永年外国に居て、西洋の事情に精通している君でなければ、とてもそんなところに着眼は出来まいとまで激賞した。……のみならず、丸の内の宮城に近い処に、このような天幕《テント》張り式の見世物の興行を許可するという事は将来に悪い慣例を残す事になるし、第一〇〇の尊厳を瀆《けが》すものである。一つその曲馬団の正体を根こそげたたき上げて、外務省の鼻を明かしてやり給え……という個人的な意見までも添えて賛成したのであった。

ところがその結果はどうであろう。願書が出てから二週間も経たぬうちに高星総監はこの興行を無条件で許可したのみならず、態々《わざわざ》私を呼び付けて、今後あの曲馬団に対して探索の歩を進める事を厳禁すると命令したのであった。

私がこの命令を聞いた時には、何よりも先に自分の耳を疑った。同時に総監の態度の真面目なのに呆《あき》れた。冗談にもこんな矛盾した事が云えるものではないのに総監は平気で、しかも儼然《げんぜん》として私に命令している。そうしてどっかと椅子に腰を卸《おろ》してポケットから葉巻を出して火を点《つ》けている。そのまん中の薄くなった頭とデップリ肥満した身体《からだ》の中に包まれている魂は、貴族的の傲慢《ごうまん》と、官僚的の専制欲に充ち満ちているかのように見える。

その態度と直面しているうちに私は早くも、持ち前の癇《かん》の虫がじりじりして来るのを感じた。そうして昨日《きのう》まで殆んど不眠不休で研究してやっと完成したバード・ストーン宛の暗号電報の日本訳を、無言のままポケットから取り出して高星総監の鼻の先に突き付けた。

しかし総監はちらりと見たまま受け取ろうともしなかった。革張りの巨大な椅子をギューギュー鳴らしながら、太鼓腹を突き出して反《そ》りかえりつつ、小さな眼をパチクリさせただけであった。

「何だこの紙は……」

私は憤激の余り手先がぶるぶる震えるのを、やっとの思いで押え付けながら声を励まして説明した。この電報一本が現政府の致命傷になりかねないと思ったから……。

「……ハイ……これはこの間お眼にかけました、帝国ホテル滞在中の曲馬団員から、団長、バード・ストーンに宛てた長文の暗号電報を翻訳したものであります。最後の署名のJ・M・SをJ・I・Cと置き換えて得ました暗号用のアルファベットを、更に、苦心して探りました××大使館用の暗号用アルファベットと置き換えて得ました英文の和訳がこれであります。……すなわち、バード・ストーン一座が大連《だいれん》の興行を打切として解散するに就いて、団員間に手当の不足問題が話題となっていること……××大使が非常に都合よく事を運んでくれているので、外務省にも警視庁にも感付かれる心配が絶対にないであろうこと……セミヨノフの使者に皇女を引渡す場所はハルビンが最適当と認められる事（この皇女というのは或は金《かね》の事ではあるまいかとも考えているのでありますが）……それから張作霖に飛行機二台を引渡す方法に就《つい》ては、奉天《ほうてん》政府の代表チェン氏と打合わせの結果、大連埠頭で、現場貨物主任の日本人一名を買収し（費用二千弗《ドル》程度）直接に貨車に積込み、奉天まで運んでから組み立てるのが最も安全であることが判明したから、そのつもりで船の手配を考慮されたい事……又、日本の現政府与党、憲友会の幹事長Y氏が、××大使の紹介の下に貴下《きか》に会いたがっている。これは日本国内各地の築港事業の促進を名として米国の低資を産業銀行に吸収し、来るべき解散に次ぐ総選挙の費用として流用する目的らしい情報が大使の手許に……」

「……これッ……」

と叫ぶなり高星総監は椅子の中から手をさし伸ばすと、いきなり私が読みかけている暗号電報の写しと和訳を、両方一緒に引ったくってしまった。そうして床の上に落ちたまだ長い葉巻を踏み付けながら、偉大な身体《からだ》をヌックと立ち上らせて、私の鼻の先に突立った。見るとその顔は真青になって唇の色まで変っている。電報の内容の恐ろしさに胆を潰したものらしい。

私は吃驚《びっくり》しながらもそれ見たことかと思った。それにつれて頭を擡《もた》げかけていた癇の虫が半分ばかり鎮まりかけたが、総監の方はなかなかそれどころではないらしい。自分が支配している警視庁のまん中に立っていながら、廊下にスパイでも居るかのように、わざわざ入口の扉《ドア》を開け放して来て、突立ったまま電文の和訳の残りを読み終ると、もう一度廊下の方をチラリと見ながら、私の顔に眼を移した。そうして容易ならぬ顔付きで訊ねた。

「この電文の内容はどこにも洩れておるまいな」

この侮辱的な一言はやっと鎮まりかけた私の癇癪をぶり返すのに十分であった。思わず皮肉な冷笑を浮べながら云い放った。

「そんなヘマな事は致しませぬ。私は閣下よりも長く警視庁に勤めている者です。のみならず日本帝国の臣民です」

　総監の額に青筋がもりもりと膨れ上がった。そのツルツルした禿頭《はげあたま》の下から頭蓋骨の割れ目がアリアリと見え透《す》いて来た。あんまり立腹し過ぎて口が利けないらしかった。その顔を見上げながら私は心の底で免職を覚悟してしまった。そうして事の序《ついで》にもう一本痛烈な釘《くぎ》をぶち込んで二十年間の溜飲を一度に下げてやろうと決心したのでいよいよ落ち着いて咳払いをした。

「……エヘン……この後《ご》とても私はその秘密を洩らすような事は絶対に致しませんから何卒《どうぞ》御安心下さい。しかしこれだけの事は御参考までに申上げておきます。その電文の内容が全部実現することになりますれば、現政府は満洲と西比利亜《シベリア》の利権を米国に売って、総選挙の費用を稼ぐ事になります。……ですから万一閣下がその電文を握り潰してお終《しま》いになるような事がありますれば私は大和民族の一員として、到底黙って見ている訳に参りませんから、個人として新聞に……」

「黙り給え……」

　と総監は低い、押え付けた声で云った。真白に眼を剝《む》いて……。

「それ位の事がわからぬと思うか。余計な心配をするな」

「……でも……この捜索を打ち切れと仰言《おつしや》るからには……」

「……ダ……黙り給えというに……君はただ命令を遵奉《じゅんぽう》していさえすればいいのだ。吾輩と同様に内務大臣の指揮命令に従うのが吾々の職務なんだ」

総監はここでやっと落ち着いて来たらしく、ハンカチを出して額の汗を拭いた。

「……しかし内務省の指揮命令は、いつも政党の利害を本位としております。司法権はいつも政党政派の上に超越さしておかなければ、現にこのような場合に……」

「……いけないッ……君はまだ解らんのか」

総監はすっかり平生の威厳を取り返した。その物々しい身体《からだ》で私を圧迫するように、ノッシノッシ近付いて来ると冷やかに私を見下した。

「……一言君の参考のために云っておく。この曲馬団に対する現政府の方針が間違っていたらその責任は現政府が負うであろう。しかし君の遣り口が間違っているために国際的の大問題を惹起するような事があれば、その責任は吾輩が負わねばならん」

「…………」

「それさえ解っておったら、別に云う事は無い筈である」

私は黙って頭を一つ下げると、さっさと総監の自室を出て行った。

私はその夜の中に辞表を書いて総監の手許に差出した。しかもその辞表はすぐに受付けられたのである。そうして私の後釜《あとがま》には、私が初歩から教育した敏腕家で、この二三年の間に異数の抜擢《ばってき》を受けた私の腹心の志免不二夫《しめふじお》が、警視に昇進すると同時に坐ることになった。

この一事は私の憤慨を大部分和《やわら》げたのであった。けれどもそれが私の手柄を横取りして現内閣の御機嫌を取った総監の私の不平に対する緩和策であることに気が付くと、その不平が又もや大部分盛り返してしまった。……のみならず、その当の目標の曲馬団は間もなく、今日まで見世物の興行などを一度も許された事のない丸の内の草原《くさばら》の中に大きな天幕《テント》張の設備を初めた。そうしてバード・ストーン氏に率いられた団員の全部がオリノコ丸で到着して、日比谷の帝国ホテルと、本郷の菊坂《きくざか》ホテルに投宿してから、曲馬の興行を初めるまでの一週間の間に、東京中のありとあらゆる新聞に出した大々的の広告を見ると、益々不平の念が昂《たか》まって来た。その上に、大抵の興行物は、入費を節約するために、到着すると直ぐに興行を初めるように手配りをするのが普通であるのに、この曲馬団に限ってそんな気ぶりがない。途方もない前から先発隊が来て長々と準備をしていたであろうにも拘わらず一週間の長い間大勢が高価《たか》いホテルに泊ってブラリブラリとしている。……のみならずバード・ストーン団長を初めとして皆パッパと金を遣《つか》うらしく、新聞界や花柳界にわいわいと騒がれているなぞ、見る毎《ごと》に聞く毎に私自身が馬鹿にされたり、当てつけられたりしているような感じがしているところであった。その私の疑いと、憤慨の当の相手の曲馬団にこの少年が属していたというのだから、私が驚いたのは無理もないであろう。腹の底から唸り出したのは当然であろう。

私は暫くの間、瞑目して考えた後《のち》に、おもむろに眼を見開いて少年の顔を見た。

少年も私の顔をじっと見ていたが、その眼の底には一種の光りが流れていた。

「……それでは君はあの曲馬団から脱け出して来たのですね」

「ハイ。あの曲馬団は私の敵ですから」

この少年の言葉には今までと違った凛々《りんりん》とした響があった。私は躍る心を押えながら、一層大きく眼を睜《みは》った。

「どうしてあの曲馬団が敵なのですか」

「あの曲馬団長のバード・ストーンは私の両親を苛め殺したのです。直接に手を当てて殺す以上に非道《ひど》い眼に会わして殺したのです」

「……フーム……それはどんな手段で……」

少年は答えなかった。いかにも無念そうに唇をきっと結んだまま、私が持っていた曙新聞を受け取って、同じ一昨年の十月十四日の夕刊の社会面を開いて、前の広告と同様の赤丸を施した標題《みだし》を指さし示した。それは初号活字三段抜きの大標題で、次のような記事が殆んど社会面の全面を蔽《おお》うばかりに掲載されていた。

東京駅ホテルにて
富豪紳士毒殺さる

昨夜深更の出来事

本日午後三時端緒つく

狭山鬼課長出動活躍

昨十三日夜、東京駅ステーションホテル第十四号室に約一週間前より滞在せる印度《インド》貿易商岩形圭吾《いわがたけいご》氏（四五）は、昨夜泥酔して帰来したるが、本朝に至り着のみ着のまま寝室のベッドの上に横臥して死しおれるを、同室《へや》附きのボーイが発見して大騒ぎとなり、吾が鬼課長狭山九郎太氏が出動して検屍したるに、同岩形氏の横死の裏面に重大なる犯罪の伏在しおるを認め、全力を竭《つく》して活動の結果、犯罪発見後数時間を出でざる本日午後三時に至り、その裏面の秘密を尽《ことごと》く発《あば》きつくせる事実を、本社は遺憾なく探知するを得たり。而《しか》してその事実の経過を見るに、実に容易ならざる犯罪事件にして、その犯行の原因の不可解なる、又、加害者と被害者の行動の異状なる、而してその犯罪の巧妙にして深刻なる、実に近来稀《まれ》に見る怪事件にして、これを解決したる狭山課長の苦心、亦《また》実に手に汗を握るものあり。今その詳細に就き本社が特に探り得たるところを記さん。

初めに、

岩形氏の変死を
発見したる給仕

山本千太郎《せんたろう》（一八）はこの由を直ちにホテルの支配人竹村氏に知らせたるを以《もっ》て、同氏は直ちに現場に到りしに、岩形氏は紺羅紗《こんらしゃ》の服に、茶褐色の厚き外套を着し、泥靴を穿《は》きたるまま、寝台の上に南を枕にして西向きに横たわり、帽子は枕元に正しく置きてあり。双《そう》の掌《て》と、外套の袖口と、膝の処が泥だらけになりおれども、顔面には何等苦悶の痕《あと》なく、明け放ちたる入り来《きた》る冷風に吹かれおり。ボーイ山本千太郎の言に依れば、窓は初めより明け放ちありて入口の方を背にして横たわりおりしを以て全く泥酔して帰りたるまま横臥し、朝風に吹かれいるものと思い、近づきて呼び試みたるに返事なかりしより疑いを起したるものにして、なお入口の扉《ドア》も屍体発見以前より鍵がかかりおらず。暫くノックしても返事なかりしを以て、無断にて開きたる旨陳述せり。急報に接し日比谷署より司法主任野《の》元《もと》警部、戸《と》次《つぐ》刑事部長以下刑事二名が現場に出張したるが、その結果、一本の注射器と毒物の容器とおぼしき空瓶が発見され、更に屍体を詳細に調査したる結果

左腕上膊部に小さき注射の痕跡

あり。その部分のシャツが上下二枚とも同一箇所を重ねて鋏様《はさみよう》のものにて截《き》り破りある事実が発見されたり。然《しか》れどもその他の室内の物品は何一つ紛失、または攪乱された

る形跡なく、岩形氏所持の大型金時計は正確に、その時の時刻七時四十一分を示しおり。ただ敷き詰めたる絨毯《マット》の上に、岩形氏の泥靴の痕跡が、廊下より続きて入り来れるのを見るのみ。ここに於て日比谷署の司法主任野元警部はその容易ならざる怪屍体なることを認定し、この旨を警視庁、及《およ》び検事局に報告するところあり。警視庁よりは第一捜索課志免主任警部、飯村刑事部長、金丸、轟《とどろき》二刑事、鑑識課員の数名と共に時を移さず現場に出張し、又、検事局よりは新進明察の聞え高き熱海《あたみ》検事と古木書記とが臨場して詳細なる調査を遂げたるが、その結果は更に幾多の怪事実の発見となり、疑問に疑問を重ぬるのみ。殆んど、その自殺なるか他殺なるかの判断さえも不可能なる状況となりしを以て、遂《つい》に吾が狭山第一捜索課長の出動を待つに一決し、電話を以てこの旨を警視庁に急報せり。

鬼課長の出動活躍
――遂に他殺と決定す――

………。

　ここまで読んで来ると私は思わず赤面した。
　この事件に関する私の活躍は、表面上大成功として都下の新聞に謳歌《おうか》されているのであるが、実は尻切れトンボ式の大失敗に終っているのである。ことにこの変死した岩形圭吾と名乗る紳士こそは……私は最初から事実を暴露しておく。その方が面白いと思うから……某国から日本に派遣されたその第一回の暗黒公使であることを発見し得べき奇怪な手がかりが、新聞記事にまでハッキリと描きあらわしてあったにも拘《かか》わらず、うっかりと見逃してしまって、あとで吃驚《びっくり》させられたのは返す返すも醜態であった。……しかし度々余談に亘《わた》るようであるが、この岩形圭吾氏の変死事件は、第二回の暗黒公使事件に参考すべき予備知識として、必要欠くべからざる重大事項であると同時に、私がＪ・Ｉ・Ｃ秘密結社の内容を真剣に研究し初めた、その最初の動機になっているのだから止むを得ない。ここにすべてを打ち明けて、私の失敗に関する裏面の消息を明かにしておきたいと思う。

以上の事実をそれから間もない正八時に登庁して、電話で聴き取った私が、迎えの自動車で現場に到着したのは、岩形氏の屍体が発見されてから約一時間半の後《のち》であったが、ホテルの玄関まで出迎えた部下の二刑事と連れ立って十四号室の前まで来る間に、そこここの室《へや》から、男や女の顔がいくつも出たり引っ込んだりした。皆、今朝《けさ》の出来事を耳にしているらしく、脅えたような眼付きをしていたが、私はそんなものには眼もくれずに、まだ扉《ドア》を閉じて寝ているらしい室の番号だけを記憶に止めた。一寸《ちよつと》した注意であるが同宿の者の中《うち》に犯人があって、自分が殺しておきながら知らん顔をして寝ていたという実例が数え切れない程ある。そんな疑いのある者は喚び起して眼の球《たま》を見れば亢《こう》奮《ふん》して充血しているのか、睡眠不足で充血しているのか、又は、酒のためか、病気のためか、それとも本当に安眠していたのかという事が、今迄の経験上、大抵一眼でわかるので、いよいよ見極めが付かぬ時は、その手段を執るより外に方法はないのである。

問題の第十四号室は、宮城の方に向って降りて行く階段の処から右へ第五番目の室であった。その室の内外は最早《もはや》、既に、鑑識課の連中が、志免警部の指揮の下に、残る隈なく調べ上げている筈であったが、私は念のため入口の扉に近付いて、強力な懐中電燈を照しかけながら、その附近に在る足跡を調べて見ると、すぐに眼に付いたのは大きな泥だらけの足跡で、入口の処で、扉を推し開くために左右に広く踏みはだけてある。これは疑いもない岩形氏の足跡で、岩形氏が昨夜《ゆうべ》泥酔して帰った事実が容易に推測される。それから私は黄色くピカピカ光っているワニス塗りの扉にも、無造作に懐中電燈の光りを投げかけてみると、扉の上半部に在る大きな新しい両手の指紋の殆んど全部と、把手《ノッブ》の上に在る右手の不完全な指紋が直ぐに眼に付いた。しかも、それ等の指紋には一つ残らず、ハッキリと白い泥の粉末が附着しているのであったが、これは矢張り今の推測を裏書するもので、岩形氏はどこかで酔っ払って転んで、手を泥だらけにして帰って来て、先ず扉によろけかかって、それから右手でノッブを捻《ね》じって、室の中によろめき込んだものと察せられる。

私はここまで見届けてから懐中電燈のスウィッチを切ろうとすると、ついうっかりして取り落したが、電燈は大きな音を立てて床の上に転がったまま線が切れもしないで光っている。それを拾い上げようとして腰を屈めかけた私は、志免警部から電話で聞いた報告の中に無い、意外なものを発見したので急に手を引っこめながら左右をかえりみた。傍に立っている二刑事に電燈を指し示して、

「見たまえ」

と云った。

二人の刑事は直ぐに顔をさし寄せて見たが、軽い溜息をしいしい顔を上げて、私と眼くばせをした。その懐中電燈の光線が、鋭い抛物線《ほうぶつせん》を描いて、横筋《すじ》かいに照し出している茶色のリノリウム張りの床の上には、そうと察して見なければ解らない程のウッスリとした、細長い、女の右足の爪先だけの靴痕が印《しる》されているのであった。こんな風に電燈を真正面から垂直に照しかけても見えないものが、真横《まよこ》から水平に近く照しかけると見え出して来るという事実は、実につまらない偶然の事ではあるが、私にとっては初めての経験で、この際としては特に貴重な発見でなければならなかった。

私は早速、電燈を取り上げて、同じように光線を横から床の上に這わせながら、女の左足の痕を探したが、それは右足のすぐ近くに、殆んど扉とすれすれの位置に残っている。但しこれは爪先の形が右足のそれよりも稍《やや》ハッキリと現われていて、身体《からだ》の重みが幾分余計に、左足にかかっていた事を証明している。

私はそれから腰を屈めて、床の上の女の足跡がどこから来たか探し初めたが、これはさほど困難な仕事ではなかった。足痕は人の通らない端の方ばかりを選《よ》って歩いているために、殆んど一つも踏み消されたものはなく、昇降口の階段の処まで続いて来て、そこからずっと階下《した》まで敷き詰められた絨氈の上まで来て消え失せている。

私はその足跡の主が、階段を降りて行く後姿を眼の前に見るように思いつつ、階段の下の方まで見送っていたが、間もなく引返して、日比谷署と、警視庁と、検事局から詰めかけている連中に会うべく十四号室の扉をノックして開いた。

そこは岩形氏の屍骸が横たわっている寝室と隣合わせの稍《やや》広い居間《プライベート》で、一流のホテルらしい上等ずくめの……同時に鉄道のホテルに共通ともいうべき無愛想な感じのする家具や、装飾品が、きちんきちんと並んでいたが、そんなものに気をつけて見まわす間もなく、ふと室《へや》の向側を見ると、窓に近い赤模様の絨毯の上に突立った志免警部と飯村部長が、色の黒い、眼の球《たま》のクリクリした、イガ栗頭の茶目らしいボーイと向い合っている。何か訊問をしているらしい態度であったが、私を見るとちょっと眼顔で挨拶をしてから又、二人でボーイの顔を凝視した。

私はこのボーイが岩形氏の変死を最初に発見したボーイに違いないと思った。同時にそのボーイが頭をがっくりと下げたまま、口を確《しっ》かりと噤《つぐ》んでいる横顔が、何かしら一言も云うまいと決心しているのに気付いた。それを志免と飯村の二人が無理やりに問い詰めて、いよいよこじらしているらしい様子を見て取ったので、これはこの際一大事と思ってつかつかと室の中央のテーブルをまわって行った。すると、それと殆んど同時に、隣の寝室で岩形氏の屍体を取り巻いていた熱海検事以下十余名の同勢がどかどかと寝室から出て来て私の背後を取り巻いたので、只さえぶるぶると顫《ふる》えながら立っていたボーイはいよいよ顫え上ってしまったらしく、傍に近寄って行く私の顔を、命でも取られるかのように身構えをして見上げた。眼の球を真白に剥き出して、唇の色まで失《な》くしてしまった。

私はわざと、その顔を見向きもしないまま見知り越の、熱海検事を振り返って中折帽を取った。

「何かあれからタネが上りましたか。電話で承わりました以外に……」

まだ若い熱海検事は無言のまま恭《うやうや》しく帽子を脱《と》った。そうして静かに志免警部をかえりみた。

「……ええ。この山本というボーイが何か知っているらしいのですけども……」

と引き取って答えながら飯村警部は又ボーイの顔を見た。

「……ワ……私は……何も知らないんです。何もしやしないんです。僕は……僕は……僕は……」

と突然にボーイが叫び出した。唇はわなわなと顫えて、涙が蒼《あお》ざめた頬を伝い落ちた。私はわざと朗かに笑い出した。

「ハハハハハ。誰もお前を犯人とは思っていないから安心しろ。しかし、お前一寸《ちょっと》その靴を両方とも見せてくれないか」

こう云うとボーイはもとより室の中の一同は妙な顔をした。しかしボーイは素直に白い半靴を脱いで差出したので、私はそれを両方に提《さ》げて廊下に出たが、やがて帰って来ると、靴をボーイに返して飯村警部に代って訊問し初めた。

「お前は岩形さんを受持っていたんだろう」

「そうです」

「いくつになるね」

「十八になります」

「ハハハハハ。十八にしちゃ意気地がなさ過ぎるじゃないか。お前が犯人でない事は……俺が……この狭山が保証する。その代り知っている事は何でもしっかりと返事しなければ駄目だぞ」

「ハイ……」

とボーイはすすり上げながら頭を低《た》れた。私は一層、言葉を柔らげた。

「岩形さんが帰って来たのは昨夜《ゆうべ》の何時頃だったかね」

「……十二時半近くでした。それまで僕は……私は他のお客の相手をして玉を突いてました。そうしたら、仲間の江木がやって来て、お前の旦那は一時間ばかり前に帰って来ているんだぞ。知らないのかと申しましたから、私はすぐにキューを江木に渡して二階に駈け上りました。けれどもその時は……」

「扉《ドア》に錠が掛かっていたろう」

「そうです。それですぐに……自分の室《へや》に帰って寝てしまったんです」

と云いながらボーイは深いふるえた溜息をした。私はそこで一つ意味ありげに首肯《うなず》いて見せた。

「あの岩形さんは、いつもそんな風にして寝てしまうのかね」

「いいえ。岩形さんはいつでもお帰りになるとすぐに私をお呼びになりますから、私はお手伝いをして、寝巻を着かえさせて、ベッドに寝かして上げるのです。どんなに酔っておいでになりましても、私に黙ってお寝《やす》みになった事は一度もありません。……貴様が女なら直ぐに女房にしてやるがなあ……なんて仰言《おつしや》った事もあります」

この無邪気過ぎる言葉の不意打ちには室の中《うち》の十余名が一時に失笑させられた。隣の室にそう云った本人の屍骸が横《よこた》わっているので一層滑稽に感じられたのであろう。謹厳そのもののような熱海検事までも顔を引っ釣らして我慢しかねた位であった。しかし無知なボーイは皆の笑い顔を見て安心したものか、見る見る血色を恢復《かいふく》して来た。そうして私の問いに任せて、岩形氏の平素《ふだん》の行状をぽかぽかと語り出したが、その概要を今までの調査の内容と綜合してみると結局こんな事になるのであった。

岩形圭吾氏は現在印度貿易商という触れ込みで、こうした東京一流のホテルに泊っている人物で、又、実際に金持ちらしく見えていたのであるが、その財産というのは、米国の加州《カリフォルニア》辺で稼ぎ溜めたものらしい。これはその服装の好みと、日に焼けた色合いが同地方から来る日本人に共通しているところから、ボーイ頭《がしら》の折井という男が睨んでいたものだという。そうしてその金は山下町の東洋銀行という銀行に十四万円ばかり当座預金にしてあったのを一昨十二日の午後に殆んど五分の四以上を引き出してしまったので、その銀行の支配人は弱っているだろうという噂《うわさ》である。その事情はやはりこのホテルの会計方の一人で宇田川という男が東洋銀行員の一人と懇意なために、ボーイ仲間の二三人に洩れたものらしい。

それから岩形氏がこのホテルへ来たのは、ちょうど東洋銀行へ金を預け入れた日と同じ日らしかったが、印度貿易商と名乗りながらこれという仕事もないらしく、荷物でも皆無といっていい新しいトランク一つと、やはり新しいスートケース一個で、訪問客も、手紙も来ず、電話一つ掛って来ない。おまけにいつも外出勝ちで、朝飯のほかは昼も晩もホテルで喰う事は稀であった。のみならず帰って来るのはいつも夜の十時過ぎで、しかもベロベロに酔っている事が多かった。しかしボーイやホテルに対する仕打ちは慣れたもので、金遣いも綺麗だったから誰も怪しむ者はなく、蔭では皆十四番の黒さんと云いながら、表面では普通よりもすこし丁寧な扱いをしていた。ただ一度帳場の誰かが、

「十四番の黒さんは毎晩几帳面に帰って来るから可笑《おか》しいじゃねえか」

と云い出した事がある。すると又誰かが、

「全くなあ。それに手紙が一本も来ねえお客も珍らしいぜ」

と云い足した。けれどもその時にボーイ頭の折井がちょうど来合わせて、

「野暮な事を云うなえ。この節じゃ寝る処と仕事をする処とを別にするのが流行《はや》りなんだ。それとおんなじに気保養をする処も別にするんだ。毛唐《けとう》等あみんなそうしてるんだ

ぜ……みんな一緒にしちゃ息が抜けないからな。奴《やっこ》さんそこで一杯飲んで来るのよ。手紙なんざ事務所の方に行ってるに極《き》まってらあ。何も不思議はねえさ」

と云い消したので、それっきりになっている。岩形氏が昼間のあいだどこで何をしているかというようなこともそれなりに問題にならないまんまで、おしまいになったので、岩形氏の身の上に就《つ》いては、それだけの事実しか上っていない。

「……よろしい……」

と私はうなずいた。そうして言葉を改めてボーイに問うた。

「それではこの紳士が、ホテルへ帰るとすぐに自分で鍵をかけて寝たのは昨夜《ゆうべ》が初めてなんだな」

「そうです。だから僕も直ぐに寝ちゃったんです」

と云いながらボーイは又、凝《じっ》然とうなだれた。その顔を覗き込むようにして私は半歩ばかり近づいた。

「そうではあるまい。お前は昨夜《ゆうべ》、この室《へや》へ来て、鍵がかかっているのを見た帰りがけに、一人の洋装をした日本人の女が中から出て来るのを見たろう。そうしてその女とお前は、あの廊下で立って話をしたろう。その女の靴の痕《あと》と、お前の新しいゴム底の靴の跡《あと》とがハッキリと残っているのだ……嘘を云うと承知せぬぞ」

ボーイは殆んど雷に打たれたように、うしろの方へ辷《すべ》り倒れかけた。それをやっと踏み止まって真青になったまま助けを乞うように私を見上げたが、その唇は物を云う事が出来なかった。そうして中気病《ちゅうき》みのようにわななく手を左のポケットに突込んで、新しい手の切れるような二十円札を一枚、私の前に差し出した。

私は受け取って裏表を改めながら問うた。

「お前はこれをその女に貰って口止《くちどめ》をされたんだろう……妾《わたし》がここへ来た事を誰にも云ってくれるな……と云って……」

ボーイは頭をぎくぎくと左右に振った。

「……ち……違います。そ……それを玄関で……も……貰っ……て……」

「……ウン……そうか。そうして岩形さんの室まで案内したんだな……誰にもわからないように……」

ボーイは一つうなずいたと思うと、そのまま頭を上げなかった。ウーンと云って引っくり返ってしまった。

ボーイが杉川医師の応急手当を受けて室を運び出されると、私は直ぐに金丸刑事を呼んで、ボーイが貰った二十円札《さつ》を東洋銀行に持って行かせた。そうしてもし札の番号が控えてあるならば、この札が一昨日《おととい》の午後、岩形氏に支払ったものかどうか調べて来るように……そのほか岩形氏の身辺について出来るだけ細大洩らさず聞き込んで来るように命じた。

それから鑑識課の仕事を一応聞き取った私は、やっと隣の室に這入って、熱海検事以下数名立会の上で、もう一度岩形氏の変死体を検査する段取りになった。

その検査の結果は大要左《たいようさ》の通りである。むろんこの記述は前の記述と重複するところが少なくないのであるが、この紳士の死状、その他の外表的徴候は、ずっと後《のち》までもこの事件と、呉井嬢次と名乗る怪少年に関する重大な秘密の扉を、順々に開いて行く鍵になっているのだから、念のために記憶に残っている中《うち》で必要と認める全部を、初めから繰返して箇条書にしておく。その中《うち》でも特に注意を要する諸点（中には私が何の気も付かずに見のがしていて、あとで大失策を演じてから、やっと気が付いたようなデリケートの事実もある）には一々黒点を施して、これを参考にして行けば岩形氏の変死に関する秘密が、裏から裏へと解けて行くようにしておいた。

岩形氏の死状

◆屍体が発見された場所　東京駅ステーション・ホテル第十四号特別寝室。
◆死亡推定時間　大正七年十月十四日午前零時前後。
◆屍体発見当時の室内の状況　電燈は点けたまま。窓も明け放したままであるが、そこから何者かが出入りした形跡は無い。ただ窓枠の上下際に岩形氏の泥の指痕《ゆびあと》が附着しているのみ。なお、スチーム暖房は止めてある。
◆屍体の外見状況　帽子は栓をした小瓶や注射器と一緒に、枕元に正しく置いてある。そうして泥靴を穿いて、右手の袖口を泥まみれにした外套と上衣を着て膝の処を左右とも泥だらけにしたズボンを穿いて、南を枕にして、左手を下に敷いた西向きに横臥し、眼を一ぱいに見開いて、窓の外を凝視したまま死んでいる。そのワイシャツと、その下のラクダの襯衣《シャツ》は両方とも、同じ左腕上膊部を二枚重ねて横に三寸程鋏様《はさみよう》のもので截《き》り裂いてあって、そこから注射をした痕は、絆創膏《ばんそうこう》を貼ってないために、淡《うす》い血と淋巴《りんぱ》液が襯衣の裏面に粘り付いている。

容貌と体格

◆容貌　蒙古人種系《モンゴリアン》の大きな顔で、赤味がかった頭髪はまだ左程《さほど》に禿《は》げていず、全体に醜くはないが、好男子という程でもない。しかしどことなくノッペリしたところは貴族的で婦人に敬愛されそうな顔立ちである。かなり高い顳顬骨《しょうじゅこつ》と、薄い眉とは犯罪性をあらわし、狭く尖《とが》った鼻の頭と、稍《やや》角張った大きな顎《あご》は敗け惜しみの強い性格をあらわしているが、小さな分厚い唇はどちらかといえば考えの浅い、お人好しの性格を見せている。これに反して広い平ったい額は疑い深い、もしくは底意地の強い才智の働きを表明し、耳は又、女性的で温順《おとな》しい恰好をしているなぞ、随分矛盾した特徴を持った顔で、全体を綜合した印象から云っても、ちょっとどんな性格か要領の得難《えにく》い表情と云わねばならぬ。ただ、眼だけは誰が見ても酒精《アルコール》中毒で、白眼が黄色く濁って、暴風雨の後《のち》の海を見るような気味のわるい光りを放っている。

◆体格　身長五尺六寸余。酒肥りにデブデブ肥っていて体量も二十貫位ありそうに見える。顔も手足も真黒く日に焼けているが地肌は酒で色付いている胸部を除いては、白い方である。又、昔はかなり烈しい労働に従事したらしく手足の皮が厚くなっているし、腕力も相当にあるらしく、左の腕に一度小さな刺青《いれずみ》をして焼き消した痕がある。しかし、それがずっと前に東京市内で流行した不良少年用の花型のものか、外国の無頼漢用の骸骨《スケレトン》式のものか、それとも普通の恋愛沙汰から来たハート型に頭文字《イニシアル》の組合わせ式のものかというような事は、ちょっと判別出来なかった。

服　装

◆服装　外套は焦茶色の本駱駝《ほんらくだ》で、裏は鉄色の繻子《しゅす》。襟《えり》は上等の川獺《かわうそ》。服は紺無地羅《こんむじら》紗《しゃ》背広《せびろ》の三つ揃いで、裏は外套同様。仕立屋の名前はサンフランシスコ・モーリー洋服店と入っている。持主の頭文字は初めから縫い付けてないらしく引き剝がした痕跡もない。外套、上衣とも襟の処には葉巻の芳香と、熟柿《じゅくし》臭い臭気とが沁《し》み込んでプンプンと匂っている。帯革は締めず。青い革のズボン吊り。本麻、赤縞ワイシャツに猫目石のカフスボタン。三つボタンは十八金。襟飾《ネクタイ》は最近流行し初めた緑色の派手なペルシャ模様。留針《タイピン》は物々しい金台の紅玉《ルビー》。腕輪はニッケルの撥条《ばね》。帽子は舶来の緑色ベロアに同じ色のリボン七吋《インチ》四分の三。但し内側はかなり汗じみている。青スコッチの靴下。靴は舶来のボックス十二文で俗にいうブルドッグ型編上である。

携帯品――右、左、内、外、後とあるのはポケットの位置を示す――

◆外套　【右外】何かを拭いたらしい棒のように絞り固めた白麻のハンカチ一つ。敷島らしい煙草の屑。【左内】ハバナ製葉巻を三本容《い》れた鉄製の容器一個。岩形氏の掌《てのひら》と同様の泥の指紋が附着した小さな鋏一個。

◆上衣　【右内】万年筆のインキの切れかかったままのもの一本。鰐皮《わにがわ》の紙入れ一個。その内容は百円札七枚、十円札二枚、五十銭札五枚。一銭銅貨二枚。計七百二十二円五十二銭也《なり》。岩形圭吾と印刷した名刺十三枚。外にもう一枚岩形の形という字の上部から横に破り取った下半分の名刺。及び、岩形と彫った小型の水晶印一個。【左外】濃い、い、い、い、ハ、ハ、ハ、ン、ン、カ、チ、一、紫色の女持絹ハンカチ一枚……その他中略……。

◆胴着《チョツキ》【左外】ウォルサム製廿型《にじゅうがた》金時計。金鎖。蓋附磁石。十四金鉛筆附。いずれも頗《すこぶ》る古いもので、その時の正確な時間十時十五分を示している。

◆ズボン　……一部中略……【右後】残弾四発を有する旧式五連発ニッケル鍍金《めっき》小型拳銃《ピストル》。旋条がかなり磨滅し、撃鉄や安全環はニッケルが剝落して黒い生地《きじ》を露《あらわ》し、握りの処のエボナイトの浮彫《うきぼり》も、手擦れで磨滅してしまっている。少くとも十年以上使用したものである。
◆附記　注射器は日本製で岩代屋《いわしろや》の刻印があり、最近に求めたものらしく、針は予備針とも、最小のしなやかなものである。又、注射用の毒薬を入れた小瓶は普通の茶色の小瓶で、買った店の受取証のようなものは無論見当らず、中には極少量の薬液が附着しているようであるが、何が入っていたものか見当が付かない。ただ軽いアルコールらしい臭気が残っているばかりである。そうして注射器の筒にも、茶色の小瓶の栓や外側にも、岩形氏の掌と同様の泥の指紋が真白に附着している。
◆備考　（一）岩形氏の持物の中《うち》で注意を要するものは、この外《ほか》に一個もない。但し押入れの中のトランクもスートケースも、その中に投げ込んである毛布、長靴、その他のござござも皆、最近に買ったらしい新品である事と、状袋《じょうぶくろ》、レターペーパー等という書信用の品物を一つも持たず、ホテル備え付の分を使用した模様もない事が、注目に価する位のものである。
◆備考　（二）遺書、もしくはそれに類するものはどこにも発見されなかった。

私はこれだけの事実を極度の注意を払って検査した上で、もう一度、岩形氏の枕元に在る注射器と茶色の小瓶と、ポケットから出た小鋏とを更《かわ》る代《がわ》る取り上げてみた。そうしてもう一度、内部のアルコールらしい臭いを嗅いでみたり、光線に透かしてみたり、硝子《ガラス》の栓を瓶と合わせてみたり、又は鋏をきちきち合わせてみたりなぞ、無用の努力を五六分間繰返しながら、内心では色々と推理を組み立てては壊し、判断してみては考え直してみた。しかし何度繰返して考え直して見ても、私の推理は同じ鉄壁にぶつかって一歩も進めなくなるばかりであった。この推理観察の金的《きんてき》ともいうべきこの瓶と注射器と、鉄に附着している指紋が、岩形氏以外の誰のものでもない事と、その附着した位置や、力の入り工合が如何にも自然で、あとから故意にくっ付けたものではないという一同の意見が一致している以上、ほかの情況証拠がいくら他殺らしく見えていても、他殺と断言する事は不可能であった。もっと有力な他殺の形跡が発見されない限りは……であった。況《いわ》んやこの屍体を取り巻く幾多の情況が、他殺とも見え、自殺とも見えるに於てをやであった……。

私は心の底で人知れず溜息をしいしい三つの品物を岩形氏の枕元に投げ出した。……こんな摑みどころのない、得体のわからない変死体に出会《でくわ》した事は、実に、生れて初めてだったからである。これだけ腕を揃えた連中が判断に苦しんだのは尤も至極だと思ったからである。

読者諸君ももう既に気付いていられるであろう。見たところ岩形氏の死状はどうしても自殺と考えるのが至当らしいという事を……。すなわち岩形氏は、昨夜誰も居ないうちに自分で外套と上衣を脱いで、自分の鋏でシャツを切り破って、そこから自分の注射器でアルコール臭を有する毒液の注射をして、それから寒くなったのでもう一度上衣と外套を引っかけて、寝台の上に転がったもの……と見る事が出来るので、注射の個所を消毒した形跡もなく、絆創膏を貼った痕もないところ……又は帽子と注射器を枕元に正しく置いて絶息しているところなぞを見たら、ほかの条件がどんなものであろうともとりあえず自殺と決定したくなるであろうことを……。

しかしこの時の私の頭にはどうしてもこの決定が閃《ひら》めかなかったから不思議であった。しかも、それは私がこの十四号室に這入る前に発見した、彼女の靴跡が先入主になっていたせいでもなければ、岩形氏が手を洗い浄めないまま注射をした……もしくは遺書を認《したた》める間もなく、衣服を改める隙《ひま》もなく、腕をまくる隙《すき》もない程急迫な自殺をした……という事が、私を疑い迷わせたからでもなかった。それよりももっと直接な、大きな疑問……すなわち現在眼の前に横わって、冷たく強直してしまっている岩形氏の屍、体の姿そのものが、今まで見た事のない、何とも説明の出来ない異常な感じをあらわしている……その異常な感じそのものが、それをじっと見下ろしている私に向って何事かを訴えるべく、無言のまま呼びかけているのではないか……というような疑問がちらちらと私の頭の中に閃《ひら》めいて仕様がないからであった。

……もっと私の屍体を研究して下さい。もっとよく調べて下さい。私の死んだ原因は、普通の人間には絶対に解りません。ただ貴方だけにしか解らないようになっているのです。……私は貴方がお出でになるのを待っていたのです。私のこの異常な死方《しにかた》の裏面に隠されている、或る驚くべく、恐るべき秘密を看破して下さるのを一刻千秋の思いで待っていたのです。……私のこの異状な、不自然な、奇抜な死方をもっともっとよく研究して下さい。そうして私の死を無駄にしないようにして下さい。どうぞどうぞお願いします……。

……と身動きも出来ず、声も出せない憐れな姿のままに、刻一刻と私に呼びかけているのではないか……というような深刻な疑問が私の頭の中一ぱいに渦巻いて、どうしても屍体の側を離れることが出来なかったからであった。

けれども遺憾ながらこの時の私の頭はこの疑問を解剖するだけの観察力と推理力をあ

らわす事が出来なかった。ただ、同じ疑問を扇風機のように頭の中で廻転させながら一ぱいに開いた屍体の黄色い眼を凝視するばかりであった。そうして、やがてもう一度心の奥底で溜息をしながら……これでは俺の頭は傍に立っている三人の頭と大差ない事になる……と思いながら、何気なく岩形氏の屍体の鼻の先に置いてある、絞り固めたハンカチを取り上げてみた。これは前記の通り岩形氏の外套の右の外側のポケットから取り出したものであるが、掌が泥だらけになったままでいるのに一体何を拭いたものであろう……又何か拭いたにしてもこんなハンカチの一つぐらい棄ててしまいそうなもの……と思うと、何となく岩形氏に不似合な所持品と思われたので、溺れかかった人間が藁《わら》でも掴むような気持で検査してみる気になったものであった。

そのハンカチの棒のように絞り固めた中心《なか》の方はまだ薄じめりしているらしく、外側の捩《よ》じれた皺《しわ》の上には、今まで入っていたポケットの内側の染料が赤く波形に染み付いていた。鼻に当てて嗅いでみるとウイスキーと珈琲《コーヒー》との交《まじ》った臭気がぷんとしている。これは多分ウイスキー入りの珈琲がこぼれたのを拭いたもので、ポケットの内側の色が染み付いたのは多分アルコールの作用であろうと思いながら、念のためにポケットの内側を覗いてみると、それは赤い色ではなく、他の処と同様に鉄色の繻子《しゅす》であった。そうしてその奥底の方のハンカチの潤いを吸うた部分だけがハッキリとした赤黄色に変色しているのであった。

　私はそのハンカチを持ったまま、衆人環視の中をつかつかと、窓の処に近づいて行った。そうして出来るだけ方々に指を触れないようにそのハンカチを引き拡げて、隅の両端を摘《つま》んで、皺を伸ばすために二つ三つはたくと、粘り付いていた煙草の粉が皆飛んでしまった。それを間もなく照り出した日の光りに透かしてみると、半乾きのハンカチの繊維が皆、真白に輝いて見えた。

　ハンカチの向うの広場には、電車や、人力車や、自動車や、自転車が引っきりなしに音を立てて通った。オーイオーイと呼ぶ人間の声も聞えた。太陽が明るくなり、又暗くなった。朝風がそよそよ窓から入って来て私の持っているハンカチを弄《もてあそ》んだ。その間じゅう私は、自分の眼の前にぶら下っている一尺四方ばかりの白いハンカチの中から順々に現われて来る怪現象に見惚《みと》れて、身動き一つ出来なくなっていた。

　珈琲の汚染《しみ》は殆んど全部に亘っていて、汚れていない処は右上の角の一部分しかない。そこ、ここに、ポケットの内側の変色した部分と同じ色の淡《うす》い汚染が、両端の尖った波の形をして散らばっている……その中に、巻煙草の粉の形をした小さな短冊型が薄青く輝きながら、群をなして現われて来た。それからその真中あたりに、茶色にぼやけた半円形が二つ半？　ばかり辛《かろ》うじて見えて来たのは指を拭いた痕跡らしく、大方脂肪分が変色したものであろうと考えられる。そのほか極めて淡《うす》い雲のような汚染《しみ》の形が処々に見えるが、何の痕跡だか推定出来ない。

そんなものを一渡り見まわした私は、最後に、右上の端の珈琲の汚染の附いていない処に眼を注いだ。そこには極めて鮮麗な紫色がかすれたようになって附着しているが、その色が珈琲の汚染になった処に這入ると急に流れ拡がって、淡い緑色に流れ出している。この紫色はもう一つの絹ハンカチの色とは違って、眼に沁みるほど華やかで、確かにタイプライターのリボンを抓《つま》んだ指を拭いた痕跡に違いないと思われた。それから私はハンカチの上の両端を左右の栂指《おやゆび》と食指《くすりゆび》でしっかりと摘んで、強く左右に引っぱって見たが、まだそんなに力を入れもしないうちにハンカチは何の苦もなくびりびりと裂けて、左右の二つに別れてしまった。

私は思わずほっと一息しながらハンカチから眼を離したが……振り返って見ると私の周囲にはいつの間にか二三十の眼が集まって、私のやる事を不思議そうな顔をして見ていた。

「この室《へや》にはタイプライターは……」

と私は独言《ひとりごと》のように云いながら見まわした。

「いえ。ないのです。この紳士の指は太くて固くて、とてもそんな小まめな器械はいじれません。そしてインキの代りに泥が爪の中までこびり付いています」

と志免警部は即座に答えた。私の背後《うしろ》から覗き込んで紫の汚染に気が付いていたものと見える。

私は引き裂いたハンカチをそっと寝台の上に置いて、隣の室《へや》に行って洗面器で手を洗って来た。直ぐにもう一つの紫の女持《おんなもち》絹ハンカチを摘み上げて、同じように窓の明りで透かしてみたが、これには何も見当らず、ただ強いヘリオトロープの香気がしただけであった。……この香水はこのハンカチとは調和しない。紫のハンカチには大抵バイオレット系の香水が振りかけてあるものだが……とその時に私は思った。

「ヘリオトロープの香水はどこにもなかったね」

「ありませんでした。只洗面台の処に濃いリニー香水と仏国製のレモン石鹼があっただけです」

と又も志免警部が即答した。私のする事を一々眼に止めながら……。

私は考えに沈んでこつこつと室内を歩きまわり初めた。

ほかの連中は多少の倦怠を感じて来たらしい。熱海検事は小声で何事か古木書記に口授し初めた。志免警部は両手を背後に廻して、屍体の頭のてっぺんから足の爪先まで見まわし初めた。そのほかの連中も窓の近くでぼそぼそ話をしたり外を眺めてこっそり欠伸《あくび》をしたりしていた。

私はその間に今のハンカチが見せてくれた奇怪な暗示材料を、岩形氏の死状と照し合わせて、万に一つも間違いのない結論に到達しようと努力した。そうしてほんのもう一歩か二歩で結論に手が達《とど》きそうな気持ちになっているところへ、最前から所在なさにぼんやりと煙草《たばこ》ばかり吹かしていた杉川医師が突然思い出したように私の方を振り返った。

「最早《もう》ボーイが気付いているでしょう。一寸《ちよつと》行って見ます」

私はちょっとの間《ま》眼に見えないものを取り逃がしたようにいらいらしたが、すぐに落着いて答えた。

「……どうか……もし意識がたしかになっているようでしたら今些《すこ》し問いたい事があります」

杉川医師は首肯《うなず》きながらすぐに室を出て行ったが、その足音が廊下に消え去ると間もなく、隣の室の卓上電話が突然にけたたましく鳴り出した。

私はすぐに飛んで行って受話器を外《はず》した。

「……もしもし……もしもし……貴方《あなた》はステーションホテルですか。十四号室に居られる狭山さんを……」

「僕だ僕だ。君は金丸君だろう」

「あ。貴下《あなた》でしたか……では報告します」

「銀行から掛けているのかね」

「そうです。報告の内容はここに居る人が皆知っている事ばかりです」

「ああいいよ。どうだったね」

「意外な事があるのです。この銀行から岩形氏の金を受け取って行ったのは岩形氏自身ではありません。岩形氏の小切手を持った日本婦人です」

「ふむ。それでやっとわかった。そんな事だろうと思った」

「……はあ……私は意外でした」

「まあいい……その婦人の服装は……」

「……思い切った派手なもので、しかも非常な美人だったと云うのです。顔は丸顔で……もしもし……顔は丸顔で髪は真黒く、鏝《こて》か何かで縮らした束髪に結って、大きな本真珠らしい金足《きん》のピンで止めてあったと云います。眉は濃く長く、眼は黒く大きく、口元は極く小さくて締まっていたそうです。額は明瞭な富士額で鼻と腮《あご》はハッキリわかりませんが……もしもし……ハッキリと判りませんが兎《と》に角《かく》中肉中背の素晴らしい美人で、顔を真白く塗って、頰紅をさしていたそうで……非常に誘惑的で妖艶な眼の覚めるような……ちょっと君等……ちょっと笑わずにいてくれ給え……どうも電話が卓上電話なので……もしもし妖艶とも云うべきものだったそうです。しかし服装はあまり大したものではなく普通の上等程度だったそうで……被布《ひふ》は紫縮緬《むらさきちりめん》に何かちらちらと金糸の刺《し》繡《しゅう》をしたもので、下は高貴織りか何からしく、派手な柄で、何でも俗悪な色っぽいものだったそうですが、まだ冬にもならぬのに黒狐の襟巻をして、時計入りの皮の手提げと、濃い空色に白縁を取った洋傘《パラソル》と紫色のハンカチを持っていたそうです」

「金はどうして渡したのか」

「それがです……それが怪訝《おか》しいのです。金を預けてから三日も経たぬ十日の朝に岩形氏は電話でもって支配人を呼び出して、近いうちに自分の預金全部を引き出すかも知れないから、そのつもりでいてくれと宣告したそうです。それで支配人はどこかの銀行へお送りになるのならばこちらで手続きをしましょうかと云ったら……いや全部現金で引き出すのだ。しかしまだ一日や二日の余裕があるから、それまでに準備しておいてくれ。但し、利子だけは残しておくと云ったそうです。支配人は少々困ったのでこう云ったそうです。どうも現金が十万円以上となるとどこの銀行でも一寸には揃いかねます。他の銀行か何かへお組み換えになるのか何だったら今日只今でも宜《よろ》しゅう御座いますが……と云うと岩形氏は多少怒気を帯びた声で……これだから日本の銀行は困る。自分が一昨日《おととい》預けた時は現金で十四万円を行李《こうり》に詰めて持って来たではないか。その時には黙って受取っておきながら今更そんな事を云っては困る。これは自分が金を扱う方法だから仕方がない。君の銀行はこの間から大株でかなり儲かっている筈だから、それ位の事はどうにかならぬ事はあるまい……と高飛車で図星を刺されましたので仕方なしに承知をしたのでした。実は支配人も驚いたのだそうです。取引所の事情を知り抜いている話ぶりなので……そうして内々で準備をしていると一昨々日《さきおととい》……十一日の朝になって岩形氏がひょっこり遣って来て、いつもの通りの態度で三千円の小切手を出した序《ついで》に、例の金の準備はどうだと尋ねたそうです。これに対して支配人は、準備はちゃんと出来ている。しかし何とかしてもらえまいかと頼みますと岩形氏はじっと考えたあげく極めて無造作な口調で、それではその五分の四だけ引き出す事にしよう。そうして受取り人には田中春《はる》という極く確かな女を出すからよろしく頼む。なお間違いのないように、割《わ》り符《ふだ》を渡しておこう……と云って自分の名刺を半分に割《さ》いて、一つを支配人に渡し、残りの一つを自分のポケットに入れたそうです」

「ええと。一寸待ってくれ。その名刺の半分はそこに在るのかね」

「はい。私がここに持っております」

「それは名刺の上半部で、岩形の形という字の上が残っていはしないか」

「そうです。どうしておわかりになりますか……」

「その下の半分はこっちに在る。岩形氏の背広のポケットから出て来た」

「…………」

「それからどうした」

「一寸支配人が代ってお話をしたいとの事ですが宜しいですか」

「ああどうか。まだ報告があるかね」

「ありません……それだけです」

「それじゃ君はもっと詳しくその婦人の様子を銀行員から聞き出してくれ給え。俥《くるま》に乗って来たかどうか。どっちから来てどっちの方へ去ったか。金はどんなものに入れて持って行ったか、その他服装や顔立ちなぞをもっと細かく……そして直ぐ帰って来て……」

「アア……モシモシ……アア……モシモシ……狭山さんですか。初めてで失礼ですが……私が当行の支配人石持《いしもち》です。どうも飛んだ御手数で……先程の二十円札はたしかに当行から岩形さんの代理のお方にお渡ししたものです。実は岩形さんの件に就きましては、その中《うち》に一度お調べを願おうかと思っておりました次第で……岩形圭吾というのは紳士録には青森県の富豪と載っているにはおります。しかし昨日《きのう》、同地方出身の友人に会いましたから、それとなく様子を聞き糺《ただ》してみますと、その岩形圭吾氏と申しますのは本年の二月に肺炎で死亡致しておりますそうで……」

「岩形氏の事は今調べているところです。いずれわかったらお知らせします。……で、それに就いて少々お訊ねしたい事がありますから何卒《どうぞ》御腹蔵なく……」

「は、はい。それはお言葉までもなく……」

それから私が問い糺したところによると、石持氏は流石《さすが》に小銀行の支配人だけあって、相当苦労をしているらしく、着眼点が普通と違っていた。石持氏が真先に気付いたのは、女が平生あまり化粧をした者でない事であった。真白くコテコテと塗り立てているにはいたが、それは処々ムラになっていて、額の生え際なぞは汗で剥げかかっていた。尤も地肌は白い方であったが眉は正《まさ》しく描いたもので、本来の眉よりはずっと幅広く長く見せかけてあった。背丈は普通より稍《やや》高く、五尺三寸位のところで、着物の着こなしがどことなく身体《からだ》にそぐわぬように見えた。姿勢は非常にいい方で、日本人の女としては幾分反《そ》り気味に見えた。その顔の特徴は二重瞼の張りのある眼と、女にしては強過ぎる程きりりと締まった口元とであった。しかしその言葉付きと眼の光りは、如何にも日本婦人らしい清《すず》しさをあらわしていて、混血児らしいところや、支那婦人らしい物ごしは毛頭感じなかった。

その女は一昨十二日の午後一時きっかりに東洋銀行の表口へ俥を乗りつけて、応接間で石持氏に面会すると、革の手提袋から岩形氏の名刺の下半分と、岩形氏直筆の十一万五千円の受取証と、それから田中春と書いた小型の名刺を出して、つつましやかに石持氏に渡した。石持氏はそれを一応調べると、店員に命じて紙幣を丸テーブルの上に積み上げさせて、念のために今一応自身で勘定をして見せたが、相当時間がかかった

にも拘わらず、女は極めて注意深く石持氏の手許を見詰めていたようであった。それから石持氏は、

「どうしてお持ちになりますか」

と訊ねてみると、女は矢張りつつましやかに、

「どうぞ恐れ入りますが新聞紙で真四角に包んで頂きとうございます」

と云ったからその通りにしてやると、女は手提の中から大きな白金巾《かなきん》の風呂敷を出して、丁寧に包んで、それから俥屋を呼ぶと新橋二五〇九と染め抜いた法被《はっぴ》を着た、若い二十代の俥屋が這入って来た。そうして白い風呂敷包を金とは気が付かぬらしく、女が命ずるままに無雑作に抱え出して俥に乗せた。女はそのまま丁寧に挨拶をして俥に乗って、帝国ホテルの方へ行ってしまったが、支配人と店員の一二名とは見送ったまま門口に突立って、俥のうしろ姿が見えなくなるまで見送っていた。

「その婦人はどんな香水の香りがしていましたか」

と私は語り終った支配人を追っかけるように訊ねた。支配人は面喰ったらしく急に返事をしなかった。

「……さあ……どんな香水でしたか……アハハ……どうも……」

「そうして岩形氏の預金は、あとにどれ位残っておりますか」

「たしか三万円足らずであったと思います」

「どうも有り難う。いずれ身元がわかったらお知らせします。あ……それから貴下《きか》は岩形氏の住所を御存じですか」

「はい。鎌倉材木座《ざいもくざ》の八五六で岩形と承わっておりますが……」

「その他に、東京の方で事務所か何か御存じですか……通知なぞを出されるような……」

「別に存じませぬ。何分極く最近の取引で、こちらでも行届きかねておりましたような事で……御用の節はいつも岩形さんが御自身にお見えになりましたので……」

「いや有難う。いずれ又……」

と云い棄てて電話を切った。そうして急いで寝室に引っ返して、彼《か》の半分に裂けた岩形氏の名刺を鼻に当てて嗅いでみると果して……果して極めて淡《うす》いながら、疑いもないヘリオトロープの香気が仄《ほの》めいて来た。この名刺が一度、岩形氏の手から女に渡されて、又、何かの理由で岩形氏のポケットに帰って来たものである事は、もはや十中九分九厘まで疑う余地がなくなった。

私は事件のまとまりが、やっと付いたように思ったので内心でほっと安心をした。そうして今聞いた電話の要点だけを熱海検事に報告したが、そのうちに今まで熱心に岩形氏の屍骸の周囲《まわり》を検査していた志免警部は、突然つかつかと私の傍へ近づいて来て、岩形氏の泥靴を私の鼻の先へ突き付けた。

「……何だ……」

と私は面喰って身を引きながら云ったが、志免刑事がそうした理由は直ぐに判然《わか》った。その靴の踵《かかと》の処と、爪先の処に両方とも、普通と違った赤い色の土が、極く細かな線になってこびり付いていた。

「……うん……赤煉瓦《れんが》の水溜りだね。あそこの家《うち》の……」

と云いながら私はうなずいた。

「……だろうと思うんですが……他の処にはないようですから……」

私はもう一度深くうなずいた。

すると殆んど同時に入口の扉《ドア》が開《あ》いて金丸刑事が帰って来たが、汗を拭き拭き私に一枚の名刺を渡した。それは女持ちの小型なアイボリー紙で上等のインキで小さく田中春と印刷してある。それを受け取るとすぐに鼻に当ててみたが思わずニッコリ笑った。すると飯村は、それを冗談とでも思ったのか一緒になって笑い出した。

「いや銀行でも弱ったんです。私が女の事を貴下《あなた》にお話しているうちに、若い行員どもが、引っ切りなしにゲラゲラ笑うんで困りました」

私は事件の緒《いとぐち》がいよいよハッキリと付いて来たので急に気が浮き浮きして来た。

「ああ。いい臭いだ。おれが犬なら直ぐに女を探し出すんだがなあ。……こんな時にスコットランドヤードの探偵犬《ボップ》が居るといいんだがなあ」

この時に杉川医師も階下《した》から上って来た。

「ボーイがやっと意識を回復したようですが。……どうもヒステリーの被告みたいに、神経性の熱を四十度も出しやがって譫言《うわごと》ばかり……」

「どんな譫言を……」

と私は急に真面目になって問うた。

「黒い洋服だ。黒い洋服だ。美人美人。素敵だ素敵だなぞと……そうして今眼をあけると直ぐに起き上って、側に居たボーイ頭に、もう正午《ひる》過ぎですかと尋ねたりしておりましたが、馬鹿な奴で……貴下に睨まれたのが余程こたえたと見えまして……」

「ははは。意気地のない奴だ」

「何かお尋ねになりますか……」

「いや、もう宜しい。犯人はもう解っている」

「え」

と皆は一時に私の顔を見た。私はちょっと眼を閉じて頭の中を整理すると、すぐに又見開いて、皆の顔を見まわした。

「犯人はやはりその女です。その女……田中春というのは多分偽名でしょうが……その女は泥酔している紳士に麻酔剤か何か嗅がして、シャツの上膊部を切り破って、薬液を注射して殺した。そうして覚悟の自殺と見せるために、瓶や鋏に被害者自身の指紋をつけたばかりでなく、上衣の外套を着せて、泥靴まで穿かせて、帽子や注射器までもきちんと整理して出て行った」

「その女を犯人と認める理由は……」

という質問が極めて自然に熱海検事の口から出た。私はその方にちょっと頭を下げながら説明を続けた。

「第一の理由を述べると、女はその前にも一度、この紳士を殺そうとしていることを、今しがた私が引き割いたこの白い麻のハンカチが証明している。すなわち今から二十四時間経たない以前にこの紳士は、その女と一緒に或るカフェーでウイスキー入りの珈琲を飲んでいるらしいが、その珈琲にはアルカリ性の毒薬が入れてあった。その毒薬というのは私の知っている範囲では多分支那産のもので、『婆鵲三秘《ばしやくさんぴ》』という書に載っている『魚目《ぎょもく》』という劇毒らしい。実物を手に入れた事がないから分析的な内容は判然しないが、強いアルカリ性のものである事は間違いないようである。すなわちこの毒を検するに彩糸《さいし》を以てす。黒糸《こくし》を黄化す、青糸《せいし》を赤変す。綾羅錦繍《りょうらきんしゅう》触るるもの皆色を変ず。粒《りゅう》化《か》して魚目に擬し、陶壺《とうこ》中《ちゅう》に鉛封《えんぷう》す。酒中《しゅちゅう》神効《しんこう》あり。一粒《りゅう》の用、命半日《めいはんにち》を出でず。死貌、悪食《あくじき》に彷彿すとあるが、ちょうどそれと同じような作用を、このハンカチに浸《にじ》んだ毒薬が起しているので、如何に烈しい毒であるかは、このアルカリ分に触れたものが皆色を吸収されて変色しているばかりでなく、ハンカチ自体でも、直ぐに裂ける位に地が弱っているのを見てもわかる。

……女がこのウイスキー入りの珈琲を紳士に勧めると、紳士は直ちに毒と覚《さと》って引っくり返して、自分の鼻をかむハンカチで拭いた。女は、それが後日の証拠になる事を恐れて、自分の紫のハンカチを男に遣って、汚れたのと交換しようとしたが、紳士はその手には乗らずに、濡れたハンカチを絞り固めて外套の衣嚢《かくし》に入れたばかりでなく、女の紫のハンカチと一緒に、金受取りの割符にした名刺の半分までも取り上げて仕舞い込んでしまった。そのために、女は一層殺意を早めて、その夜の中《うち》にここに来て、被害者にアルコール類似の毒液を注射し、遂にその目的を遂げた。

ところで私の知っている範囲ではアルコール臭を有する猛毒はメチール系統のもので、泥酔者に注射をすると殆んど即死するものがあると聞いているが、被害者に用いられたものもその一種ではないかと考えられる。しかし木精《メチール》系統の毒薬は非常に興味があるにも拘わらず、分析の範囲があまりに広過ぎるために私は研究を後まわしにしていたので、目下のところこの毒物が何であるかは明言出来ない。尚《なお》、また、日本でこの種の毒物が使用された事実をまだ聞かない事と、高等な医学と有機化学の知識と、優秀な看護婦程度の経験が、この毒物の製造と応用に必要な点から推して、この女が容易ならぬ学識手腕を持っているか、又は女の背後に意外に深刻な魔手が隠れて、女を操《あやつ》っているのではないか……という仮定が成立しそうに思えるが、しかしこれは単に仮定であって軽々しくは断定出来ない。何故かと云うと、この女の犯罪行為の中《うち》には如何にも素人じみた失策が幾つも在るので、この女を使用してこんな犯罪を遂行させた人間がもしいるとすれば、それは殆んど女と同等の素人でなければならぬとも考えられるからである。

だからこの場合は、全然毒殺の経験を持たない女が、この紳士に対して殺意を持っているうちに、このような毒物を手に入れたので、俄《にわ》かに思い付いた犯罪と見るのが、至当ではないかと考えられる。

……ところでその女の失策というのは、今数えて見ると四つばかりある。

その第一は自分の手に、紫のアニリン染料が附いているのを気付かないで、紳士の濡れたハンカチを取ろうとしたために、隅の方に紫の指痕を附けた。その変色していない部分は布地が乾燥《きれじ》していたために化学変化を起さなかったので、そのためにこの女はタイプライターを扱う女という事実が推測され得る事になった。

その第二はこの室《へや》に来ておりながら、毒薬を拭いたハンカチを奪い返さずに立ち去った事で、その第三は鍵を掛けないで逃げて行った事である。これは何かに驚いたためではないかと考えられるのであるが、しかしこの第三の鍵を掛けなかった失策は、その以前にボーイに大枚二十円を与えて口止めをしていたので大した失策にならずに済んだ。

……最後にこの女は、非常に注意深い性質でありながら、犯罪行為には慣れないと見えて、到る処に大きな犯跡を残している。その中でも指紋に関する知識はまだ一般に普及されていないから、ワニス塗りの扉《ドア》に手を触れたのは咎《とが》めないとしても、油引きの廊下の左端の方を選《よ》って歩いたのは、如何にも馬鹿馬鹿しい不注意である。足跡を残すのはまだいいとしても、万一辷《すべ》りたおれでもしたら、それこそ大変な事になったであろう。

……なお他殺という事は、この紳士の性質と行動を見ればわかる。この紳士が、ずっと以前に人気の荒い南部加州あたりで労働をしていたらしい事と、その趣味が余り高くない事は、その風采と、所持品と、強い酒精《アルコール》中毒であろうと推定される。それからその後に、最近まで引続いて長い間、生命《いのち》がけの仕事をしていたことは、その所持しているピストルが、非常な旧式を使い狎《な》らしたもので、且つ銃口《つつぐち》の旋条が著しく磨滅しているのを見れば、容易にうなずかれる。つまり手狎《てな》れているために出し入れが迅速で、従って近距離の命中が確実なために、がたがたピストルながら手離しかねていたものと見るべきで、殊に、その五連発の中《うち》から最近に一発撃ち出されているのは決して無意味でない。所持品の中に予備弾のケースが見当らない以上、この紳士は多分一週間前に、このピストルを一挺だけ持って、どこからか逃げ出して来たものである。しかもその貴重な五発の中の一発を発射したのは余程の危険に迫られた結果と見る事が出来る。

……なおこの紳士が外国から逃げて来たもので、今も尚行方を晦《くら》ましている者らしい事は、預金の取り扱い方と、手荷物の皆新しい事と、着物にも帽子にも名前《イニシャル》が付いていない事と、手紙の類を一通も出さず、ホテルの名前入りの状袋《じょうぶくろ》や紙も無論使用しなかった事と、銀行の支配人に出鱈目《でたらめ》の住所や名前を云った事と、訪問客も手紙も絶無であった事などによって明かに推測される。事によるとこの紳士は一週間前に着のみ着のままで日本に逃げて来て、新しく買ったトランクやスートケースを提げてこのホテルへ逃げ込んで来たものではないか……そうして絶えず一身の危険を脅かされていたものではないかと考え得べき理由がある。

……ところがその中にたった一人、この紳士の隠れ家を知っている者が居た。それがこの紫のハンカチを持った女である。この女がこの紳士を知っているとすれば多分外国……米国で知り合いになったものと考えられるが……。

……その女は少くとも三四日以前にこの紳士が日本に来ている事を発見して遂にその住所を突き止めた。そうしてこの紳士を脅迫したものであろう……多額の金を受取った。すなわちこの紳士には容易ならぬ旧悪があって、女がそれを知っていたばかりでなく、その旧悪に附け込んで、その所持金を奪って殺して終《しま》う計画を持っていた……とすればこの事件の全体が非常にハッキリして来る。これがその女を犯人と認める第二の理由……」

ここまで説明して言葉を切ると、耳を澄ましていた一同は各自《てんで》に夢の醒《さ》めたような顔を上げた。そうして如何にも感服した体《てい》で私の顔を見た。飯村部長は低い嘆息の声さえ洩らした。

しかし私はその時に何だか妙に腹が立って来た。これ位の事に感心して刑事事件に足が突込めるものかと思った。そうして……よし……それではここでもう一つ吃驚《びっくり》するものを見せてやろう……と思った矢先に、感心しながらもじっと考えていた熱海検事と志免警部の口から同じ質問が同時に出た。

「その女の特徴は……」

「こっちへお出でなさい」

と云いながら私は入口の扉を押し開けて廊下へ出た。そうしてあとから続いてぞろぞろと出て来た十名の先に立って、階段の降り口の処まで来ると、懐中電燈の光りで床の上の女の靴痕を指し示して、

「これをよく御覧なさい」

と云った。

十名の連中は代る代る腰を屈めて床の上を熟視した。そこは階段の向うに在る明り取りの窓から外の光りが明るく指し込んでいたが、それでも自分の懐中電燈の方が強く輝いていた。その光りの輪の中に印されている、あるかないかの二つの靴痕の上に、私の推理力は一人の女を連れて来て十四号室の方に向って立たせた。私はその姿を皆によく飲み込ませるために、多少の想像を加味しながら、十人に聞えるだけの低い音調で、順を逐《お》うて説明し出した。

「……この淡《うす》い靴痕が女のものである事は説明するまでもないであろう。爪先はこの通り稍《やや》外向きに開いていて、ちょっと見たところ西洋人のように思えるが、それは歩いている間だけで、このボーイの靴痕と向い合って立ち止まった処を見るとこの通り、ずっと爪先が近づいていて、生れ付き真直ぐか、内股に歩くように出来てる日本の女の足の特質を、不用意のうちに暴露している。これは随分永く外国で生活した日本人にでもよく見受ける習慣で、支那人や朝鮮人には絶無と云って差支《さしつかえ》ない。背丈は靴の長さと歩幅であらかた推測出来るものであるが、歩幅はこのような精神の緊張した場合には、非常に違うものだから除外するとして、靴の長さだけで推定すると、日本の女の足としては幾分細長い方で、ちょうど銀行に金を受取りに行った田中春の背恰好と一致する。それに銀行の連中の言葉や、ボーイの譫言を事実として綜合すれば絶世の美人で、中肉中背のすらりとした姿であろう。

……この日本美人をここから足跡の通りに歩き出さして、昨夜《ゆうべ》した通りの所作を今一度ここで繰返させるとこうなる。……まずボーイに教《おそ》わった通りに階段を昇って、ここに立ち止まって誰も居ない事をたしかめた。その足跡は他のよりも稍《やや》ハッキリしている。それから歩き出して扉《ドア》の処まで来ると、次第に爪先の方に力が入って、遂には爪先だけしか見えないようになっている。これは十四号室の中の様子を覗うために忍び足になったためで、扉の処まで来ると腰を屈めて、鍵穴に耳を近づけて中の様子を覗った。把手《とって》の上に軽く残った左手の指紋がそれを証明している。

……ここで初めてこの女に着物を着せる事が出来る。服は勿論洋服で、腰をずっと低くしている割に足の踏み拡げ方が狭く、且つ両方とも爪先ばかりで屈んでいるところを見ると、それは二三年前に流行《はや》った裾の開きの極めて狭い袴《スカート》で、足の位置が割合に扉から離れているのは、現在大流行をしている固いコツコツした、鍔《つば》の広い帽子を冠《かぶ》っているためである。その帽子の色は、ボーイの云う通り服の色が黒だったとすれば、黒か藍かの二つの色が一番よく調和する訳で、それ以外の色では十中八九あり得まいと思う。

……なお、この二三年程流行遅れの、質素な黒い洋服をハッキリと思わせる条件がいくつもある。銀行の支配人の言葉によって……これは私だけが聞いた事であるが……その女が、あまり白粉《おしろい》をつけた事がないらしいということ……日本服がよく落着いていなかったという事。紫インキで『タイプライターを扱う女』という事実が推定されること……なぞ……そんな事実を綜合するとこの女は平生洋服を着慣れている……事によるとタイピストかも知れぬと思われる程度の職業婦人である。そうとすれば汚れの着《つ》き難《にく》い服の色といい好みといい、丁度その職業にシックリと適当《はま》るものである。

……それからもう一つこの女の、それらしい生活程度を明かに示しているのは、今まで見て来た靴の跡である。この靴は多分舶来のもので三四年前に流行した非常に恰好の良い型であるにも拘わらず、その底と踵《かかと》が著しく磨滅しているのは、この女が服と一緒に古いものを永らく使用している証拠で、その上にもう一つ想像を逞しくすると、この女は二三年前に外国から帰って来たもので、その時は最新流行の身装《みなり》で帰って来たのが、今は何かの理由でタイピストにまで落ちぶれているのではないかとも考えられる。そうすれば人を殺して迄も金を欲しがる理由が判る。

……この女はここでこんな風に踞《しゃが》んで、室の中の様子を覗った。そうして合鍵で扉《ドア》を開いて中に這入って、泥酔して睡《ねむ》っている岩形氏に麻酔か何かを施《ほどこ》してモルフィンの注射をして、自殺か他殺かの判断を迷わせるために色々な小細工をした。その中に何か物音を聞き付けてハッとしながら、慌てて出て来て見ると、あまり時間がかかるので、心配して様子を見に来たらしいボーイが立ち去るのを見た。それを……こっちへ来て御覧なさい。ここで呼び止めて何事か話し合った。この通り女の靴痕が、ボーイの靴痕と向い合って立っている。そうして話を済ましたボーイが安心して階段を降りて行くのを見送ると、女はもう一度引返して来て扉の処まで来た。その足跡は前のと入れ違いになっているが今度は爪先ばかりでなく踵の跡もチャンと附いてずっと大股《おおまた》になっている。これは犯行後に於て、犯人が非常に落ち着いた場合か、又は非常に狼狽した時にあらわれる足跡の表情であるが、鍵をかけるのも何も忘れて立ち去ったところを見ると、後者に属する足跡と見るべきであろう。

　そこで以上述べたところを綜合して考えてみると、つまりこの女は一度関係を結ぶか何かして別れた男が、金持になって、外国から帰って来たのを見て、これを脅迫するか欺《だま》すかして、金を奪った後で、後難を警戒するために殺したものと思われる」

　ここまで説明してから、又、十四号室の中に引返して来ると、皆もあとから這入って来た。その扉を固く締めてから、熱海検事に脱帽して許可を得た私は、部下を岩形氏の枕元に集めると、次のような命令を下した。

「志免君と飯村君は東京市内と附近の銀行へ、いつもの通りの形式で通知を出してくれ給え。今のような女が、多少に拘らず金を預けに来たら急報してくれるように……それから、これは日比谷署にもお手伝いが願いたいのだが、市内でタイプライターを売っている店はいくらもあるまいから当って見ること……。タイプライターを本職にしている女だったら大抵家《うち》の近所か、又は勤め先の会社か何かに近い、きまり切った店でリボンを買うものだからそのつもりで……。それから借着屋を当らせること……。着物の種類はわかっているだろう……女がヘリオトロープの香水を使っている事を忘れないように……それからもう一つ新橋二五〇九という俥屋《くるまや》を探してもらいたい……こっちが先かも知れないがその辺は志免君の考えに任せる。相当手剛《てごわ》い女と思った方が間違いないだろう。……それから二種類の毒薬の分析は無論のこと、屍体解剖の序《ついで》に左腕の刺青《いれずみ》の痕を切り抜いてもらって、残っている墨の輪廓を出来るだけ細かに取っておくように……それだけ……」

命令を終ると皆、眩《まぶ》しそうに私の顔を仰いだ。私の下した判断と処置が、あんまり迅速であったからであろう。皆互に顔を見合わせて突立った切りであった。

やがて志免警部の顔に感動の色が動いた。飯村部長の顔にも動いた。二人とも懐中時計を出して、十時十五分を示している私のと合わせてから、熱海検事と私に一礼すると、日比谷署の連中や、直接の部下と一緒に活動の手分けをすべく、隣りの居室《いま》の方へ退いた。二人の眼には確信の輝きがあった。私の命令の意味を十分に呑み込んで、遠からず女を逮捕して見せるという私の自信を、そっくりそのままに自信しているものと見えた。

けれども私は、居室に退いた連中が、まだ相談を初めないうちに、突然、眼を閉じて頭を強く振った。

「……オイ……いけない……ちょっと待った……」

「…………………」

腰をかけていた連中は皆立ち上った。屍体の足の処を行きつ戻りつして考え初めていた熱海検事も、その位置に停止した。窓の前で何やら話し初めていた杉川警察医と古木書記の二人も皆、面喰った顔を揃えて私の方に向けた。

私は右手でぴったりと額を押えながら杉川警察医をかえり見た。

「杉川君……」

「ハイ」

「先刻《さっき》ボーイの山本が意識を回復した時に……モウ正午《ひる》過ぎですか……とボーイ頭の折井に訊ねたのは、単に寝ぼけて云ったのでしょうか……それとも何か理由があって訊いたのでしょうか」

杉川医師もちょっと横額《よこひたい》を押えた。

「サア。その辺はどうも……」

「私が行って訊いてみましょうか」

と轟刑事が進み出た。

「ああ。そうしてくれ給え。今日の正午まで妾《わたし》が来た事を黙っていてくれるように……と云って、女から頼まれたんじゃないかと云って、うんと威《おど》かしていい……心臓痲痺を起さない程度に……ハハ……」

私の言葉が終らないうちに轟刑事は、うなずきながら室《へや》の外へ辷り出た。その小走りの跫音《あしおと》が聞えなくなると室《へや》の中が急に森閑となった。窓の外をはるかに横切る電車の音ばかりが急に際立って近付いて来た。

厳粛な二三分が、室の中を流れて行った。

そのうちに階段を駈け上る跫音が聞えたと思う間もなく轟刑事が息を切らして這入って来た。

「お祭しの通りです。午砲《ドン》が聞えたら警察に自首して出ろ。その通りにしなければお前は生命《いのち》が危い。そうしてもしその通りにしたならば妾がどこからか千円のお金を送ってやると云ってボーイの母親の所番地を聞いて行ったそうです」

「そうして又、気絶したかね」

「助けて下さいと云ってワイワイ泣き出しました」

「ハハハハハ。正直な奴だ。それじゃ今の命令は全部取消しだ」

「エッ」

と皆は又も電気に打たれたように固くなった。その驚きと疑問に充《み》ち満ちた顔を見廻しながら私は冷やかに笑った。

「うっかりしていた。もう少しで犯人を取逃がすところだった……」

「…………」

「誰か最近の新聞で、横浜と、神戸と……いやいや東京ので沢山……今日の新聞を持っていませんか」

古木書記は弾《はじ》かれたように両手をポケットに突込んで、今朝の東都日報を私の前に差出した。私はそれを手早く拡げて、広告欄の下の方を見廻した。

「よろしい。今日横浜から出る船は桑港《シスコ》行きで午前十一時の紅海丸《こうかいまる》しかない。神戸行きの方はリオン丸と筑前が欧洲航路だが、これは長崎に寄るのだから、まだ大分時間がある。下関なし。敦賀なし。函館もなしと。よしよし。志免君は、すぐに横浜へ電話をかけて、紅海丸の乗客を出帆間際まで調査するように頼んでくれ給え。念のために電報を打っといた方がいいだろう。変装しているかも知れぬと注意しておき給え。十一時過ぎて何の返事もなかったら、神戸と下関と長崎と函館へ手を廻してくれ給え。それから先の方針は前の命令の復活だ。……僕はこれから弥左衛門町《やざえもんちょう》のカフェー・ユートピアへ行く。すこし疑問の点があるから……当りが付いたら電話をかけ給え。あとはこっちから役所へ電話をかける……それだけ……」

「承知しました」

「では行って来る」

「ちょっと……待って下さい」

　今まで黙って聞いていた熱海検事は、出て行こうとする私を遠慮勝ちに呼び止めた。そうして氏一流の謹厳な態度で私の方へ近づいて来た。

「狭山さん。貴方のお考えは実に御尤も至極ですが、それに就《つい》てちょっとお伺いしたい事があります。これはほんの参考のために過ぎないのですが」

　丁度扉《ドア》に手をかけていた私は、そのまま振り返った。こんな温柔《おとな》しい検事が一番苦手だと思いながら……。

「何ですか」

「貴方はどうしてもこの屍体を他殺とお認めになるのですか」

　そう云う熱海氏の静かな音調には、ほかの生意気な検事連中にない透徹した真剣さがあった。私は私の自信を根柢から脅かされたような気がして思わず熱海氏の方に向き直った。

「……無論です。犯人が居るから止むを得ません」

「その婦人は果して犯人でしょうか」

「無論です。挙動が証明しております。……のみならず一度閉まっていた扉《ドア》がどうして開いたのでしょう」

「合鍵はこのホテルに別なのがあります」

検事の言葉がだんだん鋭くなって来た。それと反対に私は落ち着いて来た。

「それは支配人が自分で金庫の中に保管しておりますので特別の場合しか出しませぬ」

「……しかし……私が最初にこの室《へや》に這入った時には、絨毯《じゅうたん》の上には紳士の足跡と、ボーイのと、支配人の靴痕しかなかったようですが……支配人もボーイも承認しておりますので、それ以外に靴の痕らしいものはなかったのですが……」

「絨毯の毛は時間が経つと独りでに起き上るものです。ことにあんな風に夜通し窓を明け放ってあります場合には、室の中の物全部が湿気を帯びる事になるのですから、絨毯の毛は一層早く旧態に返るのです。ですから紳士の足跡は泥で判然《わか》っても、女の足跡は残っていないのが当然なのです。支配人とボーイのは新しいからよくわかったのでしょう。……とにかくこの場は私に委せて頂きたい」

と云い棄て私はホテルを飛び出した。そうしてホテルの前の広場に立って今一度、二階の左から五ツ目の窓を振り返ってみると、そこには熱海検事の顔が出ていて、気遣わしそうに私を見送っていた。

これから先、私がどんな風に活躍したかという事実は、正直のところを云うと私としてはあんまり公表したくない話である。既に今まで述べて来た話の中でも、私は取り返しの付かない大きな見落しをやっているので、冷静な頭で読まれた諸君は最早《もはや》、とっくと気が付いておられる事と思う。そうしてこの狭山という男は、課長とか何とか偉そうな肩書を振りまわしているが、案外だらしのないそそっかし屋だ。おまけに下らないところで威張ったり、名探偵を気取ったりして、恐ろしく気障《きざ》な奴だ……とか何とか腹を立てておられる人が在るに違いないと思う。

しかしこれは誤解しないようにして頂きたい。

私は正真正銘のところ、私の名探偵振りを諸君に見せびらかすつもりでもなければ、自慢話を御披露したがっているのでもないのである。この記録の冒頭にもちょっとお断りしておいた通りの意味で、私の世にも馬鹿げた失敗談を公表しているに過ぎないのだ。世間から名探偵とか、鬼課長とか持ち上げられるのを真《ま》に受けて自分が豪《えら》いのだと確信していた私……いい気になって日本の探偵界を攪乱していたつもりの私が、どんな手順に引きずられて、知らず識《し》らずの中に、世にも恐ろしい秘密結社、J・I・Cの底知れぬ秘密の方へ惹き付けられて行ったか。そうして私の天狗の鼻が、如何に超自然な物凄い手で、鮮かに捥《も》ぎ取られて行ったか……というその時その時の気持ちを正直に告白しているつもりなので、もう一つ露骨に云うと、私のようなものをおだて上げて、こんな酷《ひど》い眼に会わしたその当時の日本の探偵界の悲哀を、今日現在の日本の名探偵諸君に首肯して頂きたいばっかりにこの筆を執《と》っている者である。

だから、これから先に記述する事実は、いよいよ得意になった私が、いよいよ失敗の深みに陥って行くところ……否……いよいよ失敗の深みに落ち込んで行きながら、いよいよ得意になって行くところ……いや……どっちにしても結局同じ事だが……そんな事ばかり書いて行かなければならぬので、読む方は面白いかも知れないが、書いて行く身になると実に辛い。書かない前から冷汗がポタポタと腋《わき》の下に滴《したた》る位である。

しかしその時の私は頗《すこぶ》る真剣であった。後になってこんな冷汗を掻くだろう……なぞとは夢にも考えない、探偵の神様気取りの私であった。

私はステーションホテルを出ると、たった一人で市役所の前から河岸《かし》に出て、弥左衛門町のカフェー・ユートピアの方向へブラリブラリと歩いて行った。その間じゅう私は、今までの出来事をすっかり忘れてしまって、何事も考えず、何事も気を付けないようにした。ただ漫然と空行く雲を仰いだり、橋の欄干を撫でたり、葉が散りかかっている並木の柳を叩いたりして行った。これは私の脳髄休養法で、こんな風に自由自在に、脳髄のスウィッチを切り換えて行ける間は、私の頭が健全無比な証拠だと思っている。

弥左衛門町の横町に這入ると、急に街幅が狭く、日当りが悪くなって、二三日前の雨の名残《なごり》が、まだ処々《ところどころ》ぬかるみになって残っている。殊にカフェー・ユートピアの前は水溜りが多くて、入口に敷き詰められた赤煉瓦の真中の凹んだ処には、どろどろした赤い土が、撒《ま》き水に溶けて溜っている。これは夜になるとこの店の出入が烈しいために、自然と磨《す》り減《へ》ってこんな事になるので、改良したらよかろうと思うが、嘗《かつ》て一度もこの赤煉瓦が取り除かれたためしがない。そうしてその煉瓦がいよいよ丼《どんぶり》型に磨り減ってしまうと又、新しい赤煉瓦で埋める。こんなカフェーや洋食店は東京中のどこにもないので、恐らくこのカフェーの主人は、自分の店の繁昌と評判を、この赤煉瓦のお蔭と心得ているのであろう。志免刑事はよくこんな些細な事を記憶している男で、岩形氏の靴に赤い泥が附着《くっつ》いているところを見ると、氏は昨夜《ゆうべ》たしかにこのカフェーに這入ったに相違ないのである。

二階に上って、窓に近い椅子に腰をかけると、まだ誰も来ていない。腕時計を見るともう十時半になっている。今の散歩が約十五分かかった事になる。

室《へや》は繁昌する割に狭くて、たった二室《ふたま》しかない。天井も低くて薄暗い上に昨夜《ゆうべ》のまままだ掃除しないと見えて卓子《テーブル》の覆いも汚れたままである。床の上には果物の皮や、煙草の吸殻なぞが一面に散らばっていて、妙な、饐《す》えたような臭いを室中《へやじゅう》に漂わしている。私が烈しく卓子を叩くと、十六七の生意気らしいのっぺりしたボーイが襯衣《シャツ》一貫のまま裏階段から駈け上って来たが、珈琲を濃くしてと云う註文を聞くと、江戸ッ子らしくつけつけと口を利いた。

「まだお早くて材料が準備してございません。少々手間取りますが……お気の毒さまですが……へい……」

私はこのボーイをちょっと憤《おこ》らしてみたくなった。わざと酔っ払いじみた巻き舌でまくし立ててやった。

「篦棒《べらぼう》めえ。十時半が早けあ六時頃は真夜中だろう。露西亜じゃあるめえし……」

「へえ。申訳ござんせん……つい……」

「つい露西亜の真似をしたっていうのか。そんなら何だって表の戸を明けた」

「へえ。これから気を付けます」

「露西亜になれと云うんじゃねえ。第一お前《めえ》の家《うち》はそんなに夜遅くまで繁昌すんのか」

「へえ。お酒を売りますんでつい……」

「つい営業規則を突破するんだろう。二時か三時頃まで……」

「へへっ。お蔭さまで……へへ……」

「何がお蔭さまだ。俺あ初めてだぞ……」

「恐れ入りやす。毎度ごしいきに……」

「そんなに云うんならごしいきにしてやる。飲みに来てやるぞ。女は居ねえのか」

「はい。私くらいのもので……」

「……ぷっ……馬鹿にするな……全く居ねえのか」

「……お気の毒さまで……」

「……そんなら今日は珈琲だけだ。濃いんだぞ……」

「畏《かし》こまりやした」

と云うなり頭を一つ下げてボーイは飛んで降りたが、間もなく下の方で二三人哄《どっ》と笑う声がした。

「べらんめえの露助が来やがった」

「時間を間違《まちげ》えやがったな」

「なあに酔っ払ってやがんだ」

「言葉が通じんのか」

「通じ過ぎて困るくれえだ。珈琲だってやがらあ」

「コーヒー事とは夢露《ゆめつゆ》知らずか」

「コニャック持って行きましょか」

ところこれは支那人の声らしい。

「おらあ彼奴《あいつ》の名前を知ってる」

と今のボーイの声……。

「ウイスキーってんだろう」

「露探《ろたん》じゃあんめえな」

「なあに。バルチック司令官寝呆豆腐《ネボケトーフ》とござあい」

「ワッハッハ」

「しっしっ聞えるぞ。ホーラ歩き出した。こっちへ降りて来るんだ」

「……ロシャあよかった」

それっきりしんとしてしまったが、扨《さて》なかなか珈琲を持って来ない。朝っぱらのお客はどこのカフェーでも歓迎されないものである上に、余計な事を云って戯弄《からか》ったものだから、一層憤《おこ》って手間を喰わしているのであろう。

しかし、これが私の思う壺であった。

私はその間《ま》に椅子から立ち上って、室《へや》の中の白い机掛けを一枚一枚検《あらた》めて行ったが、ハンカチで拭く程珈琲を引っくり返した痕《あと》跡はどこにも見当らなかった。大方あとで取り換えたものであろう。念のために机掛けをまくって、机の表面まで一々検めて行ったが、これも直ぐに拭いたと見えて何の痕跡も発見されなかった。あれ程の毒を拭かずにおけば、今朝迄にはワニスが変色するか、剥げるかしていなければならぬ筈である。

私はちょっと失望した。

私はこうして昨夜《ゆうべ》岩形氏と洋装の女が対座していた卓子《テーブル》を見付け出すつもりであった。そうして、ボーイが持って来て岩形氏のすぐ横に置いたに違いないであろうウイスキー入りの珈琲に、洋装の女がどんな機会を狙って、どんな方法で毒薬を入れたか……それを又岩形氏が、どうして感付いて引っくり返したか……という事実がどうかして探り出せはしまいか……それを中心にして二人の態度を細かく探ったら事件の経緯《いきさつ》がもっとハッキリなりはしまいかと期待して来たのであった。

　云う迄《まで》もなく私は、岩形氏を、尋常一様の富豪とは夢にも思っていなかった。毒と覚《さと》って珈琲を引っくり返したところなぞを見ると案外腕の冴《さ》えた悪党で、この事件の真相というのも実は、稀代の大悪党と大毒婦の腕比べのあらわれかも知れないという疑いを十分に持っていたのであった。……だから……従ってその片対手《かたあいて》の洋装の女が、どの程度の毒婦か。まだほかに余罪があるかないか。どこからどうして毒薬を手に入れたか……というような事実はこの際、焦げ付くほど探っておきたかった。又、そうしておけば、女が捕まった暁に、取調べの方も非常に楽になると思ったからであった。

　とはいえ、勿論こんなカフェー見たような処で、そんなところまで探り出すというのは、万一の僥倖《ぎょうこう》以外に、殆《ほと》んど絶対といってもいい位不可能な事で、如何に自惚《うぬぼ》れの強い私でも、そこまでの自信は持っていないのであった。しかし、女というものは元来非常な強情なもので、自分の手を血だらけにしていてもしらを切り通すのが居る。殊に今度の女は、そんな傾向を多分に持っているらしい事が、あらかた予想されていたので、出来るだけ余計に証拠をあげて捕まったら最後じたばたさせたくない……というのが私の職務的プライドから来た最後の願望なのであった。（……読者はもう気付いておられるであろう。今度の事件の係りになっている熱海という検事は年こそ若いが頭のいい男で、捜索方針については殆んど警察側に任せ切って、ほかの検事みたいに威張ったり、余計な口出しをしたりしない。その代りに拷問というものを本能的に嫌うたちの男で、就任匆々《そうそう》某署の刑事の不法取調べを告発したという曰《いわ》く付きの男である。しかもこの点では私も同感で、犯人を拷問するのは自分の職務的手腕を侮辱するものであることを万々心得ている。だからこんな風に苦心をする事になるのである。）

ところで、こんな事を考えてそこいらを見まわしているうちに、私は、今朝《けさ》役所を出てからここへ来る間の二三時間というもの、一服も煙草を吸わなかった事を思い出したので、ポケットから敷島《しきしま》を出して口に啣《くわ》えた。すると今度は燐寸《マッチ》のない事に気が付いたので、ボーイを呼ぶ迄もなく、自分で立ち上って室《へや》の中を探しまわったが、灰落しには吸殻が山のように盛り上ったまま、どの机の上にも置いてあるのに、燐寸は生憎一個《あいにくひとつ》もない。大方昨夜《ゆうべ》の客人が持って行ったものであろう。

私は大きな声を出してボーイを呼んだ。けれども返事すら聞えなかった。この時にやっと珈琲を挽《ひ》き出した電気モーターの音に紛れたのであろう。

煙草を吸う人は皆経験しているであろうがこんな時には燐寸一本のために、大の男が餓鬼道に墜ちるものである。私はもう本職の仕事を忘れてしまった真剣さで、そこいら中をぐるぐる探しまわっていると、ふと隣の室のマントルピースの上に、小さな黒い箱のようなものが載せてあるのを見付けた。

私は占めたと思った。これこそ燐寸……と思って近付いてみると豈計《あにはか》らんや、それは燐寸ではなくて黒い表紙の付いた小型の聖書であった。……こんな処にこんな物を……と私はその時にちょっと首をひねったが、大方これは客人が落して行ったものであろう……それをボーイが見付け出してマントルピースの上に載せておいたものであろうと思い思い、何の気もなく開いて見ると、それは最新刊の和訳の聖書で、青縁《あおぶち》を取った新しい頁に、顕微鏡式の文字がびっしりと詰まっている。……これは余っ程いい眼を持った人間でなければ読めないな……と感心しながら、なおも先の方の頁をぱらぱらと繰って行くうちに、忘れようとして忘れられぬヘリオトロープの芳香が、微かにその間から湧き出して来た。

その瞬間に私ははっと職業意識に帰った。一しきり胸を躍らした。あたりを見まわした。そうしてその聖書を手早く外套のポケットに辷り込まして、何喰わぬ顔で椅子に帰っているところへ、やっとボーイが珈琲を持って上って来た。

そのボーイに五十銭札を握らして燐寸を貰って敷島に火を点《つ》けながら、何でもないからかい半分の調子で色々と質問をしてみると、案外記憶のいい奴で、殊に岩形氏には多分のチップを貰っているらしく、その一挙一動にまでも眼を付けて記憶していたのは、時にとっての拾い物であった。その話を綜合するとかようである。

たしか昨夜《ゆうべ》の九時前後と思われる頃であった。黒い大きな帽子を冠って、濃い藍色の洋服を着た日本婦人で、二十五から三十位の間に見える素敵な別嬪《べっぴん》がやって来て、現在私が腰かけているこの卓子《テーブル》を借り切って、小さな本をひねくりながら折々窓の外を見て、人を待っている風情であった。その時はちょうど客足が途絶えていたが、それでも二三組客が居て、皆その別嬪の方を見てひそひそ話をしたり笑ったりしていた。この家《うち》の料理番《コック》で好色漢《すけべえ》の支那人が、別嬪と聞いてわざわざ覗きに上って来た位、美しいのであった。

すると、それから十四五分ばかりして一人の色の黒い、大きな男が、濃い茶色の外套に緑色の帽子を冠って、両手をポケットに突込んだまま、跫音《あしおと》高く階段を上って来た。この男は一週間ばかり前からちょいちょい此店《ここ》へ来て飯を喰ったり酒を飲んだりする男で、お金もたんまり持っているらしく、此店に来る客人の中《うち》では上々の部であった。その男は女を見ると横柄にうなずいて向側の椅子に腰を卸して大きな声でボーイに命じた。

「豆スープとハムエッグスと黒麵麭《パン》と、珈琲にウイスキーを入れて持って来い」

女は何も喰べずに、男の様子をまじまじと見ていた。それから、やがて小さな書物を男の眼の前に差し付けて、顔をずっと近付けながら、何かひそひそと話していたようであったが、紫色のハンカチを時々眼に当てて泣いているようにも見えた。これに対して男も時々眼をぎょろ付かせて女を睨みながら、暗い顔をして耳を傾けていた。首肯《うなず》いたり、溜息をしたりしているようにも見えた。

ところがそのうちにボーイがウイスキーを入れた珈琲を持って行くと、その男はどうした途端《はずみ》か卓子《テーブル》の上に取り落したので、慌てて外套のポケットから白いハンカチを出して押えた。それを女は引き取って綺麗に拭き上げて、よく絞ってから男に渡すと、男はそれを外套のポケットに入れた。その時に女は、自分の持っている紫のハンカチを男の方に差し出したが、男はそれを受け取ってちょっと指の先と口の周囲《まわり》を拭いたまま、すぐに女に返そうとすると女は……要《い》らない……というような手真似をしたので、男はそれを左のポケットにしまい込んだ。そうして急に大きな声を出して、

「おい。ボーイ。ウイスキーだウイスキーだ」

と呶鳴《どな》った。女はやはり悲しそうに男の顔を見ていた。

ところでここいらまではボーイも客人もちょいちょい二人の様子を見ていたが、間もなく大勢の客がどかどかと這入って来て酒を呑んで騒ぎ出したので、二人の存在がそれっきり忘れられてしまった。尤もその間の二十分間ばかりというもの、男と女はひそひそと話ばかりしていたが、しまいに男は又かなり酔っ払ったらしい声で呶鳴り出した。

「……ええうるさいッ。最早《もう》話はわかっているじゃないか。子供を思い切るという位、理窟のわかる貴様が、どうしてこれがわからないんだ。貴様は貴様の仕事をする。俺は俺のいいようにする。どこへ行こうと、何をしようと俺の勝手だ。貴様の知った事じゃない。黙っていろ」

　この声は二階中に響き渡って、客人の大部分に聴き耳を立てさせた。その口調の中には、こんなカフェーの中に不似合な、何ともいえない涙ぐましい響があったので、一時カフェーの中がしいーんとした位であった。一方に女は男からそう云われると、身も世もあらぬ体《てい》で、鼻紙で顔を押えて泣き声を忍んでいる様子であったが、そのましゃくり上げながら立ち上って、しおしおと階段を降りて行った。

　こんな場面を見せ付けられたカフェーの中はすっかり白気《しらけ》渡ってしまった。そうして階段を降りて行く女の姿を見送った人々は、直ぐに視線を転じて、あとに残った男の方を凝視するのであったが、男はそんな事に気も付かない体《てい》で、椅子の背に横すじかいに凭《もた》れかかったまま女の出て行ったあとをじいーっと見詰めているようであった。

　しかし、それは大して長い時間ではなかった。やがて感慨深そうに眼を閉じて、何やら二三分間考えていた男は、急に高らかに笑い出しながら眼を開《あ》いて、そこいらを見廻した。

「アハハハハ。馬鹿野郎。何を考えているんだ。考えたって何になるんだ。アハハハハ。おい。ボーイ。酒だ酒だ。ウイスキーでもアブサンでも、ジンでも、キュラソーでも何でも持って来い。みんな飲んでやる。ねえ諸君……」

と叫びながら今度は近い処に固まっていた五六人連れの学生にとろんとした眼を向けた。

「ねえ諸君……諸君は学生だ。前途有望だ。理想境《ユートピア》に向って驀進《ばくしん》するんだ。……吾輩もカフェー・ユートピアに居る。即ち酒だ。酒が即ち吾輩の理想境なんだ。あとは睡る事。永遠に酔い永遠に眠る。これが吾輩のユートピアだ。アッハッハッハッ。どうだね諸君……」

「賛成ですね」

「うむ。有り難い。それでは諸君一つ吾輩の健康を祝してくれ給え。甚だ失敬だが、この瓶を一本寄贈するから……」

と云ううちに、ボーイが持って来た二三本の酒の中から、シャンパンを一本抜き出して、学生連が取り巻いている机のまん中にどしんと置いた。そうして二十円札を一枚ボーイの銀盆の上に投げ出すと、並んだ料理は見向きもしないで、階段をよろめき降りて行った。

「いま迄にそんな事をした事があるかね……その紳士は……」

と私はすこし真面目になって訊いた。ボーイは何かしらにこにこして、私の顔を見い見い、態度と語調を換えた。

「いいえ。ございません。いつもたった一人でちびりちびりやって、黙って窓の外を見たり、考え込んだり、新聞を読んだり……」

「……一寸待ってくれ……それはどんな新聞かね」

「英語の新聞です。日本のはなかったようです。二三度忘れて行かれましたが……」

「その忘れた新聞が残っていないだろうか」

「なくなっちまいました。料理番《コック》が毎日新聞紙を使いますので……フライパンを拭いたり何かして、あとを焚付《たきつけ》にしてしまいますので……」

「外国で発行したものかどうかお前には解らないだろうなあ」

「わかりません」

「西洋のポンチ絵が載っていやしなかったかい」

「さあ。気が付きませんでした。すぐにくしゃくしゃにして終《しま》いますので……」

「……ふうむ……惜しいな……ところで、その紳士には時々連れでもあったかね」

「いいえ。昨夜《ゆんべ》の女の方が初めてだったと思います」

「昨夜その紳士が来た時には、客が少なかったと云ったね」

「申しました」

「幾組位、客があったかね」

「ええと。あの時は隣の室に一組と、こっちの室に一組と……それっきりです」

「合わせて三組だね」

「そうです」

「そのこっちの室に居た客人は学生かね」

「そうです。けれども留学生です」

「……ふうん。留学生。間違いないね」

「間違いこありやせん。早稲田の帽子を冠っておりましたけど、大丈夫日本人じゃありません」

「どこの卓子《テーブル》に居たね」

「あすこです」

　とボーイは料理部屋から上って来る裏口の階段を指した。

「何人居たね」

「……えーと。そうです。三人です」

「どんな風体《ふうてい》の奴かね。」

「失敬な奴でした。其奴《そいつ》は僕が……私がここのお客様に持って来ようとするウイスキー入りの珈琲《コーヒー》を捕まえて片言で……こっちが先だ。それはこっちへ渡せ……と云うのです。ウイスキー入りの珈琲は一つしきゃ通っていないのに、そんな事を云うんです。けれども僕は我慢して頭を下げながら……へい。只今……と云ってこっちへ持って来ちゃったんです」

「顔は記憶《おぼ》えているかね」

「みんなは知りませんが、そう云った奴の面付《つらつき》だけは記憶えています。色の黒い、痘痕《あばた》のある、瘠《や》せこけた拙《まず》い面でした。朝鮮人かも知れません」

「ほかに特徴はなかったかね」

「さあ。気が付きませんでした。薄汚ない茶色の襟巻をしておりましたが」

「着物は……」

「三人とも長いマントを着ておりましたから解りません」

「下駄を穿《は》いてたかね」

「靴だったようです」

「フーム。元来この店には朝鮮人が来るかね」

「よっぽど金持か何かでないと来ません。留学生はみんな吝《けち》ですから……女が居れば別ですけど……」

「ふふん。その連中の註文は……」

「珈琲だけです。何でも洋装の女より十分間ばかり前に来て、三人でちびちび珈琲を舐《なめ》ていたようです。客が多ければ追い返してやるんでしたけど……それから女が出て行くと直ぐあとから引き上げて行きました。癪に障《さわ》るから後姿を睨み付けてやりましたら、その痘痕面《あばたづら》の奴がひょいと降り口で振り返った拍子に私の顔を見ると、慌てて逃げるように降りて行きました」

「ハハハハ。よかったね。それじゃもう一つ聞くが、昨夜《ゆうべ》の色の黒い紳士が、何か女から貰ったものはないかね。紫色のハンカチの外に……」

「別に気が付きませんでした……あ。そうそう、女が立って行った後に残っていた、小ちゃな白いものをポケットに入れて行きました」

「どれ位の……」

「これ位の……」

と指でその大きさを示した。それは丁度名刺半分位の大きさであった。

「もう御誂《おあつら》えは……」

「有り難う……ない……」

と立ち上りながら私は一円紙幣を一枚と五十銭札を一枚ボーイの手に握らした。ボーイは躊躇して手を半分開いたまま私の顔を見上げた。

「……これは……頂き過ぎますが……」

「……いいじゃないか、それ位……」

「だって……だって……」

とにやにや笑いながらボーイは口籠《くちご》もった。

「……何だ……」

「だって……貴方は狭山さんでしょう。警視庁の……」

「えっ……。知っていたのか」

「……へえ……新聞でよくお顔を……」

「アッハッハッ。そうかそうか。それじゃチップが安過ぎる……」

「もう結構です。又どうぞ……」

「アッハッハッハッ。左様《さよう》なら……」

「左様なら……」

ボーイは逃げるように裏階段を駈け降りて行った。恐ろしく気の利いた奴だ。

往来に出てから時計を出してみると十一時二十分過ぎである。今まで電話がかからぬところを見ると紅海丸には異状がなかったと見える。機敏な志免警部は最早第二の処置に取りかかっているであろう。

「……二人は夫婦だ。子供の事を口にしていたと云うから……」

と私は独言《ひとりごと》を云った。そして考えを散らさないように外套の襟を立てて、地面《じびた》を見詰めながら歩き出した。

私の行くべき道は、ここで明かに二つに岐《わか》れてしまった。実に面目次第もないが事実の前には頭が上がらない。

……一つは女を犯人と認めて行く道……。

……もう一つは女を犯人と認めないで行く道……。

女を犯人と認める理由は、最前ホテルで説明した通りである。殊に東洋銀行から大金を引き出しながら落ち着いて出て行ったところ……又紙幣の包みを金と覚《さと》られぬように、若い車夫を雇ったところなぞはなかなか一筋縄で行く女でない。況《いわ》んやステーション・ホテルでボーイに金を呉《く》れて十四号室へ案内をさせてから後《のち》の奇々怪々な行動を見たら、誰でもてっきり犯人と認めるのが当り前で、決して私の逃げ口上でもなければ、負け惜しみでも何でもないという自信を今でも持っているのである。

ところが私が女を犯人と認めるに至った根本の理由となっている、珈琲の中の毒薬の一件は、今のボーイの話によると全然消滅してしまう事になる。女が珈琲の中に毒薬の入っていることをまるで知らないでいた事は、その動作によって明瞭に察する事が出来るので、男の方が却《かえ》って毒薬と知って引っくり返したものを、わざわざ拭いてやって、恐ろしい証拠物件となるべきハンカチを男に渡してしまった上に、自分の持っていた紫のハンカチまでも与えている。この点から考えると、女を犯人と認める第一の理由は、あとかたもなくなってしまうので、帰するところ、私の推理に根本的な大間違いがあった事になるであろう……否……否……であろうどころではない。その根本的な推理の間違いは今やっと判明《わか》った。

私は岩形氏を殺そうとしたものと、実際に殺したものとを、最初からたった一人の犯人と思い込んでしまっていたのだ。「魚目」の毒もメチールも、同じ人間が同じ目的で使用したものと信じたために、こんな間違いを犯したので、実は二人の手で別々に使用し得る……従って女は殺人と無関係であり得る……という大切な仮定の下に、もう一度推理をし直してみる必要があったのだ。

その証拠には第一の仮定がぐら付いて来ると同時に、第二の仮定までもがどん底からぐら付いて来るではないか。すなわちステーション・ホテルで岩形氏を秘密に訪問した女の姿までは、殆んど寸分の狂いもない位的中したようであるが、その女がたしかに男を殺すつもりであったという事実上の証拠と認むべき第一回の珈琲事件の真相がこんな風に正反対に引っくり返って来るとなれば、第二回の注射事件に関する私の論証も、すっかりあやふやになって来る。第二回目にホテルに来て、扉《ドア》の外から様子を窺《うかが》ったのも、たしかに紳士を殺すつもりで来たとは断言出来ない事になる。殊にこの二人は夫婦関係の者で、女は何事かを諫《いさ》めるために、夫に聖書を突付けて泣いたりするような、心掛けのいい女とすれば、二度目にホテルへ来たのも、何かしらそんな目的で、もう一度諫めに来たものか……それとも何かの理由で夫の危急を知って救いに来たものとも考えられる可能性が出来て来る。但し、ボーイに与えた二十円は、余りに多額に過ぎるようであるが、これも想像を逞しくすれば、よく調べずに渡したものとも考えられるであろう。

しかも……万に一つこのような想像が全部事実として、女が絶対に犯人でないとすれば、彼《か》の紳士は誰が殺したか。誰が珈琲に毒を入れたか。岩形氏が鍵をかけておいた扉を誰が開いたか。

そもそも何の目的で殺したか。

私は最前ボーイが話した、朝鮮人らしい留学生を疑ってみた。岩形氏が註文した珈琲を、自分のものだと云いがかりを附けながら、その拍子に多分丸薬と思われる毒薬を投込んだものに違いないとは思ったが、そんなものがホテルに来た形跡は少しもないし、所持品も紛失したものがないようだから結局殺した目的はわからない事になる。よしんば、その不明の目的のために岩形氏を殺したとしても、その手がかりになる留学生は、唯、顔に痘痕《あばた》があるというだけで、探し出すにしても雲を摑むような苦心をしなければならぬ。早稲田の帽子を冠っていたと云うけれども、そんな奴の冠る帽子が当《あて》になった例は先《ま》ずない。

最後に私は最前のボーイの話の中にあった岩形氏の言葉を思い出した。

……永遠に酔い、永遠に眠る……。

……「自殺」という考えが私の頭の中に閃めいた。けれども自殺とすれば何という奇妙な自殺法であろう。遺書《かきおき》一本残さずに、泥だらけの手で毒薬を注射して、上着と外套を後から着て、横向きに寝て、眼を一ぱいにあけて、開いたままの窓の方を睨んでいる自殺者は、永年変死人を扱い付けている私も、聞いた事すらない。何の必要があって、そんな変梃《へんてこ》な死に方をするのかすら見当の付けようがない。唯《ただ》御苦労と云うより外はないであろう。

これで他殺の証拠も消え失せるし、自殺と認める理由もなくなった。あとは他殺と自殺の意味を半分宛《ずつ》含んでいる「過失」という疑問が残る。今まで過失で死んだものを他殺とか、自殺とかいって大騒ぎをした例は珍らしくない。私も二三度迷わされた事があるが、彼《か》の紳士も丁度、自殺と他殺の中間の恰好をしている。

しかし「過失」とすれば彼の紳士は何か持病があって、その苦痛を免《のが》れるために何かの注射をしていたもので、その分量を誤ったものと見なければならぬが、そんな持病のために一度一度襯衣《シャツ》を切り破るような、詰まらぬ贅沢《ぜいたく》をする人間もなかろうし、局部を消毒した脱脂綿も見当らなければ、注射の後で絆創膏《ばんそうこう》を貼った形跡もないのが第一奇怪と云わなければならぬ。反証はこれ一つで沢山だ。

ところでいよいよ他殺でもなく、自殺でもなく、過失でもない……とすればあとには「病死」と「老衰死」とが残る。しかしこれを問題にするのはあとで読者をあっと云わせる探偵小説か何かの話で、実際にはあり得べき事でない。

私は落胆《がっかり》してしまった。

一たい今日の事件は手がかりが早く付き過ぎていて、判断の材料が複雑多岐を極め過ぎている。だからこんなに迷うのだ。……だからどっちにしても女を捕まえさえすれば見当が付く事と思って、彼《か》のカフェーでボーイの話を聞いているうちから、女が犯人でないかも知れないと気付いていたにも拘らず、そのままにして、志免警部の活躍に一任しておいたのであったが……。

遣《や》り直し……遣り直し……。

読者は嘸《さぞ》かし自烈《じれっ》たいであろう。私もうんざりしてしまった。しかし一人の絶世の美人が、貞烈無比になるか、極悪無道になるか、絞首台に登るか登らぬかの境目だから、今一度辛棒して考え直さなければならぬ。苟《いやし》くも法律の執行官たるものが、こんな無責任なだらしのない事でどうする……と自分で自分の心を睨み付けながらそろそろと歩度を緩《ゆる》めた。そうして全然別の方向からこの事件を観察すべく、鼻の先の一尺ばかりの空間に、全身の注意力を集中し初めた。

すべて探偵術のイロハであって、同時にその奥義となっている秘訣は、事件の表面に現われた矛盾を突込んで行く事である。これは強《あなが》ちに探偵術ばかりでなく、凡《すべ》ての研究的発見は皆そうだと云っても差支《さしつかえ》ない位で、高尚なところでは天文学者が遊星の運動の矛盾から割出して新しい遊星を発見し、生物学者が動植物の分布の矛盾から推理して、生物進化の原理を手繰《たぐ》り出すのと一般である。もっと手近い例を取れば、一人の嫌疑者を取調べるにも、

「お前の云うところはここと、ここが矛盾している。これは何故か」

と突込《つっこ》んで行くと遂には、

「恐れ入りました」

と服罪するようなもので、理窟は誰でも知っているが実際に扱ってみるとなかなか裏表の使いわけの六ケ敷《むつかし》い、深刻な妙味を持った真理である。

私はこの場合すぐこの原則を応用した。事件の表面に現われた矛盾の最も甚しいものを、がっしりと頭の中に捕まえた。それは矢張り彼女であった。自称田中春であった。

この女は一方に質素な藍色の洋服を着て、せっせと働いているように見えながら、一方には派手な扮装《なり》をして、白粉《おしろい》をこてこてと塗って大金を受け取っている。どこに居るかわからぬ子供を思い切ると云うかと思うと、夫婦別れをするらしいのに夫の身の上を心配している。人が吃驚《びっくり》するような美人でありながら、醜い夫に愛着しているのも妙だ

し、そうかと思うと金を捲き上げているし、正直な風をして聖書をひねくっているかと思うと、その裏面では容易ならぬ曲者《くせもの》の手腕を示している。その癖又、弱々しいところもあるかと思うとしっかりし過ぎているところもあるし、落着いているようにも見えれば慌てているようにも見える。その他何から何まで理窟の揃わない辻褄《つじつま》の合わぬ事ばっかりしているので、その行動の矛盾撞着《どうちゃく》している有様が、ちょうど岩形氏の死状の矛盾撞着と相対照し合っているかのように見えるところを見ると、その間には何かしら共通の秘密が伏在していはしまいか。その秘密がこの事件の裏面に潜んでいて、二人を自由自在に翻弄《ほんろう》しているために、こんな矛盾を描きあらわす事になったのではないか……待てよ……。

ここまで考えて来た私は、無意識の裡《うち》にぴったりと立ち止まった。……と同時にポケットの中で最前の聖書をしっかりと握り締めながら、ぼんやりと地面《じびた》を凝視している私自身を発見した。そこいらを見まわすと私はいつの間にか銀座裏を通り抜けて帝国ホテルの前に来ている。

私はポケットから聖書を引き出して眼鏡をかけた。そうしてすたすたと歩き出しながら聖書を調べ初めた。

それは日本の聖書出版会社で印刷した最新型で、中を開くと晴れ渡った秋の光りが頁に白く反射した。持主の名前も何も書いてないが、処々に赤い線を引いてあるのは特に感動した文句であろう。ヘリオトロープの香《かおり》は引き切りなしに湧き出して来る。

私はこの聖書から是非とも何物かを摑まねばならぬという決心で、一層丁寧にくり返して調べ初めた。すると、あんまりその方に気を取られて歩いていたために、日比谷の大通りの出口で、あぶなく向うから来た一台の自動車と衝突するところであったが、自動車の方で急角度に外《そ》れたために無事で済んだ。

「危い」

と運転手はその時に叫んだが、中に居た女らしい客人も小さな叫び声を揚げた。そうして驚いて振り返った私に向って運転手は、

「馬鹿野郎」

と罵声を浴びせながら走り去った。

その運転手の人相は咄嗟《とっさ》の間の事であったし、おまけに荒い縞の鳥打帽を眼深《まぶか》に冠って、近来大流行の黒い口覆《くちおお》いをかけていたから、よくは解らなかったが、カーキー色の運転服を着た、四十恰好の、短気らしい眼を光らした巨漢《おおおとこ》であった。自動車は軍艦色に

塗ったパッカードで番号は後で思い出したが、T三五八八であった。

一寸《ちょっと》した事ではあるが、このはっとした瞬間に私の頭の中はくるりと一廻転した。そうして新しい注意力でもってもう一度聖書を調べ直してみると……。

……私は直ぐに気が付いた。聖書の文句に引っぱってある赤線は、只の赤線でない。これは一種の暗号通信のために引いたものである。その証拠には、誰でも感服してべた一面に線を引くにきまっている基督《キリスト》の山上の説教の処には一筋も引いてなく、却ってその他の余り感服出来ない処に引いてあるのが多い。

私は聖書をそのままポケットに突込んで、電車線路を横切って日比谷公園に這入った。それから人の居ないベンチをぐるぐるまわって探した揚句《あげく》、音楽堂の前に行列している椅子のまん中あたりの一つに引っくり返って、とりあえず聖書の中の赤い筋を施した文字を拾い読み初めた。

——主《しゅ》たる汝《なんぢ》の神《かみ》を試《こゝろ》むべからず。——

——向《むか》うの岸《きし》に往《ゆ》かんとし給《たま》ひしに、ある学者来《がくしやきた》りて云《い》ひけるは師《し》よ。何処《いづこ》へ行《ゆ》き給《たま》ふとも我《わ》れ従《したが》はん。

——癩病《らいびやう》を潔《きよ》くし、死《し》したる者《もの》を甦《よみがへ》らせ、鬼《おに》を逐《お》ひ出《だ》す事《こと》をせよ。

――罵《のゝし》る者《もの》は殺《ころ》さるべし。

――二人《ふたり》の者他《ものた》に於《おい》て心《こゝろ》を合《あ》はせ何事《なにごと》にも求《もと》めば天《てん》に在《いま》す我父《わがちゝ》は彼等《かれら》のためにこれを為《な》し給《たま》ふべし。

――心《こゝろ》より兄弟《きやうだい》を赦《ゆる》さずは我《わ》が天《てん》の父《ちゝ》も亦汝等《またなんぢら》にこの如《ごと》くし給《たま》ふべし。

――よばるゝものは多《おほ》しと雖《いへども》、選《えら》ばるゝ者《もの》は少《すく》なし。

――娼妓《あそびめ》は爾等《なんぢら》より先《さき》に神《かみ》の国《くに》に入《い》るべし。

――爾等聖書《なんぢらせいしよ》をも神《かみ》の力《ちから》をも知《し》らざるによつて謬《あやま》れり。

――高《たか》うするものは卑《いやし》くせられ自己《じこ》を卑《いやし》くするものは高《たか》くせられん。

――野《の》にありといふ者《もの》あるも出《い》づる勿《なか》れ。


ここまで読んで来ると又気が付いた。……なあーんだ……と口走りながら苦笑した。私は何か余程六ケ敷い暗号ではないかと思って、一生懸命に注意しながら一句一句を読んでいたのであったが、よく見ると何でもない。西洋の若い男女がよく媾曳《あいびき》の約束なんかに使う極めて幼稚な種類の暗号で、何も聖書に限った事はない。小説にでも教科書にでも何にでも使える極めて手っ取り早いものなのだ。すなわち赤い線を引いた各行の頭の文字だけを拾い読みすればいいので、一番最初の数文字が、意味をなさない人の名前になっているためにチョット気が付かなかったのだ。

しむら、のぶこよ。貴方の夫は裏切者です。彼は吾々《われ〳〵》ぜい、あい、しいの金七万八千弗《ドル》を奪つて日本へ逃げて来てぜい、あい、しいの暗号を日本の外務省に送りました。彼はぜ、あ、しから死の宣言を受けました。それと一緒に私は、貴女《あなた》を見張るやうに命令されましたところ貴方は窃《ひそか》に夫を探し出してその金を奪つて、どこかに隠れる支度をして居《ゐ》る事を留学生のをりん、ゆう、せきがみつけましたから私はぜ、あ、し本部へ知らせました。しかし貴女の死の宣告はまだ来ませぬ。貴方が美しいからです。お二人の事を知つてゐるのはりんと私だけです。りんはお二人を殺すと云って居《お》ります。あなた夫婦を助ける者は私だけです。その理由《わけ》はお眼にかゝつて話します。色恋でも金のためでもありませぬ。日本のためです。信じて下さい。十四日午後五時に半蔵門停留場にお出でなさい。貴女はいつもの黒い服。私は黄色い鳥打帽子。運転服。かしを。

赤い線は一頁に二つか一つ半位の割合で附録詩篇の四十六篇の標題、——女《おんな》の音《こゑ》の調《しら》べにしたがひて……。

という処まで行って、おしまいになっている。

いつの間にか起き上って、眼を皿のようにしていた私は、聖書をピッタリと閉じて老眼鏡を外すと黒い表紙の上をポンと叩いた。そうして思わず、

「成る程。わからない筈だ」

と叫びながら音楽堂の上の青い空を仰いだ。

今まで私の眼の前を遮《さえぎ》っていた疑問の黒幕がタッタ今切って落されたのだ。そうしてその奥に更に大きな、殆んど際涯《はてし》もないと思われる巨大な、素晴らしい黒幕が現出したのだ。

元来米国と欧洲の瑞西《スイス》は、世界各国の人種が出入りするために、各種の秘密結社の策源地のようになっている。その中でもJ・I・Cというのはどんな種類の秘密結社か知らないが、この文の模様で見ると米国に本部を置いているらしく、裏切者を片ッ端《かたぱし》から死刑に処するのを見ても、その組織の厳重さと、仕事の大きさが想像される。しかも迂《う》闊《かつ》な話ではあるが、そんな強烈な秘密結社の支部が日本に設置されている事は、今日が今日まで私も知らなかったので、恐らく外務省なぞも同様であろう。況んや、その支部にしむらのぶこと呼ばれる怪美人やりん、ゆう、せきと呼ばれる留学生や、かしをと名乗るタクシー運転手らしい男なぞが属していて、何等か秘密の活躍をしていた。そうし

て裏切者の岩形圭吾を問題にして、何かしらごたごた遣っていた……なぞいう事をどうして、何人《なんびと》が察し得よう。

……しかし最早《もはや》逃がさぬぞ。J・I・Cの秘密をドン底まで叩き上げないではおかないぞ。……岩形氏を殺したのはJ・I・Cの黒幕の中から現われた手ではなかったか。そうして彼女は、その黒幕の蔭から現われ出て、岩形氏の急を救おうとしたものではなかったか。

……果然……果然……矛盾の本尊であった彼女は、今や、暗中一点の光明となった。そうして私が最初に予想した通り、私がこの女に会いさえすれば万事が氷解する段取りになって来たではないか。しかもその勝敗の決する時間は今日の午後五時……時計を出してみると、今から約三時間半の余裕がある。……彼女が紅海丸に乗らなかったのも、多分この会見に心を惹かれたためであろう。

こう考えて来るうちに私は思わず武者振いをした。……この事件はちっぽけな殺人事件として片付ける訳に行かなくなった。うっかりすると日本民族の存立にかかわるような大事件を手繰《だぐ》り出すかも知れない。畜生。どっちにしても相手は大きいぞ……と逸《はや》る心を押し鎮めるべく敷島を一本啣《くわ》えながら公園の中にある自働電話に駈け込んで、警視庁に電話をかけて赤原《あかはら》警部を呼び出した。これは新聞記者を避けるために私が用いる常套手段で、このために私は殆んど毎日五銭以上の損害を新聞記者から受けていると云っていい。

出て来た赤原巡査部長に何か報告はないかと尋ねると、直ぐに答えた。

「志免警部は十一時半までに横浜から何の報告もありませんでしたから、御命令の通りに各港へ電報と電話と両方で、女の乗客を調べるように通達致しました。それからタイプライターと法被《はっぴ》に関する報告が書き取ってありますが……」

「読んでみたまえ」

「……一つ……芝区に向いたる轟刑事第一報告（午後十二時五分着）新橋二五〇九と染め抜きたる新しき法被を日蔭町《ひかげちょう》の古着店にて発見せり。売却人は若き車夫体《てい》の男にて『この法被はいらなくなったから売る』といいたり。古着店主辻孝平《つじこうへい》は該《がい》車夫が、番号の相違せる古き法被を下に着たるを怪しみ理由《わけ》を問いたるに『なに。この法被は貰ったんだけれど番号を改《か》えるのが面倒だから売る』と云いたるを以て三十銭に買い取りし旨を答えたり。時刻は昨夜九時頃にして、面体、及び、下に着せる古き法被の番号は明瞭に記憶せざれどたしか芝……〇二なりしと云えり。但し、その時俥は引きおらざりしとの事なり。小官はこの旨を新橋署にて調査中なりし金丸刑事に報告し、法被は店主に保管を命じ借着屋の調査に向いたり。

一つ……金丸刑事第一報告（十二時二十五分着）新橋二五〇九の俥は実は芝一四〇二号なり。芝神明前俥宿手鳥浅吉《てどりせんきち》の所有にして挽子《ひきこ》は市田勘次《いちだかんじ》というものなり。十二日午後二時頃、同人は客を送りて麴町区《こうじ》隼町《はやぶさ》まで行きたる帰途、赤坂見附の上に差しかかりたるに、三十前後の盛装したる女に呼び止められ、華族女学校横まで連れ行かれ、金五円を貰い、新しき法被を着せられ、山下町東洋銀行に到り、白き書類様の包みを受取り、市ケ谷見附まで引き行きて件《くだん》の客を下し、法被を脱ぎて帰るさ同見附駐在所にて呼び止められ『何故《なぜ》に毛布を垂らして俥の番号を隠しいるや』と叱責され謝罪して帰りたる由。因《ちな》みに、その時同人は新しき革足袋《かわたび》を穿き、古きメルトン製の釜形帽を冠りおりたる由……おわり……」

「それだけかね」

「それだけです。あ……丁度志免警部が帰って来ました」

「電話に出してくれ給え」

「アアモシモシモシモシモシ」

疑いもない志免警部の声であるが、どうしたものかすっかり涸《か》れてしまっている。

「モシモシ。課長殿ですか。課長殿ですか」

「どうしたんだ君は……僕だよ……狭山だよ」

「女の手がかりが付きました」

これだけ云って志免警部は息を継いだ。

「どうして……どこで……」

と私は態《わざ》と落着いて云った。志免警部は水か何か飲んでいるらしく頻《しき》りに咽《むせ》る音が聞えたがその間私は黙って待っていた。

「モシモシ。モシモシ。時間ですよ」

と交換手の声が聞えて来た。私は又五銭白銅を穴の中へ入れた。その音の消えない中《うち》に志免警部は口を利き出したがもうぐっと落ち着いている。

「……や……失礼しました。あまり急いだものですから息が切れて」

「どうしたというのだ」

「タクシーで逃げるのを自転車で追《おっ》かけたのです」

「逃がしたのか」

「逃がしましたがその自動車の運転手が帰って来たのを押えて何もかも聞きました」

「御苦労御苦労……手配はしてあるね……」

「ハイ。それから熱海検事が今総監室に来ておられます。一緒に来られるそうです」

「検事なんか何になるものか。自動車はいるね」

「ハイ。皆出切っておりますから呼んでいるところです。……実は女の隠家《ほしあな》を包囲したいと思うんですが、十四五名出してはいけませんか」

「いけない。眼に立ってはいけない。国際問題になる虞《おそ》れがある」

「今どこにお出ですか」

「日比谷だ」

「それじゃお迎えにやります」

「来なくていい。そこまでなら電車の方が早い」

日比谷公園の正門を駈け出すと、全速力の電車に飛び乗った私は五分も経たないうちに警視庁《やくしょ》の前で飛降りた。その姿を見ると志免警部は表の階段を降りて迎えに来たが、そのあとから選《よ》りに選《よ》った強力《ごうりき》犯専門ともいうべき屈強の刑事が三名と、その上に熱海検事、古木書記までも出かける準備をして降りて来た。ちょっと眼に立たないが、近来にない目の積んだ顔揃いで、早くも事件の容易ならぬ内容を察した志免警部の機敏さがわかる。おまけにどこをどう胡麻化《ごまか》したか新聞記者が一人も居ない。これだけの顔が出かけるとなれば、すぐに新聞記者の包囲攻撃を受けなければならないのだが……と……そう気が付いてキョロキョロしている私の腕を捉えて志免警部はぐんぐん数寄屋橋の方へ引っぱって行きながら、耳へ口を寄せるようにして囁《ささや》いた。

「女を隠れ家に送り込んだ、三五八八の自動車が帰って来ましたので……」

「えっ。三五八八」

「そうです。数寄屋橋タクシーです」

「……それじゃ……先刻《さつき》のがそうだったんだ」

「発見していられたんですか最早《もう》……」

「うん。そうでもないが……相手は大勢かね」

「はい。運転手の話によると女の外に、凄い顔付《つらつき》をした支那人や朝鮮人を合わせて四五名居ると云うのです」

「新聞記者が一人も居ないのはどうしたんだ」

「貴方が日比谷公園で迎えの自動車を待ってられると聞いて皆飛んで行ったんです」

「事件の内容は知るまいな」

と云いも了《おわ》らぬうちに山勘横町《やまかんよこちょう》の角から一台の速力の早いらしい幌《ほろ》自動車が出て来て私達の前でグーッと止まった。先刻《さっき》の軍艦色のパッカードである。続いて来た一台の箱自動車は志免刑事の相図を受けて警視庁の入口の方に行った。

私達は猶予なく自動車に飛び乗った。あとから追っかけて来た三人の刑事も転がり込んだ。

志免警部は運転手に命じた。

「お前が今行った家《うち》へ……一ぱいに出して……構わないから……」

運転手はハンドルの上に乗りかかるようにうなずいたと思うと、忽《たちま》ち猛然と走り出して電車線路を宙に躍り越えた。その瞬間に私は思った。これ位軽快な車はタクシーの中《うち》にも余りあるまい。今たしかに三十五哩《マイル》は出ている……と……その中《うち》に志免刑事が口を利き出した。

「いや。非道《ひど》い眼に会ったんです。私はタイプライターのリボンを手繰《たぐ》るのが一番早道と思いましたので、自動車で丸善から銀座を一通り調べましたが、その途中で一寸《ちょっと》電話をかけて、集まった報告を聞いて見ますと、女《ホシ》が市ケ谷の方向に消えたというのです。

そこで今度は市ケ谷近くの四谷の通りから神楽坂《かぐらざか》、神田方面のタイプライター屋を当る考えで、公園前の通りを引返《ひっかえ》して来ますと、丁度今の公園前の交叉点で、この三五八八の幌とすれ違ったのです。運転手はやはりこの運転手でしたが、すれ違いざまに見ますと、乗っているのは黒い帽子を冠って藍色の洋服を着たすてきな美人なのです。私は夢中になって自転車で追っかけたのですが、やっとここ（参謀本部前）まで来た時にはもう、どこへ行ったか判らなくなってしまったのです。

私はそれから直ぐに数寄屋橋に引っ返して三五八八の車を当ってみましたら、その車はたしか一時間ばかり前に電話がかかって、麴町の方へ出て行った。しかしもう帰って来るだろう。電話の声は女で、丁寧な上品な口調だったという返事でしたので、私は直ぐにタクシーの事務所から、電話で刑事を一人呼んで張り込まして、三五八八が帰って来たら直ぐにわかるようにしておきました。運転手なんていうものは……」

自動車が突然にビックリするような警笛を鳴らした。と思う間もなく一気に濠端《ほりばた》を突き抜けて、プロペラーのように幌を鳴らしながら三宅坂を駈け上った。後　窓《アイホール》から振返って見ると、熱海検事を乗せた自動車はまだ桜田門の前に来たばかりである。

「後の自動車《くるま》は大丈夫かね」

「はい行先を教えておきました。熱海検事はまだ犯人は決定している訳じゃない。しかしもうすこし調べておく必要があるから一緒に来ると云うんですが……」

と云いながら志免警部は鋭い眼付きで私を振り返った。しかし私は返事をしなかった。ただ顔を見覚えておくために、眼の前に坐っている運転手の顔を、反射鏡で気取《けど》られないように覗き込んだが、見れば見る程ガッシリした体格で、肩幅なぞは普通人の一倍半ぐらい有《あ》りそうに見える。しかもその顔は私の思い做《な》しか知らないが、最前帝国ホテルの前で私に「馬鹿野郎」を浴びせた獰猛《どうもう》な人相の男に違いないようで、その軍艦の舳《へさき》のようにニューと突き出ている顎が背後から見てもよくわかる。しかし服装は最前とは丸で違って、黒い口覆いも何も掛けていず青い中折帽から新しい背広服に至るまで、最前とはまるっきり様子が変っているので、もしかしたら私の思い違いかも知れない。第一あの運転手ならば、私が警視庁の人間である事を気付くと同時に、多少に拘わらず吃驚《びっくり》した表情をあらわす筈である……なぞと考えながらつい鼻の先に山口勇作と貼り出して在る運転手の名刺を見ているうちに自動車は最早《もう》、半蔵門の曲り角に立っている人混《ひとごみ》を電光のようにすり抜けて、麹町の通りを一直線に、土手三番町へ曲り込んだと思うと、二葉女学校の裏手にある教会らしい小さな西洋館の前でピタリと止まった。止まると同時に志免警部は、私に一挺のブローニングを渡しながら真先《まつさき》に飛び降りて、空色のペンキで塗った門の扉を両手で押したが門は締りがしてなかったと見えてギイと左右に開いた。そこから真先に躍り込んだ志免警部に続いて三人の刑事が走り込んだ。続いて私が降りようとすると、運転手は初めて気が付いたらしく、ギョロリと光る眼で私を見たが一寸躊躇しながら、丁寧に帽子を脱いで訊ねた。

「旦那……待っておりますでしょうか」

「うむ。そうしてくれ」

と云い棄てて私は門を這入った。

家は旧式赤煉瓦造りの天井の高い平屋建で、狭い門口《かどぐち》や縦長い窓口には蔦蔓《つたかずら》が一面にまつわり附いていた。その窓の上にある丸い息抜窓に色硝子《ガラス》が嵌《は》めてあるところを見ると昔は教会だったに違いない。私は永年東京に居るお蔭で、到る処の町々の眼に付く建物は大抵記憶しているつもりであるが、この家は今まで全く気が付かなかった。それくらい陰気な、眼に付きにくい建物であった。

私は故意《わざ》と中へ這入らずに、万一の用心のつもりで門の処に張り込んだまま待っていた。そのうちに頭の上の高い高いポプラの梢から黄色い枯れ葉が引っきりなしに落ちて来た。予審判事の乗っている自動車はまだ来ない。家の中にも何の音も聞えず、予期したような活劇も起りそうにない気配である。

私はあんまり様子が変だから表の扉《ドア》を開いて中に這入ってみた。見ると内部はがらんとした板張りで埃だらけの共同椅子が十四五ほど左右に並んでいる。正面には祭壇があって真鍮《しんちゆう》の蠟燭《ろうそく》立てが並んでいるが十字架はない。その代り左手の壁に聖母マリアの像と、それから右手に基督《キリスト》が十字架にかかっている図が架《か》けてある。……この絵を見ると私はやっと思い出した。それは何でも私が東京に来た当時の事で、驟雨《しゆうう》に会って駈け込んだ序《ついで》に、屋根の借り賃のつもりで一時間ばかり説教を聞いた事がある。その時に独逸人《ドイツ》らしい鷲鼻の篤実そうな男が片言まじりの日本語で説教をしていたが、その男が十年後の今日になって戦争で引き上げた後を調査したら、独探《どくたん》だった事が判明したので一時大騒ぎになって、その男の顔が大きな写真になって新聞に出た事がある。その時にもこの絵の事を思い出したが、私が関係した事件でなかったので忘れるともなく忘れていた。その跡を女が借りたものであろう。

そのうちに私は窓の上を這っている電燈と電話の線を発見したが、電燈の方は室《へや》の中央に旧式の花電燈があるから不思議はないとしても、こんなちっぽけな教会に電話は少々不似合である。……ハテ可怪《おか》しいな……と思いながら祭壇の横の扉《ドア》を開くと八畳ばかりの板張りになって、寝台が一つと、押入れと、台所と戸棚が附いている。寝台の上の寝具は洗い晒《ざら》した金巾《かなきん》と天竺木綿《てんじくもめん》で、戸棚の中には小桶とフライパン、その他の台所用具が二つ三つきちんと並んでいる。水棚の上も横の瓦斯《ガス》コンロも綺麗に掃除してある。その先は湯殿と、便所と物置で、隣境いの黒板塀との間に金盞花《きんせんか》が植えてある。

私は慌てて押入を開けてみた。鼠の糞《ふん》もない。その床板を全部検《あらた》めてみたが一枚残らず釘付になっている。

私は裏口へ飛び出してみた。庭は四方行き詰まりで新しい箒目《ほうきめ》が並んで靴痕《あと》も何もない。

「逃げたな」

という言葉が口を衝《つ》いて出た。そうしてそのまま表の説教場に引返《ひっかえ》すと、そのまん中の椅子の間に書記を連れた熱海検事が茫然と突立っていたが、私を見ると恭《うやうや》しく帽子を脱いだ。

「どうも遅くなりまして……自動車の力が弱くて五番町の坂を登り得ませんでしたので……犯人は挙がりましたか」

私は無言のまま頭を左右に振った。それを見ると熱海検事は同氏特有の憂鬱な眼付きをして、森閑《しんかん》とした室の中を見まわしてから又私の顔を見た。志免警部を入れた四名の警官が煙のように消えてしまったのである。

二三秒の間三人は、薄暗い教会堂のまん中で、色硝子の光線を浴びながら、青い顔を見合わせたまま立っていた。

するとこの時、どこからともなくガソリンの臭いがして来た。熱海氏も気が付いたと見えてキョロキョロとそこいらを見まわしていたが、やがて「アッ」と叫んで私の背後を見た。私も振り返って見たが「アッ」と驚いた。正面向って右側の壁にかかった基督殉難の図が扉のようにギイと開いて、最新式の小型な白金カバー式ランプを提げた志免警部が飛び降りて来た。そのあとから三人の刑事が次々に飛び降りてしまうと、後は又ギイと閉まって旧《もと》の通りになった。……私は開いた口が閉《ふさ》がらなかった。こんな教会にこんな仕掛がしてあろうとは夢にも思わなかった。やはりこの家は独探《どくたん》の家だったのだな……と思った。

けれども志免警部と三人の刑事は私よりももっと失望したらしく、先程の元気はどこへやら、屠所《としょ》の羊ともいうべき姿で、私の前に来て思い思いにうなだれた。

「一体どうしたのだ」

　と私は急に昂奮しながら問うた。

「はい迅《と》うに逃げていたのです。居たのなら逃げようがありません。一方口ですから」

「麴町署に頼まなかったのか……見張りを……」

「頼んだのです。ところがあの教会なら怪しい事はない。志村のぶ子という別嬪《べっぴん》の旧教信者が居て熱心に布教しているだけだと、下らないところで頑張るのです」

「僕の名前で命令したのか」

「貴方のお名前でも駄目です。古参の警視で威張っているんです」

　私は泣きたいくらいカッとなってしまった。

「……馬鹿野郎……後で泣かしてくれる。……調べもしないで反抗しやがって……地下室か何かあるんだろうこの下に……」

「はい……電話線があるのに電話機がないので直ぐに秘密室があるなと感附きました。それでそこいら中をたたきまわりましたらあの絵の背後が壁でない事がわかりましたので、引っぱって見ますと直ぐ階段になって地下室へ降りて行けます。地下室には女がつい最前まで居て、何か片附けていたらしく、紙や何かを台所の真下にあるストーブで焼いてありまして何一つ残っておりません。只レミントンのタイプライターと電話器とこのガソリンランプが一台残っているばかりです」

私は地下室へ這入って見る気も出なかった。皆と一緒にぼんやりと立っていた。するとこの時教会の入口の扉《ドア》をノックする音が聞えた。そうしてどこかで聞いたような錆《さ》びのある声が洩れ込んで来た。

「這入ってもよろしゅうございますか」

「よし這入れ」

と云うと声に応じて扉が開いた。それは最前の運転手で、内部の物々しい、静かな光景を見てちょっと臆したようであったが、直ぐにつかつかと近寄って来て、ひょっくりとお辞儀をしながら一通の手紙を差出した。

「こんなものが門の中にありました」

「門の中のどこに！」

と私は受取りながら訊ねた。

「……扉の内側に挟んでありましたのが、風で閉まる拍子に私の足下へ落ちましたので、多分旦那方の中においでになるんだろうと思いましたから……」

「よしよし。わかった。貴様は表へ出て待ってろ」

「いや。一寸待て」

と志免警部が横から呼び止めた。運転手はぎくりとしたようにふり返った。

「へ……へい……」

「最前貴様がここへ来た時には、日本人や外国人取り交《ま》ぜて五六名の者がたしかに居たんだな」

「へい。それはもう間違いございません。私がこの眼で見たので……」

「よし……行け……」

と志免警部は嚙んで吐き出すように云った。そうして私が封を切って読みかけている手紙を熱海検事と二人で覗き込んだ。

その手紙は記念のために、まだここに持っているが、白い西洋封筒の上に鉛筆の走り書きで、

警視庁第一捜索課長

狭山九郎太様　御許に

志村のぶ子　拝

と認《したた》めてある。中の手紙はタイプライター用紙六枚に行を詰めて叩いた英文で、よほど急いだものらしく、誤植や誤字がちょいちょい混っている。飜訳すると原文よりは少々長くなるようであるが、あらかたこんな意味である。

取り急ぎますままに乱文の程お許し下さいませ。

妾《わたし》は只今、貴方様の神速な御探索を受けております事を承知致しまして、とても助かりませぬ事と覚悟致してはおりますが、万に一つにも、お眼こぼしが叶いました節は、生きて再びお眼もじ致しますす時機がないように存じ上げますから、勝手ながら、妾の一生のお願い事をお訴え申上げたく、不躾《ぶしつけ》ながら手慣れておりますタイプライターの英文にて御意を得させて頂きます。

その中《うち》にも何より先立ってお許しの程をお願い申上げとうございます事は、妾が世にも恐ろしい夫殺しの犯人でない事でございます。

その仔細は、詳しく申上げますれば数限りもございませぬが、その荒ましは先刻お手に入《い》りました新約聖書の中の暗号文にてお察しの事と存じます。妾の夫、仮名岩形圭吾事、志村浩太郎と妾こそは、共々に、米国紐育《ニューヨーク》に本部を置き、ウルスター・ゴンクールと申す人を首領と致しております秘密結社Ｊ・Ｉ・Ｃの一員に相違ございませぬので、これは最早《もはや》、お隠し申上げるまでもない事と存じます。

さてとや、この、Ｊ・Ｉ・Ｃ結社の性質と申しますのは、最早、御承知の御事《おんこと》とは存じますが、当座の申開きのため、あらましを申述べさして頂きます。

妾が今日まで心得ておりましたところによりますと、この結社は、米国人が建国以来の理想と致して参りました正義人道と、平和愛好の精神から生まれ出たものと申し聞かせられております。でございますから、その仕事と申しますのは、普通に流行致しております声ばかりの平和運動と違いまして、世界各国の好戦的の行動をあらゆる直接の方法で妨害致しまして、一切の内政と外交を、経済的手段だけで解決しなければならぬように仕向けることでございます。そう致しまして只今の世界の経済状態が、他国民の不幸は、直ぐにそのまま自国民の不幸と変化して襲いかかって来るようになっております実情をハッキリと各国民に悟らせまして、世界中を米国と共通共同の経済団体と変化致し、互に相扶《あいたす》け合いまして、二度と再び、只今の欧洲大戦のような大惨事を惹《ひ》き起さないように努力致します目的の下に、米国に居住する各国人種によって組織されておるものと承わっております。

そのような次第でございますから、申すまでもなく、J・I・Cの事業は、只今露西亜《ロシア》に流行し初めております過激思想などとは全く正反対の思想でございまして、米国内の各州がそれぞれ独立自由の政治を営んでおります通りに、各国、各人種の宗教と、政体と、階級制度とをそのままに認めながら人類社会の平和と幸福を計るのを理想と致しておるのでございますが、只今のように各国の政策が、戦争よりほかに平和の保ち方を存じませぬ軍閥と、資本家の手で支配されております世の中では、過激思想と同様の誤解を受けまして、恐ろしい反対と、迫害を加えられる虞《おそ》れが十分にございます。それで、J・I・Cの団員は、あたかも羅馬《ローマ》に於ける最初の基督教の布教者と同様の厳重なる秘密組織と致しまして、団員は一人一人に殉教者となる覚悟をもちまして各国に紛れ入り、その国の好戦的準備を妨害致す仕事を致しておりますので、妾の夫志村浩太郎は、その西部首領の仕事を引き受けておりましたものでございます。

又、一方に、その志村浩太郎の妻と相成っておりました妾《わたし》は、或る恐ろしい事情のため、久しい以前から夫と、一人子の嬢次と三人、離れ離れになっておりました者で、その後、寡婦と同様の境遇に陥りました妾は、夫と愛児の行方を探すために、色々と辛苦艱難《かんなん》を重ねました後《のち》に、Ｊ・Ｉ・Ｃの情報主任と相成りまして日本に参り、××大使のお世話で当教会を借り受け、日曜毎《ごと》に説教を致します体《てい》を装い、日本内地に働いております、Ｊ・Ｉ・Ｃ団員の情報を集配《レポート》致しておったのでございますが、その傍《かたわ》ら、古い縁故を辿りまして外務省の英文タイピストの職に就き、日本の機密に属する暗号電報を盗み写しまして、米国紐育イースト・エンドのＪ・Ｉ・Ｃの本部に送達致す仕事を受け持っていたのでございます。これは妾と致しまして誠に申訳もない浅ましい所業でございまして、このために貴方様《あなた》からお仕置を受けますような事に相成りますならば、少しもお怨み申上げる筋はないのでございますが、「世界の平和のため」という美しい標語に眼を眩《くら》まされておりました妾はついこの頃まで少しもそのような罪に気付きませず、むしろ日本のためと存じまして、非常な善《よ》い事を致しておりますような気持で、暗号電報の盗読を仕事と致しておったのでございます。

　ところが、そのような愚しい仕事を致しつつこの二三年を打ち過しておりますうちに、妾の斯様《かよう》な所業が、人間として最も浅ましい売国の重罪に当りますばかりでなく、

Ｊ・Ｉ・Ｃの仕事の内容そのものが世界の平和と、正義人道のために許すことの出来ませぬ、最も憎むべき性質のもので、妾の夫と愛児と、日本民族とを同時に亡ぼそうとしているものでございます事が、判然致しまます時期がまいりましたのでございます。

それはほかでもございませぬ。

本年六月の初め頃になりましてＪ・Ｉ・Ｃの西部首領と相成っております有力な日本人、Ｋ・ＮＯ・１（Ｊ・Ｉ・Ｃの仲間では首領のＷ・Ｇ氏以外は本名を明かしませずに番号ばかりで通信する規則になっておりますので、止むを得ませぬ時に仮名を使うだけでございます）と申す者が、或る重要な要件のため、外交界でよく申します「暗黒公使《ダーク・ミニスター》」と相成りまして、東洋方面に出張する事に相成りました旨、妾の手許に情報が参りました。それと同時に、その先発として、やはりＪ・Ｉ・Ｃの一人となっております自称樫尾《かしお》初蔵《はつぞう》と申す者が、Ｊ・Ｉ・Ｃの東部と西部と双方の首領の護照《ごしょう》を持ちまして、去る六月の末頃から日本に参りまして日本のＪ・Ｉ・Ｃに属する日、鮮、支人の身元と消息を詳しく取り調べ初めたのでございます。

さて、この樫尾と申す者は、如何様《いかよう》な人物かと申しますと、若い折は露西亜人を装いまして彼得堡《ペトログラード》に入り込み、明石《あかし》大佐の配下に属してウラジミル大公の召使に住み込み、軍事探偵の仕事を致しておりました者で、日露戦争後は引き続き日本政府の信任を受けまして米国に入り、各種の秘密結社の内情を探っておりますうちに、前に申上げましたJ・I・C東部首領、W・ゴンクール氏と仲よく相成り、J・I・Cに加入いたしました人物と申すことが、後になって判明致しました。しかし最初のうち樫尾はそのような事を気《け》ぶりにも見せませず、ただJ・I・Cの仕事に就きまして色々と親切な忠告をしてくれましたので、私もこの二三箇月は何となく心強く存じておりました次第でございます。

そのうちに時日が経過致しまして今月に相成りますと、J・I・Cの西部首領、K一号こと、仮名、中村文吉が五日横浜入港の阿蘇丸にて来着致します旨を電照して参りました。それと同時に私に宛てました、J・I・C首領、W・ゴンクール氏の名前で――中村文吉が日本に来着する以前の二日横浜発イダホー丸にて至急米本国へ帰来すべし。後事は樫尾に委託すべし――との暗号電報が到着致しました。

私はかような不思議な命令を受けました事は今までに一度もございませんでした。J・I・Cの団員で新たに日本に到着いたしました者は、是非とも一度妾の処に立寄りまして、色々と打ち合わせを致しますのが、ほとんど規則のようになっていたのでございます。でございますからして、況《ま》して西部首領とも申す程の有力者が日本に参りましたならば、誰を差しおいても私が先に面会致しまして、事務の報告を致さねばならぬ筈なのに、これはどうした間違いかと存じまして、判断に苦しみました揚句《あげく》、至急に電話をかけて樫尾を当教会の地下室に呼び寄せて相談致しましたところ、樫尾は暫く考えました後に、

「この命令に背かれましたならば貴女《あなた》の生命《いのち》が危ないでしょう。しかし……しかし」

となおも二三度口籠もって躊躇致しましたが、やがて思い切った体《てい》で私の耳に口を寄せまして、あたりに人も居ないのに声をひそめまして、

「中村文吉氏の本名は志村浩太郎氏です。志村君は貴女が当教会《ここ》に居られる事を出発直前に耳にしておられる筈です。……左様《さよう》なら……」

と云い棄て教会の外へ駈け出し、そのまま自動車に飛び乗って姿を消してしまいました。

妾は余りの事に驚き呆れまして、暫くは教会の門前に立ちつくし、茫然とあとを見送っておりましたが、それにしてもこの十数年このかた打ち絶えておりました夫の消息を初めて聞き知りました妾の身として、たとい、J・I・Cの厳命でございましょうと

も、何しにこのまま立ち去る事が出来ましょう。ましてその命令の意味も全く不明なのでございますから、妾は色々と考えをめぐらせました後《のち》、たといJ・I・Cの制裁を受くるとも構いませぬ覚悟で、そのまま日本に踏み止まり、夫の到着を待つことに決心致しましたが、そう致しておりますうちに去る六日の朝、帝国ホテルに到着、宿泊しておりました夫より、至急、本郷菊坂ホテルにて面会致したい旨を、電話にて申込んで参りましたから、取るものも取あえず駈け付けたのでございます。

さてその時の夫の申条《もうしじょう》、または私の返答致しました模様などは皆、妾の愚痴がましく相成りますから、ここには略させて頂きます。けれどもその結果、前に申上げました或る事情のために私の不貞を疑っておりました夫は、初めてその非を悟りましたものか、一言も物を申し得ぬように相成りまして、そのまま味気なく別れる事になりましたが、それから二三日の間と申すもの夫は一度も帝国ホテルに姿を見せませず、どこへか姿を晦《くら》ましてしまいました。

妾はそれと知りましてどう致したらよいものかと、毎日時雨《しぐれ》勝ちの空を眺めて思案に暮れておりました。ほとんど食事も進みかねておりましたのでございますが、その折柄、去る九日の午前出勤中に外務省の機密局長M男爵閣下宛、配達致して参りました封書中に、夫の筆跡に相違ない無記名のもの一通を見付けましたので、思わず胸を轟《とどろ》かせました。そうしてその手紙をこっそりと自分の室に持ち帰りまして秘密に開封して読んでみますと、これこそ妾の夫志村がM男爵閣下に、J・I・Cの暗号基帳と、団員の名簿を手交致しますために、大森の山王茶寮で当夜の九時にお眼にかかりたい云々と認めました約束の文書でございまして見るも胸潰るる恐ろしい内容でございました。

けれども妾はやっとの思いで心を落着けまして、その封書を元通りにして男爵閣下の机に返しました。そうしてその夜、大森の山王茶寮で、M男爵と面会して帰りかけました夫を途中で待ち受けまして、無理に当教会の地下室に伴いまして、J・I・Cに対する裏切りの行いを、きびしく責めたのでございますが、僅《わず》か二三日の間に見違える程やつれ果てました夫は、淋しく笑いますばかりで、私の申します事を少しも相手に致しませぬ。その上に兼ねてより酒類売買で蓄えておりました十五万円の財産全部を私に与えまして、永久に別れようではないかと申し出でました。

妾はこの言葉を聞きますと同時に、夫が何かの原因で自殺の決心を致しておりますのを悟りましたので、あまりの悲しさに身も世もない気持になりまして、それならば一緒に外国に逃れてはどうかとすすめました。けれども夫は何か考えがありましたかして、何としても妾の中条を承知致しませず、ただ、自分一人だけ外国に逃げる事だけは辛うじて承知致しまして、その費用を除きましたあと全部を私に与えまして、妾の思い通りに使ってくれよと申しましたから、とりあえずその通りに致しました。

けれども妾は、なおも夫が自殺の決心を持っているらしく思われてなりませぬので、恐ろしさと悲しさの遣る瀬ないままに、毎日のように夫のあとをつけまわしまして、度々面会致しては言葉を尽して諌《いさ》め訓《さと》しましたのでございますが、夫は只がぶがぶと酒を飲みますばかりで相手になりませず、妾の恐れと悲しみが弥増《つの》るばかりでございました折柄、昨十二日の午前中、小包郵便で前記の暗号入りの聖書が到着致しました。のみならず、間もなくその聖書を送りました本人の樫尾自身が妾の出勤先の外務省に飛んで参りまして、団員の一人である朝鮮人留学生、朴友石《ぼくゆうせき》の密告によりまして、私に対する死刑の宣告が、只今米国本部より樫尾の手許まで到着した旨を告げ知らせました。そうして尚その上に——鮮人朴友石は一種のコカイン中毒から来た殺人淫楽者で、色々な巧妙な手段を以て不思議の殺人を行い、今日迄度々警察を悩まして来た白徒《しれもの》で、殊に異性の私を殺し得る機会を得ようと兼ねてから付け狙っていた恐るべき変態恋愛の半狂人である。なれども樫尾自身は日本政府の御命令で、あくまでも、Ｊ・Ｉ・Ｃに踏み止まるべき重大なる任務を持っているために、朴の行動に反対する事が出来ない。却《かえ》ってその計画に賛成して、色々と指導を与えておいた位だから、私の運命は風前の燈《ともしび》――と申すような恐ろしい事実を申し聞かせ――後《のち》とも云わず即刻、海外に逃れるよう、準備を整えよ――と言葉をつくして諌めました。

けれどもその時に妾はなおも夫の事を気づかいまして、躊躇致しましたところ、樫尾は遂に、もどかしさに堪えかねましたものか――左程に疑わるるならば、かく申す樫尾の身分と、今日までに探り得ましたJ・I・Cの真相を打ち明けましょう。序《ついで》に貴方《あなた》の御子息の行方もお話しまして、妾が何故に斯様に一生懸命になって貴女《あなた》の御一身の事を心配致しますかという、その理由を説明しましょう――と申しまして、妾に病気欠勤をさせて自身に運転して来ました自動車に乗せ、多摩川附近までドライヴを致しました。

この時に樫尾から承わりましたJ・I・Cの真相が、どのような恐ろしい、残忍非道なものでございましたかは貴方様のお察しに任せます。いずれに致しましても、前に申上げました表面的な主義主張とは全くうらはらの実情でございまして、詳しくお話し申上げたいのは山々でございますが、あまり長く相成りますから併せて略させて頂きます。

妾はその話の一々に就きまして思い当る事ばかりでございましたのみならず、永年尋ね求めておりました伜《せがれ》の嬢次が、紐育《ニユーヨーク》の郵便局に奉職致しておりますことが最近J・I・Cに判明致しまして、人知れず人質同様の監視を受けております状態で、妾の素振によりましては、その生命を代償として、妾を威嚇《いかく》致します準備が整っております旨を承わりました妾は、余りの恐ろしさに魂も身に添わず、病気のように相成りましてこの教会に引返《ひつかえ》し、樫尾に扶《たす》けられて逃亡の準備を致しました後《のち》、暫くは寝台の上に打ちたおれておりました程でございました。

とは申せ、そう致しますうちに尚よく考えまわしてみますと、妾はまだJ・I・Cの内情を耳に致しましたばかりで、その恐ろしい仕事の実際を眼に見た訳ではございませぬ。嬢次の事とても同様でございまして、妾が親しく会ってみました上でなければ、真偽の程が確かとは申されないのでございます。ことに樫尾という人間がどうしてこのように妾の世話ばかり焼きましてJ・I・Cから裏切らせようと致しますのか、その理由が、まだハッキリと解った訳でもございませぬのに、みすみす眼の前の夫を見殺しに致して、妾一人何しに海外へ立ち去る事が出来ましょう。ですからその夜《よ》に入《い》りまして、介抱しておりました樫尾が立ち去るのを待ちかねまして、くるめく心を取り直しつつ、カフェー・ユートピアに夫を呼び出し、樫尾の物語を打ち明けまして、J・I・Cの真相を妾に洩らさなかった夫の無情を怨みました。

ところが夫は別に驚く様子もなくこう答えました。

「お前にJ・I・Cの秘密を知らせなかったのは別に深い理由があったからでない。お前を裏切らせると嬢次の生命が危なくなるから、裏切るなら俺一人で裏切りたいと思っていたからなのだ。いずれにしてもお前の事は狭山という人によく頼んでおくから、安心して日本に居れ。J・I・Cが総がかりで来ても、又は樫尾の智恵を百倍にしても、あの人の一睨みには敵《かな》わない。お前は狭山さんを知っているだろう」

と申しましたから、お顔だけは新聞紙上でよく存じている旨を答えましたところ、

「それならばいよいよ好都合だ。俺の事は決して心配しなくともよい。現に一昨日《おととい》の晩も、朝鮮人らしい奴が一人尾行《つけ》て来たから、有楽町から高架線の横へ引っぱり込んで、汽車が大きな音を立てて来るのを待って振り返りざま、咽喉元を狙って一発放したら、ガードの下の空地に走り込んでぶち倒れた。しかし其奴《そいつ》は死ななかったらしく、今でも図々しく俺を追いまわしているが、そんな奴を恐れる俺じゃない。唯気にかかるのは非国民の名だ。だから、お前は伜の事は思い切っても、俺と一緒に非国民の汚名を受けな

いようにせよ。今夜でも宜しいから狭山さんの処へ行って事情を打明けて保護方をお願いせよ。狭山さんは剣《ケンブリッジ》橋大学の応用化学を出た人で、J・I・Cの団長W・ゴンクールの先輩に当る人だ。卒業生の名簿を御覧になればわかる。……この事が狭山さんに洩れた事がわかったらJ・I・Cで大警戒をするからそのつもりで極《ご》秘密にして行け」

と申しまして強いて妾を去らせました。

しかし妾は尚も夫の身の上の程を心許なく存じましたので、昨夜《ゆうべ》遅く、共々に狭山様の処にお伺い致します決心で、人知れずステーション・ホテルに訊ねて参りまして、ボーイに二十円を与えて案内させ、夫の室《へや》に参り、内側から鍵をかけまして、気永く自殺を諫めにかかりましたけれども、夫はやはり相手になりませず、泥靴のまま寝台の上に横たわりまして、只管《ひたすら》に眠るばかりでございました。

それで妾は、今朝《けさ》早く、今一度参ります心組で、手袋をはめながら窓を閉《とざ》し、電燈を消して廊下に出ましたところ、最前案内を頼みましたボーイが立ち聴き致しておりましたらしく、逃げて行くうしろ姿を認めましたから急に呼び止めまして、又も二十円を与えて口止めを致しましたが、そのまま今一度扉《ドア》の前に引返《ひっかえ》し、室内の様子に耳を澄ましますと、夫はよく睡っておりますらしく、鼾《いびき》の声ばかり聞えましたから、すこし安心致しましてホテルを出ようと致しました時、お礼心でございましょう最前のボーイが送って出て参りましたから、忘れて手に持っておりました合鍵を渡しまして、今一度念を入れて口止めを致しました。そうして表に出ましてから十四号室の窓を仰ぎましたところ、夫は実は眠りを装うておりましたものらしく、妾が閉しておきました窓を押し上げ、ズボンにワイシャツ一つの姿で妾を見送っておりましたが、妾が振り返ると殆《ほと》んど同時に身を退《ひ》いて闇の中に隠れてしまいました。

今から思いますとこの時こそ夫の姿の今生《こんじょう》の見納めでございました。夫はJ・I・Cの団員と致しましても、又は日本民族の一人と致しましても、いずれにしても死なねばならぬ運命を思い知りまして、妾が立ち去るのを待ちかねて自殺致したものと存じます。

妾はこの時、何となく後髪《うしろがみ》を引かれまして、胸が一ぱいになりました。けれどもいずれ明朝の事と存じまして、思い切って帰宅致しました。そうして今朝《こんちょう》七時半頃、右手のリウマチスが再発致しました旨の、偽りの欠勤届を認《したた》めておりました折柄、タキシー運転手姿の樫尾が、転がるように駈け込んで参りまして、夫志村の変死を告げ知らせました。そうして息せきあえぬ早口で次のような忠告を致しました。

「この事件には必ず狭山様の御出動を見るであろう。そうとなれば貴方《あなた》がた御夫婦の今日までの売国的行動も水晶のように見透かされてしまうであろう。外務省の欠勤届なぞいう呑気《のんき》なものを書いている隙《すき》はないのだ。一刻も早く樫尾が指図する通りにして外国に逃れて時節を待つ考えを定《き》められよ。元来、J・I・Cの首領W・ゴンクール氏はずっと前から貴女に懸想《けそう》していて、無理にも志村氏を殺そうとしているのだ。そうして人質に取った嬢次殿を枷《かせ》にして是非とも貴女を靡《なび》かせようと謀《はか》っている者である。だから貴女の生命《いのち》がなくなった暁《あかつき》には、必要もない人質の嬢次殿の運命が、どのような事になって行くかは、考える迄もないであろう。これまで打ち明けた上は何もかもお解りであろう。樫尾の言葉が真実である事を明かに覚られたであろう。とにも角にも一刻も早くこの教会から姿を消す事が肝要である。その方法というのは取り敢えず姿を改めて満《まん》洲《しゅう》王張作霖《ちょうさくりん》の第七夫人と偽り、今夜一夜だけ帝国ホテルの客となって新聞記者を驚かす。それから明朝堂々と東京駅を出発し、下関から大連《だいれん》航路のメイルボートに乗り込み、大連から上海《シャンハイ》に逃れる方法がある。狭山氏の眼を逃るるにはこの方法より以外にない。早く早く」

と妾を促しまして自動車に同乗し、銀座から神田に参り、衣類その他の装身具等を買い整え、再び銀座の美容院に参るべく、帝国ホテルの前にさしかかりましたところ、あの聖書を手にして調べつつ山下町の方から歩いておいでになりました狭山様のお姿を拝見しまして、聞きしにまさる、お手廻しの早さに驚きました妾は、自動車の中で気を喪《うしな》ってしまいました。

妾はそれから約二十分ばかりして眼を開きますと、最寄《もよ》りの丸の内綜合病院に運び込まれて看護婦の手当を受けている事に気付きましたが、その中に汗まみれになって這入って参りました樫尾は、看護婦に用を云い付けて追い出しました隙に、妾の耳に口を寄せてこのような事を囁きました。

「あの聖書が狭山様の手に入ったために何もかもメチャメチャになってしまった。樫尾自身も内地に居られぬようになってしまったが、これはあの聖書を貴女の手から取り返しておかなかった私の失策だから仕方がない。しかし今の間に仲間に命じて逃亡の手当を残らずしておいたから安心なさい」

と申しましてその計画を申聞かせましたから、今は一刻も猶予ならず、気絶後一時間ばかりして当教会に帰りまして、自動車を止めおいて支度を整えました。

この自動車に妾が乗っております事は、他人ならば容易に判りますまいと存じますけれども、狭山様に限っては特別のお方と存じましたから、万一の用心に止めておいたのでございます。そうしてこの自動車が数寄屋橋に帰って、又ここまで参る最少の時間を八分間と定め、その僅かな時間を生命と致して逃亡させて頂く考えでございます。もはや右に申上げました事実で、妾が忌まわしき夫殺しの罪を犯したお疑いはお晴らし下すった事と存じます。

申開き致したさの余り、あられもない失礼な事のみ長々と申上げまして、お手間を取らせました事は、何卒、幾重にもお許し下さいませ。

この上は貴方様の御健康の程、幾久しくお祈り申上げるばかりでございます。かしこ

志村のぶ子　拝

午後一時五十二分

読み終ってしまった志免と私は、殆んど同時に時計を出してみた。両方とも二時十六分である。

「あの運転手を逃がすな」

と二人は矢張り同時に叫んだ。声に応じて三人の刑事は一斉に表に飛び出したが間に合わなかった。

二人が叫んだその一刹那にスターターを踏んだ三五八八の幌自動車は、忽《たちま》ち猛然たる音を立てて四谷見附の方向に消え去った。……それとばかりに志免と三人の刑事が、素早く熱海検事の乗って来た箱自動車に飛び込んで追跡したが、あとを見送った私は苦笑しいしい頭を左右に振った。

「駄目駄目。もう少し早く気が付いたら……」

「どうしてあの運転手が怪しい事が、おわかりになりましたか」

と熱海検事も心持ち微笑を含んで尋ねた。

「初めから怪しい事がわかっていたのです。けれども途中で怪しくなくなったのです。ところが手紙を読んでしまうと同時に、又怪しくなって来たのです」

「……と仰言《おつしや》ると……」

と流石《さすが》の熱海検事も私の言葉に興味を感じたらしく眼を光らした。私はポケットから暗号入りの聖書を引き出して、検事の前に差し出して見せながら説明した。

「何。訳もない事です。私はこの聖書をカフェー・ユートピアで手に入れたのです。樫尾初蔵から志村のぶ子に送った暗号入りのもので、暗号の最後がかしをとなっておるものです。ところが今の運転手が、この手紙を持って這入って来た時の態度に五分の隙もないのを見まして、直ぐに、此奴《こいつ》は容易ならぬ奴だ……事によると此奴が樫尾かも知れないぞと気付きました。しかももし樫尾とすれば今から一時間半ばかり前に日比谷の横町で私と衝突しそうになった時に、自動車の中から私に『馬鹿野郎』を浴びせて行った運転手と同一人に相違ないのです。私という事を知り抜いていながら知らない振りをして、私の判断を誤らせるために、一瞬間に思い付いてあんな事を云ったものに違いないのです」

「……成る程……大胆な奴があるものですな……」

と熱海検事はいよいよ驚いたらしく眼をしばたたいた。

「……あれ程の奴は滅多に居りません。明石閣下のお仕込みだけありますよ。……しかし最前志免警部に呼び止められた時は、流石にはっとしたらしかった態度でしたが、その一刹那のうちに……ナニ。大丈夫だとタカを括《くく》って向き直った態度の立派さには又、敬服しましたよ。樫尾に相違ないと思い込んでいた私でさえ……ハテナ。違うのか知らん……と疑った位でしたからね。志免以下の連中が気付く筈はありません。そのうちに手紙を読んでいる間じゅう気を付けてみますと、表に自動車の動き出す音がちっともしません」

「いかにも……」

「これには全く一ぱい喰いましたね。やはり樫尾じゃなかったのか。只の運転手だったのかと思い思い手紙を読んでしまった訳です」

「成る程……ご尤《もっと》もです」

「ところがです……手紙を読んでしまうと同時に気付いた事は、これだけの長文の手紙をタイプライターで叩き出すには、いくら慣れた手でも二十分はかかる筈です。ところで志免警部が、あの自動車を見付けて、追跡して帰って、自働電話に出ていた私と打合わせを終る迄の時間を十分と見ます。そうして私が日比谷から警視庁に帰って自動車に乗る迄の最少限の十分間を加えると丁度二十分となりますが、一方に女の乗った三五八八の自動車が三宅坂を登ってこの教会に到着する迄の時間は、私共が同じ自動車で同じ距離を走った時間と差引いて差引零《ゼロ》になるとしても、女の云う逃走用の時間の八分間を前の二十分の余裕から差し引けば、最大限女の保有し得る時間は十二分間となります。実はそれだけの時間は残らないものと見るのが常識的ですが、たとい、それだけの余裕があったと仮定しても、たった十二分間で、この手紙を打ち終ることは不可能と見なければなりません」

「そうですなあ……一々御尤もです」

「そんならどこでこれだけの長文をたたいたかと申しますと、多分女が気絶して介抱を受けた医者の処か何かで、樫尾が女の逃走を助ける一手段としてこの手紙を作製したものではないかと考えられるのです。つまり吾々が彼等の逃走を発見した瞬間の判断を誤らせるためにこんな小細工をしたので、彼《か》の樫尾の奴が、間際まで自分の名前を看破されない事を確信して巧《たく》らんだものと考えられるのです。……すなわちこの手紙の通りに、十二分間を利用して逃げたとなると、女はまだ東京市内に居るとしか思われませんが、実はもうとっくの昔に東京を出ているに違いありません。樫尾運転手は二十分間以上の時間を使って女を東京市外のどこかへ送り付けて、平気で数寄屋橋に帰って、張り込んでいた刑事に『大勢の人が居た』と嘘をついて、支度に手間取らせてここへ連れて来たのです。そうして、なおも時間の余裕を女に与えるために、捜索が一通り済んだ頃を見計らって、この手紙を渡して、吾々が読み終るのを見済まして逃走したのです。否……吾々に落着いて手紙を読み終らせるために逃走を差し控えていたものとしか考えられないのです。追跡の出来ないように一台をひょろひょろの箱自動車にしたのも彼奴《あいつ》の仕事に違いありません。全く吾々を馬鹿にしているのです。大胆極まる奴です。素晴らしい手腕です」

熱海検事はうつむいたまま、熱心に私の説明を傾聴していたが、又もにこにこしながら顔を上げた。

「貴方は何故直ぐに電話で手配をなさらないのですか」

私は帽子を脱いで熱海氏の手を握った。

「私は貴方の説に降参しました。岩形圭吾、否、志村浩太郎は自殺したのです。あの金は志村のぶ子が、その夫から正当に貰ったものです。この手紙の内容は樫尾が日本政府の機密機関に属する人間である以上全部真実を告白して私共の許しを請うているものと見るべきで、彼女は毒薬とも全然無関係な筈です。私はステーション・ホテルの廊下にあった女の足跡を、前後反対の順序に見ていたのです。室《へや》を出てからもう一度引返して様子を窺《うかが》った足跡を、室に這入る前に窺ったものと見たために、女の殺意を認めたのです。面目次第もありません」

若い熱海検事は子供のように顔を赤くした。

「そう云われると僕も面目ないです。ただ志村氏が窓を開いたままにして、横向きに寝て、窓の外を大きな眼で睨んでいる状態が何となく尋常でなかったので、もう一度考慮し直してみたいと思っただけです。……しかしこの話を外務省が聞いたら吃驚《びっくり》しましょうね」

私は苦笑しながら熱海氏の前に手紙を差し出した。

「志村のぶ子と、樫尾初蔵の処分方法は、貴官《あなた》から外務省へ御交渉の上、御決定下さい。二三時間の中なら、捕縛の手配が出来ると思います」

「承知しました……しかし……」

と熱海検事は又も顔を染めて微笑した。私が差出した手紙と聖書をちらりと見たが、別に受取ろうともしないまま、心持ち口籠《くちご》もって云った。

「……放ったらかしといても……よくはないでしょうか」

この大胆な放言には流石《さすが》の私もどきんとさせられた。そうして思わず熱海検事の手を握らせられたのであった。

「……実に……御同感です。志村のぶ子と樫尾初蔵の二人はやまと民族の意識を十二分に持っている者です。彼等二人は今後吾々のために、今まで以上の働きをするに違いありません。私は彼等二人を捕《とら》えたくないのです。……その代り……今後、Ｊ・Ｉ・Ｃの団員は二重橋橋下に一歩も立ち入らせますまい」

熱海氏は返事をしなかった。恭《うやうや》しく帽子を脱いで別れを告げると、依然として微笑しいしい古木書記を従えて入口の方へ歩いて行った。そうして何か考え考え扉《ドア》の前まで来ると思い出したように振り返った。

「狭山さん。唯一つ遺憾な事がありますね」

「はあ……何ですか」

「お互にその美人の顔を一度も見なかったじゃないですか。ハハハ……」

私は唖然《あぜん》となってその後姿を見送った。


新聞に出ているのは、これだけの事実を切り縮めたものでかなり杜撰《ずさん》なところが多いばかりでなく、事件の核心にはちっとも触れていなかった。すなわち引き続いた翌日の朝刊に岩形圭吾氏の屍体解剖の結果としては、毒殺に使用した薬物の正体が依然として不明なので目下研究中であること……注射は筋肉注射であったこと……左腕の刺青《いれずみ》はＮＫ（のぶ子、浩太郎）の二字の組み合わせであったことが辛うじて判明したこと……などが報道してあるだけである。又警視庁の活躍としては、銀行の一件だのカフェー・ユートピアの出来事などは無論書いてある筈がない。ただ私がステーション・ホテルを出てから数時間の間、行方を晦《くら》ましていた事、刑事が八方に飛んで、借着屋を調べた事なぞを書いておしまいに……、

「午後二時に至り刑事課は有力なる証跡を挙げ得たるものの如く俄《にわ》かに色めき立ち、熱海検事、狭山課長等合計七名の一行は二台の自動車に分乗し、麹町方面に向いたるが、該自動車が犯人の潜伏せる麹町区土手三番町旧浸礼《しんれい》教会に到着したる時は、犯人は既に一台の高速力の自動車にて逃走せし跡にて、一同は手を空しくして帰来せり。その後の経過はこの稿締切迄は不明なり。然《しか》れども此《かく》の如き巧妙なる犯罪事件を犯行後僅々《きんきん》十数時間を出でざる間に解決し、犯人の住居までも突止めたるは偏《ひとえ》に吾が狭山鬼課長の霊腕に依《よ》るものと云うべく、従って犯人の就縛《しゅうばく》も遠きに非《あら》ざるべしと信ぜらる。因《ちな》みにステーション・ホテルのボーイ山本は、余りの事に驚きて一時失神し、覚醒後、発熱甚だしきを以て面会を謝絶しおるも、その他のボーイ仲間との話と、タクシー会社の運転手仲間の噂と、別に本社の探知し得たるところを綜合するに、犯人は志村のぶ子と称する絶世の美人なる事確実にして、該美人を乗せ行きたる自動車T三五八八より足が付きた

るものらしく、該自動車とその運転手、樫尾初蔵、及び、狭山課長のみは今以て帰来せず。土手三番町の犯人の潜伏所にも居らず。そして午後三時前後に帰来せる今一台の箱自動車一九三六の運転手芳木は何事も包みて語らざるより察すれば多分鬼課長は再び何等かの有力なる端緒を得て、その方面に向い活動を開始せるに相違なし。吾人《ごじん》はその活動の結果を、明日の本紙上に報道し得べき事を信じて疑わざるなり」

と結んで、おまけにどこで撮《と》ったかわからない私の横顔の写真に、鬼課長狭山氏と標題《みだし》を付けて割込ましてある。

それを見ると私は思わず顔を撫でまわさない訳に行かなかった。既に白状した通り、実を云うと私はこの時に有力な端緒を摑んだ訳でも何でもない。あべこべに最も有力な端緒を取逃がしたり放棄したりしていたので、青山一丁目附近でT三五八八の自動車に撒かれて、失望して帰って来た志免刑事の一行と、四谷見附から電車に乗りかけていた熱海検事の一行を同じ箱自動車で帰して、近くのおでん屋でぺこぺこの腹を満たして後《のち》、警視庁に反抗した麴町署長に面会して、朝からの癇癪玉を一ぺんに破裂さしていたもので、記者連中が浸礼教会に押しかけて来たのは、その留守であったろう。

新聞記事の裏面の説明はそれだけである。

　私はその当時の事を思い出して、聊《いささ》かセンチメンタルな、軽い溜息をしつつ、紙面から眼を離した。……と同時に少年も私が読み終るのを待ちかねていたらしく、うつむいていた顔を上げたが、その眼は最前《さつき》の通り黒水晶のように静かに澄み切っていた。けれども、その心の底に燃え上る云い知れぬ激情を、謹み深く押え付けていることが、その真白く血の気を失った頬の色にあらわれていた。私はその頬を見ながら念のために訊ねた。

「それじゃこの志村浩太郎氏御夫婦が、君の御両親なんですね」

「はい」

　少年はちょっと唇を震わしたが、それでも静かに眼を伏せた。

「しかし……」

　と私はまだ不審が晴れやらぬまま、二三度新聞紙を引っくり返しながら問うた。

「……この新聞記事は随分いい加減なものなのです。この事件に関係した事で……まだ君が知らない国家の機密に属する重大な裏面の出来事なぞが全部ぬきになっているのです。……のみならず二年も前の出来事でバード・ストーン曲馬団の事なぞはちっとも書いてないのに、君はどうして君の両親がこの曲馬団に責め殺された事が判るのですか」

「はい」

と静かに答えた少年は、又も黒水晶のような眼を据えて私の顔を見詰めていた。そうして激しよう激しようとする心を落着けるべく努力しているように見えたが、やがてその長い睫《まつげ》を伏せて、ほっと一つ溜息をすると、如何にも淋しそうに声を落した。

「……僕は……父の遺言書を……見付け出したのです」

私はポケットから取り出しかけた敷島の一本をぽとりと床の上に取り落した。

「えっ……な……何を……」

「父の遺言書《かきおき》です……その新聞記事を便りにして探し出したのです」

「……この新聞記事から……」

「そうです。それを見て初めて、岩形圭吾と名乗って自殺した志村浩太郎という人が、僕の父親に違いない事がわかったのです。それまでは、自分が最初捨子だったという事より外には何も存じませんでしたし、どこの人種だかも解りませんでしたので、両親に会いたい事は会いたかったのですが、探す当てが全くなかったのです。……ですけども解らない事を考えるのは、小ちゃい時から好きでしたので、暇さえあれば亜米利加《アメリカ》の新聞を読んで、色んな犯罪事件を研究するのを楽しみにしていたのですが、そのうちに最前《さつき》お話ししましたような事から、思いがけなく日本の新聞が手に入りまして、その記事が眼に付きますと、父親の事とは夢にも知りませぬまま、色々と研究しておりますうちに、非常に面白い事件に見えまして、そのために日本に来て見たくて来て見たくてたまらなくなりました。その新聞記事と実際とを照し合わせて、僕の想像が当っているかどうか試してみたくて仕様がなくなったのです。……ところがその中に東部亜米利加から欧羅巴《ヨーロッパ》の方を興行しておりましたバード・ストーン曲馬団が、戦争のために欧羅巴へ行けなくなって、東洋方面へ廻る事になった。そのために高《たか》給い給料で新しい演技者を雇い入れているが、一緒に行かないかと云って、同じ下宿に居たコック上りの露西亜《ロシア》人が誘いましたので、すぐに加入の約束をしてしまったのです。そうして日本へ来るとすぐに、僕の想像を実験してみたらすっかり当っている事がわかったばかりでなく、永い間気になっていた自分の両親の名前を思いがけなく探し出す事が出来たのです」

少年は感慨深く言葉を切った。しかし私は机に両肘を張ったまま、云うべき言葉を発見し得なかった。二三度唾液《つば》を呑み込んでから辛うじて、

「……それは……どうして……」

と呟いたきりであった。

しかし少年はやはり眼を伏せたまま、淋しそうに言葉を続けた。

「……僕は日本に着いて散歩を許されるとすぐに、あのステーション・ホテルへ行って、十四号室を泊らないなりに一週間の約束で借りきってしまったのです。そうしてホテルのボーイや支配人に二年前の出来事の模様を出来るだけ詳しく話してもらいまして、あの室《へや》の寝台から室の飾り付までちっとも変っていない事を確かめてから、あの寝台の上に父が死んだ時の通りに寝てみたのです」

「どうして……」

と私は又おなじ言葉をくり返した。

「……どうって訳はないいんですけど……あの時の死状《しにかた》が、新聞に書いてある通りだと、何だか変テコでしょうがなかったもんですから、何かしら父の死状には秘密があるのじゃないかしらんと思ってそうしてみたんです。窓を開け放しにしておいて、寝台の上に南を枕に西向きに寝て、眼を一ぱいに開いて窓の外を見たのです。……そうしたら……」

「そうしたら……」

「そうしたら、どうやら訳がわかって来たような気がしたんです」

「……どんな訳……」

「あの窓から普通《あたりまえ》の姿勢で眺めますと、宮城と海上ビルデングと、今、バード・ストーン一座が興行をしている草ッ原が見えます」

「……見える……」

「……けれども父が死んだ時の通りにして見ますと、そんなものが窓の下に隠れて、一つも見えなくなります。ただ青い空と、それから駅の前の広《ひろ》ッ場《ぱ》の真中にたった一本突立っている高い高い木の梢がほんのちょっぴり見えるだけなんです。何の樹かわかりませんけども……」

「…………」

「その時に僕は思い出したんです。この新聞記事によりますと、父は自分で襯衣《シャツ》を切り破って、毒薬を注射して、あとから外套を着て靴を穿《は》いて寝たに違いないのですが、その両方の掌《てのひら》と、外套の袖口と、靴と膝の処が泥だらけになっていたと書いてあるでしょう」

「……それは……酔っ払って……転んだものと……」

「……ですけども……僕はそうじゃないかも知れないと思ったんです。……ですからその晩になって夜が更けてから、こっそりと帝国ホテルを脱け出して、あの木の下に来てみたら、大きな四角い石ころが一個《ひとつ》、拡がった根っ子の間に転がっておりました。僕がやっと抱え除《の》けた位の大きさですが、まだあそこに転がっております。その石の下を覗いてみたらすぐに見つかりました。土の中から、こんなものが一寸《すん》ほど頭を出しておりました。大方雨に洗い出されたのだろうと思いますが……」

私はもう口を利く事が出来なかった。黙って椅子から立ち上って、少年が差し出した長さ三寸程の鉛の管《くだ》を受取った。それは両端を打ち潰して封じてある一方をこじ明けたもので、中からは白い紙の端が覗いている。引き出して見ると、それは二枚の名刺で、その中の一枚は、

弁護士　藤　波　堅　策

東京市麴町区内幸町一丁目二番地

電話　二二一七三

という一流弁護士のもので、もう一枚はペン字で書き込みをした故志村浩太郎氏の名刺であった。

藤波堅策兄

志村浩太郎㊞

この名刺持参人に御保管の書類を
お渡し被下度候《くだされたくそうろう》

「この名刺を探し出すまでは何でもなかったんです。……ですけども誰にも気付かれないようにこの名刺を持って藤波さんの処へ行くのがとても大変でした。それは日本に着いてから、私のそぶりが何だか落ち着かないのを怪しまれたのでしょう。団長と、その部下の二三人がそれとなく私を警戒し初めましたので困ってしまいましたが、そのうちにやっと昨日《きのう》の夕方、隙《すき》を見付けて藤波さんの処へ行ってこの名刺をお眼にかけますと、藤波さんは私を一目見るなりびっくりなすって、これは驚いた。ノブ子さんの若い時にそっくりだ。どうして来たと云われましたので、私もびっくりしてしまいました。

それから生れて初めて日本のお座敷に坐りまして御親切な奥様や大勢のお嬢様たちと一緒にお寿司を御馳走になりながら、色々と藤波さんのお話を聞きましたが、私の両親は亜米利加《アメリカ》に居るうちに、ローサンゼルスで、雑貨店を開きながら法律を勉強しておられた藤波さんと非常に御懇意に願っていたのだそうです。……ですから父は藤波さんに頼んでおりましたので、まだほかに二万円のお金を預けたままにして私の行方を探してくれるように一万円のお金を預けまして、亜米利加の友人たちに私の行方を探してくれるように頼んでおりましたので、まだほかに二万円のお金を預けたままにしている。それは父の預けた書類の中《うち》に書いてある人に渡してくれと固く約束してあったのですが、それから後《のち》、志村君からはばったり便りがなくなったし、預かった書類を取りに来る人もないので変に思って、鎌倉の材木座の住所を探してみたら、そんな人間は最初から居なかった事が判明《わか》ったので、困っている……との事でした。そのお話を聞きますと、藤波さんは父が死んだ事や母の行方なぞはちっとも御存じない様子でしたので、私から詳しくお話しましたら、奥様やお嬢様たちは皆泣いて同情して下さいました。それから藤波さんは書類を見るのならば家《うち》で見てもいいぞと云われましたが、私はちょっと考えまして、いずれもう一度伺いたいと思いますからと云って、書類だけ頂いて帰って来ました」

そう云ううちに少年は、傍《かたわら》の椅子の上に置いた雨外套の内ポケットの釦《ボタン》を外して、大きな茶色の封筒を取り出して、私の前に差出した。

私はいつの間にか棒立ちになっていた。依然として無言のまま、感心も、驚きも、又は面目なさも通り越した厳粛な気持になって、その封筒を受取る器械みたように受取って、検《あらた》める器械みたように検めた。中味の書類はフールスカップの半帳を綴じたもので、ノート風の横書の文字がびっしりと詰まっているが、二年の時日が経過しているので、インキの色がいくらか変っている。それを拡げて見ると中から志村浩太郎氏の写真入りの古ぼけた旅行免状が一通出て来た。

「僕は……それを見てから、昨夜《ゆうべ》じゅう夜通し眠られなかったんです。そうして今朝すこしばかり眠って、眼が醒めるとすぐに曲馬団を飛び出して来たんです。……もう……我慢……出来なくなっちゃって……」

少年の声は急に曇った。ハンカチで顔を蔽《おお》うと同時に肩をすぼめて戦《おのの》かしながら、机の上に突伏した。

私は廻転椅子の中にどっかりと落ち込んだ。そうして忍び泣く少年の姿を見ないように横向きになったまま、わななく指で第一頁を開いた。

警視庁　第一捜索課長
狭山九郎太氏　足下

千葉県夷隅郡《いすみぐん》上野村字中島五百六十四番地
士族　戸主　志村浩太郎　㊞
明治十七年九月二日生

小生は右の通り貴下と一面識もなき、一介の米国移住民であります。ですから左《さ》に申述べますような事を貴下に御依頼致しますのは非常な失礼で、且つ僭越《せんえつ》である事を、深く自省致しておる者であります。しかし小生は小生の自殺に就いて、一度は必ず貴下のお手数を煩わすに違いないであろう。そうしてそのような事情に立ち到りましたならば、貴下は必ずや小生の死状及び、自殺の原因について深い疑問を抱かれるでありましょう。そうして今日迄、幾多の難事件を解決されました場合と同様に、貴下は事件の根本的原因に対して、単身、極秘密の研究調査を遂げられるでありましょう。しかもそのような事に相成りますれば、第一にこの遺書を発見して下さるお方は、失礼ながら貴下以外の何人でもあり得ない。又、小生の死後、妻ノブ子と、愛児嬢次の保護をお頼み申上ぐる程のお方も亦《また》、御迷惑ながら天下に唯、貴下お一人しかおいでにならない事を、深く深く確信致している者であります。

何をお隠し申しましょう。小生はついこの数週間前まで、米国の黄金帝国主義の手先となって、世界の平和を攪乱《かくらん》する目的の下に組織された、極悪無頼漢の一団体、J・I・C秘密結社の西部首領の地位におった者であります。

この団体の怖るべき内容に就いては、最早御承知の事とは思いますけれども、御参考のために、後程、概要を申述べたい考えでありますが、小生は最近に至りまして、或る動機から、今までの非行を恥じまして、この団体に属して売国的行為を続くるに忍びず、日本民族存立のため、断然、この団体を裏切り脱退するに決し、秘密裡に財産を纏《まと》めて日本に渡来し、去る九日夜、外務省機密局長M男爵閣下にお眼にかかりまして、J・I・C結社の暗号十二種（中には米国機密局にて使用中のもの二三あり）と、日本内地に散在するJ・I・C団員の名簿と小生の旅行免状とを提出し、然るべき御処置を伏願致しますと同時に、未練な申条《もうしじょう》ではありますが、妻と愛児の身上に就き特別の御寛《ごかん》典《てん》を仰ぎたく懇願するところがありました。

然るにM男爵閣下には小生のかような窮状を見て呵々《かか》大笑されました。そうして小生の旅行免状を返却されながら次の如く訓戒をされました。

「……お前を悔悟せしめたその純乎《じゅんこ》たる大和民族の血を以て、今後、国家のために報恩的の奉仕をせよ。お前の妻ノブ子の行為は疾《と》くに察知していたところであるが、余等《よら》は逆に彼女の手を利用し、虚偽の暗号電報を彼女に盗読せしめて、J・I・Cを通じて彼女の手を利用している米国政府を欺瞞《ぎまん》していたものである。彼女は要するに頭のいい婦人の通弊として主義理想に走り過ぎたために、このような奸悪手段の手先に利用せられて、売国行為をさせらるるに至ったもので、決して彼女を悪人と云う事は出来ないと思う。さればお前達親子三人の生命は勿論、不問に附せらるべきもので、もとより外務省の関知するところではない。これを表沙汰にしても無用の反感と物笑いを招くばかりである。真の外交手段と云う事は出来ないであろう」

と云われまして再び呵々大笑されました。

この大笑の前にひれ伏した小生は、頭髪が一時に逆立ちました。

J・I・Cの叛逆者に対する報復手段が如何に深刻執拗なものであるかを知っておら

れながら、小生等親子を、その呪いの中《うち》に放任しようとしておられるM男爵の意中を察して、骨の髄まで震え上らせられて退出しました。

かくして小生等親子三人は、当然の酬《むく》いとはいいながら、天下に身を置く処がなくなったのであります。ただ一人、貴下の御同情を仰ぐより外に生存する道がなくなったのであります。

放蕩無頼の酬い、又は売国奴相当の末期とは申せ、一切の同情と庇護とを受くる資格を喪失すると同時に、拳銃《ピストル》と、麻縄と、毒薬と、短剣とに取り囲まれて遁《のが》るる途《みち》もなくなっておりながら、僅に残る未練から、せめて妻子だけは無事に生き残らせて、日本人らしい一生を送らせたいばかりに、かような苦しい手段を以て、極秘密の裡《うち》にこの遺書を貴下に呈上する事の止むを得ざるに立ち至りました。小生の境遇に対し、一片の御同情を賜わりまして私の迷える魂を安んじ賜わらむ事を、三拝、九拝してお願い致す次第であります。

——因《ちな》みに——この遺書は内容を厳秘にして小生の旧友藤波弁護士に委託しましたものので藤波自身もこの内容を存じません。これは同人に内容を知らせて迷惑をかけたくない考えから致しました事で、一つには同人に預けておきました方が、可疑《いか》がわしい銀行の地下室に預けるよりも安全確実と信じましたからかように計らいました次第であります。

次に、先ずJ・I・C秘密結社の恐るべき内容を暴露致します前に、順序として小生の経歴を少しばかり述べさして頂きたいと思います。

小生の父は千葉県の旧士族でありまして、極端な漢学崇拝者でありましたが、御維新の際、彰義隊に加わって各地に転戦した事があります。その後一人息子の小生と共に、前記原籍地に隠遁致しまして、書道漢学の塾を開いておりましたが、近来の学校制度を極度に嫌いまして、小学校卒業後の小生を上の学校に進ませず、塾生と一緒に厳格な漢学教育を仕込んでおりました。これは性来のなまけ者で自由思想崇拝者の小生としては実に不満苦痛に堪えない境遇でありましたが、父の厳命が恐ろしいと同時に、経済上の都合から、苦学をする勇気もないままに、止むを得ず隠忍致しておる状態でありました。

然るにその父は、その後間もなく、小生が十六歳の時に死亡致しましたから小生はこぞとばかり、僅かばかりの家財を処分致し、村人の餞別を受けて東京に出まして、学校に入って新知識を得ようとしましたが、それまでの厳格な教育の反動が来ましたものか、親譲りの飲酒癖が次第に高まって来まして、遂に堕落学生の群に入り、種々の悪事と醜行に興味を持つに至り、数年の後にはM男爵の遠縁に当る富豪、現貴族院議員、枢《すう》密院《みついん》顧問官久礼《くれ》伯爵の三女ノブ子を誘うて亜米利加に渡航する事に相成りました。

米国渡航後の小生はローサンゼルス市を相手とする草花栽培に着眼し、特に自分の趣味として酒類の合成法に深入りしまして爾後《じご》二十何年の間に幾多の新発見を致しました。従って、有機化学的の研究から毒薬の研究にも趣味を持つようになりましたもので、現在小生が所持しております一瓶の如きは小生手製の物の中《うち》でも最猛毒な一種であります。しかもこれは失礼ながら、ずっと後《のち》に手に入れました貴下の秘密出版にかかる『毒薬の研究』の中にも洩れているようでありますから、その製法を御参考迄に説明致しますと、臭気でもお解りになります通り木精《メチル》の一種で、ジャスミン油中のアンスラニル酸メチルエステルを石灰の媒合によって電気分解させて見た結果、偶然に得ました比重約七七の軽い液体であります。その化学式は調べて見ませぬから判然致しませぬが、一種の多価木精でありますす事はたしかで、豚や犬等によって実験した結果を見ますと、先ず聴神経を犯されて、次に視神経を破壊してしまいますが、心臓には絶対に影響しないようであります。又黒人の奴隷を材料として研究したところによりますとアルコール中毒者、又は、飲酒して酔臥したものに注射した場合には、五分間後に確実な全神経の痲痺を起し、同時に全筋肉を強直させて、死前と同様の状態で絶息致しますので、絶対に苦悶を起しませぬ。但し、その時に飲酒していない者、又はアルコール中毒者でなければ単に阿片程度の愉楽な麻酔を感ずるに止まるという、極めて便利なものでありますが、非常に得難い液体でありますから大切に保存致しておりましたものが、計らずも今度役に立つ事と相成った次第であります。

しかし、かような研究はずっと後《のち》に致しましたもので、渡米後の小生はそのような研究に耽《ふけ》る暇もなく、自分自身も固く禁酒を守りまして花栽培に熱中しましたが、その中《うち》に偶然、カーネーションの肥料にアマニンの実が適当している事を発見し、大輪の花を咲かせる事に成功しましてから、一躍花成金となり、巨大なる温室十数棟を所有するに至り、居住しておりましたロ市でも屈指の成功者として衆人の尊敬を受ける身の上と相成りました。

愛児嬢次が生れましたのも実にこの時でありましたので（嬢次という名前は一見奇妙に感ぜられるかも知れませぬが変名ではございませぬ。これは同人が生れますと間もなく非常に虚弱な体質に見えて来ましたので、異性に形どった名前を附けると丈夫に育つという日本在来の迷信から、妻が小生と相談の上ジョージというクリスチャンネームを象《かたど》って附けたものであります。又、嬢次の母方の里は久礼《くれ》姓でございますが、万一貴下が同人をお探し下さる場合にはそんな名前を用いているかも知れませぬから御参考迄に申添えておきます）その頃の私達一家は、実に幸福そのものの象徴でありました。

しかし、世間にありふれた、平凡な実例ではありますが小生を今日のような不幸のドン底に陥れたものは他でもありませぬ。この時の身分不相応な幸福そのものだったのであります。すなわち小生は自分の成功に気が緩むと共に、又も、生れ付きの飲酒癖に囚われるようになりまして、明け暮れロ市内の酒場に流連《いつづけ》し、家事は悉《ことごと》く妻に一任して顧みないようになりました。

然るにこの頃、ロ市附近に一つの秘密結社が発達しかけておりました。この結社は初め、日本、印度《インド》、支那三国の無頼漢によって組織されておりましたので、その三国の英語の頭字を取ってJ・I・C団と名付け、主として西部亜米利加、及《および》、メキシコ境へかけた民家や、旅行者を荒す強窃盗やインチキ賭博を仕事にしておりましたが、その後次第に西北海岸の都会地に近づいて富豪や銀行を脅やかし、又は各方面の依頼に応じて暗殺を引受くる拳銃《ガンマン》業者の集団となり、英、米、伊、露、等の各国の無頼漢が参加するに及んで、遂に大仕掛の政治的金儲《かねもうけ》手段を引受くる大団体と化し、一時桑港《サンフランシスコ》に移しておりました本部を更に東、紐育《ニューヨーク》に移し、名士、富豪の暗殺、同盟罷工《どうめいひこう》の煽動等はもとより、各国に潜入して、悪思想の宣伝、革命等のあらゆる政治的の陰険手段を請負うに足る、恐るべき組織を完備するに至りました。

　この団体の首領は名をウルスター・ゴンクールと申しまして、小生と同年同月生れで、西班牙《スペイン》人の父と、猶太《ユダヤ》人の母との間に生れた混血児だと申しますが、一見したところでは純然たるヤンキーとしか思われませぬ。出身は墨西哥《メキシコ》境のアリゾナ州で、志を立てて英国の剣橋《ケンブリッジ》大学に遊び、法律を研究して帰ってから、西部亜米利加を放浪しておりますうちに、このJ・I・C結社に加盟したものでありますが、今から八年前に、同人がまだ、J・I・Cの一方の頭目として腕を揮《ふる》っております時分に、ローサンゼルスの或る舞踏場で、偶然に小生と落ち合ったものであります。

　その頃彼は綽名《あだな》を禿鷲《コンドル》と呼ばれて、ロ市の盛り場一帯に鬱然たる勢力を張っておりましたが小生は同人と交際を結ぶや、その風采と、胆力と、学識と、弁舌とが如何にも堂々としているのに感心しまして、忽ち親友以上に仲よく相成り、吾が家に伴って妻の手料理で御馳走をした事が幾度もあります。ゴンクールのコンドルが、妻のノブ子に懸《け》想《そう》しましたのは確かにこの時に相違ありませんので、この時以来、今日に至るまで引き続いて参りました小生一家の不幸は、大部分コンドルの仕業《しわざ》と申しても差支えないのであります。

コンドルは先ず小生と妻とを引き離すべく小生を誘って、J・I・C結社の団員に引き入れましたが、永らく日本を離れておりまして、一種の亜米利加式、無国民性者化《コスモポリタン》しておりし上に、無学で、無智でありました小生は、コンドルの云う通りにこの秘密結社の仕事を、最も男性的な、堂々たるものと信じておりました。すなわちこの結社は米国政府、暗黒局《ブラック・チェンバー》の直轄に属するもので、虚無党、社会党、無政府党以上に強大な勢力を有し（以上は或る程度迄事実）全世界に亘《わた》って弱きを扶《たす》け、強きを挫《くじ》く大侠客的の事業を行う理想的の直接行動機関（これは全然欺瞞）と信じまして、コンドルが指導するままに、持っているだけの毒薬の知識を事業遂行のために提供し、又は不良少年時代の記憶を再現さして、或は富豪を脅かし、又は名士を殺したり致しました。現在小生のポケットに納めております五連発の拳銃《ピストル》は、その時の形見でありまして、既に六人の生命《いのち》を奪ったものであります。申すまでもなく小生は酒さえ飲まねば、これ程までに判断力を喪《うしな》う者ではありませぬが、コンドルは小生のこの弱点をよく見抜いておりまして、いつも小生に酒と女を与えて良心を晦《くら》ましつつ、一方に小生が犯罪遂行の計画《プラン》に巧みな事と、比較的金銭に淡泊なため、仲間の人望が集まり易いのを利用して、着々、J・I・Cの勢力を張り、小生を表面的の傀儡団長とし、自分自身を実際の団長とする基礎を築き上げて行きました。

斯様《かよう》にして小生が数年の間、桑港《サンフランシスコ》に在って、酒と、女と、悪事とを楽しみ、米国の民主主義的自由享楽思想の普及による世界の平和的統一の理想を夢みて、家庭の事を忘れております留守中に小生の妻子は実に、絵にも筆にも描かれぬ怖ろしい眼に会い続けておったのであります。

或る夜ローサンゼルスの郊外に在りました小生の留守宅は、大勢の覆面強盗に襲われまして、金庫を奪われました上に、ノブ子の貞操までも蹂躙《じゅうりん》されようとしたのでありますが、折柄小生を訪問して来ましたコンドルは一身を以て賊を逐い散らし、ノブ子の危急を救いました。又、或る夜は、家《うち》の裏庭に積んでありました秣《まぐさ》から発火して、住宅を焼き払ってしまいましたが、その時も、偶然に来合わせたコンドルと、桑港から雉猟《きじりょう》に来ておりました藤波（この遺書の保管者にて小生の旧友）氏の御蔭《おかげ》で、煙の中に打ち倒れている妻子が救わるる事に相成りました。しかもノブ子はこのために一時病気となり、加うるに資金欠乏のために当座の仕事を中止せねばならぬ破目《はめ》に陥りましたが、コンドルはこの時も前と同様に親切に妻の世話を致しまして、巨額の金を貸し与え、仕事が続くようにしてくれました。そのような金をコンドルがどこから持って来たものか、私は今以て怪訝《けげん》に堪えませぬが、そのような事は気付かぬながらに、妻ノブ子は友人として衷心からの感謝をコンドルに捧げておりましただけで、小生の妻たる一事は決して忘れておりませんでした。

以上の出来事が全部コンドルの策略であった事は申す迄もありませぬ。（但し、藤波氏は全然無関係）コンドルは斯《か》くして小生の妻に佯《いつわ》りの親切を尽す一方、機会ある毎《ごと》に小生の放蕩無頼な生活を聞き伝えるように仕掛けまして小生の事を思い諦めさせようと試みていたのでありますが、些《すこ》しも効果がない事を知りまして、遂に最後の手段に訴え、自身に変装して小生の留守宅を襲い、妻を誘拐しようとしました。けれども数度の事変に懲りておりました妻ノブ子は、この時、既に最後の手段を覚悟していたものと見えまして、強盗の一群が自分を取り囲んでいる事を知るや否や、極力これに抵抗して数名を射殺し、それでも力及ばない事を悟るとその場で愛児嬢次を殺して自殺する決心を示しましたので、流石《さすが》のコンドルも手を引くの余儀なきに至り、今度は方針を改めて、気永に策略をめぐらして、妻を吾物としようと巧らみ初めました。このような悪事に関する彼コンドルの執念深さは実に驚くのほかありませんので、その手段や技巧が割合いに露骨で、低級なものがあるにも拘らず着々成功して今日の大を致しました原因は一にこの根気に在るものと考えなければなりませぬ。現に女の方面にかけても、米国各地の富豪、有力者の令嬢、女優、女記者等で、明敏な頭脳の持主でありながら、唯一つ、コンドルのかような意志の反覆力に根負けして、彼の妾《めかけ》となり、彼の手先となって活躍している女性が十数名に上っているのを見ても一目瞭然で、従って彼コンドルが、ノブ子に対する執念を今日に至るまで放棄していない事も、明かに首肯さるる次第であります。

コンドルは小生の妻ノブ子を責め落す半永久的手段の第一着手として、或る日隙を見て愛児嬢次を誘拐して見世物師に売り飛ばしてしまいました。そうして死なんばかりに狂い嘆くノブ子に嬢次の行方を探してやるのだからと云い聞かせて、東部、紐　育《ニューヨーク》に連れ出しました。

しかもノブ子はこの時までも、今迄の迫害がコンドルの所為《せい》であった事に気付かずにおりましたので、当時行方不明の形になっておりました小生に断る迄もなく、同人の親切に慰められて兎《と》も角《かく》も心を落着け、家財の全部を同業者に売り払って紐育に移住しましたが、愛児の行方は勿論のこと、色々な事を報告してくれる友人から遠ざかりましたために、小生の行方を尋ねるよすがさえなくなってしまいました。

一方にコンドルもその後二三年の間はノブ子に付き纏って何かと親切振りを見せ、その心を動かすべき機会を探っておりましたが、遂にその折を得ず、強いて迫る時は自殺でも仕《し》かねない決心をアリアリと見せましたので、亜米利加女ばかりを相手にし慣れておりましたコンドルは、かようなノブ子の純日本式貞操観念を理解する事が出来ず、一種のヒステリーと考えましたらしく、熱心に入院静養を勧めた事もあったそうであります。一方に小生はまた、妻が小生を見限って、愛児と共に行方を晦ました旨をコンドルから聞きましたのみならず、小生が苦心して開拓した事業その他の財産までも妻が奪い去ったという報告を信じまして、全く妻子の事を断念し、依然として悪事の頭目となり、指揮計画者となりつつ、酒色に親しんでおりました。

然るにこれを見ましたコンドルはイヨイヨ機会が熟したものと考えましたらしく、妻を手に入れる第二段の策略に取りかかりました。

すなわちコンドルは友人の悪弁護士や偽探偵を使って、愛児嬢次の行方を捜索してやると言葉巧みに偽らせ、時々は見すぼらしい姿をした嬢次の写真を見せたりなぞしまして、四五年の間にノブ子の全財産を捲き上げてしまいました。ここに於てノブ子は窮迫の余り、僅かに残った金でタイプライターと簿記を習い覚え、紐育《ニューヨーク》北郊外ハドソン河の傍らなるマハン造船所の前に在る料理店ゴールデン・ハマーの事務員に住み込む事になりました。ところが、しかも偶然か天意か知らず、このゴールデン・ハマーこそはその当時J・I・C秘密結社の根拠となっていた処でありまして、コンドルはこの時、東部首領となって、当時危機一髪の境におりました欧洲大戦前の各国外交の裏面に活躍して、バルカン方面に根拠を据えて策動しており、小生は西部首領となりまして、桑《サンフランシスコ》港に根拠を構え、主として支那、朝鮮内地に活躍するJ・I・Cの資金輸送の仲介を仕事と致しておりました。

然るに又、妻ノブ子はこのゴールデン・ハマーに住み込みますと間もなく、そのカーネション会社経営から得た事務的才能を発揮致しまして、店主アラン、及び、団員一同に認められるように相成りました。そうして日本のJ・I・Cにまだ然るべき中心人物が居ないために、その情報部長としてノブ子を派遣する事に内定し、店主アランとゴンクールの両人から、言葉巧みに結社の加入を勧誘し初めたのであります。

ところで元来この、J・I・C結社の建前と致しましては、その国々に同情を持たない他国人、もしくはその国に深怨を抱いている隣国人を密偵として派遣し、その国人に対する兇悪なる仕事の遂行、もしくは団員相互の制裁等に、情実的な間違いの起らないように警戒するのが通例となっておりますので、この意味から申しますと、こうした団員の決議は異例に属する事でありました。殊《こと》にかような女を、日本内地に於けるJ・I・Cの首領とも見るべき情報部長に決定したというのは異例中の異例に属するものでありましたが、その理由と申しますのは他でもありません。J・I・Cの団員が貴方《あなた》の名声を恐れていたからであります。すなわち先年、貴方が英国大使館の日英同盟に関する重要書類紛失事件に関係されました際、現場の近くに吐き棄てられたチューイング・ガムの形状によって、その犯人の国籍と職業を推定し、事件発生後二時間を出でず、東京市内を脱出する暇《いとま》なき以前に犯人を逮捕されたる事実が、日英両国を除きたる各国の新聞に漏洩し、大々的に報道されましたので、かくの如く外国の事情に精通したる名探偵には、外国人は不向きかも知れぬ。寧《むし》ろ日本人の、しかも女を派遣して、意表に出る策略を執ったならば却って安全かも知れぬという説が多数を制しましたために、コンドル首領も不承不承に承知したものと考えられます。

しかし申すまでもなくゴンクールのコンドルは、この事を少しも小生に相談しませず、ただ愛児嬢次が日本に居るらしいと偽って、妻を日本に追いやったものでありますが、馬鹿正直な妻ノブ子はこの時までもなお、コンドルの人物と仕事が不正不義なものである事を気付かず、コンドルは世界中の国々の法律や制裁に関係なく、秘密の裡に不幸なる民族国家を助くる超人的人物と信じ切って結社加入を承諾しましたものだそうで、同時に又、小生がこの結社の西部首領となっておりました事も、この団体の完全な秘密組織のために遮断されて夢にも聞知《ぶんち》していなかったそうであります。すなわち小生も妻も、結社加入以来一度も本名を名乗らず、変名、もしくは自己の標識番号のみを以て通信し、且つ、英文タイプライターばかりで事務通信をしておりましたので、数限りない手紙や電報を取り交しながら、一度もその夫であり、妻である事を知り得なかったのであります。

かような次第で、妻ノブ子は、伜《せがれ》嬢次が日本に居るらしいという話を聞くや、大喜びでジェイ・ファースト（J・1）の番号を貰いまして、小生が居りました桑港《サンフランシスコ》を秘密裡に通過して日本に参りました。そうして東京麴町区土手三番町浸礼教会跡に隠れ、外務省機密局に奉職し、J・I・Cのために働く一方、精魂の限りを尽して愛児の行方を捜索しておりますうちに、早くも三年の月日を経過致しました。

然るにこの時、ノブ子が日本に到着する以前から初まっておりました欧洲大戦は正に酣《たけなわ》となっておりまして、聯合国側と独逸《ドイツ》側と、いずれも絶体絶命のところまで押し詰め合って、双方の力は殆んど相伯仲しているかのように見えておりましたのが、漸次独逸側に有利となって来る形勢を示しておりました。すなわち聯合軍側は各種の利害関係と、人種的、もしくは国家的反感のために、統一力の不足を明かに暴露致しておりました上に、勤倹質素の生活に堪え得ないため、刻々に物資の不足を来し、独逸軍の決死的奮戦に見る見る圧倒されまして、今三箇月もすれば決定的に、四分五裂の守勢敗北状態に陥るものと観測されておりました。

ここに於て米国ウオル街の金権連中の中でもモルガン一派の富豪は、その当時までに聯合国側に供給しておりました巨額の資金と物資が貸し倒れとなるのを恐れまして、今まで最後の最後の最後通牒を独逸に発しつつ軍備の充実を計る傍ら、形勢を観望しておりましたウィルソン大統領の部下二三名の者に賄賂を贈って、出来る限り参戦を早め、至急に動員を行うように勧告させました。

同時に一面に於て、かような形勢に対する大統領の決意を早くも察知しましたウオール街の金権、資本家連中は、直ちに西比利亜《シベリア》出征米国司令官、日本、及び支那駐在の米国使臣と秘密裡に交渉を重ね、又、他方面には英国愛蘭《アイルランド》の独立運動に潜入せるJ・I・Cの密偵首領と十分なる協議を遂げた後《のち》、露西亜《ロシア》と、独逸と、支那の反乱を助けて、三国を米国資本の支配下に置くべき方針を決定し、モルガン一派と相前後してウィルソン大統領にこの旨を進言しました。これは強大なる陸軍と、高潮せる民族意識を保有せる独逸と露西亜を圧倒すると同時に列強の弱点を押え、一方に支那の利源を糧《かて》として東洋の覇権を握らむと焦慮しつつある日本の死命を制して、全世界を米国資本の植民地化し、米国をして事実上の世界の王たらしむべきウィルソン氏の理想と一致するものがありますが、果して偶然に一致したものかどうかという事は小生の存じております範囲では不明であります。ただ小生はコンドル、即ちウルスター・ゴンクールが、ウオル街の資本家代表グランド・シュワルト（旧タマニー・ホールの残党？）氏より巨額の資金を受取りまして、この手段の実行方法に就き小生の忌憚《きたん》なき意見を求めて来た事実を知っているのみであります。

かくしてウオル街の資本家代表G・シュワルトは、この種の仕事を一手販売にしておりましたJ・I・Cにこの大事業を依頼して来ましたので、コンドルは欧洲方面を引受け、小生は東洋方面の仕事を担任するに決し、その計画を立てる事になりました。

その計画の第一は、先ず、目下満洲に勢力を張っております張作霖に軍資金と、十数台の優秀なる飛行機を貸し与え、従来の親日傾向を放棄させて日本を圧迫させる一方に、一時平静に帰しております支那の内治を再び攪乱し、その虚に乗じて、支那各地の利権と、金融機関の中心を掌握するにありました。

又、これに並行する第二の計画と申しますのは、目下西比利亜《シベリア》の実権を掌握しております白系露人の有力者を強大なる金力で糾合して一丸となし、極東露西亜帝国を建設し、その心臓となるべき浦塩《うらじお》の金融機関を米国の一手に掌握し、豊富なる西比利亜の金鉱、石炭、木材等の利権を開発する事でありました。

申すまでもなく、如上《にょじょう》の計画は小生の一存で決定したものではありませぬ。ウオル街代表G・シュワルト氏の意を受けたJ・I・C幹部の大体計画によって小生が細部の意見を附け加えましたもので、精密な内容は外務省機密局長M男爵に報告してありますから、ここには略さして頂きますが、ただここに一つ、この仕事の可能か不可能かの運命を決定する重大問題がありました。G・シュワルト、W・ゴンクール、並《ならび》に小生は勿論の事、米国政府の首脳部も唯、この問題の一つのために、極東に対する政策の根本方針を決定し得ずにいる深刻な事実がありました。

それは日本が保有している石油の量という、極めて簡単な一問題でありました。

御承知の事とは存じますが、現在、及び、将来の戦争に於て、その一国の戦闘力を根本的に支配するものは石炭でもなければ、火薬でもありませぬ。唯一つの石油であります。飛行機、軍艦、自動車、タンク等、戦略、戦術の死命を制する器械は 悉《ことごとく》 重油、軽油を動力とする時代となって来たのであります。

そのような時代のまっただ中に、地質の関係上、太古以来石油に恵まれておりませぬ所謂《いわゆる》「乾燥島《ドライアイランド》」の日本が、最近の対外政策に関して、どれだけの苦悶を続けて来ました事か。越後の油田は涸渇に瀕し、数百万の生霊の代償として露西亜から貰った樺太《からふと》の油田が思わしからず、台湾の新油田も多寡《たか》の知れたものである事が判明している今《こん》日《にち》、石油の不足から来る覿面《てきめん》な戦闘力の不足のために、世界無比の軍隊を有する日本民族が、どれだけの軟弱、退嬰《たいえい》外交を続けて来ました事か。

最も手近い例としては、吾々移民が、日本のこの弱点を知っている米国政府のために、如何に虐殺的、もしくは半虐殺的の圧迫、侮辱の忍従を本国政府から強いられましたことか。

日本が欧洲大戦に本気に参加せず、東部戦線に於ける露国の敗退を救うべく、英国から再三の慫慂《しょうよう》を受けたのにも応じなかったのは、偏《ひと》えに背後の米国を警戒して不足勝ちな石油を蓄積したいためと伝えられておりますが、このために日本民族の実力が欧米各国から如何に軽視される立場に陥って来ましたことか。

更に日本が彼《か》の日英同盟を廃棄し、新嘉坡《シンガポール》と濠洲海軍の脅威を覚悟しつつ日仏の秘密協商の成立に焦慮しているのは何のためでもない。日本が仏領印度《ふつりょうインド》に於ける豊富な油田に着眼した結果だと伝えられておりますが、この憐れな石油乞食と化しつつある日本民族の状態を布哇《ハワイ》と比律賓《ヒリッピン》に居る米国の太平洋艦隊が如何にせせら笑っておりました事か。

このために東洋の時局……特に支那方面に於ける日本民族の発展政策が、如何に米国……特にアングロ・サクソン民族の資本主義政策の横暴専断に任せられて、如何に手も足も出ないまでに叩き付けられて来ましたことか。

ところがこの形勢が最近に至りまして意外の変化を徴《あら》わしはじめたのであります。日本民族のこうした石油不足から来る軟弱外交が、次第に強硬化して来ました事を、米国の機密局は鋭敏に感じはじめたのであります。同時に紐育《ニューヨーク》ウオル街新タマニー・ホールの首脳部連中は、日本内地に於ける日米戦争に関する著述の出版が、次第に露骨化しつつある事実に驚きはじめたのであります。その他、比律賓附近に於ける日本海軍の大演習。潜水艦の夥しい建造。日本のガソリン製造技術の急速なる進歩。米国の隣国ともいうべき南米ブラジルに対する堂々たる移民開始。満洲に対する露骨なる出兵、等々々。いずれも米国政治家の驚目駭心《きょうもくがいしん》の種とならぬものはありませぬ。これは一体、どうした事でありましょうか。こうした日本の対米態度の硬化はそもそも何を意味するものでありましょうか。

日本在来の石油タンクの数はその後すこしも増加した模様は見えませぬ。新しい有力な油田が発見された噂も聞えませぬ。それだのに日本は何を力としてかように対米外交の態度を硬化させて来たものでしょうか。これは米国の上下の専門家、非専門家が均《ひと》しく驚愕、怪訝《けげん》の眼を睜《みは》っているところであります。

かくして日本の石油保有量に関する疑問は「日本一蹴《いつしゆう》すべし」という主張の下に樹《た》てられたる前記の東洋米化政策を実行すべきウオル街の金権政治家と、その仕事を引き受けたJ・I・Cの首脳者とが、その政策の実行に先立って、深甚の考慮を払わねばならぬ重大問題と化して来たのであります。

この問題に関する前記のウオル街、全権代表、G・シュワルト氏と、コンドルと、小生との間に行われました前後数十回の討議は、米国式国民外交の特徴を遺憾なく発揮した波瀾万丈を極めたものでありました。勿論、その会議の中《うち》にはG・シュワルト氏の紹介による匿名の政府吏員も適時参加したのでありましたが、その結果最後の勝利を得たものは、あくまでも強気一点張を以て終始したコンドルの主張でありました。

すなわち……。

一、日本の対米硬化は恐るるに足らず。米国政府の極東政策は既定の通り実行すべし。

二、日本の対米外交硬化の原因は、新油田発見の報なき点より見て、石油の秘密購入貯蔵にある事明白なり。又、新動力機関の発明等に非ざるは軍艦、潜航艇等の改造、新設計等が依然として旧態に依るを見ても明かなり。故《ゆえ》に日本内地に於ける石油の秘密貯蔵個所を発見して、万一の際これを爆破するだけの用意を整えおけば、それだけにても戦闘準備は十分なり。
三、日本内地に於ける石油の秘密貯蔵場所を発見する事と、万一の際、これを爆破する準備とは、吾々J・I・Cの一手に委任されたし。
……云々……というのでありますが、尚、御参考までに申添えますと、私共はこの第三項の石油貯蔵場捜索のために、日本内地に居ります○○、及び、△△△△を使いまして、来春の学校休暇を手初めに旅行、或はキャムプ生活を奨励し、全国鉄道の沿線、特に××××沿線附近の私設鉄道の輸送状態を過去四五年に亘って詳細に調査する事に決定したものであります。

そうしてこの仕事の主任……すなわち、所謂《いわゆる》「暗黒公使《ダーク・ミニスター》」となって日本に渡るべく、米国機密局の白紙命令《ブランクオーダー》を受けました小生が、仕事の確実を期するために、日本内地に散在するJ・I・C団員の本名と国籍とを一々取調べさせております中《うち》に、劈頭《へきとう》第一に内報を受けましたのは小生妻ノブ子の名前でありました。

小生はかくの如き事情の下に、日本に渡って来たのであります。すなわち妻ノブ子を米本国に逐い返して、自身に代ってこの大事業を遂行すべく、テキサス州の富豪中村文吉と偽り、当座の費用十五万円を携えて去る五日、横浜に到着、直ちに東京に入って帝国ホテルに宿泊し、その翌日外務省に在勤中の妻を呼び出して本郷菊坂ホテルの一室で面会したのであります。

その時小生は妻に面会しましたならば、烈しく妻の不都合を責め、それを理由として遮二無二米国へ逐い返す考えでありましたが、事実は却って正反対の結果になってしまいました。

ノブ子の涙ながらの物語によって、同人が小生と愛児嬢次のため非常な辛苦艱難《かんなん》と闘いながら、よく貞節を守り通して来ました事実を、初めて、しかも詳しく承知致しました小生は徹底的にたたき付けられてしまいました。今までの小生の行跡が如何に不都合、非道、且つ無反省なものであったかを心の奥底から覚らせられました。且つ、それと同時に、妻が外務省の反古籠《ほごかご》の中から拾い集めておりました色々な報告によりまして（これもM男爵の所謂逆手段であったかも知れませぬが）満洲王張作霖《ちょうさくりん》は、決してコンドル、及び、グランド・シュワルトが小生に説明せし如き大人物に非ず。その力は支那全土を攪乱するに足らず。その部下と共に良民を苦しめて不義の栄華を楽しむために汲々としておる者で、今日これを援助するにしても、他日に於て、果して米国のために信義を守る者であるかどうか、信用の限りでない事が判明しました。

かくして小生の良心は漸《ようや》く眼覚め初めました。一方に妻の貞節に動かされて、今までの行いを後悔致しました小生は、一方に小生が初めから終《しま》いまでコンドルに欺かれておった事を覚りました。酒色のために良心を晦まされて、資本主義的に腐敗堕落した米国一流の悪政治家の野心を感知し得なかった自分の愚を覚りました。民族的自覚を喪った各人種の綜合体である米国の無政府、無国家的唯物資本主義、もしくは黄金万能主義が組織する社会の必然的産物として、夜を日に継いで醸成されつつある、あらゆる不道徳、不自然、不人情、反法律、反逆、破壊、放縦《ほうじゅう》、堕落、淫虐の強烈毒悪なる混合酒に酔わされて、数千年来自然に親しみつつ養い来った日本民族の純情を失いかけていた自分自身をやっとの事で発見しました。そうしてそのなつかしい日本民族の勢力を殺《そ》ぐべき事業のために、残忍非道なる無頼漢の命を奉じて出て来た今度の旅行が、如何に屈辱的な、非国民的なものであったかを深く深く反省させられました。

妻ノブ子の純情によって……愛児嬢次に対する純愛の再生によって……。

小生のこの時の煩悶が如何に甚だしかったかは、御賢察に任せるほかありません。

それから後《のち》小生は丸二日の間一度も帝国ホテルへ帰りませんでした。市の内外各所の酒場料理店を次から次へと飲みまわって良心の声を聞くまい聞くまいと努力しました。妻らしい女の影を見ますと、良心に追いかけられるように往来をよろめきつつ駈け出しました。夜は又眠られないままに、こっそりホテルを脱け出して、代々木方面の草原《くさはら》に寝て星を仰いで考え明かすなどして、僅《わず》かの間に脱獄囚のように窶《やつ》れ果てた一事でも、略《ほぼ》、御賢察が願える事と思います。

けれども私は遂に良心の追跡から逃れる事が出来ませんでした。

小生は去る十月八日の早朝、前後不覚に酔いたおれて、どこかわからないまま睡っておりました草原の中から頭を擡《もた》げますと、折りから降り出した時雨《しぐれ》の中に、蒼然《そうぜん》と明け離れて行く宮城の甍《いらか》を仰ぎました瞬間に、思わず濡れた草の中に正座しました。すっかり酔いから醒め果てて、くたくたに疲れきったその時の私の心の底には、もう理想とか、主義とか、意地とか、張りとかいう理窟めいたものは影さえ残っておりませんでした。そうして、そんなもの以上に切実な真実心ばかりが澄みきって残っていたのでありました。

その澄みきった真実心をもって静かに仰ぎ見ました時に、初めて宮城の気高さと尊さがわかりました。これこそ吾々日本民族が、この真実心を以て守り伝えて来た、その真実心のあらわれに外ならぬ。あの瑞々《みずみず》しい松の一葉《ひとは》一葉、青い甍の一枚一枚、白い壁の隅々、あの石垣の一個一個までも、こうした日本民族の真実心の象徴に外ならぬではないかとしみじみ思い知りました。

私の心がしずかに、神々しく私に帰って参りました。そうして雨の中に悽愴《せいそう》粛然と明けて行く二重橋を拝しまして、大自然の心の中《うち》にある最も崇高な、清浄な心の結晶が昔ながらに在《おわ》しました事を感謝しました。雨にずぶ濡れになったまま青草の中にひれ伏して、今までの小生の罪を繰返し繰返しお詫び致しました。

かくして小生は主義も理想もない天空快濶な自然の児《こ》に立ち帰る事が出来ました。二十年前《ぜん》の若い田舎書生の心となって、恐る恐る帝国ホテルに帰って参りました。

小生はその翌日、前記の如くJ・I・Cの秘密文書をM男爵の手に交付すると同時に、頭を短かく刈り、鬚《ひげ》を剃り落し、服装を改めて東京駅ステーション・ホテルの十四号室に這入りました。それから十五万円の金は正金銀行から引き出して東洋銀行に入れ、荷物は皆、帝国ホテルに放棄しておきました。これは小生が今度の要件のため、急にいずれへか出発したものと見せかけるためでありました。

かようにして意を安んじました小生は、早くも五月蠅《うるさ》く付き纏《まと》う暗殺者の眼を逃れつつ、妻に危険を及ぼさぬように注意して二三度面会致しました結果、ウルスター・ゴンクールが伜《せがれ》を人質に取り、妻を威嚇《いかく》せんと致しております事情を知りました時には、思わず悲憤の情に満たされて、又しても凡《すべ》ての物を呪いたい気持になりました。しかし最《も》早《はや》、自分自身が、J・I・Cの呪いの的となっておりますばかりでなく、官憲の保護を受くる資格さえ喪っている上に世間から一片の同情をさえ受けられない身の上となっておりますからには、とてもこの運命に抵抗する力が得られない事と深く深く自覚致しましたので、せめてもの事に、自分一人を殺して、妻子の生命《いのち》だけでも救い止めたい決心を致しまして、小生の所持金の全部を妻に与え、残余を以て一身の後始末を致し、万事を貴下に御依頼申上ぐる決意を固めまして、やっと只今その決心の大部分を実行し終ったところであります。

あとはこの遺書を旧友藤波弁護士に依託して後《のち》、このホテルを脱け出して駅前の広場のまん中にある立木の根方に腰をかけまして、酔っ払いの真似をしながら、この二枚の名刺を埋めて帰れば万事を終る手筈になっておるのであります。

狭山九郎太氏よ。

かくの如き無恥、無徳、ほとんど一片の同情にだも価しない売国奴の小生が、正義、法律の執行官たる貴下に対して、かような厚かましい事を御依頼申上ぐる資格がない事は、明かに自覚致しております次第であります。

しかしながら貴下よ……。

叶いまする事ならば、小生と、小生の妻子とを同一視なさらないようにお願い致したいのが小生の最後の切ない希望なのであります。

小生の妻も、妻と生写しの姿と声とを有しております伜の嬢次も共に、純正なる日本民族の血と肉と精神とを保有致しておるに相違ない事を貴下の前に誓わして頂きたいのであります。

伜の嬢次がコンドルに誘拐されましたのは四歳の時だったそうでありますが、その容貌はもとより皮膚の色から、髪毛《かみげ》の生え際に至るまで妻と生き写しでありまして、少し大きくなりましてからは声までも妻の声と間違いましたそうで、ただ耳だけが小生のと同じ恰好をしていた事を記憶しております。今はどれ位の背丈になっておりますか存じませぬが、ちょうど十五歳になっております訳で、小生が只今宿酔《しゅくすい》から醒めまして、死期の近い事を覚悟致しております気持ちの、異様に澄み切った遥か遥か彼方に、その嬢次の姿が立っておりまして、まだ見ぬ父母を恋い慕いつつ、日本の空をあこがれております心が、ハッキリと感じられておるのであります。

けれども、それと同時に彼《か》の恐るべき禿鷲《コンドル》の爪が、その愛児嬢次を虚空に摑みつつ、日本に飛んで来まして、その恐ろしい翼で、妻ノブ子を羽搏《はう》とうとしている事実がありと感じられておるのであります。聞くところに依ればコンドルは目下東部亜米利加に於て、欧洲各国からアブレて参りました曲馬師連を集め、部下の中《うち》でもこの方面に心得のあるものをこれに配合してバード・ストーン曲馬団なるものを組織し、各地で興行をして大喝采《かっさい》を博しており、近く東洋方面にも興行に出かけるらしい噂を承わっております。これは別にコンドルから直接聞いた訳ではありませぬので、特にコンドルが小生にだけ隠しておる計画ではないかと考えられるのでありますが、しかし、いずれにしても小生はこの噂の実現の真実性を信じて疑わないのであります。

この小生の死後の敵コンドル事、ウルスター・ゴンクールは前にも申述べました通り、風采の堂々たる好紳士で、表面では口癖のように正義人道を高潮しておりますが、実はアリゾナ生れの兇悍《きようかん》冷血なる無頼漢で、その強烈なる意志と胆力とによって、不断に部下を畏伏させ、戦慄させておるものであります。彼は酒を飲まず、煙草を用いず、語学は元来不得手の方で、仏、伊の二箇国語を心得ておりますが、日、支、朝鮮、印度方面の東洋語は全然通じませぬ。近頃日本語の研究を初めておるとの事ですが、まだ日常の挨拶程度だそうで、平生語学の達者なものを秘書にして用を弁じておりますので日本文字なぞも無論読めません。……にも拘わらず彼は極度の好色漢でありまして、この方面に独特の怪手腕を持っており、言語の通じないままに各人種の情婦を持っておるのみならず、如何なる良家の夫人、令嬢でも、一度狙ったら最後、必ず自家薬籠中のものとして終《しま》う手腕に至っては団員の斉《ひと》しく舌を巻いておるところであります。

その他の特徴としては射撃の名手であると同時に、拳闘の重体量選手となったことがあります。殊にその精力の絶倫さは想像を超越したものがありますので、一日平均四時間の睡眠を摂《と》るのみ。二昼夜の間に百余哩《マイル》を徒走した事があると聞いております。その部下は大抵露西亜《ロシア》人、猶太《ユダヤ》人、支那人、印度《インド》人、伊太利《イタリー》人、その他、ケンタッキー、アルカンサス等の南部亜米利加《アメリカ》人で日本人は極く少数しか居りません。いずれも、欧米各地で持てあまされた、警察なぞを物とも思わぬ無鉄砲者の中から、世間を欺くに足る相当の技術を持った者という難かしい条件で、金に飽かして選《よ》り集めたもので、彼は巧みにこれを操縦して事業を遂行しております。殊に団体内の制裁には、前にも申しますが通り、その違反者に同情なき異国人を使って容赦なく実行させるようにしておりますから、団結の鞏固《きょうこ》な事は非常であります。その仕事の如何に敏活なものがありますかは、小生がM男爵の手に暗号を渡して後《のち》、一夜も経たない中に小生の死刑を宣告し、一週間も経たない中に応急的な暗号の鍵を送って、妻ノブ子の死刑を宣告して来たのを御覧になってもお察し出来る事と思います。

最後に今一言《いちごん》させて頂きます。小生は小生の妻子に対する貴下の御庇護に関する私的御費用の一端として、藤波弁護士の手に保管中の二万円也を貴下に捧呈《ほうてい》させて頂きたいのであります。但し、清廉なる貴下は、或《あるい》はこの金を不浄の金としてお受取りにならないかも知れませぬが、しかし貴下よ。由来国際間の事は、人道と法律とを超越したものであります。小生が人類の敵たる秘密結社に反逆を企て、その秘密を発《あば》く事が、国家的立場より見て許されるものでありますならば、小生がこの金をJ・I・Cから奪ったとしましても決して罪悪ではありますまい。況《いわ》んやこの金は日本人の財産を奪ったものではありません。日本を不利の地位に陥れむとするウオル街の全権代表者より個人的に適法の手続《てつづき》を以て小生の手に渡り、合法的に小生の所有となったものでありますから、仮令《たとえ》小生が相手の望み通りの仕事を遂行しなくとも、先方から返還を要求すべき性質のものではありません。況《いわ》んやこの金の代償として要求されている仕事が不正であるに於ては尚更《なおさら》の事であります。小生の妻にはこのような道理を説明してもわかるまいと思いましたから他の意味の金と云って取らせておきましたが、貴下には正直に所信を告白致します。願わくば国家のため、又は小生の妻子のため、枉《ま》げて御受領賜わりまするよう伏願致します。

狭山氏よ。貴下にお願い申上げたい事、又はお知らせ申上げたいことはこれで終りました。

小生はかようにして「非国民」もしくは「無頼漢」なる汚名の下に唯一人淋しく葬られなければならぬ運命に立ち至りました。これは小生が自ら求めましたところで、天地の間、どこの何人《なんぴと》を怨みようもありませぬ。

でありますからして小生は仮令《たとえ》貴下がこの遺書を一笑に附して小生の希望をお容《い》れにならず、あの金は没収、もしくは寄附等となして、小生の妻子の保護は結局小生の妻子の勝手にお任せ下さる事に相成りましても小生は決して貴下をお怨み申上ぐる者ではありません。それは当然の御処置に相違ないので、それ以上の事をお願い申上ぐるのは分を超えておるからであります。

しかし、その中に唯一つ、只今より申述ぶる最後のお頼みばかりは、如何にしても思い切る事が出来ません。而《そ》して貴下が小生のためにこの唯一事までもお拒みになるほど、罪人に対して厳酷なお方とは想像し得ないのであります。

そのお願いと申しますのは、外《ほか》でもありませぬ。

もし貴下が他日どうか致した機会に小生の妻子を御覧になるような事がありましたならば、何卒左《さ》の一事を貴下のお口からお申聞かせ賜わりたいのであります。

「お前の夫、お前の父は非国民の無頼漢であった。けれどもその最後は君国の事を思い、お前達の身の上を悲しんで死んだ。彼は良心の曙光を認めつつ死んだのだ」

……と……。

最後に貴下の御健康を祈らせて頂きます。　頓首　敬白

大正七年十月十三日午後七時半

本郷菊坂ホテルにて認《したた》め終る。

私は片仮名交りのギゴチない文章を横書にした、世にも読み難《にく》いこの遺書をとうとう読み終った。けれども暫くの間は行の末尾を凝視した切り顔を上げる事が出来なかった。

私はこれ程の信頼と尊敬とを受けた事は未だ曾《かつ》てなかったのである。同時にこれ程の面目なさと恥ずかしさを感じた事も未だ曾てなかった。そうして又、これ程の大きな難事業を委託されたのも生れて初めてだったのである。そうして又、同時に、これ程の純な気持ちを持った親子が、斯程《かほど》まで残虐な、異常な運命に飜弄されているのを見た事も、今日迄六十余年の生涯を通じてなかったのである。

泣きも笑いも出来ないとはこの時の私の気持であったろう。

けれども、やがてそのようなあらゆる感情が雲のように湧き起るのをやっと押し鎮めて、平生の理智を取り返して来ると、私は眼の前に面《おもて》を伏せている少年の姿に、驚異の眼を注がない訳に行かなかった。

この少年は極めて無邪気な方法で、岩形氏……否、志村浩太郎氏の屍体の秘密をどん底まで透視している。警視庁で鬼と謳われた私の手落を、二年後の今日に至って何の苦もなく看破している。……しかもその証拠は儼《げん》として動かす事が出来ない。現在私の手中にある。

……この少年は果してそのような古今の名探偵に比すべき頭脳を、今から備え持っているのであろうか……。

……それともこれが世にいう親子の因縁……もしくは目に見えぬ魂の引き合わせとでもいうものであろうか。

かよう考えて来ると私はもう、自分の考えに堪えられなくなって、思わず遺書をパタリと閉じて、机の上に置いた。居住居《いずまい》を正して少年に問いかけた。

「……成る程……わかりました。しかし君は今しがた、お母さんが何者にか殺されたと云いましたね」

「ハイ……」

少年は依然として淋しそうな顔を上げた。その睫は涙のために乱れていた。しかし言葉はハッキリとして落ち着いていた。

「ハイ……申しました」

「……その事実はどうして解ったのです」

「だって……生きている筈がないんですもの……」

と云ううちに少年は又も力なくうなだれてしまった。

「……ハハア……それじゃ、お母さんからのお消息《たより》が、それから後《のち》ちっともないのですね」

少年はうなずいた。

「……成程《なるほど》。君が曲馬団に居るとすれば、お母さんが何等かの方法で会いに来ない筈はない。すくなくとも無事で居る事を君に知らせない筈はない。それが何の頼りもないところを見れば誰かの手にかかって殺されておられるに違いない。しかも誰かの手にかかって殺されているとすれば、その手はW・ゴンクールの手に違いない……という三段論法が成立する訳ですね」

少年は前よりも強くうなずいた。どうやら唇を噛んでいるらしい態度である。

「……成程……それでその復讐をするために僕の手伝いを求めに来たのですね」

少年は微かにうなずいた。又もハンカチを顔に当てて肩を窄《すぼ》めた。

私は、その姿を見ると堪《た》まらなくなって、机の上に両手を支えた。頭を幾度も幾度も下げて謝罪《あやま》った。

「……済まない……済みません。僕は君の御両親ばかりでなく君に対しても会わせる顔がないのです。僕は君等親子にこれ程の信頼を受ける価値はない人間です。僕は世間で云うような名探偵でも何でもありませぬ。凡クラな、トンチンカンなヘボ探偵に過ぎないのです。それは君にだって解っているでしょう。……それだのに、こんなにまで信頼を受けてはトテモ僕はたまらないのです……こんな、老耄《おいぼれ》のヘボ探偵を、どうして君がそんなにまで信頼してくれるのか、僕は殆んど了解に……」

ここまで私が立て続けに饒舌《しゃべ》り続けて来ると、少年はその涙に濡れた顔を急に上げながら、片手で私の言葉を遮《さえぎ》り止めた。その眼には云い知れぬ敬虔《けいけん》の念が輝き満ち、その片頬には物悲し気な微笑さえ浮んでいた。

「先生……」

そう云って椅子から立ち上った少年の態度には上官に対するような厳粛さがあった。私はその気合いに押されたようになって沈黙した。

「先生……僕は両親に代って先生に感謝しに来たのです」

「……ナ……何を……」

と私は面喰って眼をパチパチさせた。

少年は、又も無言のままポケットを掻い探《さぐ》って一葉の古新聞紙を私の前に差し出した。その第一頁の『東洋日報』という標題《みだし》の上の余白には、

Care Nichibei Kyokai
No. 152. 3. Avenue, East End,
New York

という英文字のスタムプが押捺《おうなつ》してある。それを取る手遅しと受取って開いてみるとその第五頁の社会欄と、中央の欄外に一つ宛《ずつ》赤丸が付けてある。大正七年十月十五日の記事である。

怪死体と怪自動車

芝浦にて発見さる
ステーション・ホテル
毒殺事件続報…………

昨朝夜半、東京駅ステーション・ホテル第十四号室にて米国帰りの富豪、印度《インド》貿易商岩形圭吾氏が、何者にか毒殺され、鬼課長狭山九郎太氏の出動となり、その結果犯人が、志村のぶ子と称する絶世の美人らしき事判明したるも、鬼課長の一行が土手三番町旧浸礼教会跡なる犯人の潜伏所を探知して逮捕に向いたる時は犯人が既に、警官を載せ行きたる自動車の運転手樫尾初蔵なるものと共に、その自動車T三五八八号にて逃走したる後《のち》なりし事は昨夕刊に報道せる通りなり。

しかるに該記事締切後十四日午後四時に至り、該自動車が芝浦海岸埋立地に放棄しあるを通行の巡査が発見し、直に警視庁に通報したるを以て狭山課長が単身オートバイにて出張し調査を行いたるに、更に附近の溝渠《こうきょ》中に浮みおる塵芥の下より、繃帯したる咽喉部を撃ち貫かれたる鮮人留学生らしき屍体を発見したり。然れども狭山課長は緘黙《かんもく》して何事も語らず。又別に調査する模様もなく立会の巡査に手伝わせて該屍体を無雑作にT三五八八の自動車に搬入し、空虚となりおれるタンクにオートバイのガソリンを注入し、附近の自動車屋より運転手を雇いて運転させ、自身はオートバイにて先導しつついずれへか立ち去りし趣なるが、該屍体はそのまま共同墓地に仮埋葬し、自動車は数寄屋橋タクシーに返還したる模様なるも、狭山課長の消息はその後全然不明にして、この稿締切までは何等の報告に接せず。然れども、以上の行動を以て察する時は何等か的確なる方針の下に、意外の辺にて意外の活躍をなしおるものなるべく、今明日の中《こんみょうにちのうち》には何等かの刮目《かつもく》すべき成果を挙げ来《きた》るべく信ぜられつつあり。

○コロラド丸出帆　過般来船内にチブス患者発生したるため、横浜に停船を命ぜられおりし沙市《シャトル》行客船コロラド丸は一昨十二日解禁されたるを以て今十四日午後六時出帆、定期航路に就く事となれり。

私は思わず机をドンとたたいた。

「……豪《えら》い……君が探偵なら正に名探偵だ。僕もシャッポを脱がざるを得ないよ」

少年は極り悪げにうつむいた。

「……僕は電話口で芝浦にT三五八八の自動車が……という巡査の慌てた声を聞いた瞬間にそう思ったよ。志村夫人と樫尾運転手は、芝浦海岸から自動端艇《モーターボート》に乗って逃走したに違いない……と……。そこで誰にも云わないで単身、オートバイを乗り付けて調べてみると、一寸《ちよつと》普通人には気が付かないが自動車の幌《ほろ》のまん中に、かなりの近距離から発射したらしいピストルの新しい弾痕がある。これは樫尾がモーターボートを芝浦へ廻す手配を感付いたJ・I・Cの人間が先廻りをして、君のお母さんを狙撃したものに違いないので、人家から数町離れた海岸とはいえ、白昼にこんな危険を犯すのは尋常の目的でない事がすぐにわかるのだ。しかし車内には血痕も何も見当らないのでもしやと思って附近を探すと、かねてから君の両親を狙っていたJ・I・Cの鮮人の屍体を発見したのだ。つまりモーターボートの近くの石垣の蔭に隠れて待ち伏せていたのだね。……それからガソリンがなくなっていたのは無論ガソリンを使いつくす程長距離を走ったものではない。用心のためにボートの中へ持ち込んだものであるが……僕は初めから考えるところがあってそうと察した訳なんだが、君は新聞記事以外に何も見ないまま、一足飛びに僕が気付かなかった欄外記事と結び付けて、乗った船まで推測したところは、たしかに一段上手《うわて》と云わなければならぬ。ところで、これが、どうして僕に感謝する理由になるのですか」

「最初からの新聞記事を一緒にしてそこまで読んで来れば解ります。貴方《あなた》は途中から母の追跡を止めておられます。母を楽に逃げられるようにしてやっていられます。それは中途で母の無罪を認めて下すったからです」

少年はすらすらとここまで云うと、恰《あたか》も自分自身が両親の罪を背負っているかのように、悄然《しょうぜん》と頭を下げた。

私は云うべき言葉を知らなかった。……明察神の如し……とはこの少年の事であろうか。只、呆れに呆れてその綺麗に分けた頭を見上げていた。

けれども、やがて私は吾《われ》に返った。厳粛な態度で椅子から立ち上って、少年の横から近付いて両手をピッタリと肩に当てた。強く二三度ゆすぶりながら云った。

「……よろしい……君の一身は引き受けた。誓って君の両親の仇敵《かたき》を打たして上げる」

少年は顔を上げた。いかにも嬉しそうに私の顔を見上げながら、両眼から溢れ流るる涙を隠そうともしなかった。

私も胸が一パイになって来た。

中巻

新来朝
五国聯合

バード・ストーン一座大曲馬

（午後一時開演
同　五時終了）

プログラム

★1……君が代行進曲　専属音楽団

★2……文字を解し、計算し、地図を読む馬
米国理学博士　アスタ・セガンチニ夫人

★3……二頭立戦車曲芸
◇第一戦車
〔伊太利〕ルビヤ・ベルチニ嬢。アルマ・ドラー嬢。ヤヌヌ・スタチオ（弟）。
◇第二戦車
〔伊太利〕マルテ・コスチニ嬢。イポリタ・ホルマニ嬢。カヌヌ・スタチオ（兄）。

★4……満洲馬曲芸
〔支那〕張蔡。宝卓。陳亢凱。紫白哥。李勲。黛岳。

★5……自転車新曲芸
〔英国〕　サイラス・ブランド
★6……哥薩克馬曲芸
〔露西亜〕　カルロ・ナイン嬢。ワーシカ・コルニコフ。コンスタンチン・ダレウスキー。ブレボフ・ミハイロウィッチ。アルツバイエフ・ハドルスキー。
★7……美人大曲馬
〔米国〕　エルマ・フランチェスカ嬢。アンネット・シルビア嬢。アンナ・サロン嬢。クララ・ハイン嬢。パオロ・カーマンセラー嬢。
★8……コロンビヤ行進曲専属音楽団
小憩　十分間
★9……喜劇大馬と小犬
〔支那〕　珍友三
★10……馬上の奇術
〔伊太利〕　ジョージ・クレイ
★11……馬の大舞踏会座附美人一同参加
（以上）
＝入場料　一円・二円・三円・七円＝

（裏面欧文番組略）

このプログラムを貰って演技場に這入《はい》って行くと、入口に突立っている巡査は古い顔馴染《なじみ》であったが、一寸胡散《ちょっとうさん》臭そうな眼付きをして私を見送っただけで、横の方を向いてしまった。変装はしていたが眼付が違っていたために掏摸《すり》とでも思ったのであろう。私はそのまま円形の見物席の背後を廻って、割合に人の疎《まば》らな正面の特等席の中央《まんなか》あたりの空席に腰を卸《おろ》した。

見上ぐれば、曲馬場内の五個所から斜めに突き出た軍艦のマストに擬《まが》う大支柱と、その大支柱から分岐した数十本の小支柱とで、巧みに釣り上げられた大天幕の穹窿《きゅうりゅう》の無数の隙間からは、晴れ渡った空の光りが、星のように、又は七宝細工のように眩《まぶ》しく場内に降り落ちて来る。

その真中の一番高い処から、大きな鳥の姿を金糸で刺繍《ししゅう》にした三間四方もあろうかと思われる真紅の大旗が垂らしてあるが、その近所の天幕の穴が特別に眩しいために、何の鳥だかはっきりとわからない。

直径三十間以上もあろうかと思われる場内は隅から隅まで光線が明るく行き渡っている。ただ入口に近い側の天幕の斜面には、一面に午後の日ざしが照りかかっていて、そこから洩れ込む光線が、場内に籠っている人いきれと、煙草の煙とを朦朧《もうろう》と照しているために、楽屋から演技場に出て来る通路は黄金色《こがねいろ》の霧に籠められて、そこいらを動きまわる人間が皆、顕微鏡の中の生物《いきもの》のように美しく光って見える。中央の演技場は直径二十間位の円形を成していて、草一本、石ころ一つないように掃き浄められているが、この周囲を取り巻く人間の数は無慮三千以上もあろうか。興行が眼新しいのと、場所がいいのと、入場料が安いのと三拍子揃っている上に、天気がよくて、おまけに風がないと来ているので、満場立錐《りっすい》の余地もない大入りで、色々な帽子やハンカチが場内一面に蠢《うごめ》いている有様は宛然《さながら》あぶらむしの大群のように見える。外国人も、むろんその中に大勢交っていて、私の居る特等席を中心にして場内の方々に散らばっているようである。

やがて拍手の音が演技場の四方から湧き起ると豪快な露西亜《ロシア》国歌「戦い熟せり。勇めや進め……」のマーチに連れて、四頭の馬に乗ったコサック騎兵が現われた。但し、コサック騎兵とはいうもののその服は青と紫と、赤と、緑の四色の化粧服で、長い槍の尖端もニッケル鍍金《めっき》で光っている。ただ人間と馬だけは本物のコサック産らしく、場内に乗り込んで来ると直ぐに左右に引き別れて槍の試合を初めた。試合といっても、それはほんの武技の型に過ぎなかったが、それでも随分猛烈なもので、マーチに入れ交る野蛮な掛け声と共に、木ッ葉《こっぱ》のように馬を乗りまわし、槍を搦《から》み合わして闘いながら落ちようとして落ちなかったり、馬の腹をぐるぐる這い廻ったりするところは、度々見物を唸《うな》らせた。

十分間ばかりで試合が済むと見物席に一しきり喝采《かっさい》が湧いた。烈しい口笛を鳴らす者もあった。これは一座の明星カルロ・ナイン嬢の出場を予期した動揺であったらしい。その十分に調子付いた見物の亢奮《こうふん》的喝采の裡《うち》に、コサック式の白い外套、白い帽子、白手袋、白長靴、銀拍車という扮装《いでたち》で、白馬に跨《またが》ったナイン嬢は、手綱を高やかに掻い繰りながら現われたが、私の居る特等席の正面七八間の処まで来て馬を止めると、見物一同に向って嫣然《にこやか》に一礼をした。見ればまだ十五六にしか見えない花恥かしい少女であるが、何もかも眩しい程の白ずくめの中に、黒い縮れた髪に蔽《おお》われた頬と、胸に挿した一輪の薔薇《ばら》とが薄紅色をしているばかりである。雪の精というものがもし外国にあるならば、このような姿ではあるまいかと私は思った。

その瞬間に雷のような喝采が再び湧いた。私はシュミッド特製のオペラグラスを眼に当てた。

私は決して好色漢ではないつもりであるが、青年時代を西洋で過したお蔭で、美人の鑑定法ぐらいは一通り心得ているつもりである。殊に、美人というものの標準から見れば、日本美人は到底、西洋美人の敵でないという議論は、よく洋画家なぞが口にするところで、自分も固くそう信じているのであるが、不思議にも今まで、あまり共鳴者がないばかりでなく、西洋かぶれの候《そうろう》のと烈しい反対を喰った事さえある。これはこの議論が、日本人特有の負け惜しみ根性を刺戟《しげき》するせいらしいが、それにしても、これ位明白な事が解らぬというのは、余りに尻《けつ》の穴の狭い話で、こんな涙ぐましい愛国心ばかりで固まり合っているから、横着な、図々しい西洋文明にたたき付けられてしまうのだと、私はいつも憤慨していた。殊に今双眼鏡の中に入って来たカルロ・ナイン嬢の姿を見ると一層この感を深《ふこ》うしたのであった。

ところで西洋美人の最美なるものは、常に黄金《こがね》色の髪の毛と、空色の瞳とを持っているものである。しかし吾々日本人の眼から見ると、露西亜、伊太利《イタリー》、もしくは西班牙《スペイン》系統の美人に見るような、黒い髪と、黒い瞳の方が一層深い親しみと懐しみを感じられるのは無理からぬ訳である。カルロ・ナイン嬢は正《まさ》にその後者の方で、全体に小柄の方ではあるが、心持玉子《たまご》形をした拉典《ラテン》系統の顔の輪廓と、端麗花を欺《あざむ》く眼鼻立ちと、希臘《ギリシヤ》の古彫刻そのままの恰好のいい頸《くび》すじと、気高くしなやかな身体《からだ》付きとは、人種と男女と老若の差別を問わず、満場を恍惚《こうこつ》たらしむる資格を十分に持っている。殊にその白い華奢《きゃしゃ》な長靴に包まれた足首の恰好のいい事……私は決して好色漢ではないが、こんな素晴らしい足首は日本美人には絶対に発見されない。カルロ・ナイン嬢の身体にはこれ等のすべての条件が遺憾なく備わっているばかりでなく、その容姿の全体が一種の清らかな、侵し難い気品に包まれている。しかもこの気品は後天的な修養で得られるものではないので、事によるとこの少女は、欧洲のどこかの貴族の出ではあるまいかと疑った位である。いずれにしてもこの曲馬団の花として露西亜趣味の荒っぽい演技の中《うち》に嬢の姿を加えたのは、取り合わせからいっても大成功と云わねばならぬ。満都の人々が嬢の姿を見るためにかように熱狂して集まって来るのも無理はない。

嬢を加えた演技は疾《とっ》くに再開されていたが、私はただ、喝采の声を耳にするばかりで、レンズに限られた範囲しか見ていなかったから、何をやっているかよく解らなかった。

眼鏡の中には嬢を初め他の四名の顔が交《かわ》る代《がわ》る現われた。皆汗を掻いていた。ナイン嬢の耳の附け根にある黒い黒子《ほくろ》が、汗で白粉《おしろい》を洗われたらしくハッキリと見えて来た。今一人の色の黒い、逞《たくま》しい鬚《ひげ》武者《むしゃ》の巨漢《おおおとこ》の髪毛は、海藻のように額に粘り付いている。

若い男は、あまり固いカラを着けているために、首の周囲が擦れて輪の形に赤くなっている。その中《うち》に五人は槍を投げ棄てて、外套《がいとう》を脱いだ。下は身体にぴったりと合ったコサックの制服で、最前見た嬢次少年の服装と似たり寄ったりである。四人の男はそのまま、カルロ・ナイン嬢を真中に二人宛《ずつ》、前後に一列に並んで場内をぐるぐる廻りはじめた。そうして四人が交る代る嬢の肩を飛び越したり、嬢の左右の鐙《あぶみ》伝いに馬の腹をまわったりして乗馬を交換して行った。それから最後には、場内の正面に持ち出された白い卓子《テーブル》の上に、贅沢《ぜいたく》なサモワルや、酒瓶や、湯気の立つ露西亜料理を並べたのを、夜会服シルク・ハットの座員が取り巻いて椅子に就いて食事を初める。その上を四頭の馬が交る代る縦横十文字に飛び越し初めたのには肝《きも》を冷した。写真ではこの種の芸当を二三度見た事があるが、実際で見ると感心を通り越して寒心するばかりである。但し、カルロ・ナイン嬢はこれに加わらずに、馬を卓子の一方に立てて長い銀革の鞭《むち》を廻して四人を指揮していた。

場内から割れるような喝采が起った。同時にこの演技が終りを告げると、嬢を中心にした四人の騎兵が今度は立乗りをしながら、拍手を浴びつつ一列になって場内を廻転しはじめた。

けれどもその第一周目が終る迄《まで》に私はふと妙な事に気が付いていた。ちょっと見たところ、五頭の馬はカルロ・ナイン嬢の銀の鞭で支配されているようであるが、実はそうでない。いつも嬢の直ぐ次に馬を立てるあの色の黒い、鬚武者の巨漢が、眼色や身振りで、自在に操っているのである。これは卓子飛び越しの最中に見付けた。それからもう一つはカルロ・ナイン嬢の馬の乗り方があまり上手でない事である。もちろん普通には乗《の》こなしているに違いないが、他の連中の馬術があまり達者過ぎるために、際立って危なっかしく無調法に見える。しかしこれは、いくらか乗馬の経験を持っている私にそう見えただけで、軽業《かるわざ》見物のつもりで来ている連中には気付かれないかも知れない。

ところでこれだけの事ならば、別に不思議はないようなものであるが、今の第一周目で、五頭の馬が私の前を馳《は》せ過ぎる時に、中央の白馬に乗っているカルロ・ナイン嬢と、その次に馬を立てている鬚武者とが二人ともちらりちらりと私の顔を見て行ったのを見逃す事は出来なかった。或《あるい》はずっと二三間前から私を見詰めて来たもので、私はただ双眼鏡のレンズに入った間だけしか見なかったのかも知れないが、とにかくその二人の眼は、偶然に私を見た眼付きではなかったようである。二人とも何かしら同じ秘密の意味を以て、私の顔を注視して行ったものとしか思われなかった。

……咄嗟《とつさ》の間に私の頭の中はぐるりと一廻転した。

この曲馬団を真先に……まだ全部が日本に到着しない以前から怪しいと睨んだのは、誰でもないここに居る私で、そのために私は警視総監と意見を衝突さして辞職した位である。そうして今日はその正体を見定めに来ている私である。一つは警視総監の鼻を明かし旁々《かたがた》、呉井《くれい》嬢次《じょうじ》の讐討《かたきう》ちの助太刀《すけだち》をするに就いて、準備的の偵察をこころみるために……それからもう一つは嬢次少年が、生命《いのち》に拘る大切なものを蔵《かく》しているという黒い手提鞄《てさげかばん》を、是非とも楽屋から盗み出しておかねばならぬというので、それを手伝ってやるためにわざわざ出かけて来た者である……が……それを彼等二人は感付いているのであろうか……否……否……そんな事は有り得べき道理がない。この大勢中に、どうして私を見付けられよう。

殊に……私は変装をしている。胡麻塩《ごましお》頭を真黒に染めて、いつも生やしっ放しの無精髭《ぶしようひげ》を綺麗に剃って、チェック製黒ベロアの中折《なかおれ》の下に、鼈甲縁《べつこうぶち》の紫外線除けトリック眼鏡を掛けて、ルーズベルト型のダブルカラに土耳古更紗《トルコさらさ》の襟飾《ネクタイ》、黒地のタキシード服と、青灰色の舶来地外套、カンガルー皮入のエナメル靴を穿《は》いて、茶色のキッドの手袋に、銀頭の紫檀《したん》のステッキという十年も若返った姿をしている。実は嬢次少年が注意し

なければ、もっと手軽な変装で済ますつもりであったが……、

……仲間にハドルスキーといって団長の片腕になっている露西亜人がいる。この男は鬚武者の巨漢の癖に恐ろしく智恵の廻る奴で、この一年ばかりの間、団長と一緒に欧羅巴《ヨーロッパ》をメチャメチャに掻きまわして廻ったのは、ハドルスキーの智恵に外ならぬ。だから団長は曲馬団の事をハドルスキーに任せ切っている位である。……ところがこのハドルスキーは、嘗《かつ》て桑港《シスコ》のホテルで同室した際に、この曙《あけぼの》新聞を私の鞄の底から引き出して、不思議そうに眺めまわしているのを、鍵穴から覗いて見た事がある。その時はまだ東京駅ホテルの記事にも赤丸を附けていなかったので、それと知ったかどうか解らないが、用心のために何もかも察しているものとして、出来るだけ大事を取って、念入りに変装して下さい。団長も貴方《あなた》の顔は新聞の写真や何かで研究してよく知っている筈ですから……。

……と言葉を尽して忠告したので、その通りに取っときの変装をした物で、ここへ来がけに警視庁へ立ち寄って来た時も……私が志免《しめ》ですが、何の御用でお見えになりましたか……というステキもない保証を貰って来た位である。見付かる筈は絶対にない。

私は一寸《ちょっと》の間に、これだけの考えを廻らして自信を固めた。そうして今のはもしや自

分の眼の迷いではなかったかと思いながら、もう一度よく見定めるつもりで、今しも第二周目に這入った五頭の馬を見た。

　第一頭……第二頭……カルロ・ナイン嬢は見物一同の喝采の声に応ずるために紫のハンカチを振って近付いて来た。そうして私の直ぐ背後《うしろ》あたりをチラリと見ただけで通過した。私の顔には視線を落さなかった。その次に来た鬚武者は、馬上に突立ち上って大手を拡げたまま近付いて来たが、これも私の直ぐ背後あたりを見ながら駈けて行った。あの鬚男がハドルスキーだな……ともう一度念のために番組を拡げて見るとハドルスキーの名は最後《ドッサリ》の真打《しんうち》格の位置に書いてある。私はすこし安心した。今のは自分の眼の迷いかも知れないと思った。

　第三周に這入った。今度はこっちからハドルスキーの顔を記憶するつもりで近づいて来るのを待ったが、今度もカルロ・ナイン嬢とハドルスキーは私に視線をくれなかった。前の通りに私のすぐ背後のあたりを見て行った。しかし、そのハドルスキーの後姿をじっと見送っているうちに、私はどこかで見たような男だな……と思った。見たとすれば多分、外国に居る時分の事と思われるが、私はそんな古い事のような気がしない。つい近頃の事のように思われてならぬ。けれどもこの時はどうしても思い出し得なかった。

五頭の馬が勢よく楽屋の方へ駈け込んで行くと又、場内一面に拍手の音が波打った。カルロ・ナイン嬢の姿が三度ほどアンコールされた。三度目には馬から降りて、徒歩で出て来て一揖《いちゆう》したが、その気高い姿勢と、洗煉された足取りは、疑いもない宮廷舞踊の名手である事を証明していた。

その姿が満場のどよめきを背後にして楽屋口に消え込むと、見物の中には申し合わせたように番組を出して次の曲目を見る人が多かった。私の前の席に居る霜降りマントに黒山高の白髯《はくぜん》紳士と、左に居る角帽制服のすらりとしたチャップリン髭《ひげ》の青年も大きな声で話を初めたが、二人は識《し》らない同志らしいけれども双方とも余程の馬好きらしく、最前から頻《しき》りに馬の話をし続けているのであった。

「面白かったですね」

「さようさ……最前の満洲馬よりも、馬が立派じゃから引っ立ちますな」

「満洲馬と哥薩克《コザック》馬はあんなに違うものでしょうか」

「違いますともさ。この頃の哥薩克馬には、ノースターや、アラビッシュの血が交っておりますのでな。哥薩克の頭目じゃったミスチェンコの乗馬なぞは立派なアングロ・アラビッシュのハンツグロで、しかも哥薩克以上に耐寒耐暑の力が強かったそうですがな」

「へえ……して見ると満洲馬はまるで駄馬ですね。小さくて……」

「さようさよう。あの次に小さいのは日本の対州馬《たいしゅう》でしょうよハハハハ……しかし、よくこんなに各地の純粋種ばかり集めて乗り馴らしたものですなあ。余程金を費《つか》ったでしょう」

「人間と馬と対《つい》になっているんですからね」

「そうそう。全く感心ですな。この次の美人大曲馬にはどんなのが出て来るか……」

「あっ……美人大曲馬は一番先に済んでしまいましたよ。昨日《きのう》もそうでしたが……」

「ははあ。プログラムの都合ですかな。道理で時間がすこしおかしいと思いました。……それではこの次は『大馬と小犬』が始まる訳ですな」

「そうです。まだ時間がありますが」

「面白いですかな」

「ええ『大馬と小犬』も面白いですがその次の馬上の奇術っていうのが素敵なんです。何でも米国に帰化した伊太利の少年だという事ですが、曲馬と手品を一緒にやるんです。見物に頼んで自分の身体《からだ》を馬の上に縛らしておいて、自由自在に乗りこなす上に、七尺もあるハードルを飛び越したり、火の輪を潜り抜けたりする中《うち》に綺麗に縄を脱けてしまうんです。それから長い長い万国旗を馬の耳から引き出したり、帽子の中から火を燃やして、その中から鳩を掴み出したり、蠟《ろう》の弾丸《たま》を籠めたピストルでそれを撃ち落したり、いろんな事をするんです」

「ほほう……なかなか達者なものですナ」

「まだあるんです。一番おしまいにはビール樽《だる》の中に封じられて二頭の馬の背中に積まれたまま、ぐるぐるまわっているうちに、自分の姿とそっくりの人形を幾個《いくつ》も幾個もビール樽の中から地面《じびた》の上に投げ出すのです。それは確かに空《から》っぽのゴム人形だろうと思うんで、樽の中に仕掛けてある圧搾瓦斯《ガス》か何かで膨らますに違いないと思われるんですが、その投げ出し方が巧妙な上に、馬から落ちるとすぐに駈け付けて抱き上げたり介抱したりする楽屋連中の態度が又、とても真に迫っているので、その人形の一つ一つが生きたジョージ・クレイに見えてしようがないんです。……今のが本物だ……いや今度こそ……なんて皆がワーワー云い出すんです」

「成る程。ハハハ。それは眼新しいですな」

「そのうちに二頭の馬が、向うの真中あたりに来て左右に引き別れると、樽がばらばらになって、中には誰も居ない。それで初めて一番おしまいのゴム人形そっくりに見えたのが、本物のジョージ・クレイだったという事が解るんだそうです」

「ははあ。……何ですかそれじゃ貴方は昨日御覧になったのじゃないですか」

「ええ……見ませんとも……友達がみんな話していたんです。このジョージ・クレイと今のカルロ・ナイン嬢がこの曲馬団の花形だって……」

「アハハハ……成る程成る程」

「……それから……その次の馬のダンスも面白いそうです」

と青年は慌てて云い足した。

「何でも最前から曲馬をやった伊太利や亜米利加《アメリカ》の美人や、外にまだ大勢居る座附《ざつき》の女が、全部薄い着物を着た半裸体の姿で、数十頭の裸馬と入れ交って、あの楽屋口から練り出して来て、愉快な音楽に合わせながらダンスを遣るんだそうです」

「ハハハ……。それは嘸《さぞ》かし面白いでしょう。毛唐はそんな事を好くものですからナ」

青年ははっとしたらしく前後左右を見まわした。しかし近くに西洋人らしい者が居ないのを見て安心したらしかった。

一方場内には二十名ばかりの音楽隊が輪を作ってコロンビア・マーチを奏していた。義勇兵式の空色のユニフォームに金銀のモールをあしらった綺羅《きら》びやかなバンドで、歯切れのいい鮮かなピッチが満場をしんとさせていた。

私はその音楽を聞き、又前の二人の話に耳を傾けつつ、時計を出して時間を計《はか》っていた。そうして演奏が済むと同時に立ち上って、見物席の背後に出ようとした。その時にふと気が付いたが、私のすぐ真背後《まうしろ》の席にいつ来たものか十八九のハイカラな女優髷《じょゆうまげ》の女が、青い色眼鏡をかけて、片っ方の眼に薄桃色のガーゼを当てて坐っている。

もっともそれだけの事ならば別に私の注意を惹きはしない。眼の悪い女は、よくこうしているものだが、私が驚いたのはこの女が、眼元はよくわからないが実に絶世の美人で、最前のカルロ・ナイン嬢に優《まさ》るとも劣らぬ容色を持っている事である。この女を見ると私の持論の「日本美人は西洋美人の敵でない」という主張が、根元からぐら付き出したような気がした。しかも不思議にもこの女は、最前カルロ・ナイン嬢が持っていた紫のハンカチと、同じような色の、同じ位の大きさのハンカチを軽く口の処に当てているのであるが、それが又、この女の着ている派手《はで》な紫色の錦紗縮緬《きんしゃちりめん》の被布《ひふ》や着物と一緒に、化粧を凝《こ》らしたこの女の容色を引っ立てて、妖艶を極めた風情を示している。あまりに俗悪な比喩ではあるが、最前のカルロ・ナイン嬢の容姿を雪の精に見立てるならば、この女は、その化粧の凝らし加減や、その妖艶を極めているところから見て、是非とも花の精と思わなければならぬであろう。それも普通の花の精ではない。たった一眼で人の魂を奪い、生命までも取ろうとする毒草の精に譬《たと》えねばならぬ……それ程にこの女は深刻な、艶麗な美しさをもっている。二年前に私の鼻を明かした志村ノブ子を、私は不幸にしてたった一眼チラリと見ただけで、印象に深く残していないが、これも絶世の美人だったそうで、東洋銀行に金を受取りに行った時は、やはりこの女と同様に紫縮緬の被布を着て、紫色のハンカチを持っていたそうである。カルロ・ナイン嬢も最前、紫のハンカチを振っていた。又嘘か本当か知らないが、伝え聞くところに依ると、世界第一の美人として歴史に名高い挨及《エジプト》女王のクレオパトラも紫色が好きだったそうである。紫という色は、ほかの凡《すべ》ての色を打消して、自分の美を擅《ほしいまま》にするものだと何やらの本で見た事があるが、もしそうだとすれば絶世の美人と呼ばれる女の嗜好《しこう》は自然と一致するものではあるまいか。しかも絶世というのはこの世に一人か二人しか居ないという意味であるとすれば、もしやこの女は志村ノブ子であるまいか。

私は女の容色に魅せられたようになって、こんな柄にもない突飛な疑問を起しながらじっと女の顔を見ていると、女も気が付いたかしてはっとしたように私の顔を見上げた。そうして極り悪そうに俯《うつむ》向いたまま、席を立って出て行った。

後を見送った私は急に馬鹿馬鹿しくなった。志村ノブ子とは年が二十近くも違っている。おまけにこの女は処女である。処女でなければあんな風に軽い単純な吃驚《びっくり》し方をするものでない。そうして、あんな風に羞恥《はにか》んでおずおずと出て行くものでない。とにかく今日は妙な日だ。よく美しい女だの少年だのに会う日だ。

その中《うち》に女はどこへか行ってしまった。自分もそのまま席を立って楽屋の前を通り抜けた。楽屋は近いうちに建築される東亜相互生命保険会社の板囲《いたがこ》いと背中合せになっていて、そこへ行くのには演技場内から楽屋口を通って行くのと、一度表へ出て裏口から這入るのと二つの道しかない。しかし演技場内から楽屋へ行く通路の近所にはいつも一人か二人の団員が居ない事はないからうっかり這入れば直ぐに咎《とが》められるにきまっている。

私は改札口に来て係りの女にちょっと用足しに出たいからと云ったら、女は返事をしないで直ぐ傍に腰をかけて、切符を勘定している小柄な、痩せこけた西洋人を見上げた。その男の耳は、よく進化論や遺伝学の書物の挿し絵に出て来るつんと尖《と》んがった動物耳で、見るからに無鉄砲な、冷血な性格をあらわしていたが、その恐ろしく高い鼻の左右から、青い眼をギョロギョロさして私を見ると、黙って……よろしい……という風に頷《うなず》いたまま、又一心に切符を勘定し初めた。その時にそこいらに立っていた二三人の丁稚《でっち》風の子供が、その西洋人と絵看板を見比べて、

「スタチオだ……スタチオだ……」

と囁《ささや》き合ったので、私はモウ一度振り返ってその横顔を記憶に止めると、何かしらヒヤリとしながら、大急ぎで人混みに紛れ込んだ。ちょっと虎口《ここう》を逃れたような気持ちになって……。

それから大きな天幕《テント》張りを故意《わざ》と遠い方にぐるりとまわって、東京駅の見える裏通りへ来ると、そこには厩《うまや》があって、凡《およ》そ三十頭位の馬が、共進会見たいに繋《つな》いであった。カルロ・ナイン嬢の白馬も向って右から七番目に居る。その前二間ばかりの処を、古い亜鉛《トタン》の低い垣で仕切って「入るべからず」と立札がしてあって、その垣の内外に山のように積んだ秣《まぐさ》の間から、楽屋の一部と、馬の出入口が見える。折よく人は一人も附いていないで、ただ通りかかりの者が十四五人立ち止まって、ぽんやりと馬の顔を見ているだけであった。

傾いた日光が大天幕の左上から眩しく映《さ》して、馬の臭いや汚物の臭気が鼻を撲った。

私は猶予なく三尺ばかりの亜鉛壁をヒラリと飛び越すと、恰《あたか》も係りの者であるかのように落ち着いた態度で、馬をいじり初めた。一匹毎《ごと》に鼻面を叩いたり、口を開かせてみたり、眼のふちを撫でたりしてやると、馬は皆温柔《おとな》しくして私が嚙ませる黒砂糖包みの錠剤を一粒宛《ずつ》呑み込んだ。この錠剤の内容は前にも一度説明した通り、俗に馬酔木《あしび》とかアセモとかいう灌木の葉から精製したもので、人間に服《の》ませると朝鮮人参と同様の効果があるが、錠剤にして馬に与えるときっかり二十分位で気が荒くなって、狂人《きちがい》のようになって暴れ出す。その代り精製してあるのだから副作用や何かはちっとも起さずに十分か十五分位であっさりと鎮まってしまうので、これはワザワザ陸軍の廃馬を使って実験したものだから間違いはない。

こうして都合よく誰にも見付からずに……見付かったら騎兵大佐の名刺を出して胡麻《ごま》化《か》すつもりであった……三十一頭の馬全部に、手早く錠剤を与えてしまうと、折柄、場内に哄《どっ》と大きな笑い声が起った。これは「大馬と小犬」の演技が初まっているので、この演技は、主役の支那人がなかなか上手《じょうず》だから、長くて四十分、短くて二十分以上は請《う》け合《あい》かかると嬢次少年は云った。その途中でこの厩の馬が一度に暴れ出す。……楽屋の者が総出で取り鎮めに来る。その隙《すき》に姿を換えた少年は、荷物部屋の奥に飛び込んでＧ《ジ》Ｅ《ヨ》Ｏ《ー》Ｒ《ジ》Ｇ《ク》Ｅ《レ》・Ｃ《イ》ＲＡＹと書いた真鍮《しんちゆう》張りのトランクを開いて、中にある黒い鞄を取り出して逃げるという計画である。

持主が自分の品物を持って行き易いように手伝ってやるのだから泥棒ではない。しかしこの行為の形式は金箔付きの泥棒の手先で、尠《すくな》くとも曲馬団に対する営業妨害という事だけは断言出来る。ついこの間まで法律の執行者だった私が、こんな事をしようとは夢にも想像しなかった。しかし、これも嬢次少年のためとあれば仕方がない。

元来私は初めての人間に出会うと、非常に警戒する性質《たち》で、善にまれ、悪にまれ、その人間の本性を底の底まで見抜いてしまった後でなければ、口を利きたくないという性分の男である。そうして一旦交際を初めても、暫《しばら》くの間はその人間を疑問の圏内に保留しておいて、さり気なく様子を見ているので、この点から云えば私は思い切って卑怯な、疑い深い人間であった。……ところが今度ばかりはまるで調子が違っていて、私のそうした平生の性質とは全然正反対の事ばかりしている。まだ子供とはいえ素性の不確かな、しかも驚く程悧《り》巧《こう》な人間を直ぐに信用して、その境遇に心《しん》から同情して窃盗の助手を甘んじて引き受けている。これは恐らく私の退職後の気の緩みから来たものかも知れないが、自分でも変だと思って考え直そうとすると、直ぐに少年のあの無邪気な、愛くるしい顔が眼の前に浮んで来て……何卒《なにとぞ》私の生命《いのち》を保護して下さい。私が頼みにするお方は貴方より他にありませぬ……という声が耳底に聞えるように思われる。

少年はその時私にこう云った。

「私はまだ一つ大切なものを曲馬場に残して来ております。私は是非それを取りに行かねばなりませぬ。それが敵の手にあるうちは、私は危険で一歩も外へ出る事が出来ないのですから……」

と……。その時に私は、それが唯、黒いボックス革の手提鞄《てさげかばん》というだけで、中に何が入っているのか詳しく問い正しもしないまま直ぐに、

「それは私が取りに行ってやろう」

と云った。それ位、私はこの少年に気乗りがしていたのである。そうして私が鞄を盗み出す方法について少年の意見を求めると、少年は深い感謝の眼付きをした。

「ありがとうございます。何卒それでは馬に薬を飲ませる仕事だけをお願い致します。馬さえ騒ぎ出せば、あとは私の方が勝手を知っておりますから仕事がしよいと思いま

す。私は新宿から自動車で日蔭町《ひかげちょう》へ行って、馬好きの学生か何かに化けて行くつもりですから……本当にお蔭で助かります」

そう云った時の嬉しそうな子供子供しい眼付きと言葉は今でもありありと私の眼に残っている。それから私は少年を送り出すと、直ぐに変装をして家《うち》を飛び出して、警視庁《やくしょ》へ来て志免警視に面会して、

「近いうちに大仕事があるかも知れないから腹構えをしておくように……」

と云い棄ててここへ来たので、後から思えばこの時の私は、嬢次少年を信用していたというよりも、寧《むし》ろその姿の美しさと、心根の真実さと、頭脳の明晰さに酔わされていたものと評すべきであろう。

折から又一しきり場内でゲラゲラという笑い声がどよめいた。時計を出して見るとキッチリ三時十分である。今から約二十分の後《のち》――三時半前後には騒ぎが初まるのだ。私はズラリと並んだ馬の顔を一渡り見まわすと直ぐに亜鉛塀《トタン》を飛び出して、表の入口に来て、今度は切符を見せて無事に場内の特等席に帰った。私の背後《うしろ》に居た女優髷の女はまだ席に帰って来ない。大方私を不良老年と見て取って帰ってしまったのかも知れぬ。つまらない事をしたものだ。

もう一度時計を出して見ると三時十三分になっている。厩から出てゆっくり歩きながらここまで来る間《ま》に三分かかっている訳だ。あとは僅《わずか》に十七分間である。女の事なぞ考えている隙はない。

場内は一寸居ない間に著《いちじる》しく暗くなって夕暗《ゆうやみ》のような色を漂わしている。これは太陽が雲に隠れたためで、見物は水を打ったように静かだ。演技場の真中には今、中位の象かと思われる巨大な白葦毛《あしげ》の挽馬が、手綱も鞍も何も着けずに出て来て、小さな斑《ぶち》のテリア種の犬と鼻を突き合わせて何かひそひそ話をしている体《てい》である。そこへ赤白だんだらのピエロ服を着て骸骨のように眼鼻を黒くした小男が、抜き足さし足近づいて来て、妙な腰付きをして耳に手を当てがいながら、馬と犬の内証話を聞こうとした。これを見付けた犬は急に憤《おこ》ってワンワン吠えながら道化男に噛み付こうとする。道化男は危機一髪の間に悲鳴を揚げて逃げまわる。楽隊が囃《はや》し立てる。見物はただ訳もなく笑った。馬と小犬は道化《ピエロ》役者を楽屋口の柱の上に追い上げると又、広場の真中に来て内証話を初める。

私は又時計を出して睨み初めた。もう二分経っている。あと十五分……。

道化男は又、前の失敗を二度ほど繰返した。見物席に駈け上ったり、木戸口から飛び出したりした。しまいには馬の腹の下に這入って、前足の間から二匹の内証話を聞こうとした。それを犬が素早く発見して吠え付いた。馬は棹立《さおだ》ちになった。そうして二匹とも今度は勘弁ならぬという体《てい》で逐《お》いまわし初めた。

あと十二分……。

道化男は馬の腹の下や、前足や後足の間を飛鳥《ひちょう》のように潜り抜けて巧みに飛び付いて来る馬と犬を引っ外《ぱず》した。見物の中に拍手の声が起った。結局道化男は逃げ場を失った苦し紛れに裸馬に飛び乗った。馬は憤《おこ》って前に飛び横に跳ね、棹立ちになったり前膝を突いたりして一生懸命に振り落そうと藻掻《もが》いたが、道化男はいつも千番に一番の兼ね合いで踏みこたえる。拍手の音が急霰《きゆうさん》のように場内一面に湧き起った。その響きの裡に道化男は、裸馬に乗ったまま犬に吠え立てられつつ楽屋の中に駈け込んで行った。

……三時二十分きっかり……。

……あと十分間……。

……私の胸の動悸が急に高まった。嬢次少年が云った最少限度の二十分よりも五分以上早く演技が終ったのだ。この次の「馬上の奇術」は演技者が居ないからやらない事は明白である。

……あとは順序通りに行けば、幕間《まくあい》二三分乃至四五分の後に始まるであろう、馬の舞踏会である。戦慄すべき馬の舞踏……。

……瞬間……おそるべき幻影がまざまざと私の眼の前に描き出された。

……場内に数十頭の裸馬が整列する……。

……その間に軽羅《うすもの》を纏《まと》うた数十名の美人が立ち交《こも》って、愉快な音楽に合わせて一斉に舞踏を初める……。

……けれどもそれは、まだ十分と経たない中《うち》に見る見る悽惨を極めた修羅場と化する……。

……数十頭の馬が突然棹立ちになって狂いはじめる……。

……嚙み付く……。

……蹴飛ばす……。

……飛びかかる……。

……抱き倒す……。

……鞣《ふ》み躙《にじ》る……。

……数十名の美人は悲鳴を揚げて逃げ惑いつつ片端から狂馬の蹄鉄にかかって行く

……肉が裂ける……骨が砕ける……血が飛沫《しぶ》く……咆哮……怒号……絶叫……苦悶……叫喚……大叫喚……。

……大虐殺の見世物……。

……活地獄《いきじごく》のオーケストラ……。

……私の罪……。

……肝魂《きもたま》が消え失せるとはこの時の私の事であったろう。頭の中がグワーンと鳴った。眼の前に灰色の靄《もや》がズ――ウと降りて来た。立ち上ろうとしたが膝が石のように固まって動かない。叫ぼうとしたが胸が鉄より重くなって呼吸《いき》が出来ない。やっとの思いで、わななく手を額に当てたが、その額は硝子《ガラス》のように冷たかった。

忽ち粗《たちまばら》な拍手が起った。その音に連れて、眼の前の靄がズ――ウと開いた。楽屋の入口から燕尾服《えんびふく》を着た日本人と、水色の礼服を着たカルロ・ナイン嬢が静々と歩み出して来るのが見えた。

私は長い、ふるえた溜息をホ――ッとした。同時に全身の緊張が弛《ゆる》んで、腋《わき》の下から滴《したた》る冷汗を押える事が出来た。

ナイン嬢と燕尾服の男は広場の真中まで来ると並んで立ち止った。

二人が見物に対して丁重な敬礼を終ると、ナイン嬢が流暢《りゅうちょう》な英語で左《さ》の意味の事を述べた。

「……満場の淑女……紳士方よ……。妾《わたし》は先ほど皆様にお目見得《めみえ》致しまして、拙《つたな》い技を御覧に入れました露西亜少女カルロ・ナインでございます。わたくしは今、バード・ストーン曲馬団の団員一同を代表致しまして、謹んで皆様にお詫《わ》び致さなければなりませぬ事が出来ましたのを深く深く遺憾に存じている者でございます。

わたくしは包まず申上げます。

この一座の花形として、皆様から一方《ひとかた》ならぬ御贔屓《ごひいき》を賜《たま》わっておりました、あの伊太利少年のジョージ・クレイはどうした訳か存じませぬが今朝《けさ》から行方がわからない事に相成りました」

嬢がここで一寸息を切ると場内の処々《しょしょ》に軽い……けれども深い驚きの響きを籠めた囁きの声が、悲風のように起った……と思ううちに又ピタリと静まった。

「それで団員一同は八方に手を別けて探しているのでございますが、只今になりましてもやはり、その行方が判らないのでございます。……でございますから私共団員一同は、私共の不注意のために、折角皆様が楽しみにしておいでになりました、お眼当ての演技を、今日の番組から除かなければなりませぬのを深く深くお詫び申し上げなければなりませぬ。

申すまでもなく警察方面にもお願いして、出来るだけの事を尽して探しているのでございますから近いうちに皆様の御満足になるような結果を得られます事と、わたくし共は固く信じております次第でございます。……それで誠に失礼な、又は身勝手千万な致し方とは存じますが、せめて今日の不都合のお詫びの印と致したい心から、この次に御買求めになります切符の半額券を、お帰りの節に入口の処で差上げる事に致しておりますから、何卒御遠慮なくお持ち下さるようにお願い致します。

実は団長のバード・ストーンが自身に皆様にお詫びを致しまして、このような御挨拶を申上げなければ相済みませぬのでございますが、只今その事で、警察から横浜の方へ参っておりますから、不調法ではございますが、わたくしが代りまして、お詫びをさして頂く次第でございます。

かような訳で、わたくしども団員一同は、ジョージ少年が帰って参りますまで、全力を挙げまして新番組を色々差し加えまして皆様の御機嫌を取り結ぶ覚悟でございますから、何卒《どうぞ》わたくし共一同の佯《いつわ》りのない赤心《まごころ》をお酌み取り下さいまして、この上とも末永く御贔屓を賜わりますように、団員一同を代表致しまして、わたくしから幾重にもお願い申上る次第でございます」

それは僅か十五六の少女にしては立派過ぎた挨拶ぶりであった。多分ハドルスキーか何かが教えたものであろうが、それにしてもよくこれだけ整って記憶出来たものである。更にこれを述べた嬢の態度は、実に真情に満ち満ちていて、衷心から……相済みませぬ……という感情に充たされていたために、英語の解らぬ人々までも同情を惹いたらしくあとで傍に立っている燕尾服の男が通訳をすると、皆割れるような喝采をして嬢の謝意に対する好意を表した。

けれどもその喝采の声は間もなくぴたりと止んだ。見物一同の眼はこの時、嬢と燕尾服の男を離れて、楽屋口から二人の人夫に運び出されて来る高さ二間幅一間ぐらいの大きな立看板に集まった。その表面には墨黒々と左《さ》のような文句が記されて、赤インキで二重圏点が附けてある。

三万円の懸賞

ジョージ・クレイを見知り給う人々に急告す。
今後一週間以内にジョージ・クレイの居所を通知し賜わりたる方々には先着者に一**千円**を、その他の方々に**五百円宛**を贈呈す。又同少年を同伴し賜わりたる御方には**現金三万円**を贈呈す。尚、同少年を御見識りなき方々は表の絵看板を御覧ありたし。

麹町区内幸町帝国ホテル内
バード・ストーン曲馬団事務所

見物一同は暫くの間鳴りを鎮めてこの立看板を見詰めていたが、やがて前とは違った深い驚きのどよめきが一隅から起って、忽ち見物席の全部に及んだ。

三万円……高が一少年の行方を求むるために三万円の懸賞……あの少年が出場しないという事は、それ程にこの曲馬団に打撃を与えるのであろうか。一介の少年ジョージ・クレイの技術はそれ程に価値のあるものであろうか。そうして又、何という手早い、思いきった処置の取り方であろう。少年の失踪は今朝《けさ》の事ではないか……というような意味の驚きのどよめきでそれはあったろう。これは無理もない話で、事情を知っている私でさえもちょっと驚かされた位である。

人夫は立看板を抱えたまま、見物の前二三間の処まで来て場内を一周した。最後にこの掲示が見物席の正面、楽屋の出入口に持って行って、あとから出来上ったらしい赤インキの滴《したた》り流れた英文の立看板と一緒に立てかけられると、いつの間にか楽屋に引込んでしまったカルロ・ナイン嬢のあとに、たった一人残っていた燕尾服の男は、一際声に力をこめて云った。

「只今御覧に入れました懸賞の広告は、既にその筋へお届けが済んでおりまして、明日《あす》の新聞紙にも掲載致す手筈に相成っておりますのを取り敢えず皆様に御報告申上げた次第でございます。内容は御覧になりまする通りで、別に御説明申上ぐる迄もございませぬから差し控えますが、これはお客様御一同に対しまする当曲馬団の責任と致しまして、一日も早く当曲馬団の花形と相成っておりますジョージ・クレイの演技を御覧に入れなければ相済まぬという考えから、かように取り計らいましたので、結局、当曲馬団が蒙《こうむ》りまする損害は一切勘定に入れず、唯、お客様御一同に対しまする当曲馬団の責任のみを重んじまして、かように決定致しました次第でございます。かような次第でございますから何卒お客様御一同に対しまする当曲馬団の誠意の程を御酌量賜わりまして、倍旧のお引立あらん事を伏してお願い申上ぐる次第でございます」

陳《の》べ了《おわ》った燕尾服の男は恭《うやうや》しく一礼して見物席を見まわした。けれども一人として拍手する者がなかった。これは恐らく前のカルロ・ナイン嬢の言葉と比較して、この男の説明が余りに現金的で外国式なために、見物の同情を惹かなかったのであろう。全く別の見物人のように冷淡な、反響のない群衆と化してしまっていた。

燕尾服は一寸張合抜けの体《てい》であったが、又勇を鼓して一歩踏み出して附け加えた。

「……ええ……なお一言申上げます。実は只今身支度のため楽屋へ引取りましたカルロ・ナイン嬢は、只今から演じまする馬の舞踏会には今日《こんにち》まで出演致した事は一度もないのでございますが、今日は特に、皆様へお詫びの心を現わしまするために、平生愛乗致しておりまするあの御承知の白馬『崑崙号《こんろん》』と共に参加致したいとの希望……」

あとの言葉は耳が潰れたかと思われる拍手の音で聞えなくなってしまった。その中《うち》に燕尾服は腰を二重に折り曲げて最敬礼をした。

……三時二十八分……あと二分……。

又一としきり大波のように拍手の音が渦巻き返った。

同時に楽屋の入口に垂れ下っている緑色の揚げ幕の中から、嚠喨《りゅうりょう》たる音楽の音《ね》が、静かに……静かに流れ出して来た……………………………。

私の頭髪が一時に逆立った。全身の血が心臓を蹴って逆流した。思わず椅子から立ち上って絶叫した。

「待てッ…………」

……それからどうしたか記憶しない。気が付いた時にはもう広場の真中に駈け出していて向うから走って来た最前の鬚武者の巨漢ハドルスキーに背後から羽がい締めにされていた。

「きちがいだきちがいだ」

「摘《つま》み出せ――ッ」

なぞ云う声が八方から聞える。巡査と西洋人と人夫らしい男が二三名走って来るのが見える。

けれども私はそんな者を相手にする隙《ひま》はなかった。それこそ本当の狂人《きちがい》のように身を藻掻きながら絶叫し続けた。

「……ここを放せ……放せ。危険だ。危険だ。次の番組をやってはいけない。馬の舞踏をやってはいかん。途中で馬が……馬が……ええっ。ここ放せ……ハドルスキー……放さぬか……ええッ……」

私の声は徒《いたず》らに空《くう》を劈《つんざ》いた。場内は空しくワーワーと湧き立った。しかしハドルスキーは平気であった。足を宙に振り舞わして暴れる私を楽々と引っかかえて、一歩楽屋の入口の方へ歩み出した。その時に今まで静かであった音楽が、急に浮き浮きしたワンステップの愉快な調子に変った。これは演技が初まった事を知らせるので、この音楽に連れて楽屋の入口から、馬と美人が入れ違いに並んで、踊りながら出て来るのであろう。

私は無言のまま、死力を尽して羽がい締めから脱け出そうとしたが無効であった。私の力量は庁内でも有名なもので、狭山は鉄の棒を曲げるとまで云われていた。鬼という綽名《あだな》も一つはそうした意味で附けられたのであるが、このハドルスキーの金剛力には遠く及ばなかった。彼は籐椅子《とういす》を一つ抱える位の力で私を締め上げている事が、明かに私の背中に感じられた。そうして自信のある柔道の手を施す術《すべ》もないうちに私の両肩は、巨大な嚙締機《バイト》にかかったように痺《しび》れ上って、抵抗する力もなくなってしまったばかりでなく、肋骨がメリメリと音を立てて千切《ちぎ》れて行くような……今にも肺臓が引き裂かれて、呼吸《いき》が止まりそうな大苦痛を感じ初めたのであった。

……死ぬのだ……俺は殺されるのだ……楽屋に連れて行かれて……。

……そうした絶望的な予感が二三度頭の中に閃めいて、私の抵抗力を無理に振い起させた。私はただ力なく藻掻きまわった。

……突然……大砲を連発するような響きが楽屋の方に起った。それと一緒に狂わしい馬の嘶《いなな》きと、助けを呼ぶ外国人の声とが乱れて聞えた。馬が狂い出して厩《うまや》の羽目板を蹴っているのだ。

その音を聞くと私は気の抜けた風船玉のようにぐったりとなった。

けれども騒ぎの方は次第に烈しくなった。とうとう三十頭の馬が皆騒ぎ出したらしく、どかんどかんばりばりと板を蹴破る音、嘶く声、急を呼ぶ人々の叫びが暴風のように、又は戦争のように場内に響き渡った。その中から髪を振り乱した素跣足《はだし》の女が十人ばかり、肉襦袢ばかりの、だらしない姿のまま悲鳴をあげて場内へ逃げ込んで来た。

これを見たハドルスキーは私を抱えたまま立ち止まって二三秒の間じっと考えているらしかったが急に私を放して巡査と人足に渡して、巧みな日本語で、

「此奴《こいつ》を逃がさないようにして下さい。罪人ですから……」

と云い捨てたまま、他の西洋人と一緒に楽屋の方に走って行った。

私は四人の巡査と人足にしっかりと手足を押えられたまま、気抜けしたようになって立っていたが忽ち巡査を振り放した。組み付いて来る人足を跳ね飛ばし投げ付けて、落ちた帽子を拾うが否や、ハドルスキーの後を逐うて行った。私を欺いた憎むべき悪少年、呉井嬢次を捕えるためである。

見物は総立ちになった。吾も吾もと仕切りの柵を越えて、演技場の中に走り込んで、一時に楽屋の入口の方へ殺到した。いつ這入って来たものか四五名の巡査が手を挙げて制しているが、野次馬は益々殖えるばかり……楽屋の入口は見る間に人足と巡査と見物の群で、押すな押すなの大雑沓を極めた。

しかし私はそんな騒ぎを後にして一直線に楽屋の中を眼がけて突進した。そうして巡査と押し合う人間の袂《たもと》の下をかいくぐって、躓《つまず》きたおれんばかりに楽屋の奥へ転がり込

むと、楽屋の連中は皆、外へ逃げ出すか、馬の処へ駈け付けるかしているために、どの室《へや》も森閑と静まり返っている。

荷物部屋らしい室の前に来ると、ここばかりは他の室と違って、壁が亜鉛張《トタンば》りになっていて、やはり亜鉛張りの頑丈な扉《ドア》が付いている。その扉を開《あ》くと苦もなく開いたが、中に這入って扉を締めると真暗になる。懐中電燈を点してみると嬢次少年が云った通り、向うの隅に真鍮《しんちゅう》張りの大トランクがあって表に白い文字でGEORGE・CRAYと書いてあるが、その鍵の処には、白い小さい紙布《かみきれ》が挟んであるようである。近付いてよく見ると、それは嬢次少年自身の名刺で、その裏面には鉛筆で羅馬《ローマ》綴りの走り書きにしてある。

「この中の黒い鞄は頂戴致しました。御心配かけました」

……………………………………………………私はどこをどう歩いて来たのか丸で記憶しない。いつこのカフェー・ユートピアの二階へ上り込んだのか……どうして今、眼の前に並んでいる四種の料理……「豆スープ」と「黒麵麭《パン》」と「ハムエッグス」と「珈琲《コーヒー》」を誂《あつら》えたのか……一つも頭の中に残っていなかった。

窓の外を覗くと、往来には夕暗の色が仄《ほの》かに漂い初《そ》めている。向家《むかい》の瓦屋根の上を行く茶色の雲に反映する光りを見ると、太陽は殆《ほと》んど地平線下に沈みかけているようである。頭の上の右手には花電燈がほっかりと点いていて、周囲には大勢の客が笑いさざめいている。中には曲馬団の帰りらしい学生の一組も居て、頻《しき》りに高声で話をしている。

「……面白かったな」

「うん。あのキチガイみたいなハイカラ紳士と、ハドルスキーの活劇が素敵だった。もう五十銭出してもいい……明日も遣《や》るんなら……」

「一円呉《く》れりゃあ俺が遣ってやらあ……」

「遣るよ一円ぐらい……」

「ダメよ。見物がみんな呉れなくちゃァ……」

「チエ……慾張ってやがら……」

「何だろうな。あの紳士は一体……」

「キチガイだよ毛唐の……英語で何だか呶鳴《どな》ってたじゃねえか」

「最初は日本語だったぜ。待てッ……とか何とか……」

「……ウン……しかし何だってあんなに呶鳴り出したんだろう。だし抜けに……」

「ジョージ・クレイの居所を知っていたんじゃねえかナ」

「……どうしてわかる……」

「そいつが三万円の懸賞を見て気が変になったんじゃねえかと思うんだが……ハハン……」

「そうかも知れねえ。だから馬が共鳴して暴れ出したんだろう……馬い話だってんで……」

「アハハハ……違《ちげ》えねえ」

「ワハハハハハハ……」

「しかし三万円は大きいじゃねえか。たった一人の小僧っ子に……」

「なあに……あれあ広告よ。毛唐はよくあんな事をして人気を呼ぶそうだから……事によると両方狎《な》れ合いでやっているのかも知れねえぜ」

「キチガイ紳士も馴れ合いか」

「序《ついで》に馬も馴れ合いにしちまえ」

「しかし三万円てえと一寸《ちょっと》使えるな。誰か希望者は居ないか」

「カルロ・ナイン嬢なら只でも探しに行かあ」

「初めやがった好色漢《すけべえ》野郎！」

「いや真剣に……」

「なお悪いや」

「一体ジョージの野郎は何だって曲馬団を飛び出したんだろう」

「さあ……そいつはわからねえ」

「なあに。ちゃんと判っている。給金の事で団長と喧嘩《けんか》したんだ」

「イヨ。名探偵。どうして判った」

「芸当がジョージになったからもっと給金をクレイって云ったんだ」

「アハハハハ初まった初まった」

「ふざけるな」

「いやまったく。それで団長が憤《おこ》ったんだ。そんな金はカルロ・ナインだと」

「そこで談判がバードしたんだろう」

「ストーンと御免蒙ったってね」

「止《よ》せ止せ」

一同は哄《どっ》と噴き出した。

私は両手をポケットに突込んだ。双眼鏡と懐中電燈がある。それから金容《かねいれ》も……ピストルも……万年筆も……時計も……今四時四分を示している。ただ鼈甲縁《べっこうぶち》の眼鏡と、紫《し》檀《たん》のステッキがない。そうして身体《からだ》を動かす拍子に両肩と首すじがピリピリと痛むのに気が付いた。大方ハドルスキーに抱きすくめられた時に暴れて磨《す》り剝《む》いたのであろう。

私はあれから約三十分ばかりの間、どこで何をしていたか。

私は眼を閉じてじっと記憶を辿ってみた。

私の記憶の中から高い赤煉瓦《れんが》の建物の二階に並んだ窓の二つが、ぎらぎらと夕陽に輝いて現れて来るようである。それから夥《おびただ》しく並んだ自動車の間を抜けて来るうちにT3588と番号を打った自動車を発見してはっとした記憶が浮み出て来るようである。それから長い長い砂利道を色々な人間とすれ違いながら歩いて来るうちに、どこか遠くでポンポンポンと撃ち出す試験射撃みたような銃声を聞いたようにも思う。頭の上を轟々《ごうごう》と音を立てて高架線の列車が走ったり、電車とすれすれに道を横切って誰かに叱られたようにも記憶するが、しかしそれが果して今日のことか、それともずっと以前の記憶の再現か、その辺がどうもハッキリしないようである。

それから枯れ柳の並木の間に、青黒い瓦斯《ガス》灯のポールが並んだ狭い街に這入った。それから入口に赤い煉瓦を敷いた家……ここだ……ここに這入ったのだ。して見ると私は曲馬場の前に出て、鍛冶《かじ》橋を渡って、電車通りから弥左衛門町《やざえもんちょう》に這入ってここへ来たものらしい。とにかくあの曲馬場の楽屋で嬢次少年が書いた文句、

「この中の黒い靴は頂戴致しました。御心配かけました」

というのを読んでから今までの間の私の頭の中はオムレツにされかけた卵のように混乱していた。嬢次少年に欺かれ、弄《もてあそ》ばれたという憤怒の焰《ほのお》に熱し切っていた。そうしてその中に、今日の出来事の原因結果を整理しようと焦繰《あせ》っていた。

……何のために私をあれ程に欺いたのか。……何故に十四五分で済む演技を二十分以上もかかると嘘を吐《つ》いたか。何故に私を死ぬ程心配させたか……と考えては考え、考えつくしては又考え直した。けれどもそれはただ私の頭を混乱させるばかりで、何等の判断力も決定力も与えなかった。

……否……たった一つ……私がハドルスキーに抱きすくめられて藻搔《もが》いているうちに……まだ多少の推理力が頭の片隅に残っているうちにてっきりそれに違いないと思い込んだ事がある。そう気がつくと同時に一層猛烈に藻搔きまわって、嬢次少年を一刻も早く引っ捕えるべく、焦燥りまわらずにはいられなくなった事がある。

それは他でもない。嬢次少年の「復讐」という事であった。嬢次少年はその両親の讐敵《かたき》を取るべく私を手先に使って、曲馬団に致命的の打撃を与えているのだ……という私の直覚？　であった。

私はこうした事実を頭の片隅で推理すると同時に、ほんとうにキチガイになりかねないくらい恐怖戦慄したのであった。絶叫し狂乱したのであった。……如何にＪ・Ｉ・Ｃが日本民族の敵とはいえ、如何に曲馬団が兇悪無残の無頼漢の集まりとはいえ、又、バード・ストーン団長が如何に両親の仇《かたき》とはいえ、これに致命的の打撃を与える手段として、何の罪も報いもない数十名の美人を狂馬の蹄鉄にかけて蹴殺させるというような極悪残忍な所業《しわざ》が、果して人間の……しかも一少年の頭から割り出され得ることであろうか。東洋文化の真只中、大東京の中心地として、馬場先の聖域と東京駅と、警視庁とを鼻の先に控えた晴れの場所で、ついこの間まで現役の探偵として多少共に人に知られた私をタマに遣《つか》って実行された事であろうか……というような疑問と驚愕とを一時に頭の中に閃めかせつつも、死に物狂いに虚空を摑んだのであった。

しかし、その騒動が事なく済んだ事がわかると、私はぐったりと喪神状態に陥りながらも、その一瞬間に私のそうした推理に幾多の矛盾がある事に気付いたのであった。

……親のために泣くような純な心を持った少年が、こんな残忍冷血な計画を思い付く筈はない……「正義」というものに対してあれ程敏感な人間が、これ程の卑怯無道な手段を択《えら》む筈はない……というような色々な反証を思い浮めると同時に、ただ、何かなしに欺された、飜弄された……という極めて低級な憤怒に駆られたのであったが、その憤怒も亦《また》、少年が書き残した「御心配かけました」の一句でパンクさせられてしまうと、どの結局《つまり》、私は何が何やらわからない五里霧中の空間に投げ出されてしまったのであった。そうして何が何やらわからないままここまで来てしまったのであった。

私はこれ程非道《ひど》い手違いをして、これ程痛烈な心配をして、これ程無茶な眼に合わされて、これ程にベラボーな大きな恥をかかされた事は今まで嘗て一度もなかった。そうしてもし本当に私を、これ程の眼に合わせ得る者があるとすれば、今のところあの少年嬢次よりほかにない筈である。これだけはどっちから見ても疑いない事実である。

……宣《よ》し……俺は嬢次少年を見事に取って押えてくれよう。そうして事実、俺を愚弄したものであるかどうかを白状さしてくれよう。

やっとそれだけの決心をすると、やがて眼の前のスープの皿が眼に付いた。これは私が無我夢中の中《うち》に註文したものらしいが、果してその通りかどうかを考える前に……私は何もかもなく冷たくなったスープ皿を引き寄せて音を立てて貪《むさぼ》り吸うた。それと一緒に俄《にわ》かに空腹を感じて来たので、そこにあった黒麵麭を左手に摑み、右手で肉叉《フォーク》を使ってハムエッグスを掬《すく》いながら、野獣のように嚙じり、頰張り、且つ呑み込んだ。そうして最後に角砂糖をガリガリと嚙み砕きながら、冷え切った珈琲をガブガブと呑み干してしまった。するとそれは普通《ただ》の珈琲でなくてウイスキーを割ったものであることが、飲んだ後から解ったので、酒に弱い私は慌てて水瓶を持って来させて、コップで二三杯立て続けに飲んでアルコール分を弱めようとしたがもう遅かった。最前からの疲れと、アルコールの利き目とが一緒にあらわれたものであろう。爪楊枝《つまようじ》を使う間もなく崩れ落ちるように睡《ねむ》くなった。全身の筋肉が綿のようにほごれて、骨の継ぎ目継ぎ目がぐらりぐらりと弛《ゆる》んで……足の裏が腫れぼったく熱くなって……頭の中が空っぽになって……その身体《からだ》をぐったりと椅子に寄せかけて……眼を閉じて……全身の疲れが快よく溶けて……流れて……恍惚となって……………………………………………………………………………………………。

……そのうちにどこかの階段を慌しく駈け上って来る靴の音を、夢うつつのように聞いていた。

「大変だ大変だ」

「何だ何だ」

「火事か……喧嘩か……」

「戦争だ戦争だ。今撃ち合っているんだ。早く来い早く……」

「馬鹿にするな」

「いや本当だ。早く早く……」

「どこだどこだ」

「帝国ホテルだ……」

「嘘を吐《つ》け……担ぐんだろう」

　そんな夢のような会話と、階段を降りて行くオドロオドロしい五六人の足音を、やはり遠い世界の出来事のように聞いていた。そうして、その会話の通りの戦争を夢とも空想とも附かぬ世界にうつらうつらと描いていた。

　カーキ色の城砦のような帝国ホテルの上空に、同じ色の山のような層雲がユラユラと流れかかって来る……その中から一台の、矢張りカーキ色をした米国の飛行船が現われて帝国ホテルの上空をグルグルと旋回し初める……帝国ホテルの屋上には何千何百ともわからぬ全裸体の美人の群れがブロンドの髪を振り乱して立ち並んで、手に手に銀色のピストルを差し上げながらポンポンポンと飛行船を目がけて撃ち放す……飛行船はタラタラと爆弾を落すと、見事に帝国ホテルに命中して、一斉に黄金色の火と煙を噴き上げる……美人の手足や、首や胴体がバラバラになって、木の葉のように虚空に散乱する。……帝国ホテルが真赤な血の色に染まって行く……飛行船も大火焔を噴き出して独楽《こま》のようにキリキリと廻転し初める……それを日比谷の大通りから米国の軍楽隊が囃《はや》し立てる……数万の見物が豆を焙《い》るように拍手喝采する……それを警視の正装した私が馬に乗って見廻りながら、これは困った事になって来た。どうしたらいいだろう。米国公使館に電話をかけてやろうか。どうしようか。……それともこれは見世物じゃないか知らん。それとも何かの広告かしら……なぞと色々心配しているうちにとうとうほんとうに眠ってしまったらしい……。

……それはおよそ二時間足らずの睡眠であったらしい。けれども疲れた頭と身体《からだ》を休めて新しい元気を回復するには十分であった。そのうちにふっと気が付いてみると眼の前に十二三の見習いらしいボーイが立っている。そうして肩を怒らしながら紫色のハンカチで包んだ四角いハガキ大のものを私の鼻の先に突き付けている。

私は無言のまま何気なくその包みを受取った。結び目を解いて中味を検《あらた》めて見ると、何でもない古新聞紙で、ただ紫のハンカチを包みらしく見せかけるために包んだもののように見えた。

私はそう気付くと同時にハッとした。そうして眼の前に空しく並んだ四つの皿をジイーと睨み付けた。

その時にボーイは横柄《おうへい》な態度で云った。

「さっき表を通った方《かた》が、貴方《あなた》に渡してくれと云ったんです。……ですけど、ちょうどお寝《やす》みでしたから待っていたんです」

その言葉が終るか終らないかに私は椅子を蹴って立ち上った。ボーイはその剣幕に驚いて一寸後退《あとじさ》りをしたが、魘《おび》えた眼付きをして私を見上げた。

「それはいつ頃だ」

「一時間……二時間ぐらい前です」

「どんな人間だ……」

「……よく……わかりません。俥《くるま》の幌《ほろ》の中から差し出したんですから……けれども何でも若い女の方のようでした」

「何と云った」

「エ……?」

「そいつが何と云った」

「二階の窓のすぐ側の西側の隅っ子の卓子《テーブル》に灰色の外套を着て、腰をかけて居眠りをしている紳士の方に差上げてくれと……」

「それだけか」

「ハイ……」

私は窓の外を見た。私の姿は窓の外から見えないようになっている。

「俥の番号は記憶《おぼ》えているか」

「よくわかりませんでした」

「どっちへ行った」

「新橋の方へ……」

私は紫のハンカチを新聞紙と一緒に内ポケットへ突込んで、机の上に五十銭玉を五つ投げ出した。

「お釣銭《つり》はお前に遣る」

と云ううちに帽子を摑んで表に飛び出しかけたが又立ち止まってボーイを振り返った。

「俺が今喰った……その四皿の料理はスープとハムエッグスと黒麺麭と珈琲だったナ……ウイスキー入りの……」

「ハイ……貴方が御註文なすったんです」

ボーイは叱られるのを待っているような顔をした。

「よし。この家《うち》には電話があるか」

「御座います」

「数寄屋橋タキシーに電話をかけて早いのを一台大至急でここへ……」

「タキシーなら一軒隣りに二台あります」

私はその声を半分階段の途中で聞きながら表へ飛び出した。ボーイが指した方向の一軒隣りに駈け付けて、たった今帰って来たばかりの新フォードに飛び乗ると、ニキビだらけの運転手に五円札を二枚握らした。

「新宿駅まで……全速力だぞ……車内照明《ルーム》を点《つ》けないで……」

運転手は札《さつ》を握ったまま恨めしそうに振り返った。

「この頃はルーム点けないと八釜《やかま》しいんです。直ぐに赤自動自転車《アカバイ》が追っかけて来るんです」

「構わない……俺は警視庁と心安いんだ……」


話が又、少々傍道《わきみち》へ這入るようであるが、しかしここでちょっと脱線を許してもらわないと、話の筋道が無意味になりそうだから止むを得ない。

あれ程、昏迷に昏迷を重ねて来た私が、何故にこのような猛然たる活躍を初めたか。もっと具体的に云えば、前記の通り取り付く島もないほどへたばり込んで、涙も出ないほど叩き付けられていた私が、たった今、カフェー・ユートピアで紫のハンカチを受取って、自分が註文して喰ってしまった四皿の料理の名前をもう一度確かめると同時に、何に驚いてタクシーに飛び乗って、全速力の一直線で、狂人《きちがい》のように新宿めがけて飛び出したか……という理由を説明するには、是非とも私の体験と観察から生れた「第六感論」なるものを少々ばかり御披露させてもらわねばならぬ。そうして兎《と》にも角《かく》にも世間の所謂《いわゆる》「第六感」なるものが決して非科学的な、もしくは荒唐無稽なものでない。寧《むし》ろ恐ろしく科学的な、非常に深刻偉大な実在現象である事を、幾分なりとも認めてもらわなければ、かんじんのところで話の眼鼻がつかなくなると思うからである。

読者も御承知の事と思うが、すべて新聞記者とか、刑事とかいうものは多少に拘らず第六感というものが発達しているものである。私は近い中《うち》にこの第六感が活躍する実例を種類別にして、纏《まと》めて、「第六感」と題する書物にして出版するつもりだから、苟《いやし》くも探偵事件に興味を持つ人々は、是非とも一読せられたい……いや……これは広告になって申訳ないが、ここにはその内容の大要だけを述べさしてもらう事にする。

ところで冒頭に断っておくがこの第六感というものは、千里眼、又は催眠術なぞという迷信的なものとは全然別物なので、あんなあやふやな奇蹟的なものではない。儼然《げんぜん》たる科学の範囲に属する感覚である事である。

すなわち普通の人が知っている眼、耳、鼻、口等の五官の作用以外に存在する凡《すべ》ての直覚力を仮りに「第六感」と名付けたもので、手近く人間の第六感で例を引けば、或る人間が或る一瞬間に、理窟も何も考えないで、ただ「これはこうだナ」とか「それはそうだナ」とか感じた事が百発百中図星《ずぼし》に的中《あた》っている事で、新聞記者が朝眼を覚ますと同時に「今日は何か事件の起りそうな日だな」と思ったり、又は刑事巡査が犯罪の現場に来ると直ぐに「犯人はまだ近くに居るな」と感じたりするのが、まるで偶然のように事実と符合して行くのは皆、この第六感の作用に他ならないのである。その他、博奕打《ばくちうち》が相手の懐合《ふところあ》いを勘定したり、掏摸《すり》やインチキ師が「感付かれたな」と感付いたり、馬《うま》道《みち》あたりの俥屋が、普通の客としか見えない男を捕えて「吉原《なか》まで如何《いかが》です」と図星を指したりするのも皆この「第六感」の一種に数えられるのである。

しかも、私の考えに依ると、斯《か》ような第六感の作用は人間ばかりに限ったものでない。広く動植物界を見渡してみると誠に思い半ばに過ぐるものがある……否……人間世界に現われる第六感の実例よりもずっと甚しい、深刻な現象を到る処に発見する事が出来るので一々数えてはおられない位である。早い話が地平線下に居る獅子を発見して駱《らく》駝《だ》が慄《ふる》え出したり、山の向うに鷹が来ているのを七面鳥が感付いて騒ぎ立てたりする。蛭《ひる》が数時間後の暴風を予知して水底に沈み、蜘蛛《くも》が巣を張って明日《あす》の好天気を知らせ、象が月の色を見て狼群《ろうぐん》の大襲来を察し、星を仰いだ獺《かわうそ》が上流から来る大洪水を恐れて丘に登る。そのほか、犬、猫、伝書鳩が故郷に帰る能力なぞ、五官の活用ばかりでは絶対に説明出来ない事である。しかもこれがもっと下等な生物になるともっと明瞭に現われて来るので、朝顔の蔓《つる》が眼も何もないのに竹の棒を探り当て、銀杏《いちょう》の根が密封した死人の甕《かめ》を取り囲む。又は林の木の枝がお互同志に一本でも附着《くっつ》き合ったり、押し合ったりしているものはなく、皆お互に相談をして譲り合ったかのように、程よく隔たりを置いているのも、この考えから見れば何の不思議もないので、換言すれば下等な生物になればなる程……耳や鼻や口がなくなって、五官の活用がなくなればなくなる程……第六感ばかりで生活している事になる訳である。

だから人間の中でも文化程度の低いものほど「第六感」が発達している理由がよくわかって来る。野蛮人は磁石なしに方角を知り、バロメーターなしに悪天候を前知する。又は敵の逃げた方向を察し獲物の潜伏所を直覚するなぞ、その第六感の活用は驚くべきものがある。これは我々文明人が、あまりに眼とか耳とかいう五官の活用に信頼し過ぎたり、理詰めの器械を迷信し過ぎたりするために、この非常に貴い、この上もなく明白な「天賦の能力」を忘れているからで、一つは近頃の世の中が、あまりに科学や常識を尚《たっと》ぶために、人間の頭が悪く理窟で固まってしまって「神秘」とか「不思議」とか「超自然」とかいう理窟に当て箝《は》まらない事を片端《かたはし》から軽蔑して罵倒してしまうのを、文明人の名誉か何ぞのように心得ているために、このような大きな自然界の事実を見落しているものと思う。

その証拠にはこの問題を普通の人に持ちかけると皆、符節を合わせたように同じ返事をする。

「それは特に貴下のような特別の職業に従事している人に限って発達している一種の能力で、我々は及びもつかぬ事でしょう」

と云う。そこで私が追っ蒐《か》けて、

「いやそうでないのです。凡ての生命《いのち》あるものは皆、この能力を持っているものです。私共にだけあって貴方《あなた》がたにないという理窟はありませぬ。この宇宙間には眼で見え、耳で聞え、鼻に匂い、舌で味《あじわ》われ、手で触れられるもの以外に、まだまだ沢山の感じられ得るものがあるのです。下等な動物は五官の作用を持たないままに、そんなものを直覚して生活しているのです。それがだんだん高等な動物になって、手が生え、舌が出来、眼が開《あ》き、耳が備わって来るにつれて、そんな五官の作用ばかりをたよりにするようになって、ほかの直覚作用を信じなくなって来るために、そんな作用がだんだん退化して来るのです。殊に文明人となると、五官の働きを基礎とした学問や常識ばかりをたよりにして電信電話以外に遠方の事はわからない。X光線以外に物は透かして見えない。指紋足跡の鑑識と、三段論法式の推理と、三等訊問法以外に犯罪の探偵方法はない……と固く信じているために、これ程に明白な第六感の存在を首肯する事が出来ないのです」

と説明しても、

「へえ。そうですかね。どうも貴方の議論は高尚過ぎて、われわれには解りかねます」

とか何とか云って逃げてしまう。そうして大神宮のお札《ふだ》売りか、大道易者にでも捕まったように、表面《うわべ》では尊敬して、内心では大いに軽蔑した表情をする。しかもその心の底では「どうもそんな事がありそうだ。時々そんな気がする事がある。或《あるい》は事実かも知れぬ」と感じながらも、それを押し隠そうと努力している。その証拠には、隠しても隠し切れぬ苦笑いがその表情の中に浮き出して来る。これはその人の心の底に隠れている第六感と、常識とが互に相争っているからで、この傾向は相手に地位があればある程、又は教育があればあるだけそれだけ甚しい。こうして現代の唯物科学的文明は、この大問題を見向きもしないで振り棄てて行くので、私はこれを人類文明の大損害と思っている。

ところでここでもう一つ傍道《わきみち》に這入って説明しておかなければならぬ事は、人間が「第六感」を感ずる場合に三種類ある事である。

元来この第六感というものは、今まで説明したところでもあらかた察しられる通り、人間が普通の常識とか、妄想とか、空想とか、又は智慧分別とかいう雑念の一切合財から綺麗に離れた、純真純一な空《から》っぽの頭になった時に感ずるもので、その第一例としては、和漢の高僧、名知識と呼ばれる人々が、遠方の出来事を直感したり、将来の一大事変を予知した話が、屢々《しばしば》世に伝えられている実例がある。しかし、これは余程修養の積んだ、悟りの開けた人間に限った話で、吾々のような俗物が、いつもかもそんな澄み切った、超人的な気持ちで澄まし込んで、無線電信のアンテナ見たいに、ふんだんに第六感ばかりを感じている訳には行かない。だから、これは第一種の特別の部類として敬遠しておく事にするが、しかしながら、かような第六感を感じ得るのは何もそんな名僧知識に限ったものではないのである。吾々のようなありふれた俗物でも、時々、名僧知識と同様の何の気もない無心状態になって「第六感」を受けている場合は屢々あり得るので、その場合を私は又、仮りに二種類に分けて考えているのである。

その第一種は昔から俗に云う「虫の知らせ」という奴で、細かく分けると「鴉《からす》鳴きが悪い」とか、「下駄の鼻緒が切れた」とか「鼬《いたち》が道を切った」とか、又は「夢見が悪い」とか「鳥影がさした」とかいうあれである。これはその人間の第六感が或る事を感じていながら、まだ意識のうちに現われて来なかったのが、そんな出来事に出会った拍子にひょいと現われて、何かの異変を知らせているので、決して迷信とか旧弊といって排斥すべきものではないのである。

譬《たと》えば鴉がいつもと違った陰気な低い声で「カアア……」と啼《な》く。おやと思ってその方を見る。その瞬間、その人の頭の中にあるいろいろのあり触れた妄念が結麗に消え失せて、只ぽかんとした空《から》っぽの頭になる。そこに「第六感」がアリアリと浮かみ現われて、その日のうちに起りかけている悪い出来事を感じている。

鼬がすらりと道を横切る。……アレ……と思ってその影を見送るはずみに、今まで考えて来た事をふッと忘れる。あとには「第六感」だけが残って、行く手の災難を予覚している。

誰でも下駄の鼻緒が切れるとハッと思う。何も考えずにジッと見詰める。その心の空虚に「第六感」が閃《ひら》めきあらわれて、誰かの大病を感付いている。

夢を見て覚めた瞬間はどんな英雄豪傑でもぽかんとしている。その時に第六感が働く。夢が悪いのではない。その夢を見て覚めた瞬間に第六感が凶事を感ずるから、今見た夢が何かしら悪いしらせのように感じられるので、そんなのが後《のち》に正夢となって思い合わされるのである。

前に挙げた数例でも同様で、別に鴉や、鼻緒や、鼬が凶事を知らせている訳ではない。その瞬間に受けた「第六感」の感じがよくなかったのを錯覚して、鴉や、鼻緒や、鼬が気を悪くさせたかのように人に話す……そうすると、そんな感じを経験した人が案外多いために、吾れも吾れもと共鳴してこんな迷信を云い伝えるようになったもので、そんな事を云い出すのが、頭の単純な昔の人間や、田舎者であるのを見ても、こうした俗説の起りが「第六感」の作用から起っている事がわかる。

尚、こうした第六感の錯覚作用は次の例を見れば一層よく解る。

よく……鳥影がさした。今日はお客があるだろう……なぞいう事があるが、これは普通女に限って云う事で男は滅多にこんな言葉を口にしないようである。しかも女がこんな事を云い出す時は、大抵日当りのいい障子《しょうじ》の側で、静かに縫い物か何かしている時で、ばたばたと忙しく働いている時は余り云わぬ。ところで誰でも知っている通り女が縫い物をする時は、眼を絶え間なく小さな針の先に注いでいるために、気持ちが平生《ふだん》よりもずっと澄み切っていて、只いろいろと取り止めもない夢のような事を考えている。つまり女の頭の中には、平生《いつも》の常識的な、理窟ばった考えは微塵《みじん》もなくなって、人間世界を遠く離れたうっとりした気持ちになっている。こんな時が第六感の最も鋭く働く時で、女はその澄み切ったあたまの中に、いつとなく一人の客人が遠くから、自分の家《うち》に向って動いて来るのを感じている。しかしそれは先から先へとめぐって行くシャボン玉より軽い、夢より淡《うす》い空想の蔭になって動いているので、女にはまだハッキリと意識されていない。……そこへぱっと黒い影が障子を横切る。女ははっと思う。夢のシャボン玉がふっと消える。その下から客人が来る……という第六感がまざまざと現われる。そこで女は思わず云う……

「あれ鳥影がさした。誰か来るような気がする」

と……。けれども女は「第六感」というものが人間にある事を知らないから、すぐに平生《いつも》の常識に立ち帰って、

「……けども家の人が今ごろ自宅《うち》に居ないのは誰でも知っている筈だ。あんまり当てにはならない」

なんかと思い消してしまう。しかし女の第六感は承知しない。矢張り何だか気になるから縫物《しごと》を止《よ》して、それとなく茶器なぞを拭いていると、思いもかけぬ人が表口から、

「御免下さい。御無沙汰しました」

と這入って来る。

「まあ。矢っ張り本当だったわよ」

と女は思う。

然《しか》らば吾々の持つている職業的な第六感の動き方はどうかというと、これとは全く正反対である。神経を磨《みが》き澄まし、精神を張り切って、眼にも見えず、耳にも聞えない或る事を考え詰めている時に電光のように閃めき出すもので、その鋭くて、早くて、確かな事はとても無線電波なぞの及ぶものでない。吾ながら驚く程沢山の事実をほんの一瞬間に感じさせたり、又は遠方で起った仕事の手違いを的確に予知させたりするものである。私はずっと前からこの種の第六感の存在を固く信じているもので、これによって重大な事件を解決した例は一つや二つでない。勿論科学的な研究や観察を基礎とした推理なぞを決して軽く見ている訳ではないが、場合によってはそんなものが全く役に立たなくなって、いくら研究して、推理して見ても、考えは唯同じ処をぐるぐる廻るばかりのみじめな状態に陥る事がある。

大抵の人間はそんな時にすっかり失望して終《しま》って、とても駄目だと諦めて終《しま》うようであるが、私は決してそれを諦めない。なおの事一心不乱になって考え続けて行く。そうすると全身の神経の作用が次第に求心的に凝《こ》り集まって、あるかないかわからない無色透明の結晶体みたようになってしまう。その時に第六感が煌々《こうこう》と、サーチライトを見るように輝き出して、事件の焦点を照し出したり、行くべき方向を示したりするから、それに依って猶予なく敏速な活動を開始する事が出来る。但し、そんな場合に何故そんな風に私が動き出して行くのかという理由は、説明しようとしても説明出来ないのだから、私は難事件になればなる程たった一人で仕事をする事になる訳である。しかもそんな場合に傍《はた》から見ていると、私の行動はまるで狂人《きちがい》のように感じられるそうであるが、その結果を見ると又、奇蹟としか思わない事が多いそうである。これは普通人ばかりでなく私と同じ仕事をしている連中でもそう感じるそうで、現にこの間私を免職した高星総監なぞも、

「君はまるで魔法使いのようだ。事件と何の関係もない事実を見付けては寄せ集めて、その中に事件の核心を発見する」

と云って舌を捲いた位である。しかし事実は不思議でも何でもない。普通人が常識の範囲内でだけしか仕事が出来ないのを私は「第六感」の範囲まで神経を高潮させて仕事をするからで、現在たった今私がカフェー・ユートピアを飛び出すと一直線に「新宿へ」と命じたのもその最適当した一例であろうと思う。

この時の私はただ「第六感」ばかりに支配されていた私であった。

初めカフェー・ユートピアでボーイが私に紫の包みを渡すべく差出した時に、私は殆んど睡りから覚めかけていた。そうして、いつの間にか不思議にがら空きになっているカフェーの片隅に、たった一人で静かに眼を閉じていると、疲れが休まった身体の中にずんずん血がめぐって行く快よさと、頭の中の神経細胞がちゃんと秩序を回復していて気を付けの号令をかけられた軍隊のように整然としている気持ちよさとを、心ゆくまで感じていた。その時に誰か私の前に近づいて来るように思ったから、何気なく眼を開《あ》いて見ると、それは一人のボーイであった。

ところでそのボーイが差出した紫色の包みを受取って、中味を検《あらた》めようとした時に、その包んだ風呂敷が、紫色の絹ハンカチである事に気付くと同時に、私ははっとさせられた。そうして今日じゅうの出来事……否、二年前の東京駅ホテル殺人事件以来の出来事の裏面に潜む、想像を超越した奇怪な出来事が、一時に解決されかかったように思いつつ、眼の前に並んだ四枚の皿を見まわした。

それから私は立ち上って出て行きがけに、念のため私が自分で註文した食事が、黒麵麭とスープとハムエッグスと、ウイスキーを入れた珈琲の四皿に相違なかったかどうかをボーイに問い確かめてみると、ボーイはその通りですとハッキリ答えた。その時に私は一切の秘密を明かにする裏面の真相が電光のように私の頭に閃めき込むのを感じたのであった。

私の第六感の作用のすばらしさをハッキリと感じたのであった。

読者は記憶しておられるであろう。

去る大正七年十月十四日の朝、東京駅ホテル第十四号室で起った岩形圭吾《いわがたけいご》氏こと、志《し》村浩太郎《むらこうたろう》氏の変死事件を探るために、私はその朝の午前十一時頃カフェー・ユートピアへ来た。そこで一冊の聖書を見付けて、その聖書によって志村氏と、その妻のぶ子がJ・I・Cに関係している事実を発見したことを……。

……ところでその時に私が坐っていた卓子《テーブル》は、確かに最前坐っていたのと同じ卓子の同じ椅子で、しかも、その卓子が又その前夜、志村夫婦が差し向いに坐っていたその卓子ではなかったか。……のみならずその卓子に腰をかけていた志村浩太郎氏が、その妻ののぶ子から紫のハンカチを受け取る直前に、その卓子の上に並べていた四皿の料理は、今夜疑問の女から紫のハンカチを受け取る前に並べていた四皿の料理と、そっくりそのままの……黒麵麭と、スープと、ハムエッグスとウイスキー入りの珈琲ではなかったか。

……今の世に奇蹟はない。

……偶然としては余りに偶然過ぎる。

しかもこの奇蹟的な偶然を、私の第六感の作用として判断すると、一切の疑問の闇を貫く一道の光明が、サーチライトのようにありありと現われて来るではないか。

あの時に発見した聖書は、今も警視庁の参考品室の片隅にある、暗号の部と書いた硝子《ガラス》戸棚の中に投《ほう》り込まれたままになっている。たしか二〇一番の札《ふだ》を貼られたまま塵埃《ほこり》に包まれている筈である。

私も、今朝《けさ》の中迄《うち》はすっかりあの事件を忘れてしまっていた。何もかも忘れて、余生を自然科学の研究に没頭して送るべく、これから追々と買入れねばならぬ器械と、薬と、書物の事ばかり考えていた。

ところが今日の午後になって、嬢次少年の訪問を受けると又も、新《あら》たにその時の記憶を喚《よ》び起したのみならず、その問題の曲馬団の興行を見物に来て、カルロ・ナイン嬢の美しい姿を見て、どこかの華族様の令嬢ではないかと思ったりした。又、自分の直ぐ背後《うしろ》に坐っている女優髷《まげ》の女を見ると、もしや志村のぶ子ではあるまいか……なぞと途方もない事を考えたりした。そのおかげであべこべに女から不良老年と見られて逃げられてしまったが、その時に私は、変な日だなと思った。今日は自分の頭が余程どうかしていると思った。そのほかにも未《ま》だ二つ三つ変だな……と思った事があったが、先の用事に気を取られて、次から次に忘れて行った。おまけに時間の間違いで、大勢の女が舞踏の最中に、馬に蹴殺されそうになった心配の余りに、頭がすっかり混乱してしまって、茫然恍惚とした夢うつつの境をさまよいながら、どこをどう歩いているか解らないまんまにカフェー・ユートピアに来てしまったのである。曲馬団が真赤な偽物である直接の証拠を一つも発見し得ないまま……嬢次少年の復讐を手伝うべき準備偵察も何も出来ないまま……そうして団員のどれもこれもが、皆本物の曲馬師で、素晴らしい腕前を持っているらしいのに感心させられたまま……平生《いつも》の理智と判断力とをめちゃめちゃにたたき付けられて終《しま》いかけていたのである。

ところが私の「第六感」はそんな甘い事では承知しなかった。それ以上の……殆んど私の生命《いのち》にも拘る或る大きな秘密を摑もうと努力していたのであった。

あとから考えると私の「第六感」はあの時に色々な材料を提供して、私の判断力の活躍を催促していた。前に述べたカルロ・ナイン嬢が貴族的な……寧ろ皇族的な気品を備えていた事……女優髷の女を見るとすぐに志村のぶ子を聯想《れんそう》させられた事……なぞも勿論、私にとって大切な判断の材料でなければならなかったが、まだこの外にも私の「第六感」は幾多の重要な発見をして次から次に私の脳髄の判断活躍を催促していたのであった。

……カルロ・ナイン嬢が乗馬に深い経験を持っていないこと……。

……ハドルスキーがいつも嬢の直ぐ後方《うしろ》に馬を立てて、恰《あたか》も嬢を監視しているかのように見えた事……。

……そのハドルスキーとカルロ・ナイン嬢とが場内を廻りながら馬上から私をちらりと見た事……等、等、等。

その他色々と注意すべき点が沢山あったように思うが、その中でも亦、取りわけて重大な意味を含んだ暗示がたった一つあった。それは、すべての暗示材料を一貫して……曲馬団……女優髷……ジョージ・クレイ……志村夫婦……魚目《ぎよもく》と木精《メチール》の毒薬……ピストル……J・I・Cなどいうものの一切合財の裏面の消息を一言で説明している紫のハンカチであった。

……カルロ・ナイン嬢が持っていた紫のハンカチ……。

……女優髷の女が持っていた紫のハンカチ……。

……そうして二年前、志村のぶ子が持っていた紫のハンカチ……。

……同じ大きさの同じ色のもの……。

私はどうしてこれに気付かなかったのであろう……この三人の間にはちゃんとした脈絡のある事を紫のハンカチが遺憾なく証明しているではないか。仮りに志村のぶ子が死んでいるとしても、カルロ・ナイン嬢は私の前で紫のハンカチを振って行ったではないか。私の真背後《まうしろ》に居る女優髷の女に見せるために……。何かの合図をするために……。

こうした事実が確定して来るとカルロ・ナイン嬢は、私を見て行ったのでなくて、私のすぐ背後に居る女優髷の女を見て行ったのだ。二人の女は紫のハンカチでもって何かの意味を通信し合って行ったのだ。

然らばその通信し合った意味とはどんな意味か……。

これも私の「第六感」がハッキリと暗示している。私が註文した四種の料理によって、説明し過ぎるほど明瞭に説明している。

……紫のハンカチを受取ったものは殺されなければならぬ。

……と……。

何という恐ろしい暗示であろう。

そうして又、何という明瞭な宣告であろう。

二年前に志村のぶ子から紫のハンカチを受け取った志村浩太郎氏は、その夜のうちに奇怪な変死を遂げたではないか。今から考えると、志村浩太郎氏の死状は、私の判断も、呉井嬢次の説明も超越した、恐ろしい死に方であったのだ。

そうして現在の私も、紫のハンカチをJ・I・Cと関係のあるらしい美しい女から渡されて、死の暗示を与えられているではないか。二年前の志村氏と同様の不可思議な「死の運命」の方向へ、ぐんぐんと惹き付けられて行きつつあるではないか。

……私がJ・I・Cに殺されなければならぬ理由は数え上げるだけ野暮《やぼ》であろう。私が二年前に、前総監の許可を得て、M男爵から内密に借り受けた名簿によって日本内地に散在するJ・I・C団員を虱潰《しらみつぶ》しに投獄し、又は国外に放逐した事実は、微塵《みじん》も外《ほか》へ洩れていないにしても、最少限J・I・Cの連中の記憶には骨の髄まで徹底している筈である。さもなくとも私が辞職の直前に、現警視総監と大声で云い争った、その半言隻句でも外に洩れたとすれば、それだけで十分である。況《いわん》や私の眼の球の黒いうちはJ・

I・Cの影法師でも二重橋橋下に近づけない覚悟でいる事が、万に一つでもJ・I・Cに伝わったとしたらどうであろう。

否々《いやいや》。彼等はもうとっくの昔に私のこうした決心を感付いている筈である。そうして私を第一番に片付けてから、第二第三の仕事にかかる予定にしていなければならぬ筈である。そうして彼等はこの目的の下に、生命《いのち》知らずの無頼漢をすぐり集めて、曲馬団を組織して捲土重来《けんどちょうらい》したものに違いないのである。これは決して私の自惚《うぬぼ》れや何かで云うのではない。

然るに私は最前嬢次少年に会ってから後《のち》というものはこんな考えから全然遠ざかっていた。自分の一身に関する危険なぞは変にも考えずに、ただ漫然と様子を見る位の考えで見物に来ていた。そうして嬢次少年の仕事を手伝うこと以外に何等の緊張も、危険も感じないまま双眼鏡をひねくりまわしているに過ぎなかった。そうして思いもかけぬ大失敗をして徹底的にたたき付けられたまま曲馬場を出て来たのであった。

その時の私の頭の中は、自分自身がどこに居るのか、判断出来ないくらい混乱していた。常識とか理智とかいうものは跡型《あとかた》もなくノック・アウトされた空《から》っぽ同然のあたまを肩の上に乗せて、ふらふらと往来にさまよい出たに過ぎなかった。

ところがその最中《さなか》にも、その私の空っぽのあたまを決定的に支配し指導しつつ、絶えず重大な暗示を与え続けていた、神秘的なあるものがあった。そのあるものの洞察力は透徹そのものであった。そのあるものの記憶は正確そのものであった。そのあるものの暗示は霊妙そのものであった。そのあるもの……すなわち私の第六感はがんがらがんのふらふら状態に陥っている私の全部を支配して、いつの間にか二年前《ぜん》に志村氏が変死したステーション・ホテルの前に行かせた。それから二年前《ぜん》に私が履《ふ》んで来た通りの道筋を、知らず識《し》らずの中《うち》に間違いなく繰り返して辿らせて、カフェー・ユートピアまで連れて来て、その二年前《ぜん》にたった一度しか腰をかけた事のない窓際の椅子にちゃんと腰をかけさせてその上に……志村浩太郎氏が、その死の数時間前《ぜん》に誂《あつら》えた通りの四種の料理を、無意識の裡《うち》に註文さした。

……お前はもうじきに死刑の宣告を受けるのだぞ……。一人の美しい女から紫のハンカチを貰うのだぞ……。

……と明白に予言したではないか。

何という不可思議な作用であろう。

何という適切な暗示であろう。

もし私がこの時に、かような偉大な力の存在を知らないで、唯こうした事実だけを気付いたならば、恐らく奇蹟としか思わなかったであろう。又、もし私が信仰家であって、これだけの暗示を受けたならば、直ぐに上天《じようてん》の啓示と信じて、掌《て》を合わせて謝恩の祈禱を捧げたであろう。

しかし、これは上天の啓示でも何でもない。人間の持っている偉大な……忘れられた能力の作用である。

……と……こう気が付くと同時に、私は椅子を蹴って立ち上ったのであった。そうしてその一瞬間に、二年前から引き続いて来たこの奇怪なＪ・Ｉ・Ｃ事件に対する私の判断を、どん底から引っくり返してしまったのであった。

……私はすっかり欺されていた。ただ私の「第六感」だけが欺されなかった……と気付いたので……。

しかも、その私がその「第六感」の暗示を基礎にして、ドンデン返しに建て直してみた事件の真相の如何に恐ろしかった事よ……。

見よ。

――事件の発端となっている志村浩太郎氏の変死は、私の判断も、又は嬢次少年の説明も超越した一種特別の変死である事が、考えられて来るではないか。志村浩太郎は私の第一印象の通りに、その妻の志村のぶ子に殺されたものであるのみならず、二年後の今日《こんにち》に至るまで私を迷わせ、妄動させて、私の生命までも飜弄すべく屍体を仮装させられたもの……という可能性が生れて来るではないか。

志村のぶ子はJ・I・Cのために現在の夫も殺して、世にも奇怪な死状を装わせて、あのような真に迫った手紙や遺書を残して、まんまと首尾よく私を欺し了《おお》せる一方に、事情を知っている鮮人朴を射殺しながら、情夫の樫尾《かしお》と共にどこへか姿を晦《くら》ました稀代《きだい》の毒婦であった……という事実が、志村氏の死体のポケットにあった紫のハンカチによって暗示されていた事になるではないか。……志村氏を脅迫した聖書によって裏書されている事になるではないか。

しかもこの事実を肯定すると、それに連れて、今日私が曲馬場で死ぬ程心配させられた裏面の魂胆も、容易《たやす》く、明白に解決されて来る。

「大馬と小犬」の喜劇が、嬢次少年の予告した時間よりもずっと早く済んだ。そのために馬の舞踏会の開始時間が繰り上げられて、ちょうど舞踏の真最中に馬が暴れ出す事になった。これは嬢次少年の過失か、私の聞き誤りか、それとも何かの手違いかと思っていたが、それはいずれも大勘違いの勘五郎であった。私の第六感の暗示を基礎として判断して行くと、少年はカルロ・ナイン嬢と、女優髷の女を一味とするJ・I・Cの一団と十分の協議を遂げて、私に「四十分乃至《ないし》二十分」の時間を告げたのであった。そうして私をあの曲馬場に引っぱり出して、われと自分の手で作り出させた危機一髪の情景に、われと自分を狂い出させて、そのドサクサに紛れて私を、兇猛なハドルスキーの手にかけて始末させようとした。……けれども、その第一の手段が失敗に終ったと見るや否や、第二の手段として、あの女優髷の女に私を殺させるべく、紫のハンカチを手渡しさせた……二年前の志村のぶ子と同じ役目を受け持たせた……という計画の辻棲《つじつま》がすっかり合って来るではないか。

すべては虚構《うそ》であった。一切は芝居であった。そうして全部は私の敵に外ならなかった。

彼等……紫のハンカチを相印《シムボル》とする、J・I・Cの中の美人の一団は、二年前から私一人を目標にして、人の意表に出る素晴しい方法で私を片付けるべく、念入りな計画を立てて来たのだ。そうして二年後の今日に至って、得体のわからない美少年と遺書を私の許に送って、頭の古い私を月並な日本魂《やまとだましい》と、義理人情で責め立てて、木ッ葉微塵に飜弄しつつ、ぐんぐんと死の陥穽《かんせい》の方へ引きずり込みつつあるのだ。

外面如菩薩《げめんにょぼさつ》、内心如夜叉《ないしんにょやしゃ》とは彼女等三人の事でなければならぬ。そうしてこの恐ろしい形容詞が、女に限られたものでなければ、彼《か》の呉井嬢次と称する怪少年も、その仲間に数え入れなければならぬ。否……彼《か》の美少年ジョージ・クレイこそ、彼女等三人以上におそろしい夜叉美人でなければならぬ。あの大胆な落ち着きぶりと、あの名優以上ともいうべき巧妙な表情によって、J・I・Cから選抜されて、私を一杯喰わせに来た「死の使者《つかい》」でなければならぬ。

私は少年の美貌と、その才智と、名優ぶりに、文字通りに一杯喰わされた。まんまと首尾よく彼等の陥穽に落ち込んで行った。

そこでもう大丈夫と見て取った彼等は互いにハンカチを振り合って成功を祝した。……もしくは準備が整った事を知らせ合ったものに違いないのである。変装を凝らしている私を前後から挟んで……ここにその馬鹿が坐っているとばかりに……。

さもなければ私の「第六感」が、あの四皿の料理を、私の眼の前に並べて見せる筈がない。私が死と直面している事を暗示する筈がない。

何という戦慄すべき真相であろう。

何という想像を超越した計画であろう。

残るところはこの計画を立てたものが、ハドルスキーか、バード・ストーンか、ジョージ・クレイか……それとも二年前から日本内地に生き残っていたかも知れない、志村のぶ子か、樫尾初蔵《はつぞう》か……という疑問である。その上にもう一つ慾を云えば、カルロ・ナイン嬢と、女優髷の女とが、呉井嬢次とどんな関係になっているか……という疑問も、頭の中に閃めかさない訳には行かない。

しかし、今の場合の私としては、そんな問題は末の末である。何でもかんでもあの女優髷の女を引っ捕えさえすればいいのだ。そうしてすこし違法ではあるが、無理にも志免課長の手に引渡して、有無を云わさず叩き上げさえすれば、一切の真相が判明する筈である。しかもその女はたしかに今私の留守宅に忍び込んで、容易ならぬ仕事をたくらんでいるに違いない事を私の第六感が指し示しているではないか。

畜生……どうするか見ろ……。外道《げどう》……悪魔……売国奴の群れ……。

こう思いながら私は自動車に飛び乗ったのであった。

見す見す彼等の手に乗って、死の運命に引きずり込まれて行くのを自覚しながら……。もう欺されぬぞ。貴様等は俺を見損っているぞ……という自信を固めながら……。

そんな事を考えながら、新しい、気持ちのいいクッションに身を埋めて、汗ばんだ額を拭こうとすると、その拍子にポケットの中から紫のハンカチと、中に包まった古新聞紙を引きずり出してしまった。それは最前私が結び目を解いたままポケットに押し込んでいたので、ポケットから出すと同時にバラバラになって、フロアの上に落ちて行った。それを慌てて拾い上げようとすると、新聞紙の間から白いカード見たようなものが飛び出しているようである。……おや。何だろう……と思って取り上げて見ると、それは五枚の絵葉書であった。私はすぐに運転手に呼びかけて車内照明《ルーム》を点《つ》けさせた。

その絵葉書は五枚とも舶来の光沢写真で、材料といい、技術といい、大正十年前後の日本では容易に見られない見事なものであった。写真は五枚とも同じもので真中には風采の堂々とした純ヤンキーらしい鬚のない男が、フロックコートを着て、胸に一輪の薔《ば》薇《ら》の花を挿して、両手を背後《うしろ》に組んだまま莞爾《にこ》やかに立っている。その左側にスカートの短い、白い乗馬服を着て白い帽子を冠《かぶ》って、短い鞭《むち》を持って立っているのは最前のカルロ・ナイン嬢で、これもこっちを覗き込むようにして無邪気な微笑を含んでいる。又右手には嬢次少年が、真面目な顔をしてじっと正面を見ながら立っているが、服装はモーニング式の乗馬服で、右手《めて》に山高帽を持ち左手《ゆんで》に手袋と鞭を握り締めている。

三人の背後には一羽の大きな禿鷹が羽根を拡げた図案を刺繍《ししゅう》した幕が垂らしてあって、その上にＢ・Ｓ・Ａ・Ｇという四個の花文字がこれも金糸か何かの刺繍になっているが、この幕は最前曲馬場の穹窿《きょうりゅう》から垂らしてあった大旗と同じ図案であろう。三人の足の下に書いてある名前を見ると、真中のはバード・ストーンとある。なる程団長だけあって五分も隙《すき》のない精力的な物腰である。

表を返すと一枚目から五枚目まで番号が打ってあって細かい英文字が書き聯《つら》ねてあったが、よく見るとそれは何でもない。処々に英語を交ぜた、日本語の羅馬綴《ローマつづり》であった。

大正九年二月二十八日午後三時四十分

馬場先の柳の下にて認《したた》む

呉　井　嬢　次

狭　山　九　郎　太　様

先程は御心配かけました。あの時間の間違いはマネージャーの命令を、出演者が聞き違えたのでした。しかし詳しい事は申開きをしている隙《ひま》がありませぬ。

　私は貴方の御生命が危険だと思います。

　警視庁では私服を沢山出して曲馬場を取り巻いております。これは私があの父の遺言書を藤波弁護士にお眼にかけたためです。藤波さんが外務省と警視庁とを一緒に動かされたものと思います。

　けれども団長のバード・ストーンはまだ曲馬団が、警視庁に疑われていることを知らないようです。きょう団長は馬が騒ぎ出す前に、ハドルスキーと、こんな打合せをしておりましたから……。

「……ジョージが逃げたのはもしや曲馬団の秘密を知って逃げたのでないかと思うから万一の用心に横浜へ行って、いつでも逃げられるように準備しておく。見物にはジョージを探しに行くように発表させておけ。夕方五時か六時までに変った事がなかったら電話をかけろ。俺はジョージの事にかこつけて狭山をやっつけに行く。あの男が居る間は安心して仕事が出来ない。アリバイは横浜にちゃんとこしらえておくから心配するな。狭山さえ殺せば、あとはアリバイなぞ作らなくともいいようなものだけど……」

　とそう言っておりました。

狭山さん。大変勝手なお願いですが、今から四時間のあいだ（九時ごろまで）済みませぬが、柏木のお宅へお帰りにならないようにして下さい。そうして私ともう一人の相棒と二人の手でバード・ストーンを取っちめさして下さい。両親の仇《かたき》を討たして下さい。もし途中でお帰りになるような事がありますと、私たち二人の生命《せいめい》ばかりでなく貴方のお生命《いのち》までも危なくなりました上に、肝腎《かんじん》の団長までも取り逃がすような事になるかも知れないと思います。

時間がありませぬから、これだけの事をきれぎれに申上げてお別れを致します。貴方の御親切は私の生命です。再びお眼にかかってお礼申上げる機会がないかも知れませぬ事を悲しく思います。

お身体《からだ》を大切に願います。

――さようなら――

読み終ると私は絵葉書をぽんとたたいた。

……これだ。これが彼奴等《あいつら》のトリックなんだ。俺の第六感はこの通り全部的中しているのだ。

……よろしい……紫のハンカチはたしかに受取ったぞ。その代りに白い眼かくしを送ってやるぞ。

……しかし貴方の御親切が私の生命はよかったな。全くその通りだ。アハハだ。

……もう一人の相棒も洒落《しやれ》てるぞ。情婦と書かないところがしおらしいぞ……ははん……。

こんな事をつぶやくともなく冷笑した私は、反射鏡《バック・ミラー》越しに運転手をちらりと見て、車内照明《ルーム》を消さした。

自動車はもう、日比谷公園の中から虎の門を横筋かいに、溜池《ためいけ》の通《とおり》を突き抜けている。何の事件か知らないが豆を撒《ま》いたように街路を狂奔する号外売を、追い散らす間もなくすり抜けすり抜けして赤坂見附の真中に片手を揚げている交通巡査をちらりと見残したまま一気に東宮離宮横の坂を飛び上った。

その時に私はふと思い出して、腰のポケットを撫でてみたが、そこにはT型七連発のブローニングがちゃんと納まっていた。小型ではあるが新火薬の尖弾で、二百米《メートル》突以上利く凄いものである。

自動車は一度もストップを喰わずに新宿駅に着いた。

下巻

まだ月が出ない。

暗い掘割りの底の遠く遠くに小さなイルミネーションのような中野駅が見える。今乗って来た山の手電車は、蒼白いスパークをレイルに反射させながら、その方向へ一直線に、小さく小さく吸い寄せられて行った。

暗い掘割りの一町ばかり向うに、黒い木橋《もっきょう》が架かっている。その左手には高い火の見梯子《ばしご》が見える。それと向い合って、木橋の右手の坂下には、私の家の門口にある高さ三丈ばかりのユーカリの樹が梢《こずえ》を傾けているが、その上空には無数の星が明日《あす》の霜を予告するように羅列している。冬のおわりの最も澄み切った、厳粛な夜である。

私は急に気分が引き締って来るのを感じた。一事、一物も見逃してはならないぞ……後で笑われるような軽卒な事をするまいぞ……死生を超越した八面玲瓏《れいろう》の働きをするのだぞ……そうして徹底的にやっつけるのだぞ……と改めて自分自身に云い聞かすように考えながら、もう一度腰のポケットを撫でてみた。全く、これ程のものを相手にしたのは今度が初めてである。従ってこれ程に精神が緊張したこともまだ曾《かつ》てない。どんな難事件に出会っても、どんな強敵を相手にしても、綽々《しゃくしゃく》として余裕を保っていた私の精神は……身体《からだ》はギリギリと引き締まって、ちょっと触《さわ》っても跳ね上る位になっていた。

併《しか》し表面は飽くまでも平静を装うていた。今の電車から降りた官吏や、学生や、労働者らしいものが十二三人急いで行くのに混じって、悠々と大胯《おおまた》に踏切を越えた。平生よりももっと当り前の（もしそんな状態があり得るとすれば）歩きぶりで自分の家の門まで来た。

見ると出がけに確かに閂《かんのき》を入れて南京錠《ナンキン》を卸《おろ》しておいた筈の青ペンキ塗りの門の扉が左右に開いて、そこから見える玄関の向って左の一間四方ばかりの肘掛窓《ひじかけ》からは、百燭ぐらいの蒼白い電燈が、煌々《こうこう》と輝き出している。

……おや……と思って私は立ち止まった。

その窓には非常に綿密なドローン・ウォークを施した、高価なものらしい白麻の窓掛《カーテン》が懸かって、一面に眩《まぶ》しいハレーションを放射している。私の家は殺風景な青ペンキ塗りの板壁で、あんな贅沢《ぜいたく》な窓掛とは調和しない。この上に今は二月の末で、白い窓掛は明かに時候外れである。その向う側で、電話にかかっているらしい話声が聞えるが、程遠い上に、硝子《ガラス》窓に遮《さえぎ》られているのでよく聞えない。

私は暫《しばら》く門の処に石像のように突立っていた。百燭の青電球に照し出された白い窓掛と、その光りを反射して雪のように輝いている庭の茂みを見まわしていた。庭の隅々や、家の向う側に隠れている人の気配が感じられはしまいかと、眼を凝らし、耳を澄ましていた。しかし、そこいら中はひっそりかんとしていて、そんな気配はちっとも感じられなかった。

私は自分の家ながら、敵の住家を見るような気持ちがした。何かしら想像以上のものが……もしくは私の神経以上の敏感なものが待ち構えているようで、容易に門の中へ這入れなかった。況《ま》して窓の中を覗くのはこの上もない冒険で、白い光りの幕を背景にした私の影法師を、道沿いの電車の音に紛れて狙い撃ちにするのは訳ない事であった。

電車が二つばかり轟々《ごうごう》と音を立てて私の背後《うしろ》の線路を横切った。ユーカリの枯葉が一二枚、暗《やみ》の空から舞い落ちて微かな音を立てた。

その音を聞くと、急に私は自分の臆病さに気付いて可笑《おか》しくなった。

二十何年間の探偵生活に鍛え上げられた自分の神経を思い出しつつ人通りの絶えたのを幸いに抜き足さし足窓の所に近付いた。ちょうど窓の右手の処にこんもりした椿の樹が立っていて、暗の中に赤い花を着けている。その蔭に身を寄せて、窓の隅に映っている丸い影法師……それは卓上電話の頭であった……の中央にあるドローン・ウォークの編み目から内部を覗いた。

　すぐに室《へや》の中の様子がすっかり変っているのに気が付いた。つい五六時間前に、少年嬢次と話をした時まで、樅《もみ》の板壁に松天井、古机に破れ椅子というみすぼらしい書斎の面影は跡型《あとかた》もなくなっている。

　四方の壁は印度更紗《インドさらさ》模様を浮かしたチョコレート色の壁紙で貼り詰めてある。天井には雲母刷《うんもず》り極上の模様紙が一等船室のように輝いている。床には毒悪な花模様を織り出した支那産の絨毯《じゅうたん》が一面に敷き詰めてあるし、窓に近い壁際の大机と室の真中の丸卓子《テーブル》には深緑色のクロス。又、その丸卓子を中にして差し向いに据えられた肘掛椅子と安楽椅子には小紋縮緬《ちりめん》のカヴァーがフックリと掛けられている。

　そのほか窓際の小卓子の上に載っている卓上電話機の左手の大机の上に、得意然と輝いている卓上電燈の切子笠。その横に整然と排列されている新しい卓上書架。その上に並んだ金文字のクロス。凝った木製のペン架け。銅製のインキ壺。それから真中の丸卓子の上に並んでいる舶来最上の骨灰焼《こっぱいや》きらしい赤絵の珈琲《コーヒー》機。銀製の葉巻皿と灰落し。……いずれを見ても成金《なりきん》華族の応接間をそのまま俗悪な品物ばかりである。

　ところでその中にも、この強烈な配合を作っている飾付けの全部を支配して、室《へや》中の気分を一層強く引き締めているものが三つある。その一つは正面の壁に架けてある六号型マホガニーの額縁で、中には油絵の裸体美人が一人突立って、両手を頭の上に組んで向う向きに立って草原の涯《はて》に浮かむ朝の雲を見ている。構図は頗《すこぶ》る平凡であるが、筆者は評判の美人画家青山馨《かおる》氏だけに、頗る婉麗《えんれい》な肉感的なもので、同氏がこの頃急に売り出した理由が一眼でうなずかれる代物である。その次は、これも正面の壁の左上に架かった金色燦爛《さんらん》たる柱時計である。蛇紋石《じゃもんせき》を刻み込んだ黄金の屋根に黄金の柱で希臘《ギリシャ》風の神殿を象《かたど》り、柱の間を分厚いフリント硝子《ガラス》で張り詰めた奥には、七宝細工の文字板と、指針があって、その下の白大理石の床の上には水銀を並々と湛《たた》えたデアボロ型の硝子振子が悠々閑々と廻転している。

それからもう一つは、大机の書架の前に置かれた紫檀《したん》の小机の上に置かれた白い頭蓋骨である。この髑髏《どくろ》は多分標本屋から買って来たものであろうが、前の二品ほどの価格はないにきまっている。けれどもその黒い左右の眼窩《がんか》が、右正面の裸体美人の画像を睨み付けて、室中《へや》に一種悽愴《せいそう》たる気分を漲《みなぎ》らしている魔力に至っては他の二つのものの及ぶところでない。否……彼《か》の裸体美人も黄金の神殿型の時計も、この頭蓋骨の凹んだ眼に白眼《にら》まれて、初めて、これだけの深刻な気分を出し得たものと考うべきであろう。どんな気の強い人間でも、この室《へや》に暫く居たならばきっとこの神秘的なような俗悪なような、変てこな気分に影響されずにはいられないであろうと思われるくらいである。

しかし生れつき皮肉な私の眼は、こんな風にしてこの室の変化に驚きながらも、この時既に、凡《すべ》ての飾り付けの中に多くの胡麻化《ごまか》しがある事を発見していた。

たった今気がついた左右の出入口の、褐色ゴブラン織りの垂れ幕は、青ペンキ塗りの粗末な扉《ドア》を隠すためである。壁際の大机は今まであったものだが、室《へや》の真中の丸卓子《テーブル》も、私が実験室で使っていた顕微鏡台ではないか。

卓上電燈も笠こそ変っておれ、私が六七年前に古道具屋から提げて来たもので、百燭の青電球も実験室備え付のものに相違ない。本立や書物も同様で、椅子に至ってはただ縮緬の蔽《おお》いが……しかも寸法の合わないものが掛かっているだけで、中味は昔のままの剝げちょろけた古物に違いないのである。只そんなものが、色々の贅沢な装飾品で、如何にも巧みに釣合を取られているからちょっと気が付かないので、そのためにこれだけは昔のまま、室の隅に置いてある火の気のない瓦斯《ガス》ストーブまでも引っ立って、勿体らしいものに見えているに過ぎないのである。

その室のまん中の丸卓子の上に唯一つ上を向いた赤絵の珈琲茶碗には、銀の匙《さじ》と角砂糖が添えられて、細い糸のような湯気が仄《ほの》かに立ち昇っている。そのこちら側の肘掛椅子に、最前の女優髷の女が被布《ひふ》を脱いで、小米桜《こごめざくら》を裾模様した華やかな錦紗縮緬《きんしやちりめん》の振袖と古代更紗《こだいさらさ》の帯とを見せながら向うむきに腰をかけている。どこかの着附屋の手にかかったらしく、腋《わき》の下がきりきりと詰まって素敵ないい恰好である。ガーゼと色眼鏡は外しているが電燈の光りを背後《うしろ》にしているために、暗い横顔だけしかわからない。

その向い側の美人画を背後にした椅子には、最前絵葉書で見たバード・ストーン氏が、写真の通りの服装で腰をかけている。只胸に薔薇の花が挿してないばかりである。氏は写真よりも五つ六つ年を取った四十五六に見える男盛りで、顔面の表情は写真よりもずっと厳《いか》めしい。殊にその四角い額の中央に横わった一本の太い皺《しわ》と、高く怒《いか》った鼻と、大きく締った唇と、頑丈にしゃくった顎とは意志の強い、大胆な、どんな事でも後には引かぬという性格をあらわしているようで、その切れ目の長い眼の底には、獅子《しし》でも睨み殺す光りが籠もっているように見える。

女は十年も前からこの家に居る……という風に落ち着いて、澄まし込んでいるが、ストーン氏の方は困ったという顔付で、両腕を組んで、眼を半眼に開いてへの字口をしている。のみならず氏はたった今この家に来たものらしく、百燭の電燈に真向きに照されたその顔は、急いだためか、真赤になっていて、広い四角い額には湯気の立つ程、汗が浸《し》み出している。

白い窓掛けの理由がやっと判明《わか》った。女は百燭の電光と、白麻の窓掛けの強烈な反射で、相手の眼を眩《くら》まそうとしているのだ。

私はこの驚くべき事実に対して眼を瞠《みは》らない訳に行かなかった。

二人は赤の他人なのだ。他人も他人、全くの初対面で、しかも女は何かしらバード・ストーン氏に対して敵意を持っているのをバード・ストーン氏が感付かずにいるのだ。そう氏の困った表情と、額の汗が何よりも雄弁に、そうした事実を証拠立てている。そうしるしてその事実が間違いないという事を、もう一度私の家の中で主人らしく取り澄ましている氏名不詳の女の態度が、しとやかに裏書きしているのだ。私を欺くための芝居では断じてない。

しかも、そうした事実は更に、紫のハンカチと、J・I・Cとが全然無関係である。否、むしろ讐敵《かたき》同士かも知れない……という驚愕すべき事実を、いとも儼然《げんぜん》と証拠立てている事になるではないか。私の第六感によって推理した事件の真相の中心となるべき事実が、全然一場の無意味な幻覚に過ぎなかった事を、余りにも如実に裏書きしている事になるではないか。

私はそう気付くと同時に、私の頭の中に築き上げられた推理の空中楼閣が、早くも根抵から土崩瓦解《どほうがかい》し初めたように感じた。折角《せっかく》ここまで押し詰めて来た張り合いが、一時にパンクしてしまって、又もふらふらと前にノメリ倒れそうな気がした。それを窓の框《かまち》に手をかけてやっと我慢しつつ、もう一度背後《うしろ》の闇を見まわした。誰か見ているような気がしたので……。

……しかし……最早こうなっては取り返しが付かない。室《へや》の中の二人の素振りと会話の模様によってもう一度、判断を建てかえて行くよりほかに方法はない……と思い返すと又も、室の中の光景を一心に覗き込んだ。……何という難解な……不思議な事件であろう……と心の奥底で溜息をおののかせながら……。

……と……やがてストーン氏は伏せていた眼を見開いた。大きな、青い、ぎょろっとした眼だ。それからハンカチを取り出して額の上の汗を拭き終ると、女の顔に眼を据えた。女はストーン氏の偉大な体格に圧倒されて、いくらか小さくなっているようであったが、硝子窓の外からは聞えぬくらい微かな、弱々しい声で、

「……どうぞ……」

と珈琲をすすめた。ストーン氏はいくらか遠慮勝ちに、

「……ハーイ……アリガト………ゴダイマス……」

と怪《あや》し気な日本語で会釈して、巨大《おおき》な手で赤い小さな百合形《ゆりがた》の皿を抱えたが、それでも咽喉《のど》が乾いていたと見えて美味《おいし》そうに啜《すす》り込んだ。

女は立ってまた一杯注《つ》いで角砂糖を添えた。

ストーン氏は謹んで会釈した。

私はちょっとの間《ま》変に可笑《おか》しくなった。この場合に似合わしくない話だけれども事実であった。何だかお伽話にある獅子の王様が、狐に嘲弄《からか》われている芝居を見るような気がしたからである。けれどもまた、すぐに真面目に返って、二人の言葉を一句も聞き洩らすまいと耳を引っ立てた。

ストーン氏は引き続いて日本語で話し初めた。

「貴方《あなた》のお家《うち》は大変わかりませんね。私は一時間、この村を……町を歩きました。この村は……町は大変広い町です」

「折角お出で下さいましたのに生憎《あいにく》留守でございまして……」

女の声は何となく力がない……響のない声のように思えた。幾分固くなっているせいでもあろうか。けれどもその容色に相応《ふさわ》しい優美な口調ではあった。

「いいえ。どう致しまして、お留守ならば仕方がありませぬ。その代り私はこの室《へや》で休む事が出来ました。今日は大変忙しかったのです。けれども貴女《あなた》には済みませんでしたね」

ストーン氏の日本語は思ったより巧くなって来た。どこで稽古したものか知らぬが、二年や三年の稽古ではこんなにハッキリした巧い調子に行くものでない。けれどもこれに対する女の返事は、あく迄《まで》も優しく弱々しかった。

「どう致しまして……。そして……あの……もし……御用でも……ございますなら……何なら……私が……」

「はーい。ありがとうございます」

と云いながらストーン氏は一寸《ちょつと》、室の中を見まわした。室内の一種異様な気分に気が付いたらしい。氏は机の上の骸骨と書物に眼を注いだ。それから背後の美人画と時計を気軽く振り向いた。そうして非常に失望したらしく眼をぎょろりと剝《む》き出して、念を押すように厳重な口調で問うた。

「……それでは……サヤマ先生は……暫くお帰りになりませんね」

女は何気なく答えた。

「はい、よくこうして出かけますので……長い時は一週間も……短かい時は一日か二日位で帰って参ります。時には夜中に帰って来たり、朝の間《ま》の暗いうちに帰って来たりする事もございますが、その留守はいつも妾《わたくし》が致しております」

ストーン氏はちょっと妙な眼付をしたが、やがて又、何気なく尋ねた。

「……先生は……大変お忙しいお方ですね」

「はい。いつも外に出歩くか、さもない時には家《うち》に居りましても器械をいじったり、書物を調べたりして、むずかしい顔ばかり致しております。時々そんなような勉強に飽きて来ますと、妾を捕まえまして科学《サイエンス》とか哲学《フィロソフィ》とか英語のまじったむずかしいお話をしかけますけれども妾にはちっともわかりません。そうしておしまいに……わかったか……と申しますから……わかりません……と答えますと、いつでも淋しそうに笑って……お前にはそんな事は解らない方がいい……と申します」

女はいつとなく滑かに饒舌《しゃべ》り出した。しかもその饒舌っている事実は、私を題材とした女の創作物語に過ぎなかったが、しかし、何も知らないストーン氏は女の最後の言葉を聞いて笑い出した。

「ハハハハ。先生は大変に学問の好きなお方ですね。そうして大変に真面目なお方でいらっしゃいますね」

「はい。嘘を云う事が一番嫌いでございます。人間は誰でもお金持になれるとは限らない。けれども嘘を云う事と、怠ける事さえしなければ、その人の心だけは、吃度《きっと》幸福に世を送られるものだと、よく私に申しました」

こう云いながら女は初めて眼をあげてストーン氏を見た。その言葉には処女らしい熱心さが充ち満ちていた。ストーン氏はその美に打たれたように眼を伏せながら、念入りにうなずいて見せた。そうして気を換えるように微笑を含みながら云った。

「貴女は先生がお留守の時淋しくありませんか」

「いいえ。ちっとも……」

と女は力を籠《こ》めて云った。

「私がここに居りますのはお城の中に居るよりも安心でございます。この家の主人の眼が、どんなに遠くからでも見張っていてくれるからでございます。その手は今でもこの家を守るために暗の中に動いているのでございます。そうして妾を安心して睡らしてくれるのでございます」

この言葉は如何にも日本人らしくない云い表わし方だと思ったが、ストーン氏は却《かえ》ってよくわかったらしく、如何にも感心した体《てい》で肩をゆすり上げた。

「先生は本当に豪《えら》いお方です」

「はい。私は親よりも深く信じて、敬っているのでございます」

ストーン氏は又一つ深くうなずいた。そう云う女の顔をじっと見詰めて、軽い溜息を洩らした。

私は又も堪らなく可笑《おか》しくなって来た。

一生懸命で緊張しているところへ、こんなトンチンカンな芝居を見せられるからであろう。しかもその舞台に現われている役者は両方とも極めて真剣である。すくなくとも男の方は一方ならず感心しているらしい。いつの間にか女の美貌と、その巧妙な話術に引き込まれて、肝腎の用向きも何も忘れた体である。ストーン氏は又もすこし躊躇《ちゅうちょ》しながら、微笑しいしい問うた。

「……失礼……御免下さい。私は先生は本当に一人かと思っておりました」

「え……」

と女は質問の意味がわからなかったらしく顔を上げた。ストーン氏はいよいよ躊躇した。

「……失礼……おゆるし……なさい。狭山さんは、いつもほんとうに一人でこの家に暮しておいでになる事を、亜米利加《アメリカ》で聞いておりましたが……」

女はちょっとうなずいた。けれども返事はしなかった。ストーン氏はとうとう真赤になってしまった。

「……大変に……失礼です。先生は……貴方《あなた》のお父さんですか」

女はやっと莞爾《にっこり》してうなずいた。そうして心持ちSの字になって、うなだれた。

「はい。狭山は妾のたった一人の親身の叔父でございます。妾も亦《また》叔父にとりましてはたった一人の姪《めい》なのでございますが、いつも妾を本当の子供のように可愛がってくれますから、本当に父になってくれるといいと……いつもそんなに思っているのでございます」

といううちに今度は女の方が耳まで真赤になってしまった。

この真に迫り過ぎた名優振りには、流石《さすが》の私も舌を巻かざるを得なかった。……これ程のすごい技倆《うで》を持った女優は、西洋にも日本にも滅多《めった》に居ないであろう。リスリンの涙を流す銀幕スターなんか糞《くそ》でも喰らえと云いたい位である。現在嘘と知っている私でさえも、まともにこの女の手にかかったら嘘と知りつつパパにされてしまうかも知れない……と気が付くと、思わずぞっとさせられた位であった。まして何も知らないストーン氏が、どうして参らずにおられよう。如何にも尤《もつと》も至極という風に幾度も幾度もうなずかせられたのは、はたから見て滑稽とはいえ、当然過ぎるほど当然な事であった。

「……そうですねえ。ほんとうにそうですねえ。それでは、いつでもお二人でこの家にお出でになるのですねえ」

「いいえ……あの……一緒には居ないのでございます」

と女はすこし顔を上げた。

「……平生《ふだん》は妾は遠方の下宿に居るのでございますが、叔父が家《うち》を留守にする時には、いつもどこからか速達便や電報で妾を呼び寄せるのでございます」

ストーン氏はこの言葉を聞くとやっと仔細《わけ》が判然《わか》ったらしく点頭《うなず》いた。けれども、それと同時にいよいよこの女に興味を持ち初めたらしく身体《からだ》をすこし乗り出して来た。

「……はーい……それでは貴女《あなた》の御両親は……」

「わたくしには両親も何もございませぬ。ただ叔父一人を頼りに……致しているのでございます」

女の言葉は急に沈んで来た。そうして又も悲しそうにうなだれてしまった。その言葉つき名優……名優と、私は又しても心の中《うち》で讃嘆せずにはいられなかった。その態度……その着物のなよやかな襞《ひだ》までも、実にしっくりと情をうつしていて、だしに使われている赤の他人の私までも、他に身より頼りのないこの女と、その叔父さんなる者の淋しい生活を気の毒に思わせられた位である。

ましてや御同様に赤の他人の、何も知らないストーン氏が、どうして心を動かさずにいられよう。まったくの初対面の美少女に対して、あまりに詮索《せんさく》がましく尋ね過ぎた事を、心から後悔したらしく、如何にも済まない顔になって、ハンカチで鼻や口のまわりを拭いていたが、やがて内衣嚢《うちかくし》から名刺入れを出して、その中の一枚を自分で来たという証拠《しるし》に折り曲げて、女の前の丸卓子《テーブル》の上に載せた。そうして詫びるような口調で云った。

「……どうぞ……どうぞ失礼御免なさい。私は自分の名前をまだ申しませんでした。そしてお嬢様に大変な失礼な事をお尋ねしました。これは私の名刺です。バード・ストーンと申します。叔父様がお帰りになりました時に見せて下さい。……私は今日大変な用事で伺いました。その用事が急ぎましたから電話をかけないで失礼しました。けれどもお留守で大変残念でした。もしお帰りになりましたら話して下さい。貴女《あなた》から……何卒《どうぞ》……そしてこの手紙を見せて下さい」

と云ううちに又内ポケットから日本封筒に入れた一通の手紙を出した。それは警視庁専用のもので粗悪な安っぽいものであるが、ストーン氏はそれを如何にも大事そうに名刺の傍に置いて左手の中指でしっかりと押えた。

「これは私の大切な手紙です。私は今、ある一人の子供を探しております。けれども私は上手に探す事が出来ませんから警察……警視庁へ行きました。そこで一番上手な探偵の人に会いました。その人……ミスタ・シメは云いました。……私は警察の力で探すことが出来ます。けれども、そんなに早く探す事は出来ません。只、ミスタ・クローダ・サヤマは直ぐに探す事が出来ましょう。ミスタ・クローダ・サヤマは日本で……世界で一番上手な探偵です。神様のような名人です。その人にお頼みなさい。その人は今留守です。けれども夕方には帰るでしょう。夕方までに横浜を出る船はありませんから、その子供は外国へは逃げられません。それまで安心して曲馬場で待っておいでなさい……と云いました。そうしてこの手紙下さいました。けれども私は横浜に用事がありましたから自動車で行って今帰って来ました。それで貴方、先生に云って下さい。ミスタ・クローダ・サヤマにバード・ストーンが会いたいと申しました。用事は私が自分で会ってお話します。そして……お帰りになったら直ぐに帝国ホテルに電話をかけて下さい。夜でも構いません。一時でも二時でも……帝国ホテルの電話を皆使ってよろしゅうございます。私はいつでも自動車でここへ来るようにしておきます」

ストーン氏の言葉は次第に事務的な調子に変って来た。その日本語が不完全であればあるだけ、それだけ意味が強く響くような気がした。それからストーン氏はちょっと意味ありげな眼付きでちらりと女の顔を見ると頭をひょいと下げて云った。

「それから済みませんが、ちょっと電話を借して下さいませんでしょうか」

「さあどうぞ」

と云ううちに女は手ずから受話器を取ってやったらしい。けれども私には見えなかった。私は電話という声を聞くなり、受話器の影法師の蔭からそっと身を退いて、窓の下に蹲《しゃが》み込んでしまったから……。

だから、むろん女もストーン氏も気付かなかったらしく、ストーン氏は腰をかけたまま盛んに帝国ホテルと話し出したが、その言葉は忽ちの中《うち》に下等な亜米利加人特有の粗暴、下劣を極めた方言《スラング》に変って行った。こうした方言は亜米利加人でも聞き分け得ない者が多いのだから、ストーン氏は誰にもわからないつもりであったらしい。かくいう私とてもこの一二年の間横浜に行って、下級船員を捕まえて研究していなかったならばチンプンカンプンプン聞き取り得なかったであろう。

「……もしもし……帝国ホテルですか……ヘロウ。ハドルスキー。どうしたんだ。なに。俺を探していたとこだ。どうしてここに居る事がわかった。志免の野郎に会って話を聞いたあ。うんうん。まだサヤマの野郎帰《け》えらねえよ。そこにゃ誰も居ねえのか。うん手前《てめえ》一人か。カルロ・ナインはどうした。もう寝ている。スタチオは？　二人とも出かけたあ。なにい。本牧にいい賭場を見付けたあ。仕様のねえ奴だな。女郎《めろう》どもはどうした。四五人成金のお客が付いた？　ははは。ほかのは散歩している。うむ。寝てるのも居る。うんよしよし。俺あ今日横浜へ行ったんだ。なあに。例の船の用事よ。大連通いの……うんうん……あの一件さ。飛行機《モリスファルマン》が二台無事に通れあ後はいくらでもだ……。ほかに変りはないね。

……なにい……狭山に会ったあ。ほー……どこで……なに曲馬場で？　志免の話を聞いて直ぐに俺を尋ねて来たって？……本当か……ふーん。そうか……ちゃんと変装して……ふーん……それじゃお前からジョージの事を何もかも話したんか。うんうんそいつあよかった。今頃あ一生懸命探しているだろうって？……はっはっ何しろ三万円だからな。日本人は金の事にかけると胆ッ玉がちいせえからな。日本の警察だって甘《あめ》えもんじゃねえか。聞いてた程がものはねえや。サヤマだってそうだ。世界一の名探偵が聞いて呆れるよ。なあに矢っ張《やぱ》り三万円が欲しくなったのよ。あの懸賞にサヤマが引っかかれあ大成功だよ。はっはっ……だから俺《おら》あサヤマをぶっ放《ぱな》すのを延期したよ。ここに来て見てそんな気になったんだ。なあに。ジョージを探させるのに便利なばかりじゃねえんだ。サヤマを生かしとくとちょっと美味《うま》い事がありそうに思うんだ。今にわかるよ……うんうん……。

……うんうん……それじゃ俺は今夜はもう用はねえな。うん。ジョージがこっちの内幕をばらしせえしなけあ大丈夫なんだが、彼奴《あいつ》の知ってる事は多寡《たか》が知れてるからな。ジェイ・ファースト（志村のぶ子のこと）でも居れあ格別だが、居そうにもねえよ。俺《おら》あもうあの女はあきらめたよ。それよりも俺あすてきな玉を見付けたぞ。ジェイ・ファーストのお代りと云いたいがあれ以上に若くてシャンだ。とても比べものにゃあならねえ。今ここに居るんだ。サヤマの姪なんだ。だから俺ゃサヤマの死刑を延期する気になったんだ。あはは……どうだ。いい加減こたえたか……なにい？……あぶねえ？

……大丈夫だよ。しょっちゅう一人で留守番をさせられてるんだそうだ。だからこの家の中には誰も居やしねえ。這入る時にすっかり様子を見といたんだ。

……何だって？……感付かれあしねえかって？　はっはっはっ。心配するなってこと……そんな頭のいい女じゃねえ。読本《リーダー》に出て来るような初心《うぶ》な娘ッ子だ。きっと物にして見せるよ。俺の歯にかかったらどんなに堅《かて》え胡桃《くるみ》だって一噛みだ。

……何だ……お楽しみだあ。あははは。巫戯化《ふざけ》るな。そう急にあ行かねえよ。第一長《なが》っ尻《ちり》するきっかけがもうなくなっているんだ。もうぽちぽち帰りかけているとこだ。築地の芳月軒に女が待っているからな。スペシアル・ゲイシャ・ガールだ。……なあにケルビン（××大使のこと）が来る筈だったけど、加減がわりいって断って来たから、結局俺一人になった訳よ。よかったら来ねえか。上玉が一人余っているんだからな。ははははは。

……ジョージの事あ大丈夫だよ。日本に来てからもう一週間になるけど、こっちの秘密をばらした形跡はねえんだからな。彼奴《あいつ》は何も知ってやしねえよ。ついこの頃這入って来た青二才じゃねえか。何が解るものか。大方女でも出来たんだろうよ……今気が付いたんだが……もうぽつぽつ初める年頃だからな。うちの別嬪連中《あまっちょども》がやいやい云っても逃げまわっているから、まだ雛《ひよ》ッ子だと思っていたんだが……こいつばかりはわかんねえかんな。しかし女に引っかかって逃げたんならいよいよ安心だ。こっちの仕事の邪魔にゃあならねえ。三万円も高価《たけ》え給銀と思えや諦めが付く。彼奴はちっと安過ぎたからな。はっはっ。

……俺が一番心配しているのは本国政府の態度だ。日仏秘密協商の成立から来る対日外交の軟化だ。しかしここまで来て煮え湯を吞まされるような事《こた》あるめえと思うよ。ウオル街の連中は西比利亜《シベリア》の利権に涎《よだれ》を垂らしているし、軍事機密局だって日本の石油の秘密タンクには頭痛鉢巻だかんな。実は今日ケルビンに会ってその後の形勢を聞いてみるつもりだったんだが……万一こっちのからくりが曝《ば》れそうだったら、いつも云う通りカルロ・ナインを締めるだけの事よ。彼女《きやっ》の身分せえ知れなけあこっちの計画のばれっこはねえ。ジェイ・ファースト（志村のぶ子）を締めた時の手で、芝浦からモーター・ボートでずらかってもいい……お前《めえ》はなかなか色男……あははは。もう止してくれ？……身ぶるいが出る？……意気地のねえ事を云うな。卵を潰すようなもんじゃねえか。手前《てめえ》の指先にかけたら……うんうん。まあゆっくり芳月軒で話そう。カルロ・ナインも起して連れて来てもいい……ほかはちょんの間に寝かしとけあいい。欲しがっていたオニンギョウでも抱かしてな……うんうん……。……なにい。こっちの女《あま》はどうするって？……はっはっ。いやに気にするじゃねえか。今日はここいらで見切を付けて帰《け》えるんだ。あとでサヤマを欺して、何とか用事をこしらえて上海《シャンハイ》に追いやって、あそこの仲間に一服盛らせる。蠅取紙に蠅を乗せるようなもんだ。ジョージせえ見付かれあ、あとは彼奴《あいつ》に用なんかねえんだからな。……あとには身より頼《た》よりのねえ女が一人残る。こいつをサヤマの贋手紙で大連あたりへ呼び出させる。……この手紙を書くのは手前《てめえ》の役だぞ……いいか……そうして大連までおびき出せあ、あとは煮て喰おうと焼いて喰おうと……ってえ寸法がちゃんと出来ているんだから、すげえだろう……はっはっ……そんじゃ芳月軒に来てくれるな……よしよし……俺が行ったら電話をかける……うん。……あばよ……」

私はこの電話がまだ済まないうちに、いつの間にか窓から三尺ばかり離れて突立っていた。私の両腕は憤怒に唸《うな》っていた。両眼はかっと窓の中を睨んでいた。今朝からのむしゃくしゃを一時に爆発さして……。

……もう勘弁ならぬ。野郎が室《へや》を出たら承知しない。一当《ひと》てで引っくり返してくれる。それから女を引っくくって二人とも生捕りにしてくれる。曲馬場の時はこっちが夢中になっていたから縮尻《しくじ》ったが、今度は先手を打つのだから間違いはない。それから二人の眼の前で志免に電話をかけて帝国ホテルと芳月軒に手配をさせてくれる。……女はジョージの情婦らしいが、ジョージと突き合わせてたたき上げればわかる事だ。訳はない。……××大使や外務省なんかに物は云わさないぞ。畜生。見やがれ。どうするか……。

と肩で息をしながらじりじり後しざりをしていた。

しかし窓の中の二人は、無論、気付いていなかった。受話器を元の処に返したストーン氏は何喰わぬ顔をして、ハンカチで口のまわりを拭《ふ》く間に、以前の物柔らかな、堂々たる好紳士に立ち帰っていた。

「ありがとうございました。それでは私、失礼します。何卒《どうぞ》……何卒、今の事、よろしくお頼みします。いろいろ御親切にありがとうございました。済みませんでした」

こう云いきったストーン氏は、女が返事をしないので調子悪そうに立ち上ると、恭《うやうや》しく目礼をした。

「……さようなら……」

「…………」

女はいつの間にか口を噤《つぐ》んで、石のように固くなっていた。そうしてストーン氏の言葉のきれ目きれ目に微《かす》かにうなずいて見せながらも、眼は恐ろしそうに警視庁用の封筒をじっと見つめていたが、ストーン氏が別れを告げると、謹んで目礼を返した。そうして氏を送り出すべく、躊躇するようにおずおずと立ち上った。

私はワイシャツが闇の中に眼立たないように、外套の襟釦《えりぼたん》をぴっちりと掛けた。そうしてさあ来いと身構えるには身構えていたが、しかし何だか物足らぬような気がして仕様がなかった。この室内の装飾は、多分何かの目的でストーン氏を欺くためにした事と、私は最初から睨んでいたが、しかし、たったこれだけの事のためにしては余りに念が入り過ぎている。あとで私を欺くためとは無論思えなかった。

その中《うち》にストーン氏は玄関の入口の垂れ幕を引き退《の》けて、玄関の横の扉《ドア》の把手《ノッブ》に手をかけた。私も急いで椿の蔭を出ようとしたが、ちょうどその途端に、今まで黙っていた女が、何やら口を利き出したので、ストーン氏は振り返った。私も亦《また》、硝子《ガラス》窓に耳を近づけた。

「何ですか」

とストーン氏は、女の方に半身を向けて眼を瞠《みは》った。

「貴方《あなた》はもしやあの丸の内で、曲馬を興行しておいでになるお方ではございませんか」

女の声は石のように硬ばって、今までの弱々しい調子がすっかりなくなっていた。そうして丸卓子《テーブル》の上の灰色の封筒と、ストーン氏の顔とを恐ろしげに見比べた。

この様子を見るとストーン氏は急に女の方に向き直って、晴れやかに顔を光らした。

「はーい。そうでございます。私はそのキョク……曲馬団のマネジャー……ダン……団長でございます。そうしてその手紙は少しも悪い手紙ではございません。ミスタ・シメからミスタ・サヤマの紹介状《インツロダクシヨン》です……おわかりになりますか……ショ……ショ……ショウカイ……おわかりになりましたか。貴女《あなた》、御心配なさらぬように、お願いします。私は貴女と、貴方の叔父様にパスを上げましょう。今からまだ沢山見られます。時々プログラム……番組がかわります。もっともっと面白い事がはじまります。明日《あす》……今夜持たして上げましょう。どうぞ是非お出で下さい」

と絵葉書そっくりの顔をして愛想を云った。

けれども女は身動き一つしなかった。ストーン氏と向い合ってすらりと立ったまま、じっと灰色の封筒を見詰めていたが、やがて何か深い決心をしたらしく、やはり響のない声を出しながらストーン氏を見上げた。

「貴方のお尋ねになっておいでになります方は、もしや、ジョージ・クレイという名前ではございませぬか」

はっとばかりにストーン氏は固くなった。私も覚悟しながら感電させられたような気持になった。

今まで晴れやかに微笑んでいたストーン氏の顔は見る間に青くなった。やがて白くなった。そうして又女の顔を穴のあく程見ていたが、やがて以前の通りの莞爾《にこ》やかな表情に帰った。

「ああ。貴方は今日曲馬を見においでになりましたね」

私は感心した。流石《さすが》に頭がいいと心の中で賞めた。

けれども女は依然として態度を崩さなかった。そうして低い、静かな、はっきりした口調で云った。

「そのジョージ・クレイという方はもう日本にはおいでになりませぬ」

「えっ……」

とストーン氏は立ち竦《すく》んだ。青い大きな眼を二三度ぱちぱちさせた。

「……ど……どこに行きましたか」

女は依然として静かなハッキリした口調で答えた。

「どこへもお出でになりませぬ。お母様と御一緒にもう直《じ》きに天国へお出でになるのです」

私は危《あやう》く声を立てるところであった。最前の手紙の中の文句に……私の生命《いのち》が危《あぶ》ない……今一人の相棒の生命《いのち》も駄目になる……とあったのを思い出したからである。

……志村浩太郎氏の最後には志村のぶ子が居た。

……嬢次少年の最後にはこの女が居る……。

……さてはあの手紙は真実であったのか。

……私の第六感は、やはり私の頭の疲れから来た幻覚に過ぎなかったのか。

……私はやはりここに来てはいけなかったのか……。

……うっかりするとこの女を殺すことになるのか……。

そんな予感の雷光《いなずま》が、同時に十文字に閃めいて、見る見る私の脳髄を痺《しび》らしてしまった。しかも、それと反対に、室内《なか》の様子を覗《うかが》っている私の眼と耳とは一時に、氷を浴びたように冴えかえった。

バード・ストーン氏は幕を引き退けた入口《の》の扉《ドア》の前に、偶像のように突立っている。その眼は唇と共に固く閉じて、両の拳《こぶし》を砕くるばかりに握り締めている。血色は稍青褪《ややあおざ》めて、男らしい一の字眉はひしと真中に寄ったまま微動だにせぬ。

女はそれに対してうなだれている。顔色は光を背にしているために暗くて判らないが、鬢《びん》のほつれ毛が二筋三筋にかかって慄《ふる》えているのが見えた。

やがてストーン氏は静かに両眼を見開いたが、その青い瞳《め》の中には今までと全《まる》で違った容易ならぬ光りが満ちていた。相手が尋常の女でない事を悟ったらしい。氏は又も室《へや》の中をじろりと一度見廻したが、そのまま眼を移して女の髪の下に隠れた顔を見た。そうして低いけれども底力のある、ゆっくりした調子で尋ねた。

「貴女はどうしてそれがわかりますか」

「…………」

女は答えなかった。黙って懐中《ふところ》から一通の手紙を取り出してストーン氏の眼の前に差し出した。

それは桃色の西洋封筒で、表には何かペンで走り書きがしてあって書留になっている。ストーン氏は受け取って、先《ま》ず表書を見たが、ちらと女の方に上眼使いをしながら、裏を返して一応検《あらた》めてから封じ目を吹いた。中からは白いタイプライター用紙に二三十行の横文字を書いた手紙が出て来たが、それを手早く披《ひら》いて読んでいるうちに、その一句一句毎《ごと》にストーン氏の顔が緊張して来るのがありありと見えた。それに連れて読んで行く速度が次第に遅くなって、処々《ところどころ》は意味が通じないらしく二三度読み返した処もあった。

読み終るとストーン氏は、そのまま封筒と一緒に手紙を右手に握って、又、女の顔をジッと見た。その顔付きは罪人に対する法官のように屹《きっ》となった。静かな圧力の籠《こも》った声で問うた。

「今まで貴女が、ジョージ・クレイと話しをする時に、いつも羅馬字《ローマ》で手紙を書きましたか」

女は黙って首肯《うなず》いた。

「……それから……今日……貴方はこの手紙で……ジョージ・クレイが命令した通りにしましたか」

「ハイ」

女の返事は今度はハッキリしていた。そうして静かに顔を上げてストーン氏の顔を正視した。

その顔は、電燈の逆光線を受けて、髪毛や着物と一続きの影絵になっていて、恰《あたか》も大きな紫色の花が、屹と空を仰いでいるように見える。それを見下ろしたストーン氏は決然とした態度で、肩を一つ大きく揺すった。そうして鉈《なた》で打《ぶ》ち斬るようにきっぱりと云った。

「……よろしい……私は帰りませぬ。貴女にお尋ねをしなければなりませぬ。貴女はジョージと一緒になって、私に大変悪い事をしました。……さ……お掛けなさい」

女は最初《はじめ》から覚悟していたらしく、静かに元の肘掛椅子に腰を下して、矢張り石のように冷やかな姿でうなだれた。

ストーン氏も椅子を引き寄せて、女と差向いに腰をかけたが、手紙を丸卓子の上に置いて、左手でしっかりと押えて、屹と女を見詰めた態度は、依然として罪人に対する法官の威厳をそのままであった。一句一句吐き出すその言葉にも、五分《ぶ》の隙もない緊張味と、金鉄動かすべからざる威厳とが含まれていた。

「貴女のお名前は何と云いますか」

女はうなだれたまま答えなかった。しかしストーン氏は構わずに続けた。

「貴女のお名前は何と云いますか」

女はやっと答えた。

「それは申上げられませぬ。嬢次様のお許可《ゆるし》を受けませねば……」

ストーン氏は苦々しい顔をした。

「それは何故ですか」

「何故でもでございます。二人の間の秘密でございますから」

軽い冷笑がストーン氏の唇を歪めた。

「……年はいくつですか」

「……十九でございます」

「ジョージよりも多いですね」

「どうだか存じませぬ」

ストーン氏の唇から冷笑がスット消えた。同時に眼からちょっと稲光りがさした。余りにフテブテしい女の態度に立腹したものらしい。

「学校を卒業されましたか」

「一昨年女学校を卒業しました」

「学校の名前は……」

「それも申上げられませぬ。妾《わたし》の秘密に仕度《しと》うございます。校長さんに済みませぬから……」

「叔父さんに怖いのでしょう」

「怖くはありませぬ。もう存じておる筈ですから……でなくとも、もう直《じ》きに解りますから……」

「叱られるでしょう」

「叱りませぬ。泣いてくれますでしょう」

「何故ですか」

「あとからお話し致します」

「……フム……それでは……学校を卒業してから何をしておられましたか」

「絵と音楽のお稽古をしておりました」

ストーン氏は背後《うしろ》の絵を振りかえった。

「……S・AOYAMA……この絵は貴女の絵ですか」

「……いいえ……わたくしの先生……」

と云いさしてハッとハンカチで口を蔽うた。ストーン氏はニヤリとしながら頤《あご》で首肯《うなず》いた。

「……フム……それで……貴女《あなた》はいつ、初めてジョージ・クレイに会いましたか」

「今から一週間前の朝でございました」

「どこで……どうして友達になりましたか」

「それも申上げる訳に参りませぬ」

ストーン氏は又も不愉快な顔をした。又か……という風に……。

「フム……それではその時にジョージは一人でしたか」

「ハイ……ですけどもその時にジョージ様は云われました。私は曲馬団の中で一人の露西亜《ロシア》人と、伊太利《イタリー》人の兄弟との三人に疑われているから、あまり長く会ってはいられない……」

「フム……貴女はジョージを見たのはその時に初めてでしたか」

「ハイ、いいえ。新聞の広告や何かで、お名前だけは、よく存じておりましたけど……」

「……それでは貴女が初めて会った時にジョージの名前を聞いたのですね」

「…………」

女は返事しなかった。ただ頭を左右に振っただけであった
「フーム……それでは……貴女は名前を知らないでジョージと会ったのですね」

「…………」

女は微かにうなずいた。

「そうして仲よくなったのですね」

「…………」

「わかりました。そうして初めて会ってからどこへ行きましたか」

「それも申上げる訳に参りませぬ」

「それから後会《のち》った処も……」

「ハイ……」

「……フム……それでは後から尋ねます。……それからジョージは貴女の叔父様……ミスタ・サヤマの事知っておりましたか」

「初めは御存じなかったようです。ですけど私が叔父の名前を申しましたら吃驚《びっくり》なさいました」

「その時ジョージは何と云いました」

「嬢次様は大層喜んで、狭山の名前は亜米利加に居るうちからよく知っている。その中《うち》に是非会いたいと云われました」

「……違いますねえ……ジョージは初めからその事をよく知っておりました。貴女の叔父様に会いたいために貴女のお友達になったのです。貴女はそのことわかりませぬか」

「妾《わたし》が狭山の姪という事がどうして判りましょう。妾が嬢次様にお眼にかかったのは、日本にお着きになってから二日目ではございませぬか」

「……ジョージは狐のような知慧を持っております。ジョージは貴女を知っていたに違いありませぬ」

「どちらでも妾は構いませぬ」

「……フム……フム……フム……それで……それでジョージに会うのに、それから貴女《あなた》はどうして会いましたか」

「ハイ。嬢次様はいつもお手紙で時間と、場所を知らせて下さいましたが、大方朝の間が多うございました」

「貴女のお住居《すまい》は……」

「申し上げられませぬ」

「何故、叔父様と一緒に居ないのですか」

「日本の習慣に背くからでございます」

「……フム……フム……」

　とストーン氏は、いくらか云い籠められた形になって躊躇した。しかし儼然《げんぜん》たる態度は依然として崩さないまま、ジョージの手紙を拡げて女の顔と見較べた。

「……よろしい……それで……この手紙に書いてある事いろいろあります。午後三時までに曲馬を見に来ていて下さい。ジョージ・クレイを虐《いじ》めた曲馬団に仇討ちをする仕事を手伝って下さい。そのテハ……手始めに、私の大切なものを入れた黒い鞄《かばん》が曲馬場の中に隠してあるのを取り返して、二人でどこかへ隠れるつもりですから、その用意をして来て下さい。……このこと……私たちの手始めの仕事が都合よく済んだら、叔父様にお話しして、二人の事をお許し願うつもりだから、それまでは叔父様に知らせてはいけませぬ……私たちの仕事がうまく行かないか、又は、叔父様や警察に睨まれて、私たちの仕事を邪魔されるような心配が出来たら、私たち二人で、今夜のうちにも死ななければならぬと思います。その用意もして来て下さい……その外にも、また色々沢山書いてあります。……それで貴女は今日のジョージの仕事皆手伝いましたか」

「……いいえ……別に手伝うという程でも御座いませんけど……そのお手紙が私の処に参りましたのは今日のお正午《ひる》過ぎ二時近くでございました。ちょうど叔父の狭山から留守を頼んで来た手紙と一緒に参りましたから、私は狭山の頼みの方をやめまして、三越に参りまして、四五日前に頼んでおきましたこの着物と着換えまして、曲馬場に参りました。ちょうどコサック馬の演技の最中でございました」

「それでは今日ジョージが、私たちの大切な馬に、毒を飲ませたこと……暴れ出させたこと……貴女は知りませんね」

「存じております。妾《わたし》は最初からそれを見ておりました」

「えッ。見ておりました？」

「嬢次様は私と一緒に見物に来ておられたのでございます」

ストーン氏は自分の耳を疑うように眼を丸くした。

「……どこに……どんな着物……」

「……大学の制服を召して、小さな鬚《ひげ》を生やして、角帽を冠って、私が居りました席の直ぐ前隣りに坐って、そこに居た老人の紳士と馬の話をしておられました。そうして米国の国歌が済むと立ち上って表に出られましたから、私もあとから立って追い付きますと、嬢次様はグルリと曲馬場を廻って、厩《うまや》の処へ行って、亜鉛《トタン》の壁を飛び越して中に這入って、馬の顔を撫でながら錠剤にした薬をお遣《や》りになりました。そうして今から二十分ばかりすると馬が暴れ出すから、それまで楽屋の入口に近い土間に行って見ていようと仰有《おっしゃ》って、もう一度二人分のお金を払って曲馬場に這入られました。その時が三時十分きっかりでございました」

「貴女はそれが人を殺すためであった事を知っておりましたか」

「いいえ。嬢次様は御自分を殺しても、決して人を殺さないと云われました」

「その証拠がありません」

「ございます。立派にございます。その証拠には、大馬と小犬のお芝居が済みます少し前になりますと、嬢次様は心配そうな顔をなすって、妾にちょっと待っているように仰有って出て行かれましたが間もなく帰って来られまして……これで安心だ。この次の馬の舞踏に使う女の衣裳や靴を、楽屋のうしろから這入って、ちょっと人に解らぬ処に隠しておいたから、それを探しているうちには時が経ってしまうだろう……しかし何故こんなに早く演技を済ましたのだろう。自分が居ない事は最早《もはや》わかっている筈だから、その埋め合わせに二十分で済む芸当は三十分にも五十分にも延ばす筈だのに、この塩梅《あんばい》では大馬と小犬の芝居は二十分かからないかも知れない……と云っておられました。人を殺すおつもりならばそんな事を云ったりしたりなさる筈でございませぬ」

「いいえ。貴女は違います。ジョージは馬の舞踏会で馬を暴れ出させて、大勢の女を殺して、私を非道《ひど》い眼に会わせようとしたのです」

「……まあ……何故嬢次様は貴方にそんな非道い事をなさるのでしょう。貴方はそのように嬢次様ばかりをお疑いになるのでしょう。貴方はそんなにまで嬢次様に怨まれるような事をなすったのですか」

ストーン氏は答えなかった。いつの間にか、立ち場が反対になって、自分が審問される事になったのが腹立たしいらしく、口を固く閉じて、大きな眼でじっと女を睨み付けた。

しかし女はひるまなかった。今までの通りに静かな、落ち着いた口調で言葉を続けた。

「……貴方も多分御存じでございましょう。大馬と小犬の芝居が済んで、楽屋へ這入りますと、あのハドルスキーとかいう怖い方が、道化役者の支那人を大層叱っておられました。……御存じでございましょう」

　ストーン氏は依然として女を睨み付けたまま、知っているとも、知っていないとも答えなかった。

「……御存じでなければお話致しましょう……。嬢次様のお話に依りますと、初め道化役者が幕を出て行きます前に、演技の時間は何分ぐらいにしたら宜しいのですかと云ってハドルスキーさんに聞きましたら、ハドルスキーさんはフィフティ（五十分）と云って指を五本出されました。それを道化役者の支那人はフィフティン（十五分）と勘違いをして、一生懸命に時間を急いで済ましたのだそうです。支那人もハドルスキーさんも大変怒って、支那語と露西亜語で云い合っているのだと云って嬢次様が笑っておられました。こんな間違いが、どうして初めから嬢次様にわかりましょう。嬢次様は馬が厩の中に繋がれたまま暴れ出すように仕組んでおられましたので、決して人を殺すためではございませぬ」

「しかし、それは泥棒をするためでした」

　とストーン氏はぶっすり云った。

「いいえ。嬢次様は御自分のものを受取りにおいでになったのです。嬢次様が曲馬団を逃げ出されないように、嬢次様の一番大切なものを隠しておかれた貴方のなされ方が悪いのです。何故だかわかりませぬけれども嬢次様の自由を縛っておかれた、貴方がたの方がお悪いのです」

ストーン氏の顔は又険しくなった。しかし、こんな事で争うのは大人気ないといった風に、軽く肩をゆすって手紙の方に眼を移した。

「それから貴女はジョージが楽屋へ這入るのを見ましたか」

「はい。見ておりました。ちょうどその時に貴方は楽屋の外から這入って来られまして、ハドルスキーさんに後の事を頼んで、カルロ・ナイン嬢に挨拶の言葉を教えて……自分はこれから警視庁に行くから嬢次の写真を四五枚持って来い。今まで帰らなければ仕方がない……と云われました。それでハドルスキーさんは直ぐに探しに行かれましたが間もなく出て来て……駄目だ錠前が三つも掛かっている上に、その機械が三つとも壊れている……と云われました。それで今度は貴方が御自分でお出でになりましたけれども、やはり錠前が開きませんで、写真がお手に入りませんでしたので、そのまま警視庁へお出かけになりました」

「あの錠前はジョージが壊したのです」

「それは、お言葉の通りでございます。嬢次様は曲馬団を出がけに、持って行く隙がおありになりませんでしたので、ただ、あなた方の合鍵で明けられないように、錠前だけ壊して行かれたのです」

ストーン氏はちょっと唇を噛んだ。

「……ジョージはいつ楽屋へ這入りましたか」

「カルロ・ナイン嬢が挨拶を済ましますと直ぐに、正面の特等席で、恐ろしい叫び声が聞えて、一人の紳士が曲馬場の中央《まんなか》に駈け出して来ましたが、どうした訳か狂人《きちがい》のようになっておりました。それを楽屋から見付けたハドルスキーさんが駈け出して行って抱き止めますと間もなく又、曲馬場の外で、馬の嘶《いなな》き声と板を蹴る音が聞えましたから、楽屋の人は皆駈けつけました。女の人も皆、楽屋から出て来て見ておりましたが、その中《うち》に一匹の黒い馬が厩から飛び出して、跳ね狂いながら楽屋の方へ来ましたから、女の人たちは驚いて、泣き叫びながら曲馬場の方へ逃げて参りました。それと一緒に見物の人達が大勢、見物席から駈け出して参りましたので、その騒ぎに紛れて嬢次様は、楽屋に這入って行かれました」

「鞄の錠前は壊れていたでしょう」

「壊れた錠前を開ける位のことは嬢次様にとって何でもないのでございましょう」

「どうしてわかりますか」

「でも直ぐに黒い鞄を取って来られましたもの……」

「貴女はその中のもの知っておりますか」

「はい。存じております。中には絵葉書が一杯入っておりました。嬢次様はそれを妾にお見せになりまして……この絵葉書は、亜米利加の市俄古《シカゴ》で見物に売った残りだ。私はこれを座長のバード・ストーンさんに貰ったのだ。これさえ隠しておけば、ほかに私の写真は一枚もないのだから、警察へ頼んでも私を探すことは出来ない……と云われました」

「……悪魔《サタン》……」

とストーン氏は突然に調子の違った声で云い放って舌打ちをした。恋のために盲目になった女が如何に手に負えぬものであるかをしみじみと悟ったらしい……と同時にストーン氏の態度から、今までの紳士的な物ごしが消え失せて一種の野蛮的な、無作法な態度に変って来た。それは恰《あたか》も馬に乗って野獣を狩り、紅印度《レッドインデヤン》と戦い、丸木の小舎に旋条銃《ライフル》を抱いて寝る南部亜米利加人をそのままに、椅子に腰をかけたまま両脚を踏み伸ばし、両腕を高く組んで、忌々《いまいま》しそうに唇を噛みしめつつ、机の上の髑髏《どくろ》に眼を外《そ》らして白眼《にら》み付けた。その兇猛な、慓悍《ひょうかん》な姿は、もし知らぬ人間が見たら一眼で顫《ふる》え上がってしまうであろう。

けれども女は眉一つ動かさなかった。その淑《しと》やかに落ち着いた振袖姿は、ストーン氏とまるで正反対の対照を作っていた。ストーン氏は、そうした女の態度を見かえると、吐き出すような口調で問うた。

「ジョージはどうしましたか……それから……」

「はい。二人で曲馬場を出ますと嬢次様は、表に立って絵看板を見ていた夕刊売りから夕刊を二三枚買って、一面の政治欄を見ておられましたが……」

「政治欄……政治の事が書いてあるのですね」

「そうでございます」

「どんな記事を読んでおりましたか」

「……さあ……それは妾《わたし》には、よくわかりませんでしたけど……どの夕刊の一面にも……日仏協商行き悩み……と大きな活字で出ておりまして、英吉利《イギリス》と亜米利加が邪魔をするために日本と仏蘭西《フランス》の秘密条約が出来なくなったらしいと書いてありました」

「……ジョージはそこを読んでおりましたね」

「……それからその中の一枚に……極東露西亜帝国……セミヨノフとホルワットが露西亜の皇族を戴《いただ》いて……という記事と……張作霖《ちょうさくりん》が排日を計画……という記事がありましたのを嬢次様は一生懸命に読んでおられました」

「曲馬団の前で？」

「いいえ。ずっと離れた馬場先の柳の木の蔭で読まれました」

「……フ――ム……それからどうしました」

「嬢次様は、そんな記事を見てしまわれますと、深い溜息を一つされました。そうして……これはなかなか骨が折れるぞ……と云われましたが、その時にふっと曲馬場の入口の方を見られますと、急いで妾の手を取って、近くに置いてあった屋台店の蔭に隠れられました」

「それは何故ですか」

「ちょうどその時、はるか向うの曲馬団の改札口から出て来た一人の紳士がありました。その紳士は四十ばかりに見える髪の黒い、鬚《ひげ》のない、灰色の外套を着て、カンガルーのエナメル靴を穿《は》いた方で、最前キチガイのように騒いで、ハドルスキーさんに抱き止められた人でしたが、孃次様はその人を指さして、あの紳士が叔父様の狭山九郎太氏と教えられました」

「えっ」

とストーン氏は思わず身を乗り出した。丸卓上《テーブル》の上に両手を突いて、眼を剝き出して女の顔を見た。

珈琲の匙《さじ》がからりと床の上に落ちた。

「……叔父様……ミスタ・サヤマ……どうして来ておりましたか」

「はい。私も初めは吃驚《びっくり》致しました。あんまり変りようが非道《ひど》うございましたから……ですけど孃次様は初めから、そうらしいと気が付かれましたので、わざと怪しまれないように近い処に坐っておられたのだそうでございますが、そのうちに叔父が叫び声をあげて席を飛び出しましたので、いよいよそうに違いない事が、孃次様にお解りになったそうでございます」

「どうして……」

「叔父は、妾共《わたし》のする事をいつの間にか残らず察しておりまして、次の馬の舞踏会の最中に騒ぎが初まりそうなのを心配して、あんなに狼狽《うろたえ》たのに違いございませぬ。……でも叔父でなければどうしてそんな事まで看破《みやぶ》りましょう。……叔父がいつもこうして妾を見張っていてくれる事がわかりますと、妾は有り難いやら、恐ろしいやら致しました」

「ジョージは叔父様に会おうとしませんでしたか」

「いいえ。その時に嬢次様は云われました。……最早《もう》仕方がない。叔父様は何もかも知っておられる。そうして叔父様は自分が曲馬団を非道い眼に会わせようとしたものだと思っておられるに違いない。けれどもその云い訳をする隙《ひま》がもうないのだ。自分は誰に疑われてもちっとも怖いとは思わない。ただ狭山さんに白眼《にら》まれたら手も足も出ないようにされてしまう。こうなったからには最後の手段を執るよりほかに仕方がない……と……」

「最後の手段とは……」

「死ぬのを覚悟して仕事をする意味でございます」

「その仕事は何ですか」

「これから申します」

「お話しなさい」

「嬢次様は鞄の中から、貴方と、カルロ・ナイン嬢と、御自分と三人一緒に撮った写真の絵葉書を五枚ほど出して、羅馬字《ローマ》でお手紙を書かれました」

「その手紙は貴女見ましたか」

「はい。叔父に四時間ばかり……九時頃までこの家《うち》に帰って来ないように頼んでありました」

「叔父様は、そんな事を本当にすると思いますか」

「はい。叔父は頭がどうかならない限り嬢次様のお言葉を本当にしてくれるだろうと思います」

「……どうしてそんな事わかりますか」

「今日曲馬場で、嬢次様の行方を探すために懸賞の広告が出ました。あれは貴方がお出させになったのでございましょう」

「そうです。わたくしです」

「その中に嬢次様のお写真の事は一つも書いてございませんでした」

「その代りに、表の絵看板を見るように描《か》いておきました」

「本当の嬢次様が、あの絵看板の長い顔に肖《に》ておられると、誰が思いましょう。貴方は嬢次様の写真を一枚もお持ちにならなかったと思うよりほかに仕方がございますまい。実際嬢次様は、曲馬団をお逃げになる前から、御自分の写真を一枚も残らず集めて、あの絵葉書と一緒に黒い鞄の中に人知れず隠して、アムステルダムの秘密錠をかけておかれました。貴方は、それをお察しになりまして、嬢次様が逃げ出す準備をしておらるる事をお覚《さと》りになりましたから、とりあえず鞄ごと、曲馬場の荷物の中に取り隠しておいでになったのです。ですから今となってはあの絵葉書の一枚は貴方にとって千円にも万円にも代えられない大切なものでございましょう。警察にお渡しになる嬢次様の人相書のたった一つの材料でございましょう。嬢次様をお捕えになるたった一つの手がかりでございましょう。貴方が警視庁で志免様にお会いになりました時にも、志免様から写真のお話が出て、大層お困りになった事でございましょう」

「…………」

「そのような詳しい事は存じませずとも、叔父は嬢次様のお写真が、貴方のお手に一枚もない事を最早《もう》とっくに察している筈でございます。その大切な絵葉書を五枚も叔父の手に渡すという事は嬢次様にとっては生命《いのち》を渡すのと同様でございます。それ位の事がわからなくて、どうして警視庁の捜査課長が勤まりましょう。又、これ程までにして頼まれました事を否《いや》と云うような無慈悲な叔父でない事は妾もよく存じておるのでございます」

　ストーン氏は心持ち肩をすぼめたまま、そう云う女の顔を凝視していた。いつとなく雄弁になって来る女の鋭い理詰めと、その理詰めを通じて判明《わか》って来る女の頭のよさに呆れ返っているらしい。しかし間もなく咳払いを一つして、七時三十五分を指している背後の時計を振り返ると、元の通りの寛《くつろ》いだ態度に返ったのは……高《たか》の知れた女一匹……という気になったものであろうか。それとも私がまだ暫くは帰って来ないという女の言葉を信じて、安心をしたせいでもあろうか。

「それからその手紙を、どうしてミスタ・クロダ・サヤマに渡しましたか」

「叔父はそれから曲馬場をまわって、東京駅ホテルの前に行って、二階の窓の一つを見ながら突立っておりました」

「……それは何故ですか」

「何故だか解りませぬ」

「何分位居りましたか」

「五分ばかり」

「そしてどこへ行きましたか」

「それから駅前の自動車の間をゆっくりゆっくり歩いて、高架線のガードの横を東京府庁の前に出まして、鍛冶橋を渡って、電車の線路伝いに弥左衛門町に這入って、カフェー・ユートピアの前に立って、赤い煉瓦の敷石を長いこと見つめておりました」

「それは何故ですか」

「何故でございましたか……何だかふらふら致しておるようでございましたが、そのうちに二階に上って行きましたから、妾共《わたし》二人もあとから上って参りました」

「えっ……二人で……」

「はい……」

「見付かりませんでしたか」

「いいえ。叔父は西側の窓に近い卓子《テーブル》の前に坐って何かしら眼を閉じて考え込んでいるようでしたから、妾たちはその隣の室《へや》の衝立《ついた》ての蔭に坐って様子を見ておりますと叔父も何かしら二皿か三皿誂《あつら》えて、妾たちの居ります室《へや》のストーブのマントルピースの上をじっと凝視《みつめ》ておりました」

「その時にも見付けられませんでしたか」

「何か考え事に夢中になっている様子で、室の中に誰が居るか気が付かぬ風付《ふうつ》きでございました。そうしてぼんやりとした当てなし眼をしながらぶつぶつ独言《ひとりごと》を云っておりました」

「どんな事を……」

「どんな事だか聞き取れませんでした。けれども間もなく大きな声で……ジョージ・クレイ待てっ……と申しましたので吃驚《びっくり》致しまして、二人とも衝立の蔭に小さくなりましたが、そのうちに気が付いて衝立の彫刻の穴からそっと覗いて見ますと、叔父はいつの間にか食事を済まして、うとうと居ねむりをしておりました。そうして間もなく……聖書……燐寸《マッチ》燐寸……ムニャムニャムニャ……と云って首をコックリと前に垂らしました。見ていたボーイが皆笑いました」

「その時に新聞を渡しましたか」

「いいえ。わたくし達は叔父が睡りこけたのを見澄まして表へ出ますと、ちょうど通り蒐《かか》った相乗俥《あいのりぐるま》がありましたからそれに乗って幌をすっかり下して、その中から二階のボーイさんを呼び出してもらって、今から十分ほど経ったら二階の窓際に睡っているこんな姿の紳士に渡して下さいと頼みました」

「それからこちらへ帰って来たのですね」

「いいえ。それから色々と買物を致しました」

「お話しなさい」

「それから、わたくし達の相乗俥がほんの一二間ばかり新橋の方へ駈け出しますと、間もなく左側に貸自動車屋を見付けましたので、大喜びで俥を降りて車夫に一円遣りまして、そこの新しいフォードに乗りかえて日本橋の尾張屋という壁紙屋へ行って壁紙と糊《のり》を買いまして、三越へ行って絨毯や、電燈の笠や、椅子のカヴァーや時計を求めて食事を致しました。それから伝馬町の岩代屋という医療器械屋へ行って標本の骸骨を買いますと、そのまま真直ぐに自動車でこの家まで参りましたが、道が入り組んでおります上に狭いので大層時間がかかりました。それでも大急ぎで仕事を致しましたので、一時間半ばかりのうちに、やっとこの室《へや》を飾り付けてしまいました」

「えっ……この室を……」

「……はい……」

　女は何気ない答えをしつつ、今日曲馬場で私を見上げた時とそっくりの無邪気な表情をしてストーン氏を見上げた。

ストーン氏は真青になってしまった。……高の知れた女一匹……と思って調子をおろしていた相手から、思いもかけぬ不意打ちを喰ったのですっかり面喰《めんくら》ってしまったらしい。恰《あたか》も呉井嬢次が壁の向う側に立っているかのように、又は室中の道具が一つ一つに自分を取り巻く敵であるかのように、油断なく身を構えながら……時計……油絵……骸骨、電燈……と順々に見まわして行ったが、それにしてもまだ、腑に落ちない事が余りに多いので、半信半疑の心理状態に陥ったものであろう。次第に血色を回復しながらも不安そうに女を見下した。威嚇《いかく》するように重々しく口を啓《ひら》いた。

「……それでは……この家はミスタ・サヤマの家《うち》ではないのですか」

「……いいえ。叔父の家に間違いございませぬ」

「……ふむ。それでは……」

とストーン氏はもう一度ぐるりと室の中を見まわした。

「ジョージ・クレイはどこに居るのですか」

「今しがたお答え致しました」

「え……何と云いました」

「お忘れになりましたか。嬢次はお母様と一緒に天国に……」

「アッハッハッハッハッハッハッハッ……」

とストーン氏は女の言葉を半分聞かぬうちに、突然、取って付けたように高らかに笑い出した。しかもそれは今の女の言葉に依って、何事か或る重大な疑問が解けたために、今までの不安と、緊張から一時に解放された事を証拠立てるところの、どん底までも朗かな、痛快な、ヤンキー式の感覚を投げ出した笑いであった。椅子に反《そ》り返って、両脚を投げ出して、ハンカチで顔を拭いて自分の前に坐っている女と、窓の外に立っている私を茫然たらしむべく、室中をゆすり動かして笑う笑い声であった。

「アッハッハッハッハッ……天国……………天国……天国へ行きました……アッハッハッハッハッハッハッハッハッハッ」

そう笑い続けているうちに気を取り直して、旧《もと》の通りの紳士に立ち帰ろうとして、眼の前の女の姿を見ると、又もたまらなさそうに笑いを押え付けるストーン氏であった。

「ええへ。ええへ。ああは。はは。ほほ。ふむ。ふむ。……御免なさい……ああはは。ほうほ。ふむ。ふむ。えっへ。御免なさい……私は……わ……わらい……ました。失礼しました。済みませんでした。私は貴女が本当に欺されておいでになるから……笑いました。お気の毒でした。どうぞ……どうぞお許し下さい」

やっと笑いを納めたストーン氏はハンカチでもう一度顔を拭きながら女を見た。しかし女は依然として淑《しと》やかな態度を保っていた。笑われれば笑わるるほど落ち着く性質の女であるかのように見えた。そうしてこの上もなく無邪気な眼付きでストーン氏のピカピカ光る顔を見まもった。

「わたくし……欺されているのでございましょうか」

「ハ――イ」

と云いさしてストーン氏は又も笑いを押えるべくハンカチで口を拭いた。女は二三度大きく瞬《まばたき》をした。

「……どうして欺されているのでございましょうか」

こう尋ねられるとストーン氏は流石《さすが》に気の毒に堪えぬという態度になった。両脚を引っこめて、丸卓子《テーブル》に身体を凭《もた》せて、小学校の教員が児童を諭《さと》すような憐れみ深い、親切に充ち満ちた顔になった。

「あなたは、欺されていること、わかりませんか」

「はい……」

女は又も二三度瞬《まばたき》をした。微笑がストーン氏の頬を横切って消え失せた。

「あなたはジョージのお母さんの名前を知っておりますか」

「はい。嬢次様から承わりました。志村のぶ子様とおっしゃるのでしょう」

「は――い。その志村のぶ子の所に行くとジョージは云いましたか」

「はい。そう仰言って貴方がお出でになる二十分ばかり前に、此家《ここ》をお出かけになりました」

微笑がもう一度ちらりとストーン氏の唇を掠め去った。

「ジョージはシムラ・ノブコの処へ行く事は出来ませぬ」

ストーン氏は一寸躊躇《ちょつとちゆうちょ》した。しかし思い切った口調で云い放った。

「何故でございましょう」

「シムラ・ノブコは二年前に天国に行っております」

「そのようなこと……どうして御存じなのですか」

ストーン氏は又一寸考えた。けれども今度はすぐに言葉を続けた。

「二年前の日本の新聞に出ております。運転手に欺されて、海に連れて行かれたと書いてあります」

「けれども、お亡くなりになったとは書いてございますまい」

「……ははは……あなたその新聞見ましたか」

「はい……」

「けれども貴女《あなた》は今……クレイ・ジョージが志村のぶ子と一緒に天国へ行くと……」

「はい……。これから行かれるのでございます」

「それではシムラ・ノブコは生きているのですね」

「はい。」

「どこに……」

「あなたの曲馬団の中に……」

「ヒホ――オオ……」

「私は嬢次様に紹介して頂きました」

「……フホ――オオ……」

　とストーン氏はいよいよ眼を丸くした。いかにも相手を子供扱いしているかのように、ニコニコ笑い出しながら……。

「……ホオオオ……それは……ミセス・シムラは何という名前になっておりますか」

「……アスタ・セガンチニ……一番初めのプログラムに出ておいでになります。地図を読む馬の先生……」

「アッハッハッハッハッハッハッハッ……ワッハッハッハッハッハッハッハッ」

ストーン氏は又も堪らなく噴き出した。今度こそはとてもたまらないという風に、大きな腹を両手で押えて、文字通りに腹を抱えながら右に左に傾き笑った。

「ワハハハハハハハハハハ……お伽話《フエヤリー・ストーリース》だ……地底の蜃気楼《ミラージ・イン・ザ・アース》……アッハッハッフッフッフッ……アスタ・セガンチニ……あの近眼婆さん……オースタリ人の志村のぶ子……アハハハハ。馬の先生……ウハハハ……」

けれども今度の笑いはそう長く続かなかった。ストーン氏はそうやって笑っているうちに、女の欺され方があんまり非道いのに気付いたらしく、急に顔を撫でまわして、真面目な態度に立ち帰りながら問うた。ともすれば又も擽《くす》ぐられそうになる気持ちを肩で呼吸《いき》をして押え付けながら……。

「……ホ――オ……しかし……お嬢さん……。あのシムラ・ノブコは髪の毛が赤くて縮れていたでしょ。ははは……」

「あれは嬢次様がお母さまにお教えになったのでございます。日本人の髪は毎日オキシフルで洗っておりますとあのように赤黄色くなるそうでございます。眉毛も睫毛《まつげ》も……」

「ははは……。しかしあんなに高い鼻があったでしょう」

「隆鼻術《りゅうびじゅつ》をされたのでございます。よく似合っておられます」

「……なるほど……それでもあの頰の骨の形は日本人と違いますでしょ」

「口の内側からお削りになったのだそうです」

「……あははは……痛かったでしょう。……それではあんなに色が白いのは牛乳のように……」

「仏蘭西の砒素《ひそ》鉄剤を召していらっしゃるのです」

「ヒソテツ？」

「色の白くなるお薬です」

「あはは……あのお洒落《しゃれ》婆さん……あはは……あなたは本当に欺されていらっしゃいます」

「欺されてはおりません」

「……あはは……欺されておられるのです」

「嬢次様は人を欺すような方ではございません」

「OH……NO・NO・NO……貴女よくお聞きなさい……ジョージは貴女を棄てて行ったのです。ほかに女の人が居るのです」

　女は一寸唇を噛んで鼻白んだ。しかし間もなくニッコリと笑った。ストーン氏のひょうきんな微苦笑とコントラストを作る淋しい、悲しい笑いであった。

「そうでございません。嬢次様も、お母様も、今日になって急に自殺されなければならぬような大変な事が出来たのです。それで後の事を私にお頼みになって、死に場所を探しにお出でになったのです」

「その大変な事どんな事です」

「志村ノブ子様は日本に居られました時に、叔父に捕まえられなければならぬような悪い事を、知らないでなすったそうでございます。その云い訳が出来なくなりましたので米国へ逃げてお帰りになったのです……ですから今でも叔父に見付かったら大変な眼にお会いになるのです」

「ミスタ・サヤマが正しいのです」

「それから嬢次様も、あなたの曲馬団に悪い事をされたのでございますから叔父に捕まえられてはいけないのです。それから、わたくしも叔父に隠し事をしているのでございますから、私たちが死んで申訳を致しませぬ限り叔父は決して許しますまい」

「ミスタ・サヤマはいつも正しいのです」

「それに叔父が今日曲馬団に来ておりまして、あのように妾《わたし》たちの仕事を察して、粗相《そそう》のないように保護しているのを見ますと、叔父はもう、とっくに何もかも見破って、わたくし達三人を一緒に捕まえようとしているのに違いないのでございます」

「ミスタ・サヤマはもう二人を捕まえているでしょう」

「……そうかも知れませぬ。けれどもその前にお二人は自殺していられるでしょう」

「何故ですか」

「叔父の狭山が二人を捕まえましたならば、とりあえず貴方の手に引渡すでしょう」

「……それが正しいのです」

「そうしたらお二人は、貴方のトランクの中に在る、鉛の球《たま》を繋いだ皮革《かわ》の鞭で打ち殺されてしまわれるでしょう」

「……そ……そんな……あははは……それはみんな嬢次の作り事です。貴女《あなた》を欺して、ここに棄てて行くために嘘を云ったのです」

「…………」

女は涙ぐんだらしくうなだれた。ストーン氏は得たりとばかり身を乗り出した。

「……ははは……わかりましたか。欺されている事……」

「…………」

「ジョージはマダム・セガンチニと夫婦になるために逃げたのです。……あははは……帰って調べて見ればわかります。それに違いありませぬ」

「…………」

「……あははは……何もかもノンセンスです。……わかりますか……ノンセンス……欺されている事……」

女はうなだれたまま唇をわななかした。蚊《か》の泣くような細い声で云った。

「……欺されても構いませぬ。嬢次様のおためなら……」

「……そ……そんな……ノンセンス……」

とストーン氏は急に真剣になって片手をあげた。

「……貴女は大変な損をします……貴女はたった一人ここに居りますか……たった一人約束守って……」

「……守ります……死ぬまで守ります」

と云ううちに長い袖をかい探って顔に当てた。

ストーン氏は憮然として椅子に反《そ》りかえりつつ長大息した。

窓の外で私も人知れず長大息させられた。

この女は最前からかなりの嘘言《うそ》を吐いている。けれどもその嘘言は皆、真実を材料《たね》にしたもので、ただ私がこの女の叔父であるという事と、馬に毒を嘗《な》めさせたのを少年の所為《せい》にしている事と、この二つのために全部が嘘に聞えているので、実は皆ありのままを述べているとしか考えられないのである。「真実ばかりの嘘」というものがもしあるとすれば、この女の今まで云った言葉は正にそれで、特に最後の思い詰まった哀傷の涙に至っては正に「真実中の真実」であろう。

怪少年呉井嬢次の怪手腕が、これ程に凄いものがあろうとは流石の私も今の今まで知らなかった。愈々《いよいよ》出でていよいよ奇怪とは真にこの事である。察するところ、彼は私に施したと同様の手段……その美貌……その明智……その真実らしい態度で、どこの者とも知れぬこの女を説き付けて、その仕事の手助けに使ったものと見える。彼の辣腕《らつわん》は一方にこの老骨狭山九郎太を手玉に取りながら、一方には花のような無垢《むく》の美少女を、傀儡《あやつり》のように自由自在に操っている。何という大胆さであろう。何という狡猾さであろう。あの大学生が……曲馬場で老人と馬の話をしてジョージ・クレイの技術を賞《ほ》め千《ち》切《ぎ》っていた……あれが本物のジョージ・クレイであったか。鼻を低くし、頰を瘦せさせ、年齢を増して、声や背丈までも別人のように高くし得る変装術がこの世にあろうとは思われぬ。あの大学生が呉井嬢次ならば、今までの彼の身体《からだ》は消滅して、心だけがあの大学生に乗り移ったものと思うより他に考えようはないであろう。私は啞然《あぜん》たらざるを得なかった。

しかしストーン氏はそんな事は知らない。唯この驚く程聰明で、呆れるほど無鉄砲で、手のつけられぬ程純情な、芸術家肌の美少女が、唯一筋の恋の糸に操られて、自分達に云い知れぬ大きな迫害を加えつつ、その当の相手の前に坐って、平気ですらすら事実を告白している事実を知っているだけであった。ストーン氏は最早《もう》、この女に何の罪もない事を悟ったらしい。そうして愛のために盲目になって、常識を失っているこの女に対して、却《かえ》って云い知れぬ憐れみの情を動かしたらしく、今までよりも亦、ずっと砕けた、親し気な風付きに変った。そうして卓子《テーブル》に半身を凭《もた》せて、両手で手紙を弄びながら、更に女に向って言葉をかけた。その顔付きには今までの悪感情は影も形もなく、その音調にはヤンキー一流の平民的な、朗かな真情がみちみちていた。

「……お嬢さん。貴女は大変賢い人です。大変に美しい心を持った人です。女神のような人です。貴女のような人初めて見ました。貴女のような人亜米利加《アメリカ》に居りません。貴女のような恋する人は亜米利加に居りません。……けれども貴女は悪魔に欺されました。そうして私に悪い事しました。しかし私は憤《おこ》りません。貴女は知らないのですから。警察にも云いません。安心して下さい。

私はジョージに棄てられた貴女お気の毒に思います。私は貴女を助けて上げたいと思います。私貴女の叔父様ミスタ・サヤマに話して亜米利加に連れて行ってあげる事出来ます。私の親友の米国大使にお世話させます。亜米利加第一の金持、政治家皆《みな》私の友達です。皆貴女のお世話させます。亜米利加の美術世界一です。亜米利加の音楽世界一です。亜米利加の流行世界一です。活動写真《ムービー》、レヴュー、芝居皆世界一です。そんなもの皆貴女のものにして上げます。けれどもジョージの事忘れなければいけません。ジョージに欺された事口惜しいと思わなければいけません。ジョージとジョージの新しい女に讐敵《かたき》を打たなければ駄目です。私が手伝って上げます。

あの悪少年《ラスカル》は恐ろしい毒蛇《コブラ》です。人を欺して血を吸います。あれは魔神《デビル》が化けた豹《ひょう》です。どこに居るかわかりません。けれどもどこからか出て来て悪い事をします。あの悪少年は南部亜米利加《サウザン》に来れば石油を掛けて焼かれます。そんなにジョージは悪い人です。貴女《あなた》を本当に愛しているのではありません。

貴女は愛《ラブ》のためにジョージが入り用でした。けれどもジョージは悪い仕事をするために貴女が入り用だったのです。貴女を使ってミスタ・サヤマを困らせて、おしまいにミスタ・サヤマを欺して、遠い処へ逃げるために貴女を欺したのです。

貴女は最早《もう》ジョージの事を忘れなければいけませぬ。ジョージより他に貴女を幸福にする者沢山居ります。わかりましたか……」

ストーン氏の説教は子供を賺《すか》すように親切であった。その眼は人種の区別を忘れた友情に輝き、その口元は熱誠のために微かに震えて、自分の心持をどうしたら相手の胸の中に注《つ》ぎ込もうかと苦心しているようであった。

すべて男がこうした態度を執る時……殊にストーン氏のような男らしい風采と、溢《あふ》るるばかりの野性的な元気に充ち満ちた男性が、このような敬意と熱誠を示す時、相手の女性は最も甚だしく心を掻き乱され、引き付けられるものである。けれども彼女は何等の感動をも受けた模様はなかった。最初の通りの固くるしい姿勢に返って、膝の上のハンカチを凝視《みつめ》ているきりであった。

この体《てい》を見ていたストーン氏は、やがて駄目だという風に椅子に背を凭《も》たして、残り惜しそうに女を見つつ、そっと眼を閉じて眉を寄せた。

その時にストーン氏の背後にかかっている柱時計が余韻の深い幽玄な音を立てて、ゆっくりと時を報じ初めた……一ツ……二ツ……三ツ……四ツ……五ツ……六ツ……七ツ……。

……八ツの音を聞くとストーン氏は驚いたように眼を挙げて時計を見た。そうして少し慌てたように胴着から太い白金の懐中時計を出して見たが、落ち着いてそれを仕舞い込んで、最初の礼儀正しい紳士の態度に帰りつつ口を啓《ひら》いた。

「……お嬢様……私はもう帰らなければなりません。けれどもまだ一つ、貴女にお尋ねしたい事があります」

「はい。何なりと……」

女の返事は何だか男のように響いた程、明断であった。屹《きつ》と顔を上げて相手を見た。ストーン氏はその顔をしげしげと見ていたが、やがて、事務的な……しかし極めて丁寧な口調で問うた。

「ジョージ……さんは貴女に、この室を飾るわけを話しませんでしたでしょか」

「はい。申しました」

「何のためにですか」

「嬢次様は今日の夕方にきっと貴方がここへお出でになるに違いないと云われました」

ストーン氏は女の言葉の意味を考えるように、暫く沈黙していたが、やがて静かに声を落して云った。

「その通りです」

女もストーン氏の真似をするように、何か考えているらしかったが、やがて独言《ひとりごと》のように言葉をつづけた。

「……ですけども夕方から横浜からお出でになるのですから六時か七時頃になるでしょう。ですから九時まで四時間の時間を取っておけば大丈夫と嬢次様は云われました」

「その四時間は何をなさるためです」

「貴方を欺すためです」

「え……何ですか……」

「貴方をお欺し申すのでございます。妾《わたくし》はこうして米国暗黒公使《メリケン・ダーク・ミニスター》、J・I・Cの団長ウルスター・ゴンクール氏をお欺し申しました」

……表情が粉砕された……と形容すべきはこの時のウルスター・ゴンクール氏であろう。眼の前に火薬庫が破裂したかのように、思わず両手を顔に当てて丸卓子《テーブル》の前に仰《の》け反《ぞ》った。眼にも止まらぬ早さで椅子を蹴飛ばして立ち上ると同時に、腰のポケットから真黒な拳銃《ピストル》を掴み出して、女の眉間《みけん》に狙いを附けながら距離を取るために二歩ばかり後に退《さが》った。……その素早かったこと……そうして、その態度の見事であったこと……最早《もう》こっちの物……という風に軽く唇を噛んだまま、眉一つ動かさず、最新式大型拳銃の白光りする銃口を構えて毅然としている有様は、一個の拳銃と一挺の短刀《ダガー》とを以て我意の法律を貫徹して行く、野性亜米利加人そのままの気魄《きはく》を遺憾なく発揮したものであった。

しかしこれに相対した女の態度も亦、たしかに歎美《たんび》に値した。

女は、いつの間にか椅子を離れて、恰《あたか》も相手の狙いを正しくしてやるように、電燈の側近く立っていた。そうして両手の指をしなやかに組んで観念した心を見せている。その影法師は大きく室の半分を区切っていて、ゴンクール氏の姿は、その中から浮き出したように見える。

ややあって軽いけれども底力のある英語がゴンクール氏の唇を洩れた。

「名を云え《ユアネーム》」

「…………」

女は答えなかった。ただ徐《しず》かに眼を上げて、鼻の先に静止している銃口越しにゴンクール氏の顔を見た。

ゴンクール氏の顔は見る見る緊張した。その皮膚は素焼の陶器のように、全く光沢《ひかり》を失って、物凄い、冷たい眼の光りばかりがハタハタと女を射た……。

何秒か……何世紀か……殆んど人間の力には堪えられぬ程の恐ろしい沈黙が、空しく室《へや》の中を流れて行った。

それは崇高な静寂……息苦しい空虚であった。……間一髪を容れぬ生死の境がじりじりと、涯《は》てしもなく継続して行く……手に汗を握る……死んだ画面であった。

その中に唯独り正面の時計の振り子は、硝子の鉢に水銀の波を湛えて、黄金の神殿の床を緩やかに廻《めぐ》って行き、又、ゆるやかに廻りかえって来た。そうして、やがて場面とおよそ調和しない閑静な響を唯一つ打った。

……八時十五分……。

女は突然に身を反《そ》らして高らかに笑い出した。

「ホホホホホ。ヒヒヒハハハホホホホホホホホ……」

その甲走《かんばし》ったヒステリカルな声は、絶え間なく、次から次へ響き渡って、室《へや》の中に充ち満ちし電燈の光りを波のように打ち震わしているかのように思われた。……但し……その声は明かに作り笑いとしか聞えなかった。けれども、それが作り笑いであるだけ、それだけ一層冷やかに物凄く感ぜられた。

ゴンクール氏の眥《まなじり》はきりきりと釣り上った。女の笑い声の一震動毎《ごと》にビクビクと動いた。髪の毛は逆立ち、唇を深く嚙み締めて、拳銃《ピストル》の柄を砕くる許《ばか》りに握り締めつつじりじりと後退《あとじさ》りをした。その顔面の皮膚の下から見る見る現われて来た兇猛な青筋……残忍な感情を引き釣らせる筋肉……それは宛然《えんぜん》たる悪魔の相好であった。

神も恐れぬ。人も恐れぬ。法律も道徳も、人情も……血も涙も知らぬ。唯死を恐れぬ者のみを恐るる悪魔の表情であった。悪魔が頼みにしている最後の威嚇手段……死の宣告……に対して平然としているのみならず、これを軽蔑し、これを嘲り笑っている驚くべき霊魂に対して、必死の勇気を絞り集めつつ対抗しようと焦躁《あせ》っている魔神の姿であった。

女はやがてピタリと笑い止んだ。よろよろとよろけて机に後手を突いて、自分の眉間に正対して震えている白い銃口を見、又、ゴンクール氏の顔を見た。悲し気な笑《えみ》を片頬に浮かめた。そうして淋しい訴えるような口調で物を云い初めたが……その言葉は思いもかけぬ流麗な英語であった。さながらに名歌手の唇と情緒を思わせるような……。

「お撃ちなさい……撃って下さい……ゴンクール様。妾《わたし》はもうこの世に望みのない身体《からだ》でございます。妾の一生涯はもう過ぎ去ってしまっているのでございます。……ですからもう何もかも本当の事を申上げてしまいます。そうして貴方の御勝手になすって頂きます。

……最前からわたくしが申しました事は、みんな真実でございます。……けれども……その中《うち》にたった一つ嘘がございました。それは妾が狭山の姪という事でございます。妾は狭山様と縁もゆかりもない者でございます。

……妾が狭山様のお宅に伺いましたのは今日が初めてでございました。それまではただお顔とお名前を新聞で存じておりましただけでございました。

……わたくしたち三人……志村のぶ子様と、呉井嬢次様と、わたくしとの三人は、狭山様のお手を借りないで、あなた方に復讐をするために、わざと狭山様のお家を拝借したのでございます。そうして貴方以外の方々への復讐は完全にもう遂げられているのでございます。その事を貴方がお気付きにならないように貴方をここへ引き止める役目を妾が受持ちまして、ここにお待ちしていたのでございます。

……お二人は、ですから最早《もう》安心して天国へお出でになった事と思います。貴方がここへお出でになる事を警視庁に知らせて、警視庁のお手配りがすっかりこの家のまわりを取り巻くまで、妾が生命《いのち》がけで貴方をお引き止めしている事を、お二人とも固く信じて、妾があとから参りますのをあの世で待っていて下さる事と思います。

……志村様母子《おやこ》に、そんな怨みを受ける覚えがないとは申させませんよ。わたくしは何もかも存じておりますよ。嬢次様は日本にお着きになりますと間もなく、お父様の志村浩太郎様が或る弁護士に預けておかれた遺言書を受取っておいでになるのですよ。貴方が志村様一家に、どのような非道《ひど》い迫害をお加えになったかを詳しく書いてありま す。長い長い狭山様宛てのお手紙を……。自分の死後の敵ウルスター・ゴンクールを是非とも斃《たお》して下さい……という文面を……。

……ゴンクール様……貴方は何故わたくしをお撃ちにならないのですか。わたくしは貴方の秘密をすっかり存じているのでございますよ。只今帝国ホテルにおかけになった貴方のお電話の意味も一つ残らず記憶《おぼ》えているのでございますよ。私は貴方に殺される覚悟で貴方をお欺し申したのですよ。今の中《うち》ならまだ警視庁の手がまわっていないかも知れないではございませんか。貴方は今日横浜にお出でになって、メキシコ石油商会の競走用モーターボートをお買求めになって芝浦にお廻しになるのと一緒に、横浜を今夜の十時までに出帆する亜米利加と加奈陀《カナダ》と智利《チリー》通いの船の名前をすっかり調べておいでになるではございませぬか。それは万一嬢次様が曲馬団の内情を警視庁にお訴えになった時に自分一人で外国にお逃げになる御用心のためではございませぬか。今ならまだ、お間に合うかも知れないではございませんか。

……わたくしは死ぬのはちっとも怖ろしくはございませぬ。妾は嬢次様にお別れした時から死んでいるのですもの……。御覧なさい。この絨毯《じゅうたん》は狭山様のお宅の床が、妾の血で穢《けが》れないように敷いたのです。壁紙も、窓かけも、何もかも妾の死に場所を綺麗《きれい》にしたいために新しく飾り付けたのです。

……こう申しましたら貴方はあの時計と髑髏《どくろ》が、何のために飾り付けてあるかという事が、おわかりになるでしょう。この二つのものは、わたくしが死を覚悟致しておりました事を、あとで狭山様におしらせするために飾り付けたのです。

……さ……お撃ちなさい。貴方のお手にはその撃鉄《ひきがね》を引くお力がないのですか。貴方のお心の力は、そのバネの力よりもお弱いのですか。貴方は今まで、何でもない事で、度々そんな事をなすった事がおありになるではございませぬか」

女の声は、その態度と共に益々冷やかに落ち着いて来た。これに反してその言葉は一句毎《ごと》に烈しい意味を含んで来た。その一語一語は悉《ことごと》く一発の尖弾……死に値するものであった。

しかしその言葉が進むに連れて……否……女の言葉が烈しくなればなる程、室《へや》の中に充ち満ちていた殺気――間一髪を容れぬ危機は次第に遠退《とおの》いて行った。そうして女の冷やかな言葉の切れ目切れ目毎に、この世のものとも思われぬ深刻な淋しさが次第次第に深くなって来た。

「……貴方は、どうしても妾をお撃ちになりませぬね。……それではもっとお話し致しましょう。

……ゴンクール様……貴方は、わたくしが只、愛に溺れたために、嬢次様に欺されてこのような事をしていると思っておいでになるでしょう。私の生命《いのち》はただ嬢次様にだけ捧げているものと、お思いになっているでしょう。

……ですけど……お気の毒ですけど、それは違います。それは大変な貴方のお考え違いです。わたくしの生命《いのち》は、嬢次様を通じてもっともっと大きな事のために捧げているのでございます。わたくしから進んでその仕事をお引き受けした位でございます。

……その仕事とは何でございましょうか。

……日本のためにならぬＪ・Ｉ・Ｃの秘密結社を打ち壊す事でございます。この仕事は、亜米利加を怖がっている日本政府のお役人たちには出来そうにない仕事です。又、他人の狭山様に後で迷惑がかかるような事になっても困るから自分一人で片付けるつもりだと嬢次様は云っておられましたが、わたくしは無理にお願いして、その中《うち》でも一番おしまいの仕事を受け持たして頂いたのでございます。それは妾のように、まだ貴方にお眼にかかった事のない、若い女でなければ出来にくい仕事でございましたから……。

……その仕事とは何でございましょうか……。

……貴方を殺す事です。……世界中で一番浅ましい人間を集めて、世界中で一番憎らしい仕事をする者を亡ぼして終《しま》うことです。表面《うわべ》に正義とか人類のためとか云って、蔭では獣《けもの》や悪魔の真似をするウルスター・ゴンクールを生きながら殺して終《しま》うことでございます」

見よ……見よ……見よ……。

指が白くなる程固く握り詰めているウルスター・ゴンクール氏の拳《こぶし》は、自然自然と紫色に変って、微かにふるえ出して来た。ゴンクール氏は、それを尚も力を籠めて握り締めようとした。けれどもその拳も指先も最早《もう》すっかり痺れたらしく、次第に垂れ下って床に近付いて来る。

その代りに呼吸は眼に見えて荒くなって来た。その胸と肩は大波を打ち、その膝頭はわなわなと戦《おのの》き出した。憤怒の形相《ぎょうそう》は次第に恐怖の表情に変って、頰や顳顬《こめかみ》の筋肉はヒクヒクと引き釣り、その眼と口は大きく開いて凩《こがらし》のような音を立てて喘《あえ》ぎに喘いだ。

ゴンクール氏は今や正《まさ》しく、その鉄をも貫く連発の銃弾が、何の役にも立たない事を知ったのである。この世にありとあらゆる威嚇の中《うち》でも唯一無上の「死の威嚇」が、この女に限っては何等の効力も示し得ない事を覚ったのである。眼の前に立っている美しい幻影が、恰《あたか》も影法師か何ぞのように生命の価値を知らぬ存在である事を知ったのである。

ゴンクール氏の意識から見ると「死」は凡《すべ》ての最後であった。しかし女にとっては

「死」が仕事の出発点であった。ゴンクール氏の仕事は生きた人間の世界で価値をあらわす仕事であった。これに反して女の仕事は死んだ人間にとってのみ価値あるものであった。死んで行く人……もしくは死んだ人のために死を覚悟して……言葉を換えて云えば死の世界から死の仕事をしに来ているのであった。それはゴンクールが生れて初めて聞いた仕事であった。実際に見た事のない異国人の愛国心であった。事実にあり得ないと考えていた白熱愛のあらわれであった。かくして以前《もと》のロッキー山下の禿鷲《コンドル》。殺人請負《ガンマン》の大親分《ボス》。今の米国の暗黒境王《ギャングスター》。ウオール街の暗黒公使《ダーク・ミニスター》、J・I・Cの団長ウルスター・ゴンクール氏は、この女が顔を見合わせた最初から、自分と全然違った世界に居た者である事を拳銃《ピストル》を突き付けてみた後《のち》にやっと気付いたのであった。

その世界……女の居る世界は、氏がまだ見た事も聞いた事も……想像した事すらない……この世のあらゆるものの権威……あらゆるものの価値を認めぬ……すべての光明……すべての感情を認めぬ、静かな、淋しい、涯てもない暗黒の世界であった。この無名の女の姿はその中から自分を脅かし、自分の旧悪を責めるために現われた一つの美しい幻影に過ぎなかった。

氏は驚き、恐れ、眼を瞬《みは》り、口を開いて喘《あえ》いだ。頬や首すじを粟立たせ、五体をわななかせて震え上った。

けれども女の声は、闇黒の底を流れて、人の心を誘う水のように、どこまでも冷たく、清らかに続いて行った。

「……けれどもゴンクール様……。嬢次様のお怨みは、それだけではなかったのでございます。貴方がたを日本の警視庁の手で片付けて頂いた位では嬢次様の御無念は晴れなかったのでございます。

……貴方は二年前に志村様がお亡くなりになった時の事を御記憶になっているでございましょう。その時の志村浩太郎氏のお心持ちが、貴方におわかりになりますか。貴方のために欺されて、楽しい家庭をバラバラにされた上に、J・I・Cの中に捲き込まれて、とうとう責め殺されておしまいになった、その志村浩太郎様の残念なお心持ちが、貴方におわかりになりますか。

……志村様はJ・I・Cの秘密……貴方の秘密をすっかり発《あば》いて、その秘密を微塵に打ち砕いて、奥様や、お子様の生命を貴方の手から救い出して頂きたいために、警視庁の狭山様の宛名にして遺言を書いていられたのでございますよ。嬢次様は日本に来られてその手紙を手に入れてから初めて凡ての事が、おわかりになって、いよいよ曲馬団を逃げ出す覚悟をなすったのでございますよ。

……貴方は仕合わせなお方です。その遺言が宛名のお方の手に渡らずに、嬢次様のお手に這入りましたばっかりに、貴方は御運がよければお助かりになる機会があるかも知れない事になったのでございます。

……その代り貴方は、世界中のどこへお出でになりましても志村浩太郎様の思い残されたお怨みだけはお受けにならなければなりませぬ。嬢次様が私に頼んでおいでになった貴方に対する復讐だけはお受けにならなければなりませぬ。

……その復讐と申しますのは貴方が日本にお出でになった目的が何もかもすっかり駄目になった事を、お知らせする事でございます。貴方が生命《いのち》をかけて愛しておられました志村のぶ子様が、貴方の宝物のようにしておられました呉井嬢次様と一緒に天国へお旅立ちになりました事……それから、まだ御存じない事と思いますが、あなたのお留守中に曲馬団の重立った人々が一人残らず警視庁の手で縛られてしまいました事……それから、これは尚更のこと御存じないと思いますが、露西亜のウラジミル大公のお孫さんでおいでになるカルロ・ナイン嬢が、そのお守役の日本人で、ハドルスキーと名乗っていた樫尾という陸軍大尉と一緒にもうすこし前M男爵のお邸《やしき》に引き取られて、近いうちにセミヨノフ軍の参謀の方とお会いになる手筈がきまっておりますこと……。

……最前貴方がお出でになりますと間もなくかかって参りました電話は、志村のぶ子様から私にこの事を知らせて参りましたものでございます。又、今すこし前貴方から帝国ホテルにおかけになりました時に、すぐにハドルスキーの樫尾様が出て見えましたのは、樫尾様が貴方をお欺しして油断をさせるために、帝国ホテルで待ち構えておいでになったのでしょうと存じます。

……帝国ホテルにはＪ・Ｉ・Ｃの人はもう一人も居ない筈でございますから……。

……その証拠はここにあるこの号外でございます。この号外はもう一時間半ばかり前、貴方がこの家にお着きになる前に配って来たものですから、東京市中には残らず行き渡っているでございましょう。貴方は今日の三時過ぎからお忙しかったために、この号外をまだ御覧にならなかったのでしょう。貴方にこの号外を通知する人が、一人残らず警視庁に挙げられたせいでもございましょうけど……」

女の言葉はいよいよ出でて、いよいよ励《はげ》しくなって行った。窓の外で聞いている私でさえも真偽の程を疑わずにはいられない事実……眼を瞬《みは》り、息を喘《はず》ませずにはいられない恐ろしい大変事を、平気ですらすらと述べて行く……その物凄い光景に肌を粟立たせずにはいられない位であった。

沈《ま》してゴンクール氏は全力を尽して女の言葉を遮ろうとしているように見えた。白い銃口を上下にわななかせながら、眼を固く閉じて女の姿を見まいとした。歯をギリギリと噛み締めて女の声を聞くまいとした。両手の拳を砕けよと握り締めて、一発の下に女の息の根を止めようと努力し又、努力した。最後には両脚を棒のように踏み締めて死にかかった獅子のようにぶるぶると身をもだえた。けれどもどうしてもその弾倉撥条《バネ》を握り締める力が出ないらしかった。

その間に懐中から取り出した一枚の四半頁大の号外の折り目を丁寧に拡げ終った女は、もう一度眼の前にわななく銃口を見ながら、ひややかに笑った。

「……ホホホホホホホ。ゴンクール様。貴方はどうしてもその引き金をお引きになる力がおありにならないのですね。

……御尤でございます。

……そのわけは、よく存じております。

貴方《あなた》はまだ日本の法律に触れておいでになりません。日本人にとって一番憎らしいお方でありながら、日本の法律ではまだ貴方を罰する事が出来ません。けれども万一妾《わたし》をお撃ちになったらその時から貴方は罪人におなりになるのですからね……。私は貴方にそうして頂きたいために、この室《へや》でお待ちしていたのです。貴方の仲よしの××大使様でも、指一本おさしになる事が出来ないようにして貴方を警察の手にお渡ししたいために、生命《いのち》がけでお待ちしておりましたのです。嬢次様の讐討《あだう》ちのために……。そうして嬢次様御一家の限りもない愛国心のために……。

……貴方はそうした妾の心がおわかりになったのでございましょう。

……日本で罪をお作りになりますと、亜米利加のように自由自在にお逃げになる事が出来ないのでございますからね。たとい貴方が妾をお撃ちになって、その拳銃《レボルバ》にわたくしの指紋を附けて、足跡を消しておいでになったとしても、間もなく狭山様がお帰りになって、その銃口の磨《す》れた、新しい拳銃を御覧になれば、すぐに貴方だという事をお察しになって、貴方のお靴の踵《かかと》が、まだ日本の土を離れないうちにお捕えになる事が解り切っておりますからね。狭山様のお眼には世界中が硝子のように透きとおって見えているのですからね。

……万に一つ……それでも貴方が狭山様に見逃しておもらいになるような事がありましても、死んだ妾達四人の怨みだけはお逃れになる事が出来ないのでございますよ。貴方は今日妾が申し上げた事を死ぬが死ぬまでお忘れになる事が出来ないのですよ。……日本人には死後の執念がある……という事を……。日本人に悪い事をなさると、生き代り死に代り、何人でも何人でも生命《いのち》がけで怨みに来る……ということを……。

……貴方はこれから毎日、生きながら、死刑と同様の苦しみをお受けにならなければなりませぬ。

……眼に見えぬ嬢次様の手に頭髪を摑まれ、眼に見えぬ志村御夫婦の怨みの縄に咽喉《のど》を締められておいでにならなければなりませぬ。

……貴方は、そんなものがこの世にないと思召《おぼしめ》しますか。お国の亜米利加にはありますまい。しかし日本にはございます。その証拠はわたくしでございます。わたくしは亡くなられた志村浩太郎様御夫婦の怨みを貴方に御伝えするお使いの女です。

……わたくしは生きて甲斐《かい》のない身体《からだ》でございます。もう死んでいるのも同然の女でございます。ただ嬢次様の怨みを晴らすために生きているのです。ただこの号外を貴方に読んでお聞かせして、日本民族のためにならぬ貴方の御計画が、二年前にお亡くなりになった志村浩太郎様のお望みの通りにすっかり駄目になった事をお知らせするために生き残っているのでございます」

……この幻影……美しい女の姿……暗い静かな声は、次第次第にゴンクール氏の魂を包んで行った。「死んだ者の怨みの声」を聞き「眼に見えぬ執念の手」に触れられるこの世の外《ほか》の世界へ、一歩一歩引き込んで行く。

抵抗しようにも相手のない「この世の外《ほか》の力」……その力はゴンクール氏の魂をしっかりと握り締めて、次第次第に死の世界へと引っぱり寄せて行く。

手を押えられたのならば振り放す事が出来る。足を捉えられたのならば蹴飛ばす事が出来る。牢に入れられたのならば破ることが出来る、けれども魂を捕えられた者は逃げようがない。仮令《たとえ》宇宙の外に逃げる事が出来ても魂が自分のものである以上、捕えた手はどこまでも随《つ》いてくる。しかもその魂を捉えている手は影法師と同様の力のない手である。……ゴンクール氏の魂は唯、空《くう》に藻掻《もが》くばかりであった。

涯てしもない恐怖によって絞り出された、生命そのものの冷たい汗に濡れた氏の顔面は、蒼白い燐火のような光りを反映し、その赤味がかった髪の毛は、囚われた霊魂の必死の煩悶と苦悩のために一呼吸毎《いきごと》に白く枯れて行くかと思われた。それでも氏はなおも最後の無我夢中の力を振り絞って、無理に眼を見開いて相手の女を見ようとした。疲れ切ってひくひくと引き釣る腕を引き上げて女を狙おうとした。自分を呪うべく突立っている眼の前の美しい幻影に向って、死物狂いの一発を発射しよう発射しようと努力した。

けれどもその力も全く尽きる時が来た。

氏の全身に残っている生命《いのち》は一努力毎《ごと》に弱くなり、一喘《あえ》ぎ毎《ごと》に稀薄《うす》くなって行った。恰《あたか》も室内に籠っている煙がいつの間にか消え失せてしまうように、殆んどあるかないか判らぬ位になってしまった。ぐったりと垂れ下った手の指から拳銃《ピストル》は、おのずと抜け落ちて、床の上に音を立てた。その肩は落ち、腰は砕けて、よろよろとよろめいて室《へや》の隅にたおれかかって、斜にずるずると半分ばかり傾いて、頭をがっくりとうなだれると、支那産の絨毯の上に手と足を投げ出したまま、森閑と動かなくなった。その顔面の筋肉は蠟のように垂れ下って、力なく伏せた瞼の下の青い眼はどこを見ているのかわからぬように、どんよりと白茶気てしまった。死の影は全くゴンクール氏を蔽うてしまった。氏の全身は死相を現じて来たのである。ただその半ば開いた唇の辺が、時々微《かす》かに震えているのが全く死に切れないでいる証拠であろう。

女はそうした相手の姿を冷やかに見下してかすかな笑みを浮かめたようである。大方、ゴンクール氏が、自分の望み通りになったのを喜んだものであろう。いくらか勝ち誇った気持を見せて笑った。

「……ゴンクール様……貴方は最早《もう》そんなに、おなりになりましたか……。お弱いお方ですこと……ホホホホ……。

……けれども妾《わたし》は嬉しゅうございます。これからが妾の世界でございますから。私は嬢次様のお頼み通りに貴方を罰する事が出来るのですから。落ち着いてこの号外を読む事が出来るのですから……。

……ですけどもゴンクール様。わたくしはその前に貴方に申上げておかねばならぬ事があります。それは……この号外を聞いている人が貴方お一人でないという事です。この室《へや》の外で、この号外の読み声を聞いておいでになる方がお二人あるという事です。そのお二人は志村のぶ子さんと呉井嬢次様でございます。お二人は御自分の思い通りの仇討ちが実現されましたこの号外の中の出来事が、貴方のお耳にすっかり這入ってしまうのを見届けてから、わたくしと一緒に自殺なさる手筈になっているのでございます。国賊の妻……売国奴の子としての一生を終って、立派な日本民族としての、死後の魂を復活しようと思って、待ちかねておいでになるのでございます……そうして妾も及ばずながら、淫奔者《いたずらもの》の名を洗い浄めまして、日本人らしい清らかな、魂ばかりの愛の世界に蘇りたいと、あこがれ願っているのでございます。

……わたくし共のこの願いを、お許しにならない方は一人もおいでになりますまい。……狭山さまも、わたくしどものこうした心をお察しになったものか、まだお帰りにならぬようでございます。九時までにはまだゆっくり時間がございますね。

……まだお眼にかかりませぬが、お父様の志村浩太郎様も、あの世から、わたくしの声をお聞きになっているのでございましょう……」

女がこう云い切った時、室の中は全く墓場の光景と化し去っていた。ゴンクール氏の眼は空しく女の影を反映し、耳は徒《いたずら》に女の声を反響するばかり……顔面に何等の反応もあらわさない。それと相対《あいむか》って死人の怨恨を述べる女の影。音もなく廻転する時計。ひらひらと瞬く電燈のタングステン。向うをむいて立っている裸体美人の絵像。それを睨み付けている骸骨。机。書物。壁。床。天井。それ等のものの投影……その窓の外に、女の手許の号外の狂人《きちがい》じみた大活字の排列を覗き込みながら、気を呑み、声を呑んで、全神経を凝固させている私……何一つとして生気の通うものはない。

室の内も外も全く地下千尺の底の墓場の静寂に満たされている。その中《うち》にゆるゆると号外の内容を訳読する女の、冷やかな、物淋しい声も、少しもこの世の響きを止めていない。陰森《いんしん》として肌に迫る冷気の中に投影しあらわれた幽界の冥鬼が、生前の怨み、死後の執念を訴えるもののようであった。

警視庁の精鋭

B・S・曲馬団と戦う

ピストル機関銃の乱射乱撃

警官団員の死傷数十名

帝国ホテル修羅場と化す

本日午後四時

熱海検事一行突如

B・S・団員全部に令状を執行す

本日午後三時前後より、丸の内、警視庁内何となく色めき立ち、密かに警官刑事の非常召集が行わるる一方、各首脳部の往来甚しく、総監室に集合して鳩首《きゅうしゅ》擬議中であったが、同三時半頃に至り、某国大使館に趣きたる警視総監高星威信《たかぼしいしん》子爵が、外務省機密局長松平友麿《ともまろ》男爵、弁護士藤波堅策《けんさく》氏と同車にて警視庁に帰来するや、庁内は俄然《がぜん》として極度の緊張を示し、召集したる私服警官の多数を三々伍々派出して、目下丸の内三菱原に開演中のバード・ストーン曲馬団の内外に配布し、同演技場を包囲する気勢を示せり。そして同四時五分に至り、同曲馬団の最後の演技たる「馬の舞踏会」が終了し、満場の観衆が悉《ことごと》く散出し終るや、検事局熱海弘雄検事は、甲府予審判事平林書記を随え、新任第一捜査課長志免友衛《しめともえ》警視、日比谷署長東馬健児《とうまけんじ》警視、通訳、その他新聞記者と共に同曲馬団を訪い、団長バード・ストーン氏に面会を求め、危険思想者潜入の疑いあるに依り、団員全部を即時、警視庁に同行し取調ぶる旨を申渡し、且つ、取調べに応じたる上は一人も罪人を出さず、無事帰国せしむべき旨を通じたり。然るに同曲馬団にては、団長不在なりしを以て、代理として露人ハドルスキー氏が、曲馬場内広場に於てこれに応接し、謹んで命令に服従すべき旨を承諾し、取あえず、一座の花形カルロ・ナイン嬢をさし招きて熱海検事に引渡し、次いで団員中の有力者カヌヌ・スタチオ（兄）ヤヌヌ・スタチオ（弟）の二人を呼び出してこの旨を通じ、静粛に命令を遵奉すべき旨を申渡したり。

団員廿余名命令に反抗
美人連を人垣に作り
一斉に裸馬に飛乗り
ピストルを乱射しつつ
有楽町大通りを遁逃す

然るにこの命令を聞くやスタチオ兄弟は怫然《ふつぜん》色を作《な》し、自国語を以て強弁し、極力反抗の気勢を示したるが、結局ハドルスキー氏の諭示《ゆし》に服し、団員一同と共に警視庁に出頭の準備すべき旨を答え、一応楽屋に引き取りたるが、そのままスタチオ兄弟は団員中の男子約二十名を楽屋に招集し、何事かを命ずるや、二十名の各国人は、楽屋大部屋に引籠れる二十余名の美人連を呼び出して、楽屋口に整列せしめ、人垣を作り、背後《うしろ》より拳銃《ピストル》を擬して動かせず。その隙《ひま》に乗じ、厩に繋ぎおきたる馬を引き出し、二十余名一斉に裸馬に飛乗り、包囲せる警官を馬蹄にかけ、拳銃《ピストル》を乱射しつつ有楽町大通りを数寄屋橋に左折し、堀端より帝国ホテル方向に逃走せり。

B・S・団員
機関銃拳銃を猛射
帝国ホテル内二室に立籠り
追跡の騎馬巡査二名を射落す

一方帝国ホテル前には、彼等が演技終了後華々しく町巡《まちまわ》りをなして帝国ホテルに引揚ぐべき花飾《はなかざり》自動車が十数台整列しおりしも、時間尚早のため運転手等は一人も乗車しおらず。逃走せる二十余名はここにて馬を乗放ち、この自動車に分乗し、いずれへか逃走せむとせしが、該自動車は皆開閉鍵《スイッチ》を持去りあり。且つ騎馬巡査と警官、新聞記者混爻《こんこう》のオートバイと自動車の一隊が早くも逐《お》い迫り来《きた》れるを見るや彼等二十余名はこれに猛射を浴びせて、二名の騎馬巡査を馬上より射落しつつ、同ホテル内大混乱のうちに、彼等が借切りいる同ホテル東北側の一隅階上二八六、二八二号の二室に逃げ込み、固く扉《ドア》を閉ざし、廊下に面する入口前には携帯機関銃を据え付け、窓を開放して、カーテンの蔭よりピストルを発射し群《むら》がり寄る警官を寄せ附けず。

双方死傷者数十名
警視総監自身出馬
志免警視とハ氏の殊勲にて落着
宿泊者は日比谷公園に避難

この時自身出馬して現場に駈け付け来《きた》れる高星総監は、部下に命じて帝国ホテル内の宿泊者全部を日比谷公園に避難せしめ、附近一帯の交通を遮断し、二八六、二八二号両室に窓より出ずる者を容赦なく射殺すべきを命じ、一方ハドルスキー氏に依頼してホテル内に入《い》らしめ、彼等を説服せしめんとせしに、彼等は携帯機関銃を連射してハドルスキー氏を廊下に入らしめず、遂に同氏の頭部に負傷せしめたり。ここに於て第一捜査課長志免警視は総監の許可を得、部下数名を率い、同二室の街路に面せるバルコンに登り、窓口より逮捕に向わむとせしに、この状態を察知したる団員の数名は、四個の窓より一斉にピストルを乱射し、警官三名、街路上に残りおりし見物人数名に重軽傷を負わしめたるを以て近寄る能わず。然るにこの時、一時気絶しおりたるハドルスキー氏は、自ら繃帯《ほうたい》して街路に出て来りしが、この状勢を見るや、鮮血に染みたるまま続いてバルコンに登り、壁添いに窓に近附きて大声に彼等を説服し初め、彼等のうち二三名が窓より首を出して同氏を狙撃せむとするや、自己の拳銃にて瞬く間に彼等を撃ち竦《すく》め、彼等が窓外に落したる拳銃を拾い取りて単身二八二号室の窓口より躍り入り、窓際に潜みいるヤヌヌ、カヌヌ兄弟を左右に撃ちたおし、デスクを楯に取りて物凄き射撃戦を開始せり。一方志免警視の一隊もこの形勢を見るより一斉に二八六号室の窓口より乱入し、機関銃手二名を射殺し、残余の者を威嚇して手錠を受けしめ、転じて二八二号室の扉を背面より破壊し、猛烈に抵抗する二三の支那人を射《うち》たおしたるを以て浴室に逃げ込みたる残余の五六名は再び抵抗せず。一列に手錠を受け警視庁に収容せらるに至りたり。一方死傷者はそれぞれ、丸の内綜合病院、及び帝国ホテル前槻原《つきはら》整形外科病院に収容したるが、警察側死者巡査二名、重傷者四名、軽傷者十二名に及び、外に見物人二三名の重軽傷者あり。曲馬団側の死傷者は判明せざるも死者四名、重傷者六名、軽傷者数名に及びおるものの如し。然れども詳細氏名等はこの稿締切までは判明せず。

流血惨澹たる帝国ホテル
丸の内一帯戦場同様の大混乱
団長Ｂ・ストーン氏
逸早くも行方を晦ます

前記の如く帝都空前の大椿事は僅《わず》か一時間足らずにて落着せるが、未曾有の事変なるを以てその筋の警戒厳重を極め、且つ、連日の好晴と温暖とにて日比谷より銀座へかけて人の出盛りなりしを以て銃声に驚き、集り来れる生命《いのち》がけの野次馬的見物人は、事件落着後も陸続として押しかけ来り、日比谷より数寄屋橋、虎の門、桜田本郷町へかけて黒山の如く、危険を虞《おそ》れて必死的警戒中の警官と随所に衝突して騒ぎ立て、喧囂雑沓《けんごうざっとう》を極めおり。目下尚、交通途絶中なり。一方流血に彩られたる帝国ホテルは弾痕、破壊の跡歴然《れきぜん》として蜂の巣の如く、惨澹《さんたん》たる光景を呈しおれるも損害等は目下のところ判明せず。同ホテルを中心とする丸の内一帯は引続き戦場の如き雑沓を極めおり。高星警視総監は事件後直ちに日比谷公園に出張して、避難外人に対し一々失態を謝罪し了解を求めつつあり。尚又、当該曲馬団長バード・ストーン氏は事件前に××大使を訪問後、逸早《いちはや》く行方を晦《くら》ませるが、同じく警視庁飯村刑事課長の一隊は、事件に先立って二台の自動車に分乗し、芝浦方面に出動せる趣なれば、有力なる手がかりを保留しおるべき事推測に難からず。仄聞《そくぶん》するところに依れば団長Ｂ・ストーン氏は目下早慶二大学と野球試合のため来朝しおる××軍艦××××号に逃げ込みおる形跡ありとの報あるも、果して事実なるや否や不明なり。

Ｂ・Ｓ・団員は某国
国事探偵の一団？
狭山前課長の辞職に絡む

右事件の動機となりおれる曲馬団員一同の取調べの内容は判明せず。高星警視総監、松平男爵、藤波弁護士等も固く口を噤《つぐ》んで語らず。又当該関係国たる××大使も病中にて面会を謝絶しおり探索の途《みち》、全くなき如きも、事件前より該曲馬団に関し、本社の探聞し来《きた》れるところに依れば、今回の事件は前警視庁第一捜査課長狭山九郎太氏の辞職と重大関係あり。すなわち右曲馬団員は某国々事探偵の一団にして、欧米各国及び東洋の暗黒街より招集せし無頼漢を以て組織しあり。今回の如き無智にして、且つ兇猛無鉄砲なる反抗を試みたるは、日本の警察を自国のそれと同視したる結果と見るを得べし。又団長バード・ストーン氏は××資本団の手先となりて各国の反乱革命を助長する暗黒公使の名あり。目下進行中の××協商に対し、何等かの暴力的手段に依り障害を与うる目的を以て、曲馬団を装いて渡来せるものの如く、同曲馬団員にてカルロ・ナイン嬢と共に花形役者たりし伊太利《イタリー》少年、ジョージ・クレイの逃亡直後にこの事変の勃発せるより見れば、同少年もこの事件に関係なきを保し難し。而して前課長狭山九郎太氏は、この曲馬団の渡来以前に逸早くこの曲馬団の内容を看破し、総監室に於て総監と高声に激語し合いたる事実あり。同室内の反響甚しかりしを以て詳細の点は聴取し難かりしも狭山課長が日本の某国に対する軟弱外交を非難罵倒せるに対し、総監が極力これを説服せむと試みたるは事実なり。そして狭山課長はその翌日辞表を提出したるものなるが、その後本紙上に於て屢々《しばしば》報ぜし通り、××協商が行悩みとなり、吾国の国防と外交が極度の孤立屏息《へいそく》状態に陥りおりたる折柄、突如としてかかる対×国外交の硬化を象徴する事件の勃発を見たるは右××協商の経過が、外電報ずるところの愛蘭《アイルランド》の独立に関する英米関係の悪化に影響せられて好転し、国防基礎を確立したるものと見るべき理由ありと観測せられつつあり。

狭山氏は今朝より不在

留守宅には盛装の二婦人

因《ちな》みに前記の如く、今回の事件に大関係ありと目《もく》さるる狭山九郎太氏は今朝来いずれへか外出しおり柏木の自宅には親戚と称する盛装の二婦人が留守居して長閑《のどか》に紅茶を啜りおるのみ。事件の勃発を全然関知しおらざるものの如し。【狭山註——以上号外原文のまま挿入】

この号外を訳読した女の英語は、恰《あたか》も英国の社交界の婦人のそれの如く流麗で、明晰であった。そうして読み終ると旧《もと》の通りに丁寧に折り畳んで、丸卓子《テーブル》の真中に置いて、その上から角砂糖入れを重石《おもし》に置いた。その前に両手の指を支えて、室《へや》の隅に倚《よ》りかかって坐っているゴンクール氏を見下しつつ、謹厳な日本語で言葉をかけた。

「……ゴンクール様。わたくしから貴方《あなた》に申上げねばならぬ事はこれだけでございます。……おわかりになりますか。わたくしの申上げております事が……。亡くなられました御父様……志村浩太郎様と、嬢次様母子《おやこ》の貴方に対する復讐はこれでおしまいなのでございますよ。妾《わたし》の役目はもうこれですっかりおしまいなのでございますよ。

……わたくしは皆様に代りまして貴方にお礼を申上げます。よく今まで御辛棒なすって、わたくし達の復讐をお受けになって下さいました。もう決してこの上に御迷惑はかけませんから何卒《なにとぞ》御安心下さいまし。わたくし達はもう死ぬよりほかに仕事が残っていないのでございますから……。その約束の時間は今から……七分……きっちり九時でございます。お喜び遊ばせ。貴方は今から七分経ちますれば、元のバード・ストーン氏にお帰りになる事が出来るのでございます。そうしてもし御運が強ければ無事に本国へお帰りになる事が、お出来になるかも知れないのでございます。

……もし御用でもございましたならば、どうぞ今の中《うち》に仰有《おっしゃ》って頂きとうございます。私はお待ち致しております」

女の言葉はここでふっつりと切れた。併し相手は動かなかった。殆《ほと》んど一点の生気もなく横わっていた。否……唯一度、女の言葉が切れると間もなく、微《かすか》に眼を上げて、女を見ようと努力したようであった。けれどもそれはただそう見えただけで本当は動いたのかどうかわからなかった。

女は身じろぎもせずにそれを見つめている。

室の中に再び墓の中の静寂が充ち満ちた。

……突然じりっと微かな音がした。

それは時計の時鐘《じしょう》が、九時を打つ五分前に、器械から外れた音であった。

その音を聞いた瞬間にゴンクール氏の全身に、見えるか見えぬ位の微《かす》かな戦慄《せんりつ》が伝わったが、直ぐに又静まった。そうしてそのあとから次第次第に氏の呼吸が高まって来るのが見えた。遂には硝子《ガラス》窓の外からでも明らかにその呼吸の音が聞き取れる位になった。

氏は意識を回復し初めたのである。しかもそれは生きた人間としての意識ではないように見えた。逃れようにも逃れられない、広い、淋しい幽冥に引っぱり込まれていた氏の魂が、更に一層深い恐怖に襲われたために藻掻《もが》き初めたものらしい。氏は大浪を打つ呼吸の裡《うち》に、光りのない眼をソロソロと開いた。ほとんどあるかないかの努力で、恐ろし気に瞳を這わせつつ、辛うじて左右を見た。恰もそこいらに嬢次親子が立っているかどうかを確かめるように……そうして虫の這うようにそろそろと女を見上げつつ何か云おうとしたが、唯だらりと開いた唇がブルブルと慄《ふる》えるのみで、舌が硬ばっているために声が全く出なかった。それでも氏は云おうと努力した。……一度……二度……三度……目にやっとかすれた声で……殆んど言葉をなさぬ言葉が咽喉《のど》の奥から出た。

「……ア……ア……ナタ……ノ……ナマ……エハ……」

「ホホホホホホ。妾の名前でございますか。貴方はよく御存じでございましょう。ジョージ・クレイでございます」

「…………」

「貴方は最前仰有《おつしや》ったでございましょう。わたくしは嬢次様に乗り移られていると……その通りでございます。わたくしは姿こそ女でございますが、心は呉井嬢次でございます。いいえ。身も心も嬢次様のものでございます。わたくしの名は呉井嬢次と思召《おぼしめ》して差支《さしつかえ》ございませぬ。……お尋ねになる事は、それだけでございますか」

「…………」

ゴンクール氏は、なお幾度も何事かを云おうとした。力のない手付きで襟《カラ》を引っぱって、咽喉《のど》を楽にしようとこころみつつ片手を突ついて女の顔を見上げた。そうしてそこで女と顔を見合わせたままピッタリと動かなくなった。死の世界へ陥りかけて、まだ微かに生気を取り残している慌しい「魂《たましい》」と死の世界に生きている静かな「霊《れい》」とはこうして互に顔を見合ったまま何事かを語り合おうとしていた。けれどもゴンクール氏は遂に口を利く事が出来なかった。ただ、片手で髪毛を掻《か》き乱し、頰を撫でて犬のように舌をわななかしたと思うと、それっきり両手を支《つ》いてぐったりとうなだれてしまった。氏の魂は最早《もはや》、驚く力も、恐るる力もなくなったのであろう。

女は冷やかにそうしたゴンクール氏を打ち見遣った。そうして、しとやかに身を返して本箱のうしろから小さな白紙に包んだものを取り出して、静かに丸卓子の上に置いた。大切そうにその包紙を取り除《の》けると、中から現われたものは小さな足付きの硝子コップで、中には昇汞水《しょうこうすい》のような……もっと深紅色の美しい色をした液体が四分目ばかり湛えられてあった。

女はそれを前に置いて立ったまま、心静かに衣紋《えもん》を繕《つくろ》った。帯の間から櫛《くし》を出して後《おく》れ毛を掻き上げた。次には袂《たもと》から白の絹ハンカチを出して唇のあたりをそっと拭いた。そうして最後に、何事かを黙禱するようにうなだれた。

ゴンクール氏の呼吸はいつの間にかひっそりと鎮まっていた。卓上電燈の光りは女と、その投影《かげ》に蔽《おお》われた男を蒼白く、ものすごく照し出した。

三十秒……五十秒……あと一分……。けれども影のような女は顔を上げなかった。影のようなゴンクール氏も動かなかった……粛殺《しゆくさつ》……又粛殺……。

やがて女は静かに顔を上げた。卓子の上の洋盃《コップ》をじっと見た。そうしてやおら手に取り上げて眼の高さに差し上げてもう一度じっと透かして見た。

紅《あか》い液体が、室内の凡《すべ》ての光りと、その陰影を吸い寄せて、美しく燦爛《きらきら》とゆらめいた。

今や室内のありとあらゆる物の価値は、女の手に高く捧げられた真紅の透明な液体に奪われてしまった。時計の価格。裸体画の魅力。髑髏《どくろ》の凄味。机の上に並んだ書物の権威。そうして、その中に相対する男女の肉体、血、骨、霊魂……そんなものまでも今は夢のように軽く、幻のように淡く、何等の価値もない玩具同然に見えてしまった。唯、白い指に捧げられた美しい液体……真紅の毒薬……。すべてのものはその周囲に立ち並んで、自分自身の無力をそれぞれに証明しつつ、その毒薬の威厳を嘆美し、真紅の光明を礼讃するに過ぎないかのように見えた。

ジリッ……と時計が鳴った。……最後の時が迫った。……軽い痙攣が男の横顔を蜥蜴《とかげ》のように掠《かす》めた。

九時…………。

……私は見ていなかった。反射的に眼を閉じたから……ただ洋盃が絨氈《じゅうたん》の上に落ちる音を聞いた。何物かに当ってピンと割れる響を聞いた。さらさらという絹摺《きぬず》れの音を耳にした。そうしてその瞬間に吾れにもあらず眼を開いた時に、女は丸卓子から離れて弓のように仰《の》け反《ぞ》っていた。口の中の液体を吐き出すまいとするかのように空を仰いだ顔にハンカチを当てて、その上から両手でしっかりと押えていた。そのハンカチの下から軽い、微かな叫び声が断続して洩れ出した。しかしそれはほんの一秒か二秒の間であった。忽《たちま》ちよろよろと後方《うしろ》によろめいた瞬間に頭髪の中から眼も眩《くら》むばかりのダイヤのスペクトル光が輝き出たが、それもほんの一刹那の事であった。

撞《どう》と肘掛椅子の中に沈み込んで、顔から両手を離すとそのまぐったりと横に崩れ傾いた。そのたった今嚥《の》んだばかりの毒液に潤うた唇は、血のようにぶるぶるとふるえつつ、次第次第に傾いて行く漆黒の頭髪《かみげ》の蔭になって、見えなくなって行った。その頭髪の中から、たった一つ生き残った大きなダイヤがもう一度燦然《さんぜん》と輝き現われて、おびただしい七色の屈折光を廻転させつつ、ぎらぎらと眼を射たが、それもやがてゆらゆらと傾いて行く髪毛の雲に隠れて、オーロラのように見えなくなってしまった。

女は死んでしまった……。

……けれど時計はまだ、その閑静な音を打ち止んでいない。霧の中から洩れ出す教会の鐘の音《ね》をさながらに、悠々と……四つ……五つ……六つ……七つ……八つ……九つ……最後のカラ――ンという一つは室《へや》の中の小宇宙を幾度もめぐりめぐって、目に見えぬ音《ね》の渦を立てながら、次第次第に、はるかにはるかに、遂に聞えなくなってしまった。

それと同時に室の一隅から、不可思議な怪しむべき幻影が、足音もとどろに室の中央《まんなか》によろめき出た。その乱れ立つ黄色の頭髪……水色にたるんだ顔色……桃色に見える白眼……緋色に変った瞳……引き歪められた筋肉……がっくりと大きく開いた白い唇……

だらりと垂れた白い舌……ゆらゆらとわななく身体《からだ》……その丸卓子の上に両手で倚りかかって、女の方を屹《きっ》と覗き込んだ姿……それは最早《もはや》人間でもなく、鬼でもなく、又幽霊でもない。

それは眼に見えぬ暴風に吹きまくられる木《こ》の葉のような魂であった。恐怖の海に飜弄《ほんろう》される泡沫《ほうまつ》のような霊であった。自分がどこに居るか。何をしているか。そんな事は全く知らない空虚の生命であった。その生命がこの世に認め得たものは唯「女の死」という一事だけであった。これを確《しか》と見届けた。そうして机に凍り付いたようにぴったりと動かなくなった。

……十秒……二十秒……三十秒……。

……突然……泣くのか笑うのか判らぬ表情が、その顔に動き初めた。その真白く大きく開いた口の下顎が左右にがくがくと動き出した。その白く蠢《うごめ》く舌の尖《さき》から涎《よだれ》がたらたらと滴った。その左右の緋色の眼は代る代るに大きくなり、又小さくなると同時に、眉は毛虫のように上下にのたくった。頬の肉は耳とつながってぴくぴくと上下し、遂には顔中の筋肉が一つ一つ違った方向に動きはじめた。……それは宛然《えんぜん》たる畜生の表情であった。

ゴンクール氏は辛うじて自分が死を免れた事を感ずると同時に、畜生の世界に蘇えり初めたのであった。それもこの世の畜生の世界ではない。その身体《からだ》附き、その表情、その喘ぎ方は全く地獄に住む獣類のそれである。地獄の火を取り巻いている獣類の一匹が「死」以上の恐怖に襲われた姿である。

彼はやがて不意にぶるぶると全身を顫《ふる》わして後退《あとじさ》りしたが又、卓子に両手をかけて女を見入った。女に近づこうとして又立ち竦《すく》んだ。

暫《しばら》くして彼は又、突然に、思い出したように飛び上った。両足を踏みはだけて床の上に落した。そろそろと手を伸ばして卓子の上の灰色の封筒を取って、素早く握り込んで直ぐに女を見た。眼にも止まらぬ早さで名刺を取った。床に落ちたピストルを拾って又、女を見た。帽子と外套を探すらしく頭を押えながら、猫のように素早く室の中を見まわした。そうして室の中に、そんなものがない事がわかると、老人のように腰を屈めたまま、又も、キット女の横頬を見詰めながらじりじりと後退《あとじさ》りをした。うしろ向きに右手の扉《ドア》のノッブに手をかけてそろそろと開いた。そのまま くるりと向き直ると、疾風のように外へ飛び出そうとした。

……が……彼はそのままぴったりと石のように凝固してしまった。眼の球を破裂する程剝き出し、口を裂ける程引き開き、両の拳を赤ん坊のように握り締め、膝頭をX形に密着《くっつ》け合わせたまま、床から生えた木乃伊《ミイラ》の姿に変ってしまった。そうして一心に、眼の前の入口の暗《やみ》の中から浮き出している真白い顔と、真黒い着物を凝視した。

それは白襟《しろえり》に黒紋附《くろもんつき》の礼服姿の女が、乱れかかった縮れ毛の束髪をがっくりとうなだれたまま、扉の鴨居から床の上まで長々と裾を引きはえて吊り下がっているのであった。扉を開けた拍子に動いたらしく、青い静脈を透きとおらした両手を、すこしばかり左右にぶらぶらさせていたが、それも間もなく動かなくなってしまった。

その顔を見上げていたゴンクール氏の舌が微かにふるえ出した。髪毛が一本一本に静電気を含んだかのように立ち上り初めた。その口を開《あ》いたままの咽喉《のど》がひくりひくりと動き出し、やがてぐるぐると上下したと思うと、遠い凩《こがらし》に似た声が、氏の全身の力を絞って戦《おのの》き出た。

「……ノブコ……シ……ム……ラ……」

その声がまだ消えないうちに室中を震撼《しんかん》する大音響が起った。青ペンキ塗りの扉がぴったりと閉まったのだ。ゴンクール氏が閉めたのだ。続いて今一つ別の大音響が起った。女の前の丸卓子がゴンクール氏の足の下で横たおしになった。その上からけし飛んだ珈琲器の一群が、左手の扉に跳ねかかって切るような悲鳴をあげた。

その悲鳴を蹴散らしながら、その扉を垂れ幕ごと引き開いて、外に飛び出そうとしたゴンクール氏は又も……ウウウ……と締め殺されるような声を出して背後によろめいた。襟《カラ》を引き除《の》け、ネクタイを引き千切《ちぎ》り、辷《すべ》りたおれようとして踏み止まりつつ、もう一度走り寄って、眼の前の物体を覗き込もうとした。夢中になって掴みかかるべく身を藻掻いた。

しかし……氏の眼にはもう何も見えないらしかった。

恐らくそれは氏の最後の努力であったろう……二三度虚空を掴みまわった。天に搔きのぼるかのように身を反《そ》らして爪立ち、又爪立った。そうして空間の何物かをしっかりと掴み締めたまま、次第次第にのけ反《ぞ》って行った。忽ち撞《どう》という大音響を室中にゆらめき起しつつ、椅子の向う側の壁の附け根に長くなった。

……あとには首のまわりに紫の紐を千切れる程喰い込ませた嬢次少年……今日の昼間に見た時の通りの扮装の美少年が、土色に透きとおったまま、入口の闇にぶら下って、きりりきりりと、ゆるやかに廻転し初めていた。

……室の中は旧《もと》の静寂にかえった。

……私の頭髪がざわざわざわざわと走り出しかけて又ぴったりと静止した。同時に何故ともなく自分の背後を振り返って見た。

月が出ると見えて、門の外の、線路の向う側にある木立が、白み渡った星空の下にくっきりと浮いて見える。

私は茫然とそこいらを見まわした。

……私はこの間、何をしていたか……。

私は面目ないが正直に告白する。……何をしていたか全く記憶しない……と……。否、自分が立っているか、坐っているかすら意識していなかったのである。ただこの時気が付いたのは、額の右側と鼻の頭とが、砥石のように平たく、冷たくなっている事であった。それは室《へや》の中の様子を一分一秒も見逃すまい、聞き逃すまいとして一心に硝子《ガラス》窓に顔を押し当てていたのであろう。そのほかに自分がどんな挙動をしていたか、どんな顔をしていたか、殆んど無我夢中であった。眼と耳以外のすべての神経や感覚が、あとかたもなく消え失せていたのであった。

そう気が付いた時に私は初めてほーっと長い長い溜息を吐いた。そうして直ぐにも室の中に飛び込もうとしたが、まだ一歩も踏み出さないうちに反対に後退《あとじさ》りをした。何が怖ろしいのか解らないまま全身がぶるぶると震えて、毛穴がぞくぞくと粟立って、頭の毛が一本一本にざわめき立った。

私はまだ半分無我夢中のまま室の中をそっと覗いて見た。見ると女はまだ椅子の上に横たわっている。今日の午後六時以後、私が眼の仇のように狙って来た疑問の女は、今眼の前に死んでいる。不倶《ふぐ》戴天《たいてん》の讐敵《かたき》と思い詰めて来たウルスター・ゴンクール氏も両手を投げ出したまま長くなっている。台所口の扉《ドア》はひとりでに閉まったらしいが、その二つの扉の外にはもう二人の男女の死骸が、向い合って懸かっている筈である。

……私は又も、中に這入っていいか悪いかわからなくなった。

自分の居室《へや》でありながら自分の居室《へや》でない。……前代未聞の恐ろしい殺人事件のあった家……四人の無疵《むきず》の死骸に護られた室《へや》……その四人を殺した不可思議な女の霊魂の住家……奇蹟の墓場……恐怖の室……謎語《めいご》の神殿……そんな感じを次から次に頭の中でさまよわせつつかちかちと歯の根を戦《おのの》かしていた。

その時に私の背後を轟々《ごうごう》たる音響を立てて、眼の前の硝子窓をびりびりと震撼して行くものがあった。それは中野から柏木に着く電車であった。その電車は、けたたましい

笛を二三度吹きながら遠ざかったが、あとは森閑としてしまった。……間もなく、

「……柏木イ――……柏木イ――イ……」

という駅夫の声がハッキリと冷たい空気を伝わって来た。

私ははっと吾に帰った。同時に、おそろしい悪夢から醒めたような安心と喜びとを感じた。

……今まで見たのはこの世の出来事ではなかった。死人の世界の出来事であった。死後の執念の芝居であった。死人の夢の実現であった。

けれども私は依然として生きた私であった。生きた血の通う人間であった。電車が通い、駅夫が呼び、電燈が明滅し、警笛が鳴る文明社会に住んでいる文明人であった。

……そうして眼の前に展開している死人の夢の最後の場面……四つの死体に飾られた私の室も、やはり、科学文明が生み出した日本の首都、東京の街外れでたった今起った一つの異常な事件の残骸に過ぎなかった。それは当然私が何とか始末しなければならぬ目前の事実であった。

私はこの時初めて平常の狭山九郎太に帰る事が出来たのであった。

……構うものか……這入ろう……。

と思った。それと同時に青年時代からこのかた約二三十年の間影を潜めていた好奇心が、全身にたまらなく充ち満ちて来るのを感じた。

私は用心しなくともよかろう……とは思いつつ本能的に用心しながら静かに硝子窓を押し明けた。栓が止めてないのでスーウと開《あ》いた。その窓框《まどがまち》に両手をかけて音もなくひらりと中に跳り込んで、改めて室の中を見渡した。

洋盃《コップ》は床の上に転がっている。絨毯は踏み散らされて皺《しわ》になっている。珈琲碗は飛び散っている。時計は九時五分を示している。

その下にゴンクール氏は黄蠟色《おうろういろ》に変色した唇を開いたまま、あおむいている。その丈夫そうな歯はすっかり乾燥して唇にからび附いている。

そんなものをすっかり見まわしてから私は静かに眼をあげて女の顔を見た……が……意外な事を発見して思わずたじたじと後退りをした。

……見よ……。

涙が一筋右の顳顬《こめかみ》を伝うて流れている。左右の長い睫《まつげ》にも露の玉が光っている。紅をつけた唇の色はわからないが厚化粧をした頬には処女の色がほのめいている。女は死んだ人間のように見えぬ。

この時の私の心持ちは何とも説明が出来ない。嬉しいのか、恐ろしいのか……おそらくその両方が一緒になった気持ちであったろう。私が今まで当の敵として睨んで来た美少女……憎んでも飽き足らぬ奴と思って生命《いのち》がけで追い詰めて来た疑問の女……三人の生命《いのち》を手を下さずして奪ったとも見られる恐るべき怪美人……それが最早《もう》死んだものと思って安心して這入って来た私は、その女がまだ死んでいないのを見て、安心以上の安心ともいうべき一種の喜びを感ずると同時に……扨《さ》ては……扨《さ》ては……と胸の躍るような緊張に全身を引き締められるのを感じたのであった。

その時に女はうっすりと眼を見開いて私の足下を見たようであったが、その眼をそろそろと上げて私の顔を一眼見ると、忽ちその眼を大きく見開いた。

「……あっ……」

と叫んで椅子から跳ね起きて、颯《さつ》と頬を染めながら私を突き除《の》けて逃げ出そうとした。その右手を私は無手《むず》と捕えた。

女は袖で顔を蔽うたまま、二三度振り切って逃げよう逃げようと藻掻いたが無駄であった。私の右手の指は、鋼鉄の輪のように女の右手を締め付けているために、化粧をした手首から爪の先が、見る見る紫色になってしまった。

私は励声《れいせい》一番……、

「何者だ。名を云え」

と大喝した。

この時の女の驚き方は又意外であった。……はっ……と立ち竦《すく》んだまま眼をまん丸にして、私の顔を穴のあく程見たが、返事が咽喉《のど》に詰まって出ないらしく、只呆れに呆れている体《てい》であった。

私はこの時初めて女の顔を真正面から十分に見る事が出来た。百燭の光明に真向きに照らし出された顔は、よく見れば見る程、又とない美しさであった。ことにその稍《やや》釣り気味になった眼元の清《すず》しさ……正に日本少女の生《き》ッ粋《すい》のきりりとした精神美を遺憾なく発揮した美しさであった。私は一瞬間恍惚とならざるを得なかった。けれども直ぐに又気を取り直して、今度は確かな落ち着いた声で云い聞かせた。

「貴女《あなた》のなすった事は初めから残らず見ておりました。私はこの家の主人狭山九郎太です。……お名前を仰言《おつしや》い」

女は観念したようにうなだれた。私は手を離してやった。

女は痺れ痛む右手を抱えて撫《な》で擦《さす》りながら、暫くの間無言でいたが、忽ち両手をうしろに廻して、真白な頸筋《くびすじ》の処を揺り動かした。それから髪毛の中に指を入れて二三箇所いじり廻した。そうしてその長い鬢《びん》の生え際を引き剝がすとそのまま、丸卓子《テーブル》の上にうつむいて両手をかけて仮髪《かつら》を脱いだが、その下の護謨《ごむ》製の肉色をした鬘下《かつらした》も手早く一緒に引き剝いで、机の上に置いた。

その下の真物《ほんとう》の髪毛は青い程黒く波打ったまま撫で付けにしてあったが、同時に鬘下で釣り上げられていた眉、眼、頰はふっくりと丸くなって、無邪気な、可愛らしい横顔に変ってしまった。最後に女は巧みに貼り付けてあった眉毛を引き剝ぐと、顔を上げて真白に化粧を凝らした少年の顔を百燭の光りに曝《さら》した。

私は眼を剝いてその顔を睨み付けた。

魂がパンクする事を私は生れて初めて経験した。われと吾が肝の潰れる音を聞いた。

「……紫の……ハンカチ……」

という言葉が出かかって、そのまま咽喉《のど》にこびり付いてしまった。外に出たのはその口付きと呼吸《いき》だけであった。

少年はもう一度真赤になって微苦笑した。そうして今朝《けさ》の通りの凛々《りり》しい声を出した。

「あれはカルロ・ナイン殿下から頂きました。藤波弁護士に父の遺言書を渡したという合図に使いました。日本政府の手でJ・I・Cが退治《やっつけ》られなければ、僕等の手でやっつける覚悟だったんです」

私はもう驚く力がなくなったらしい。何だか急にがっかりしてしまって、ぶっ倒れそうな気だるさに襲われながらも、きょろきょろと左右の入口をかえり見た。

少年はその意味を覚ったらしく、直ぐに左側の扉《ドア》を開いて、首をくった自分の死骸を片手で軽々と外して来た。それは紫の紐《ひも》で首を縛った空気入りの護謨人形で、少年が手品に使用したものを油絵具か何かで塗り直して扉《ドア》の上の框《かまち》に突込んだ白箸《しろばし》に引っかけたものらしかった。少年は、その白箸ごと抜いて来て、無気味な恰好の人形を私の眼の前にぶら下げて見せながら、玄関口の扉に向って心安げに叫んだ。

「……志免さん……お母さん。もうよござんすよ」

声に応じて待ち構えていたように右手の扉が開いた。左腕を繃帯と油紙で釣った志免警視が、白い歯を見せながら、短いサアベルをがちゃ付かせて這入って来た。そのあとから白襟の礼装のまま化粧だけ直した志村のぶ子が、近眼鏡をかけ直しながら、おずおずと這入って来たが、流石《さすが》に云い知れぬ喜びと、初めて私の前に出て来る気味悪さとに包まれているらしく、心持ち顔色を青くしながら、縮れ毛を染めた束髪の頭を下げた。

志免警視はにこにこして紹介した。

「……課長殿（志免警視は自分が課長の癖にいつまでも私を課長殿と呼んだ）……志村未亡人です」

二年前《ぜん》の記憶をまざまざと喚《よ》び起した私は、顔の皮膚が鉄力《ブリキ》のように剛《こわ》ばるのを感じた。お辞儀を返したかどうか記憶しないまま突立っていた。

「いや……面喰いましたよ。ははは。何しろ事が急だったもんですからね。課長殿と打合わせる隙《すき》がなかったんです。……ちょうど三時頃だったと思いますが、藤波君から電話がかかって、嬢次君から志村浩太郎君の遺言書類を受け取ったという概略の報告をして来たのです。それを聞くととても重大問題で、うっかりすると親玉を取り逃がしそうな形勢ですから、総監と打ち合わせをしているところへ、藤波君が飛び込んで来て、総監を引っぱり出して、外務省から内務省、検事局と稲妻みたいに活躍し初めたのです。……一方に私は私で一生懸命に貴方を探したんですけど、その時はどうしても見当らなかったんです。貴方がおいでになれば何でもなく片付いたんでしょうけれども……お蔭ですっかり蜂の巣を突っついたようになっちゃって非道《ひど》い眼に会いましたよ。ははは。

しかし課長殿もこれで清々されたでしょう。はははははは」

警官気質《かたぎ》で無遠慮な志免刑事は、紹介とごちゃ交ぜに弁解しながら顔を撫でた。その中を志村末亡人は進み出て、顔も上げ得ないまま、切れ切れに挨拶をした。

「……お顔を合わせます面目もございませぬ。……何から何まで御恩になりまして……お蔭様で、無事に……伜の願いまで叶いまして……もう……思い残しますことは……」

と云ううちに胸が一ぱいになったのであろう。ハンカチを顔に当てて肩を戦《おのの》かした。

すると、それを……見っともない。お止しなさい……というかのように嬢次少年が、丸卓子《テーブル》を抱え起したり、毀《こわ》れ物を片付けたり、奥の室《へや》から椅子を持って来たりし初めた。

その時に門の中に敷き詰めた房州石《ぼうしゅういし》の上をどっしどっしと歩いて来る靴の音と、ちょこちょこ走りに連れ立って来る小さな足音が、入れ交《まじ》って聞えて来た。その足音を聞くと志免警視が急いで玄関に出迎えて、何か二言三言報告じみた言葉を交換しながら請じ入れたが、這入って来た人物を見ると、頭を繃帯で巻き立ててはいるが、さしもに豊富であった黒髯《くろひげ》を、見事に剃り落して、軍艦の舳《へさき》のような顎《あご》をニューと突き出したハドルスキー……紛う方ない樫尾初蔵氏の堂々たる陸軍大尉の制服姿で、胸に帯びた略綬《りゃくじゅ》の中には功四級のそれさえ見える。それからもう一人は白狐の外套に、黒貂《てん》の露西亜《ロシア》帽を耳深に冠った、花恥かしいカルロ・ナイン殿下であったが、急いで歩かれたせいか真赤に上気しておられるのが、又なく美しく、あどけなく見えた。志免警視と嬢次母子《おやこ》は、それとなく壁際に片寄ってゴンクール氏の死骸を隠すように立ち並んだ。

「いや。松平閣下の自動車は大型で淀橋からこっちへは這入らないのでね。うっかりして殿下をお歩かせしてしまいました」

そう云ううちに樫尾大尉は、死骸の方へは眼もくれずにつかつかと這入って来て、私の前で直立不動の姿勢を執ると、恭《うやうや》しく名刺を差出した。そうして心持ち上半身を傾けたまま、如何にも軍人らしい太い声で挨拶をした。

「私は先年御高配を蒙りました樫尾初蔵でございます。その節は失礼ばかり致しましたにも拘らず、御容赦を得ました段、篤く御礼を申上げます。……又、この度は一方ならぬ御配慮を煩わしまして……」

私は何かなしにほっとした気持になりつつ礼を返した。二人は何等隔意のない態度で向い合ったまま、互の顔を正視し合った。

「実は一昨年、志村未亡人と御一緒に日本を出発致します際の御相談では、今度日本に参ります際には、何もかも直接貴方《あなた》に御相談して致したい考えでおりましたところ、貴下の御辞職の御事情を蔭ながら拝承致しましたので、それではこのような危険な仕事をお願い致す訳には行かぬ。科学の研究以外にお楽しみのない貴方のお身体《からだ》に、万一の事があってはならぬ。失礼ではありますが狭山様は成るべく危険な区域にお近づきにならぬようにしてあげねば……という志村未亡人の御注意がありましたのでその方の手配を嬢次君とお母様の思い通りにして頂く事にして計画を立てました。そうしてＪ・Ｉ・Ｃの日本到着後の活躍を見定めて、動かぬ証拠を押えてから、警視庁の御助勢を得まして一挙に撃滅する考えでおりましたところが、嬢次君が思いもかけませぬお父さんの遺書を発見したのみならず、激昂の余り、独断で行動を初めましたために、事件が意外に急速な発展を致しまして、私も面喰いましたような事で、思わぬ失礼を致しました。

……一方に話が相前後致しますが、私共が日本に到着致しますと同時に松平男爵閣下から『構わぬから大ぴらで遣れ。外交上の面倒は引き受ける。日米親善も日仏協商も、日英同盟も気にかける必要はない。飛行機戦と潜水戦を二十年間続け得る準備が出来ているから』……とのお話がありまして、高星総監に御紹介を受けておりましたので、皆様とよくお打ち合わせする隙《ひま》もないまま思いきった御処置を志村さんにお願いする一方に、悪い事とは存じながら嬢次君に色々と芝居をしてもらいまして、却《かえ》って御心労をかけるような事に相成りまして面目次第も御座いませぬ。何事も私の微力の致しますところと思召《おぼしめ》して平《ひら》にお許しの程をお願い致します。

……しかし幸いに天祐を得ましてこの奸悪団体を二重橋橋下に殲滅《せんめつ》しまして、吾々大和民族の前途を泰山の安きに置くを得ました事は、邦家のため御同慶に堪えませぬ。何卒これを御縁と致しまして何分の御庇護のほど、謹んで希望に堪えませぬ」

私は無言のまま、そんな固くるしい挨拶を受ける器械みたように腰を折り曲げて礼を返した。そうして挨拶を終るや否や、待ちかねたように掌《てのひら》の中の名刺を見たが、その名刺には矢張り「予備役陸軍歩兵大尉……樫尾初蔵」という二年前の変名が使ってあった。

二人はそのままもう一度無言の裡に眼と眼を見交した。その樫尾大尉の艱難《かんなん》に鍛い上げた皮膚の色と、鉄石の如き意志を輝かす黒い瞳を正視した瞬間に、私はすべてを察してしまった。

……この本名の判らない男こそ真個《ほんとう》の「暗黒公使《ダーク・ミニスター》」である……大和民族の危機を救うべく、世界を跨にかけて活躍奮闘している孤独のダーク・ミニスターである。……今度の事件のからくりは全部この男の仕事なのだ。……この男は嬢次母子や、かくいう私を犠牲にする位の事は、何とも思わないで自由自在にこき使ったのだ……俺は到底この男には適《かな》わない。否々。嬢次母子の気強さにも、志免警視の勇敢さにも俺は到底敵《かな》いっこないのだ。

……早く警察界を引退していてよかった……。

……と……。その時に樫尾大尉は、傍《かたわら》のカルロ・ナイン殿下をかえり見て何やら眼くばせをした。殿下は大尉の顔を見て莞爾《につこり》とうなずかれると、つかつかと私に近寄って、小さな手をさし出された。私は又も文句なしにその手を握らせられた。

「……サヤマ……サン。アリガト。フランス……ノ……チチ……ニ……テガミ……デ……シラセ……マス……」

という無邪気な日本語が殿下の唇から洩れた。私は露西亜の双鷲《そうしゆう》勲章を受けた以上の感激に打たれて、思わず最敬礼をお返ししたのであったが、その瞬間に私は、私の第六感の暗示が一つ残らず鮮かに的中していた事を覚ったのであった。そうして又それと同時に、その第六感の暗示を判断した私の頭が、如何にみじめなあたまと行動であったかを覚らせられて、気が遠くなる程の面目なさを感じさせられつつ恐る恐る机の前に引返したのであった。

……これを仏蘭西のウラジミル大公に報告されてなるものか……。と吾れにもあらず赤面しつつ……するとその私を追いかけるように樫尾大尉が進み出て私に一通の手紙を渡した。

それは日本封筒に私の名前だけを書いたもので署名は松平友麿となっている。何事かと思って封を開いて見ると、それは明後日の午後六時から、男爵の私邸で小宴を開くから来てくれという意味の、儀礼をつくした案内状で、最後に出席する人々の名前が書いてある。

カルロ・ナイン殿下。高星警視総監。狭山九郎太。志免警視。藤波弁護士。志村のぶ子。呉井嬢次。樫尾初蔵。松平男爵夫妻……以上……。

私はすぐにこの招待の意味を覚った。当日一同が打ち解けた席上で、もう一度今日の話をくり返して恥の上塗りをしなければならぬ事を知りつつ、どうしても後へ退《ひ》けない事を覚悟した。

私が承諾した意味を答えると、樫尾大尉は巨大な体軀を傾けて一礼しつつ、辞し去ろうとした。するとその時に嬢次少年は私の背後の机の下の暗い処から、黒いボックス皮の手提鞄を取り出して、中に詰まっている絵葉書を掻き廻していたが、やがてその底の方から、四角に折った薄い新聞包を取り出すと、帰りかけた樫尾大尉を追かけるようにして、無言のまま手渡しした。

受け取った樫尾大尉は、半身を振り返らしたまま不審そうに少年の顔と新聞包を見比べた。

「何ですか……これは……」

少年は化粧したままの顔で微笑した。

「これは米国の参謀本部で作った日本地図の青写真の写しです。秘密の石油タンクのあり家を予想して赤丸を附けてあるのです」

「ホー。どうしてそんなものがお手に入りましたか」

と云ううちに流石《さすが》の樫尾大尉も昂奮したらしく顔を赤くした。

「それを手に入れようと思って随分苦心したのですが……帝国ホテルにも曲馬場にもなかったのですが」

嬢次少年も顔を染めた。

「……バード・ストーン団長が持っているのを、市俄古《シカゴ》から桑港《サンフランシスコ》まで来る汽車の中で盗み出して写したのです。寝間着《パジャマ》を着た貴婦人に化けて寝台車に這入って、団長の化粧品箱の中から盗み出して、便所でレターペーパーを十枚程使って透き写しをしたのですから、とても判然《わか》り難《にく》いでしょうと思うんです。けども専門家の方が御覧になったら、あらかたの見当はお付きになるだろうと思いましたから……」

樫尾大尉は深くうなずきながら、私達を見まわしつつ、新聞包をポケットに納めた。

「しかしその写されたあとの青写真は……」

「又もとの通りに畳んで、化粧箱の中へ返しておきました。けれどもその後船の中でもう一度、もっとハッキリ写そうと思って探した時には、もうどこにもなかったようです。きっと団長が地図を諳記してしまって焼き棄てたのだろうと思うんですが……ですから僕はその地図をとても大切にして、誰にも話さずに鞄の二重底に隠して、その上から絵葉書を詰めて誤魔化しておいたんです。……けれども万一、あの曲馬団がやられる時に、どさくさに紛れて外《ほか》の人間の手に渡って反古《ほご》にされるような事があったら大変と気が付きますと、何でも自分の手に奪い取っておきさえすれば安心と思いましたから、直ぐ狭山さんにお手伝いをお願いして取りに行ったのです。……僕が曲馬団を飛び出す時に、その地図の事を忘れていたのが悪かったんです。御免なさい」

と少年は率直に頭を下げた。樫尾大尉は初めて破顔一笑した。

「あはは……あやまる事はないです。金鵄《きんし》勲章です。もしこの地図が米国の参謀本部で作製されたもので、その中の一枚を団長が貰っていたものの写しとすれば非常なものです。比律賓《ヒリッピン》の飛行隊が日本を襲撃して重爆弾を投下する場所が明瞭にわかる筈ですからね。はははは……」

樫尾大尉のこの無造作な一笑は、聞いている一同の胆を奪うのに十分であった。それは米国何者ぞという日本政府の意気込みを暗示していると同時に、一介の少年呉井嬢次の功績の想像も及ばぬ偉大さを十分に裏書するものであったから……。

その一同の気を呑み、声を呑んだ緊張の裡に樫尾大尉は改めて繃帯をした頭を下げると、傍《かたわら》をかえり見て、睡《ねむ》たそうな顔をしておられるカルロ・ナイン殿下の手を卒《ひ》きながら辞し去った。

出て行きがけにカルロ・ナイン殿下は行儀よく頭を下げて、

「……サヨウ……ナラ……」

と云われた。その無邪気さと気高さに、一同は思わず最敬礼をさせられた。志免警視は玄関に詰めている刑事の中の二名に淀橋まで見送らせた。

あとを見送った私は、室《へや》に帰ると、死骸の始末も何も忘れたまま机の前の肘かけ椅子にどっかりと身体《からだ》を落し込んだ。急にぼんやりとなって来た眼の前の空気を凝視しながら、太い溜息と一緒につぶやいた。

「……わから……なかった……」

そうしてうとうとと眼を閉じかけた。たまらなく睡くなって来たので……。

「あっはっはっはっはっはっ」

と志免警視が明るい声で笑い出した。矢張り死骸の事も忘れる位いい心持になっているらしく、私の真向いの椅子にどっかりと反り返りながら……、

「……わっはっはっはっ。流石《さすが》の課長殿も一杯喰いましたね。はっはっ。しかし今度の事件は全く意外な事ばかりだったのです。第一ハドルスキーが樫尾大尉という事は、僕ばかりでなく、松平局長も二三日前まで知らなかったそうですからね。一方に、あの曲馬団をあれ程に保証した××大使が今になって急に、あんなものは知らないとあっさり突き離すだろうとは樫尾大尉も思わなかったそうです。……僕等は又僕等で、あの曲馬団で無頼漢《ごろつき》どもが、日本の警察を紐育《ニューヨーク》や市俄古《シカゴ》あたりの腰抜け警察と間違えるような低級な連中ばかりだろうとは夢にも思いませんでしたからね。新聞記者を連れて行け

ば、こっちの公明正大さが大抵わかる筈と思ったんですが……何もかも案外ずくめでおしまいになっちまいましたよ。はっはっはっ」

「おかげ様で本望を遂げまして……」

と志村のぶ子が相槌を打った。

「……いやア……貴女方《あなた》の剛気なのにも驚きましたよ」

と志免警視はどこまでも明るい声で調子に乗った。一事件が済んだ後《のち》で私の前に来ると志免はいつもこうであった。

「……ゴンクールはきっと僕が生捕《いけどり》にして見せるからと云って嬢次君が藤波弁護士にことづけたんですけど、何だか不安でしょうがなかったんです。……その上に樫尾君が事件の号外は新聞社に出させてもいい。現在の日本の新聞では号外に着手してから刷り出す迄の時間が最少限一時間程度で、横浜はそれから又三十分位遅れて出るのだから、その加減を見て横浜のグランドホテルに居るゴンクールに電話をかければ彼は東京と横浜の号外をドチラも見ないまま狭山さんの処へ来る事になる。一方に狭山さんは号外を見ておられるにきまっているからとても面白い取組になる。又、万一、途中でゴンクールが気が付いて逃げ出したにしても、大抵胆を潰している筈だから二度と手を出す気にはなるまい。あんな奴は国際問題に手を出す柄じゃない。市俄古あたりの玉ころがしの親分が似合い相当だと云うのです。私も成る程とは思いましたが、聊《いささ》か残念に思っているところへ、帝国ホテルで荷物片付の指揮をしながら、私共の通訳をして美人連中を取調べていた樫尾君が、今柏木の狭山さんの処に居るゴンクールから電話だ……と云った時には飛び上りましたよ。天祐にも何にも向うから引っかかって来たんですからね……取るものも取りあえず部下を引っぱって向うの門の処まで来てみたんです。……ところが来てみると課長殿が窓一ぱいに立ちはだかって腰のピストルをしっかり握り締めながら、室《へや》の中を覗いておられるでしょう。そこで此奴《こいつ》はうっかり手が出せないなと思ってそーっと課長殿の背後《うしろ》の椿の蔭から覗いて見ると驚きましたねえ。……あのゴンクールの銃先《つつさき》を真向《まとも》に見ながら、あれだけの芝居を打つなんか、とても吾々には出来ません。扉《ドア》の外で黙って見ているお母さんの気強さにも呆れましたが……手に汗を握らせられましたよ。まったく……」

志免警視は心から感心したらしく眼をしばたたいた。先刻《さつき》からてれ隠しに台所の方へ出たり入ったりしてお茶を入れかけていた嬢次母子《おやこ》は首すじまで赤くなってしまった。

「……いいえ……何でもないんです」

と云ううちに振袖に赤い扱帯《しごき》を襷《たすき》がけにして、お茶を給仕していた少年は、汗ばむ程上気しながら椅子に腰をかけると、手を伸ばして背後《うしろ》に横たわるゴンクールのポケットから巨大なブローニングを取り出した。その銃口《つつぐち》を覗いて見ながら……、

「……何でもないんです。今朝《けさ》早くお母さんに合鍵を渡して、ゴンクールの寝室から生命《いのち》がけでこのブローニングを取って来てもらったのです。僕が行ってもよかったんですけど、母が承知しなかったもんですからね。そうして銃身の撥条《バネ》を墨汁《すみ》で塗ったヒューズと取り換えておいたのです。……ですから撃鉄《ひきがね》を引いても落ちやしないんです。この通りです」

と云ううちにゴンクール氏の心臓に向けて撃鉄《ひきがね》を引いて見せた。

……轟然一発……。

薄い煙がゴンクール氏を包んだ。白いワイシャツに黒い穴が開いて、その周囲《まわり》を焼け焦げが斑々《まだらまだら》にめらめらと焼け拡がった。……と見る間にその下の茶色の毛襯衣《けシャツ》の下から、黒い血の色が雲のように湧き出した。

「……あれっ……」

と母親が悲鳴をあげた。

玄関に残っていた四名の刑事も驚いたらしく、どかどかと這入って来たが、志免警視に支えられたまま一斉に屍体を凝視した。

「むむむむ……うう……」

と呻吟《しんぎん》しつつ屍体が強直したと思うと、起き上るかのようにうつ伏せに寝返ったが、そのまま又べったりと長くなってしまった。ごろごろと咽喉《のど》を鳴らして赤黒い液体を吐き出しながら……。

皆立ったまま顔を見合わせた。一人残らず色を失っていた。

思わず立ち上って屍体をじっと凝視したまま、唇を噛んでいた少年も、全く血の気をなくしていた。そうしてぶるぶると震え出しながら、力なくブローニングを取り落すと、がっくりとうなだれたまま志免警視の方に両手をさし出した。涙がはらはらと床の上に滴り落ちた。

「……縛って……下さい。僕は……人を殺しました」

「あはははははは」

と志免警視は又も制服を反《そ》りかえらして笑い出した。剣の柄をがちゃがちゃと乗馬ズボンの背後《うしろ》に廻しながら、帽子をぐいと阿弥陀《あみだ》にした。

「……ゴンクールの奴、途中で気が付いて取り換えやがったんだ。……あははははは……自業自得だ……」

皆呆れて志免警視の顔を見た。

「いや……心配しなくてよろしい……君は無罪だ」

「えっ……」

と少年は初めて顔を上げた。意外の言葉に眼を輝かしながら……。

志免警視は一歩進み出て少年の肩に手を置いた。

「……正当防衛にしといて上げる。実はゴンクールの自殺なんだけど……あははは……ねえ諸君そうだろう」

皆一斉にほっと安堵《あんど》のため息を吐いた。

そのうちに嬢次母子《おやこ》は思わず抱き合って嗚咽《おえつ》の声を忍び合った。一同は粛然と首低《うなだ》れた。

私も椅子に腰をかけたままがっくりとうなだれた。……日本と米国の飛行機が入り乱れて戦う夢を見ながら……。

ばなるまい。

しかし次の二三項だけはこの事件のお名残《なごり》として是非とも読者諸君に報告しておかずばなるまい。

志村浩太郎氏の遺産は藤波弁護士の尽力で、全部、志村母子《おやこ》からの寄附の名の下に、死傷者の手当見舞、慰労と、帝国ホテルの損害賠償とに費消された。

樫尾大尉は、翌々晩……忘れもしない大正九年三月二日の夜の松平男爵の招宴をお名残として、又も行方を晦《くら》ましてしまった。あたまと体力を使いきれないで困っているのはあの男であろう。

それからカルロ・ナイン殿下はその後ずっと松平子爵の処に居て、西比利亜《シベリア》の形勢を他所《よそ》に益々美しく大きくなっておられたが、セミヨノフ将軍が蹉跌《さてつ》して巨大な国際的ルンペンとなり、ホルワット将軍が金を蓄《た》めて北平《ペーピン》に隠遁したあとは、巴里《パリー》に隠れておられる父君ウラジミル大公……仮名ルセル伯爵の膝下《しっか》に帰って日本名を象《かたど》ったユリエ嬢と名乗り仏蘭西《フランス》の舞踏と、刺繍と、お料理の稽古を初められた。

×　　×　　×

これ位でよかろう。

あとは書いても詰まらない事ばかりだから……。

伜のミキ・ミキオ……戸籍名狭山嬢次とも大変にお心安くして下さるようである。

『暗黒公使』の世界

四方田犬彦

わたしはこれから、夢野久作が東京を舞台に執筆したテクストのなかで、ルポタージュと同じくらいに重要でありながらも、ルポタージュと同様にこれまで顧みられてこなかった、『暗黒公使《ダーク・ミニスター》』という長編について論じることにしたいと思います。

この作品はそもそも夢野久作のデビュー作として書き始められ、途中で放棄されたものでした。執筆時期は一九二〇年と推定されています。つまり関東大震災で彼が「九州日報」記者として東京に向かうよりも、以前のことです。中断された原因の一つは、その後に破壊され廃墟と化してしまった東京と、急速に別の都市へと変容していく東京とを間近に見てしまったため、はたしてそれ以前の東京を舞台とした小説を発表してもどう受け取られるのか、作者の側に迷いがあったのではないかと思います。しかしやがて夢野は気を取り直し、多忙な執筆時間の合間を縫って、十年ほど後にもう一度『暗黒公使』に挑戦しています。結果的にそれは、一九三三年に新潮社から刊行されました。とはいうものの、これまで探偵小説としてはそれほど高く評価されてこなかったというのが事実です。夢野論はいたるところで書かれていますが、この作品を中心にしたものはこれまでほとんどありません。

簡単に粗筋を紹介しておきましょう。

一九二〇（大正九）年二月二十八日正午、語り手である「私」の家に、十六、七歳の洋装の少年が訪問してきます。その姿はというと、英国製の黒羅紗に青天鵞絨《ビロード》の折襟、鉄釦の上衣。エナメル皮に銀金具の帯皮《バンド》を露西亜人のように締めるといった風で、緑色《グリーン》柔皮《レザー》の乗馬ズボンに、エナメル皮の華奢な銀拍車つき長靴、空色羅紗の中折帽に黒皮革《かわ》の飾紐《リボン》。左手に雨外套《レインコート》とキッドの白手袋。簡単にいえば、米国風にして、中欧あたりの貴族の子弟、伊太利の音楽師のようでもあると記されています。この格好は、当時のハリウッドの無声活劇から飛び出してきたとでもいえばいいでしょうか。一九二〇年というのは、横浜で谷崎潤一郎が映画製作に夢中になっていた時代であり、次々と公開されるアメリカ映画が文化の最先端であると考えられていました。もちろん当時ですから、あらゆる映画には活動弁士の説明がついています。『暗黒公使』のこの描写にも、活弁の説明口調が影を落としているように、わたしには思われます。

この少年は異様に白い顔をしており、「どこかの洋服屋の飾窓《シヨーウインドウ》の中に在る蠟人形がそのまま抜け出し」たような感じです。名刺をくれるのですが、小型の極上象牙紙《アイボリイ》に「呉井嬢次」George, Cray としか記されていません。ジョージとは英語圏の西洋人の名前であり、彼の正体を曖昧なものに見せています。いったいこの人物はアメリカ人なのか、日本人なのか。男なのになぜ名前に「嬢」などという文字が入っているのか。もっとも夢野文学に詳しい人なら、ここで『ドグラ・マグラ』の主人公である、謎の呉という少年を思い出すかもしれません。

ここで語り手である狭山という人物についても、簡単に紹介しておいた方がいいでしょう。「私」とは名を狭山といい、かつては警視庁で鬼刑事と呼ばれ、部下に怖れられていた老人です。生まれながらの孤児で、外国で長く生活してきたのですが、東洋人だという理由から二十年にわたって苦労し迫害されてきたという気持ちをもっています。妻とは死に別れ、今は血縁なく、孤独ですが気楽な独身生活を東京で過ごしています。この気楽な独身者というのが、探偵小説の主人公である探偵にとって必要条件であったことは、シャーロック・ホームズから明智小五郎までを思い出していただければ、理解していただけるでしょう。「私」が現在住んでいるのは、西洋人夫妻が本国へ引き上げた後に譲り受けた家で、瓦斯ストーブのついたきわめて西洋風の家屋です。これも佐藤春夫の『田園の憂鬱』や谷崎潤一郎の『痴人の愛』と同時代に書かれた作品であると思えば、主人公の環境として理解できます。要するに『暗黒公使』に流れているのは、アメリカに発するモダニズムの生活風俗なのです。

さて不思議な呉井少年は登場一番、「私」に雇ってほしいと懇願します。彼の本籍はニューヨーク。両親の顔も知らないまま、気がつけば軽業師に売られていた。子供のころから「支那人や西班牙人、日本娘の役」で舞台に立ち、喝采を浴びていたあたりは、夢野の別の長編『犬神博士』の主人公チイを思わせます。チイも子供ながらに女装して、妖しく両性具有的な魅力で衆人の喝采を浴びていました。こうするうちに少年は、「いつの間にか自分がどこの人種だかわからなくなってしまいました」と告白します。彼が現在東京にいるのは、丸の内で興行中のバード・ストーン曲馬団一員として、はじめて日本を訪れたからです。ところが曲馬団の団長が両親を苛め殺した敵であると、呉井少年が語りだす告白あたりから、物語は深い因縁を辿るようになります。

実はこの二人の会見に過ぐること一年前の十月、「東京駅ホテルにて富豪紳士が毒殺され、狭山鬼課長が活躍、朝鮮人留学生の死体が発見される」という新聞記事が、ここで唐突に登場します。新聞記事の引用は、デーブリンの『ベルリン・アレクサンダー広場』からジョイスの『ユリシーズ』まで、一九二〇年代の長編小説に共通する手法でした。

この新聞記事を読んだあたりで、探偵小説のミステリーが始まります。実は呉井少年の両親は志村夫妻といい、アメリカの秘密結社J・I・Cの一員でした。夫の浩太郎はアメリカのJ・I・Cの暗号を日本外務省に送り、組織を裏切ったため、生命を狙われていたのです。妻ノブ子の人生も波乱万丈に満ちていました。J・I・Cはノブ子を懐柔せんとして、幼い愛児嬢次を誘拐し、ニューヨークの見世物小屋に売りつけたのでした。

さて少年が籍を置いている怪しげな曲馬団はといいますと、目下帝国ホテルに事務所を開き、陰謀を企んでいます。実は失踪した呉井嬢次には、三万円の懸賞金がかけられているのです。こうして物語は思いがけない展開となり、最後に帝国ホテルを舞台に曲馬団と警察の壮絶なる銃撃戦が行なわれます。曲馬団の賊たちは有楽町大通りを遁走し、帝国ホテルは流血惨憺たるさまとなります。どうやらこの長編の評価が低いのは、このあたりの展開があまりに従来の探偵小説の規範を逸脱していて、単なる謎解きを愉しみで読み出した読者にとって支離滅裂に思われたからだと、私は考えています。
しかし夢野久作の作品を構成している場所の偏愛という観点から読み直してみると、随所に重要な、興味深い記述があることを否定することはできません。たとえば「私」はあるとき、途轍もなく超現実的な夢を体験します。

カーキ色の城砦のような帝国ホテルの上空に、同じ色の山のような層雲がユラユラと流れかかって来る……その中から一台の、やはりカーキ色した米国の飛行船が現われて、帝国ホテルの上空をグルグルと旋回し始める……帝国ホテルの屋上には何千何百ともわからぬ全裸体の美人の群れがブロンドの髪を振り乱して立ち並んで、手に手に銀色のピストルを差し上げながらポンポンポンと飛行機を目がけて撃ち放す……飛行船はタラタラタラと爆弾を落すと、見事に帝国ホテルに命中して、一斉に黄金色の火と煙を噴き上げる……美人の手足や首や胴体がバラバラになって、木の葉のように虚空に散乱する。……帝国ホテルが真赤な血の色に染まって行く……

飛行船も大火焔を噴き出して、独楽のようにキリキリと回転し始める……それを日比谷の大通りから米国の軍楽隊が囃し立てる……数万の見物が豆を培るように拍手喝采する……それを警視の正装した私が馬に乗って見廻りながら、これは困った事になって来た。どうしたらいいだろう。米国大使館に電話をかけてやろうか。どうしようか。……それともこれは見世物じゃないか知らん。それとも何かの広告かしら……などといろいろ心配している中にとうとうほんとうに眠ってしまったらしい。

いったいこの奇妙な夢は何を物語っているのでしょうか。帝国ホテル屋上の裸女たちの群れ。飛行船の墜落と大惨事。アメリカのブラスバンドの行進。拍手喝采する群衆……。ドイツの飛行船ヒンデンブルグ号の墜落が夢にヒントを与えていることはいうまでもありませんが、それにしても何千何百の全裸の女とは。もしこれに近い映像を同時代に探すとすれば、エルンストやダリのシュルレアリスム絵画か、あるいは日本の古賀春江のモダニズム絵画かもしれませんが、それでも充分ではありません。

夢野久作が提示しているヴィジョンはより混沌としていて、増殖する数（群衆）の恐怖とエロティックなスペクタクル（見世物）をグロテスクに結合させているという点で恐るべきところがあります。そしてこれが、一九二〇年代当初に、夢野がフランク・ロイド・ライトがアンコール・ワットを念頭に置きながら設計した帝国ホテルに対して抱いていたヴィジョンでした。巨大な惨事が巨大な祝祭の見世物と化してしまい、虐殺されていく女たちが祝祭を彩る。もし西洋人であるならば、これを快楽の堕落の都バビロンの崩壊に喩えることでしょう。事実、一九一六年の時点でハリウッドのD・W・グリフィス監督は、大作『イントレランス』のなかでバビロンの壊滅の光景を描き、十九世紀ロマン派の画家ジョン・マーチンの、世界の破局という大見世物という主題を、みごとに映画として再創造しています。夢野が主人公の夢という設定で描いて見せた、帝国ホテル周辺、日比谷の大惨事は、彼が東京という「堕落した」首都について、どのような印象を抱いていたかを幻想の形で示しています。それは死が生となり、恐怖が歓楽となってしまう場所です。眼前の大惨事に対して、大勢の見物客が拍手喝采をする場所です。

一九二三年九月、そして一九二四年九月から十月、震災によって半ば廃墟と化した東京を訪れた杉山泰道記者が目の当たりに見たのは、罹災の恐怖に苦しむ人間である以上に、それを面白がり、見物に出かける匿名の群衆でした。夢野はこの現象に道徳的な堕落を見て、『東京人の堕落時代』という長いルポタージュを「九州日報」に連載しました。奇しくも彼が現実に見たその負のスペクタクルのありさまは、書きかけたまま放置してしまった『暗黒公使』の夢の光景に接続するものでした。夢野が記者として東京に足を踏み入れたとき、あれほど帝国ホテルと日比谷公園に拘り、いくたびも足を運んでその惨状をメモしたり、デッサンを行なったのは、それがそもそも彼が小説のなかでグロテスクな祝祭の舞台とした場所であったに他なりません。

夢野久作が東京に対して抱いてきたヴィジョンとは、そのようなものでした。それはともすればノスタルジックで、牧歌的にも、メロドラマ的にも見える福岡とも、未知の宿命の女性が待ち構えている満洲・ロシアとも異なっています。夢野が被災地の東京で獲たものとは人間の堕落であり、廃墟と化しているのは建築ばかりではなく、人間そのものであるという認識でした。しかし恐るべきことは、彼が現実の破局が生じるより以前に、彼がそれを『暗黒公使』という探偵小説のなかで、より超現実的な手法のもとに記述していたという事実です。天才的な芸術家は作品を通して未来を予言するものだとは、よくいわれることですが、夢野久作こそはみごとにこの言葉を実践していた小説家であったと判明します。もし夢野が今日生きていたとしたら、三・一一以後の日本について、日本人の堕落時代が到来したと書くことでしょう。わたしたちが彼の作品から学ぶべきものは、実はたくさんあるのであり、夢野久作を読むという行為は、これからも、いやこれからこそ、真に開始されなければならないでしょう。

（『よみがえる夢野久作――『東京人の堕落時代』を読む』

（弦書房、二〇一四年）より）

『暗黒公使』覚え書き

日下三蔵

夢野久作が一九三五（昭和十）年に刊行した『ドグラ・マグラ』は、同年の小栗虫太郎『黒死館殺人事件』、戦後の中井英夫『虚無への供物』（１９６４年）と並んで、国産ミステリの三大奇書と呼ばれ、現在も読み継がれている。

夢野久作は一八八九（明治二十二）年、福岡県に生まれた。本名・杉山泰道。父は国士として知られた杉山茂丸である。慶應義塾大学予科文学科中退。家業の農園経営、禅僧（号は萠圓）、「九州日報」記者などを経て、一九二六（大正十五）年、夢野久作の筆名で「新青年」の懸賞に投じた「あやかしの鼓」が二等に入選し、探偵作家としてデビューした。

以後、「いなか、の、じけん」「瓶詰の地獄」「死後の恋」「押絵の奇蹟」「氷の涯」「少女地獄」といった作品を次々と発表。その一方、後に『ドグラ・マグラ』として刊行されることになる大長篇『狂人の解放治療』の原稿を、デビュー直後からずっと書き続けていた。

前述のとおり、『ドグラ・マグラ』は三五年にようやく世に出て、読書界の注目を集めたが、夢野久作は三六年三月、来客との面談中に脳溢血で倒れ、そのまま亡くなった。作家としての活動期間は、およそ十年だったことになる。

ただ、夢野久作は「あやかしの鼓」でデビューする以前にも、地元の雑誌や新聞に夥しい数の小説、童話、ノンフィクションを発表しており、現在ではそうした作品の発掘も、かなり進められている。

夢野久作の一般向け長篇作品は『ドグラ・マグラ』以外には、『犬神博士』と『暗黒公使《ダーク・ミニスター》』しかない。『犬神博士』は過去に四回文庫になっていて、現在も新刊で入手可能であるため、今回の春陽文庫版には、二度目の文庫化となる『暗黒公使』を収めた。

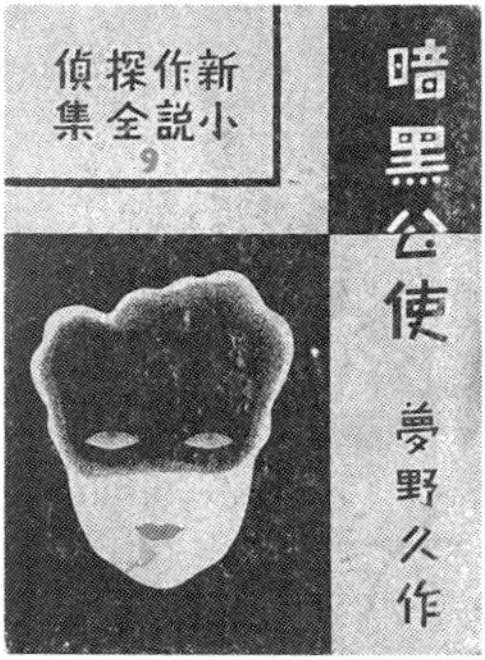

図１

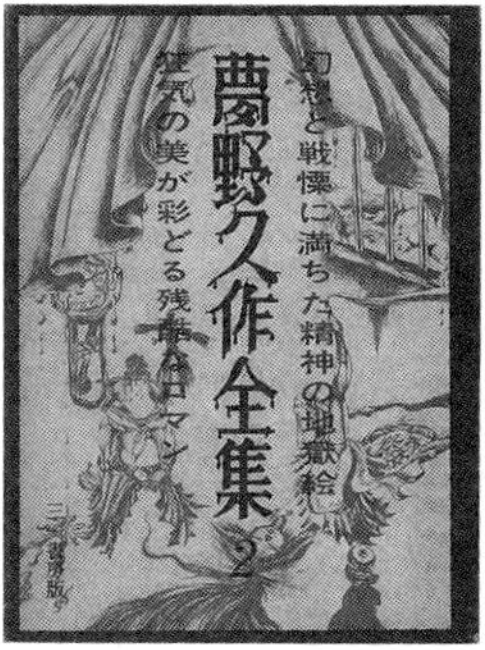

図２

この作品の刊行履歴は、以下の通り。

『暗黒公使』新潮社／新作探偵小説全集９／１９３３年１月　※図１
『暗黒公使』新潮社／新作探偵小説全集９／１９３６年２月　※新装版
『夢野久作全集２』三一書房／１９６９年７月
※「ココナットの実」など11篇を併録、図２
『夢野久作全集７』筑摩書房／ちくま文庫／１９９２年２月　※図３
『定本夢野久作全集３』国書刊行会／２０１７年10月

※「氷の涯」など11篇を併録、図4

甲賀三郎の立案による新潮社の〈新作探偵小説全集〉は、日本で初めての長篇ミステリ書下しシリーズであった。ほぼ一年かけて欠番もなく全巻が刊行された。

この全集の刊行順リストは、以下の通り。なお、乱歩の『蠢く触手』は岡戸武平による代作である。

図3

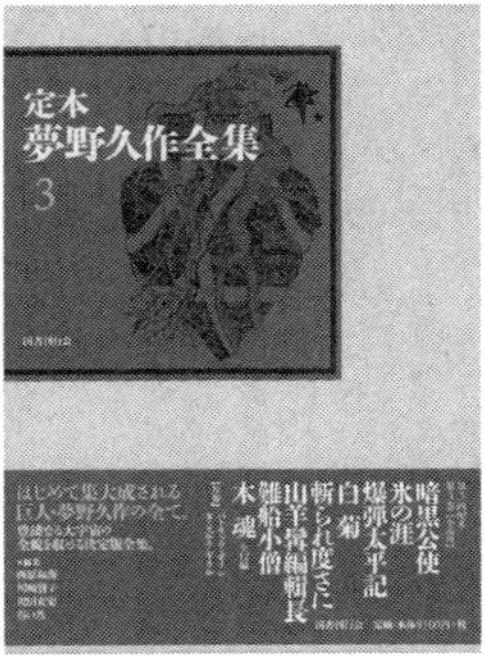

図4

第3巻　甲賀三郎　姿なき怪盗　1932年4月
第8巻　森下雨村　白骨の処女　1932年5月
第2巻　大下宇陀児　奇蹟の扉　1932年6月
第10巻　横溝正史　呪いの塔　1932年8月
第7巻　水谷準　獣人の獄　1932年10月
第1巻　江戸川乱歩　蠢く触手　1932年11月
第5巻　橋本五郎　疑問の三　1932年12月
第9巻　夢野久作　暗黒公使　1933年1月
第6巻　浜尾四郎　鉄鎖殺人事件　1933年3月
第4巻　佐左木俊郎　狼群　1933年4月

挟み込みの小冊子「探偵クラブ」には参加作家によるリレー長篇「殺人迷路」が連載され、夢野久作は第七回を担当している。なお、現在、「殺人迷路」は春陽堂書店の『合作探偵小説コレクション1　五階の窓／江川蘭子』（2022年10月）で読むことが出来る。

当初、夢野久作はこの全集に『ドグラ・マグラ』を提供するつもりだったが、ページ数の都合で大幅にカットしなくてはならないと分かり、代わりに『暗黒公使』を以て応じた。

その『暗黒公使』もまったくの書下し新作ではなく、元になった作品が存在する。父・杉山茂丸が主催する台華社の機関紙「黒白」に萠圓泰道名義で連載された「蠟人形」である。当初、主人公の名前そのままの「呉井嬢次」のタイトルで、一九二〇（大正九）年五月号からスタートして、同年九月号の第五回から「蠟人形」と改題、二二年一月号まで、全二十一回が掲載された。変更後のタイトル「蠟人形」も、呉井嬢次の白い顔がまるで蠟人形のようだ、という作中の描写から来ている。

この「蠟人形」を大幅に改稿し、プロローグに当たる「はしがき」を加えたのが『暗黒公使』なのだ。作中の時代設定が大正九年なのは、そのためである。

「蠟人形」は最終回の掲載誌が見つかっていないが、国書刊行会の『定本夢野久作全集8』（2022年11月）に第二十回までが収録されているので、興味をお持ちの方は、ぜひ本書と読み比べていただきたい。

夢野久作は関東大震災の後、東京で綿密な取材を行い、「九州日報」にイラストルポ「東京震災スケッチ」や長篇ルポ『街頭から見た新東京の裏面』『東京人の堕落時代』を発表した。この時の経験が、帝国ホテルでの銃撃戦がクライマックスとなる『暗黒公使』に影響しているのではないか、と指摘したのが評論家の四方田犬彦氏である。

二〇一四年五月十七日に福岡市で開かれた講演会「日本人の堕落時代　夢野久作」は、同年十二月に福岡の弦書房から『よみがえる夢野久作――『東京人の堕落時代』を読む』（FUKUOKA Uブックレット8）として刊行されたが、今回、四方田氏のご厚意で、この講演録の結びに当たる部分を「『暗黒公使《ダーク・ミニスター》』の世界」として収録させていただいた。著作からの抜粋という乱暴なお願いをご快諾くださった四方田さん、ありがとうございました。

四方田氏の指摘する通り、これまで『暗黒公使』は探偵小説の文脈では、ほとんど評価されてこなかったが、本書の刊行によって、夢野久作としてデビューする以前と以後を繋げる特異な位置にある作品ということが周知され、再評価が進むことを期待している。

本稿の執筆に当たっては、小野純一、沢田安史の両氏に貴重な資料や情報をご提供いただきました。記して感謝いたします。

本作品中に差別的ともとられかねない表現が見られますが、著者がすでに故人であることと作品の文学性・芸術性に鑑み、原文のままとしました。

（春陽堂書店編集部）

春 陽 文 庫

探偵小説篇

暗黒公使《ダーク・ミニスター》

2024年11月25日　初版第1刷　発行

著者　夢野久作
発行者　伊藤良則
発行所　株式会社　春陽堂書店
〒一〇四―〇〇六一
東京都中央区銀座三―一〇―九
KEC銀座ビル
電話〇三（六二六四）〇八五五（代）
印刷・製本　中央精版印刷株式会社

乱丁本・落丁本はお取替えいたします。

本書の無断複製・複写・転載を禁じます。

本書のご感想は、contact@shunyodo.co.jp にお願いいたします。

定価はカバーに明記してあります。
2024 Printed in Japan
ISBN978-4-394-98012-4　C0193